W9-AAZ-858

HERMANOS DE SANGRE

Nora Roberts nació en Estados Unidos (1950) y es la menor de cinco hermanos. Después de estudiar algunos años en un colegio de monjas, se casó muy joven y fue a vivir a Keedysville, donde trabajó un tiempo como secretaria. Tras nacer sus dos hijos, decidió dedicarse a su familia. Empezó a escribir al quedarse sola con sus hijos de seis y tres años, y en 1981 la editorial Silhouette publicó su novela *Irish Thoroughbred*. En 1985 se casó con Bruce Wilder, a quien había conocido al encargarle una estantería para sus libros. Después de viajar por el mundo abrieron juntos una librería. Durante todo este tiempo Nora Roberts ha seguido escribiendo, cada vez con más éxito. En veinte años ha escrito 130 libros, de los que se han vendido ya más de 85 millones de copias. Es autora de numerosos best-sellers con gran éxito en Estados Unidos, Inglaterra, Francia y Alemania.

www.noraroberts.com

TRILOGÍA SIGNO DEL SIETE I

NORA ROBERTS

HERMANOS DE SANGRE

Traducción de *Adriana Delgado*

punto de lectura

Título original: *Blood Brothers*

2010, Santillana Ediciones Generales, S.L.
Torrelaguna, 60. 28043 Madrid (España)
Teléfono 91 744 90 60
www.puntodelectura.com

ISBN: 978-84-663-2416-8
Depósito legal: B-16.516-2010
Impreso en España – Printed in Spain

Primera edición: mayo 2010

Impreso por Litografía Rosés, S.A.

A mis chicos, que deambularon por el bosque,
incluso cuando se suponía que no debían hacerlo.

«Ahí donde Dios tiene un templo, el demonio levanta una capilla».

ROBERT BURTON

«El niño anuncia al hombre como la mañana anuncia el día».

JOHN MILTON

PRÓLOGO

Hawkins Hollow
Provincia de Maryland
1652

Reptó por el aire que colgaba pesadamente como lana mojada sobre el claro del bosque. A través de las serpientes de niebla que se deslizaban silenciosamente sobre la tierra se arrastró su odio. Vino a por él en medio del calor sofocante de la noche.

Quería que el hombre muriera.

Así que él esperó mientras se abría paso por el bosque, con la antorcha en alto hacia el cielo vacío, avanzando sobre las aguas del río y rodeando los matorrales, donde los animales se habían acurrucado de miedo al percibir el aroma que despedía.

Azufre del infierno.

El hombre había enviado lejos a Ann y a las vidas que llevaba en el vientre, a un lugar donde estuvieran seguras. La mujer no había llorado, pensó él mientras echaba en agua las hierbas que había recogido. No su Ann. Pero sí había adivinado el dolor en la expresión de su rostro, en lo profundo de sus ojos oscuros que él había amado tanto en esta vida y en todas las anteriores.

Los tres nacerían de ella y ella los criaría y les enseñaría. Y de ellos, cuando llegara el tiempo señalado, nacerían otros tres.

El poder que el hombre tuviera entonces sería de ellos, de esos hijos que darían su primer grito mucho, mucho después de que se hubiera hecho el trabajo de esta noche. Y para dejarles las herramientas que habrían de necesitar, las armas que habrían de empuñar, el hombre arriesgó todo lo que tenía, todo lo que era.

Su legado para ellos era de sangre, de corazón y de percepción.

En esta última hora el hombre haría todo lo que estuviera a su alcance para proveerlos de lo que necesitarían para llevar la pesada carga, para que se mantuvieran fieles a la verdad, para que pudieran ver su destino.

Su voz sonó fuerte y clara cuando llamó al viento y al agua, a la tierra y al fuego. Las llamas crepitaron en la hoguera y el agua tembló en el cuenco.

Puso la sanguinaria sobre el trapo. El verde profundo de la piedra estaba generosamente moteado de rojo. La había atesorado, al igual que otros antes que él. La había honrado. Y ahora la estaba llenando de poder como quien llena un tazón con agua.

Y su cuerpo se estremeció y sudó y se debilitó mientras un halo de luz empezaba a resplandecer alrededor de la piedra.

—Para vosotros ahora —murmuró—, hijos de mis hijos, tres partes de un mismo todo. En la fe, en la esperanza, en la verdad. Una sola luz reunida para contraatacar la oscuridad.

Y aquí, mi voto: no voy a descansar hasta que el destino se cumpla.

Se abrió la palma de la mano con la daga athame y dejó que su sangre se derramara sobre la piedra, sobre el agua y sobre las llamas.

—Sangre de mi sangre. Aquí esperaré hasta que vengas por mí, hasta que liberes lo que deba ser liberado de nuevo sobre el mundo. Que los dioses te guarden.

Por un momento hubo dolor. A pesar de su propósito, sintió dolor. No por su vida, puesto que tenía los minutos contados. No le temía a la muerte. Ni a lo que pronto se entregaría, que no era la muerte. Pero le dolió saber que nunca más en su vida volvería a posar sus labios sobre los de Ann, ni vería nacer a sus hijos, ni a los hijos de sus hijos. Le dolió saber que no podría hacer nada para evitar el sufrimiento que estaba por comenzar, así como tampoco había podido evitar el sufrimiento que había ocurrido antes, en tantas otras vidas.

Entendió que no era el instrumento, sino solamente el recipiente dispuesto para llenarse y vaciarse según las necesidades de los dioses.

Así, cansado como estaba debido al trabajo y atribulado por la pérdida, se quedó de pie afuera de la pequeña cabaña, junto a la gran piedra, esperando enfrentarse a su destino.

Llegó con la forma de un hombre, pero ésa era sólo un caparazón, así como su propio cuerpo era sólo un caparazón. Le dijo que se llamaba Lazarus Twisse, era miembro del consejo de «los devotos». Él y los hombres que lo seguían se habían establecido en la zona boscosa de la provincia cuando se apartaron de los puritanos de Nueva Inglaterra.

El hombre los observó con detenimiento a la luz de sus antorchas, a los hombres y al que no era un hombre. «Estos», pensó, «que vinieron al Nuevo Mundo en busca de libertad de credo, ahora persiguen y aniquilan a todo aquel que no siga su único y estrecho camino».

—Eres Giles Dent.

—Lo soy —respondió él—. En este tiempo y en este lugar.

Lazarus Twisse dio un paso adelante. Vestía el atuendo formal completamente negro de los miembros del consejo. El alto sombrero de ala ancha le hacía sombra en el rostro, pero Giles pudo verle los ojos, y en sus ojos vio al demonio.

—Giles Dent, usted y la mujer conocida como Ann Hawkins han sido acusados de brujería y prácticas demoniacas, y se les ha encontrado culpables.

—¿Quién nos acusa?

—¡Traigan aquí a la chica! —ordenó Lazarus.

Dos hombres la arrastraron al frente, llevándola cada uno de un brazo. Era una chica escuálida y pequeña, apenas un metro cincuenta, según calculó Giles. Tenía la cara blanca como la cera y el miedo se le dibujaba inequívocamente en la expresión y le colmaba los ojos. Le habían cortado el pelo al rape.

—Hester Deale, ¿es éste el brujo que te sedujo?

—Él y la mujer a la que llama su esposa me pusieron las manos encima —habló como si estuviera en trance—. Realizaron actos paganos sobre mi cuerpo, vinieron a mi ventana en forma de cuervos y volaron dentro de mi habitación en la mitad de la noche. Y luego me silenciaron la garganta para que no pudiera hablar o pedir ayuda.

—Muchacha —le dijo Giles suavemente—, ¿qué te han hecho?

Los ojos aterrorizados de la chica lo miraron sin verlo.

—Llamaron al demonio su dios y le cortaron el cuello a un gallo como sacrificio. Y bebieron su sangre. Me obligaron a beber la sangre también. No pude negarme.

—Hester Deale, ¿abjuras de Satán?

—Abjuro de él.

—Hester Deale, ¿abniegas de Giles Dent y Ann Hawkins, brujos y herejes?

—Sí. —Le caían lágrimas por las mejillas—. Abniego de ellos y le ruego a Dios que me salve. Le ruego a Dios que me perdone.

—Te perdonará —murmuró Giles—. No tienes culpa de nada.

—¿Dónde está la mujer llamada Ann Hawkins? —preguntó Lazarus en tono exigente, entonces Giles se giró para mirarle con sus claros ojos grises.

—No la encontrará.

—Hágase a un lado, que voy a entrar en esta casa del demonio.

—No la encontrará —repitió Giles, y por un momento apartó la mirada de Lazarus y observó a los hombres y al puñado de mujeres que ahora llenaban el claro del bosque donde estaba su cabaña.

Vio muerte en sus ojos, pero más que muerte lo que vio fue hambre de ella. Era el poder del demonio, y su labor. Sólo en los ojos de Hester vio Giles miedo y aflicción. Así que usó lo que tenía para ofrecer y acercó su mente a la de ella.

«¡Corre!».

La vio sobresaltarse, dar un paso atrás. Entonces se giró hacia Lazarus:

—Tú y yo nos conocemos. Despacha a esta gente, déjala libre, y entonces esto será sólo entre tú y yo.

Por una fracción de segundo Giles vio el resplandor rojo en los ojos de Lazarus.

—Estás perdido. ¡Quemen al brujo! —gritó—. ¡Quemen la casa del demonio y todo lo que hay dentro!

Los hombres se acercaron a Giles con antorchas y garrotes. El hombre sintió la lluvia de golpes que cayó sobre él y la furia del odio, que era el arma más poderosa del demonio.

Lo hicieron ponerse de rodillas mientras la madera de la cabaña empezaba a arder y a echar humo. Los gritos resonaron en su cabeza, la locura de ellos.

Con las últimas fuerzas que le quedaban, extendió los brazos hacia el demonio dentro del hombre. Ojos bordeados de resplandor rojo, el demonio alimentándose del odio, el miedo, la violencia. Lo sintió regodearse, lo sintió crecerse, tan seguro como estaba de la victoria y el festín que seguiría.

Entonces lo atrajo hacia sí, en medio del humo. Y lo escuchó gritar de furia y dolor cuando las llamas empezaron a lamerle la piel. Y se aferró a él intensamente, con toda su fuerza, mientras el fuego los consumía.

Y en esa unión el fuego ardió y se extendió y aniquiló a todos los seres vivos que habitaban el claro.

Y ardió un día y una noche, como las mismísimas entrañas del infierno.

CAPÍTULO 1

Hawkins Hollow
Maryland
1987

Dentro de la primorosa cocina de la también primorosa casa en Pleasant Avenue, Caleb Hawkins hizo un esfuerzo por no retorcerse mientras su madre le preparaba su versión de las provisiones que necesitaría para acampar.

En el mundo de su madre, los niños de diez años necesitaban fruta fresca, galletas de avena caseras (no estaban tan mal), media docena de huevos cocidos, una bolsa de galletas Ritz untadas con mantequilla de cacahuete, bastones de apio y zanahoria (¡puaj!) y sándwiches generosos de jamón y queso.

Después, también metió en la cesta un termo de limonada, una buena cantidad de servilletas de papel y dos cajas de barritas de cereales para el desayuno.

—Mamá, no vamos a morirnos de hambre —se quejó Caleb mientras su madre reflexionaba frente a la alacena abierta—. Sólo vamos a estar en el patio trasero de Fox.

Lo que era mentira, y casi le hizo daño en la lengua. Pero ella nunca le permitiría ir, si le dijera la verdad. Además, por Dios santo, si tenía diez años. O los tendría, al día siguiente.

Frannie Hawkins se llevó las manos a las caderas. Era una rubia coqueta y atractiva con ojos azules estivales y una elegante permanente. Era madre de tres hijos, y Cal era su bebé y el único niño.

—Ahora déjame revisar esa mochila.

—¡Mamá!

—Cariño, sólo quiero comprobar que no te olvidas de nada. —Implacable a su graciosa manera, la mujer abrió la cremallera de la mochila azul marino de su hijo—. Muda de ropa interior, camisa limpia, calcetines, bien, bien, pantalón corto, cepillo de dientes... Cal, ¿dónde están las tiritas que te dije que metieras, y el desinfectante y el repelente de insectos?

—Eh, ¡que no vamos a África!

—Da igual —respondió Frannie e hizo su característico gesto con los dedos que le indicaba a Cal que tenía que ir a traer lo que le pedía. Y mientras lo hacía, ella se sacó una tarjeta del bolsillo y la metió en la mochila.

El niño había nacido un minuto después de la medianoche, después de ocho horas y doce minutos de un terrible parto. Cada año, Frannie se había levantado a las doce y había visto dormir a su hijo durante ese minuto para después darle un beso en la mejilla.

Ahora estaba a punto de cumplir diez años, pero ella no podría llevar a cabo su ritual. Y puesto que los ojos le picaban, se dio la vuelta y se ocupó en limpiar una mancha imaginaria en la encimera, cuando oyó que Cal se acercaba a zancadas.

—Ya tengo todo, ¿está bien?

Su madre se dio la vuelta y le sonrió ampliamente.

—Está bien. —Y dio un paso adelante para acariciar el corto y suave pelo de su hijo. Su bebé había sido rubio, reflexionó, pero el pelo se le estaba oscureciendo y era probable que finalmente se le volviera castaño claro. Justo como el de ella, si no se lo tiñera.

Con uno de sus gestos habituales, Frannie le subió las gafas de montura oscura sobre el puente de la nariz.

—Que no se te vaya a olvidar darles las gracias a la señorita Barry y al señor O'Dell cuando llegues.

—No se me olvida.

—Y también cuando te marches mañana para venir a casa.

—Sí, señora.

Frannie cogió el rostro de su hijo entre las manos y lo miró a los ojos a través de las gruesas gafas, ojos que eran del mismo color de los de su padre, un gris sosegado.

—Pórtate bien —le dijo y le dio un beso en la mejilla—. Diviértete. —Y después en la otra—: Feliz cumpleaños, mi bebé.

Por lo general, le mortificaba que su madre lo llamara su bebé, pero por alguna razón, esta vez le hizo sentir emocionado y bien.

—Gracias, mamá.

Cal se puso la mochila a la espalda y levantó la pesada cesta llena de comida. ¿Cómo diablos iba a poder montar en su bicicleta hasta el bosque Hawkins con la mitad del supermercado a cuestas?

Los niños se iban a burlar tanto de él.

Pero puesto que no tenía opción, se dirigió al garaje, donde su bicicleta colgaba impecablemente de un armazón, por decreto de su madre, por supuesto. Lo consideró un momento y finalmente tomó prestadas dos cuerdas elásticas de su padre y con ellas amarró la cesta en la canasta de la bicicleta.

Después se montó en la bicicleta y pedaleó avenida abajo.

* * *

Fox terminó de desherbar su sección del huerto de verduras antes de levantar el pulverizador con la mezcla que su madre preparaba todas las semanas con el propósito de espantar a los conejos y los venados, y que no invadieran este bufé libre. El mejunje compuesto de huevo crudo, ajo y pimienta de cayena era tan apestoso que tuvo que contener la respiración mientras rociaba las filas de judías verdes y de habas, las hojas de las patatas, las zanahorias y los rábanos.

Dio un paso atrás, respiró profundamente y examinó el trabajo que había hecho. Su madre era extremadamente estricta con respecto al trabajo en el huerto. Su filosofía se basaba en la idea de respetar la tierra, estar en armonía con la naturaleza y ese tipo de cosas.

Fox sabía que también se trataba de comer y de producir suficientes alimentos y dinero para alimentar a una familia de seis, y a cualquier otro que pasara por la casa. Y exactamente por esa razón su padre y su hermana mayor, Sage, estaban en el quiosco que tenían vendiendo huevos, leche de cabra, miel y mermelada casera preparadas por su madre.

Miró hacia la sección de su hermano menor, Ridge, y lo vio acostado entre las filas de verduras jugando con la maleza en lugar de cortándola. Y puesto que su madre estaba dentro de la casa acostando a su hermanita Sparrow para que durmiera la siesta, Ridge estaba a su cargo.

—Vamos, Ridge, arranca de una vez las estúpidas hierbas, que me quiero ir ya.

Ridge levantó el rostro y le dirigió a su hermano una mirada soñadora.

—¿Por qué no puedo ir contigo?

—Porque tienes ocho años y no eres capaz ni de desherbar los dichosos tomates. —Molesto, Fox saltó sobre las filas sembradas y fue a dar a la sección de su hermano, se puso en cuclillas y empezó a desherbar.

Como esperaba, el insulto hizo que Ridge empezara a desherbar con furia. Entonces Fox se puso de pie y se limpió las manos en los vaqueros. Era un niño alto y de complexión delgada. El pelo castaño le enmarcaba el anguloso rostro en un enredo de rizos. Y sus ojos castaño claro reflejaban ahora plena satisfacción al saltar de nuevo sobre las filas sembradas para alcanzar el atomizador y luego dejarlo caer junto a su hermano.

—No te olvides de rociar esta mierda.

Atravesó el patio y rodeó lo que quedaba de la antigua cabaña de piedra, tres paredes bajas y parte de la chimenea, que se levantaba junto al huerto. Estaba completamente cubierta de madreselva y de correhuela, que era como a su madre más le gustaba.

Pasó junto al gallinero, donde los polluelos picoteaban el suelo aquí y allá, después por el corral, donde las dos cabras que tenían haraganeaban hasta el aburrimiento, después bordeó el huerto de hierbas aromáticas de su madre y se dirigió a la puerta de la cocina de la casa que sus padres habían construido casi en su totalidad. La cocina era enorme y las encimeras estaban llenas de proyectos: tarros, tapas, tinas con cera de vela y cuencos con mechas.

Sabía que la mayoría de los habitantes de Hollow y sus alrededores consideraba que su familia era un grupo de *hippies* extraños, pero no le importaba. La mayor parte del tiempo, se llevaban bien con todo el mundo y a la gente le gustaba comprarles huevos, leche y verduras, y las costuras, velas y manualidades que hacía su madre. Y también contrataban a su padre cuando necesitaban construir algo.

Fox se lavó en el fregadero antes de rebuscar en los armarios de la cocina y en la enorme despensa algo de comer que no fuera comida sana.

Por supuesto, fue una búsqueda infructuosa.

Iría en su bicicleta hasta el mercado, el que quedaba justo en las afueras del pueblo, si hacía falta, y usaría algo de sus ahorros para comprar galletas y algunos tentempiés.

Su madre entró en la cocina, quitándose del hombro la larga trenza de cabellos castaños. Llevaba puesto un vestido de verano que le dejaba al descubierto los brazos.

—¿Has terminado?

—Yo sí. A Ridge le falta un poquito todavía.

Joanne caminó hacia la ventana, levantando automáticamente la mano para acariciarle el pelo a Fox, luego la descansó sobre la nuca, mientras observaba a su hijo menor.

—Hay pastelitos de algarroba y salchichas vegetarianas, si quieres llevar.

—Ah —exclamó Fox—. No, gracias, estoy bien.

Sabía que su madre sabía que se iba a empachar de productos cárnicos y azúcar refinada. Y sabía que ella sabía que él sabía. Pero no le diría nada. Para su madre, la toma de decisiones era una cosa importante.

—Pásalo bien.

—Así lo haré.

—Fox. —Se quedó de pie donde estaba, junto al fregadero, bañada por la luz del sol que entraba por la ventana y hacía que le resplandeciera el pelo—. Feliz cumpleaños.

—Gracias, mamá. —Y salió a buscar su bicicleta pensando en las galletitas que compraría antes de empezar la aventura.

* * *

El viejo estaba durmiendo todavía cuando Gage metió algunas cosas en su mochila. Podía escuchar los ronquidos a través de las delgadas y desgastadas paredes del desvencijado apartamento de encima de la bolera Bowl-a-Rama. El viejo trabajaba allí limpiando los suelos y los baños y haciendo cualquier otra cosa que el padre de Cal le encargara.

Podía faltarle un día para cumplir diez años, pero sabía por qué el señor Hawkins mantenía contratado al viejo, por qué les permitía vivir en el apartamento sin pagar renta y por qué se suponía que el viejo era el encargado del mantenimiento del edificio. El señor Hawkins les tenía lástima, y más que nada lástima a Gage, por ser huérfano de madre e hijo de un alcohólico vil.

Otras personas también le tenían lástima, y eso le sentaba muy mal. Pero no se sentía así con el señor Hawkins. Él nunca permitía que se le notara la lástima. Y siempre que Gage hacía algún trabajo en la bolera, le pagaba en efectivo y sin que su padre se diera cuenta. Y le guiñaba el ojo con complicidad.

Él sabía, maldición, al igual que todo el mundo, que Bill Turner le pegaba a su hijo de vez en cuando. Pero el señor Hawkins era la única persona que se había sentado con él y le había preguntado qué quería. ¿Quería que llamara a la policía o al servicio social, o quería quedarse con él y su familia por un tiempo?

Gage no quería que llamara ni a la policía ni a ningún trabajador social, sólo empeoraría las cosas. Y aunque hubiera dado cualquier cosa por vivir con ellos, que eran gente decente, en su agradable casa, sólo le pidió al señor Hawkins que por favor, por favor, no despidiera a su padre.

El viejo le pegaba menos cuando el señor Hawkins lo mantenía ocupado y trabajando. A menos que, por supuesto, el viejo Bill se embarcara en una juerga y decidiera desquitarse.

Si el señor Hawkins supiera lo graves que podían ponerse las cosas en esas ocasiones, llamaría a la policía.

Así que Gage sencillamente guardaba silencio y se había vuelto un experto en esconder las marcas de las palizas que le daba, como la de la noche anterior.

Gage se movió silenciosamente mientras sacaba tres cervezas frías de la nevera. Todavía tenía en carne viva las heridas de la espalda y el trasero, y le ardían como fuego. Había estado esperando la paliza. Siempre se ganaba una cuando su cumpleaños se aproximaba. Y siempre se ganaba otra alrededor del aniversario de la muerte de su madre.

Ésas eran las dos grandes palizas habituales. Otras veces, lo pillaba por sorpresa. Pero cuando su padre estaba ocupado trabajando de forma estable, sólo le daba eventuales bofetadas o empujones.

Gage no procuró ser silencioso cuando entró a la habitación de su padre. Cuando Bill Turner estaba durmiendo una borrachera, nada, ni un bombardeo, podía despertarlo.

La habitación apestaba a cerveza y humo trasnochado, lo que hizo que Gage frunciera su bello rostro. Tomó media cajetilla de Marlboro de encima de la cómoda. El viejo no recordaría si le quedaban cigarrillos o no, así que no había problema.

Sin ningún reparo, abrió la billetera de su padre y sacó tres billetes de un dólar y uno de cinco. Miró al hombre mientras se metía los billetes en el bolsillo. Estaba extendido en la cama, desnudo salvo por los calzoncillos y con la boca abierta, por donde exhalaba los ronquidos.

La correa que había usado para golpearlo la noche anterior yacía en el suelo junto a camisas, calcetines y vaqueros sucios.

Por un momento, sólo unos segundos, a Gage se le pasó por la cabeza una imagen loca: se vio a sí mismo recogiendo la correa del suelo, levantándola en alto y dejándola caer con fuerza sobre la barriga desnuda y ondeante de su padre.

«A ver si te gusta».

Pero desde la mesa, donde también había un cenicero rebosado de colillas y una botella vacía, le miró la fotografía de su madre sonriendo.

La gente solía decir que se parecía a ella: el pelo oscuro, los brumosos ojos verdes, la boca fuerte. Hacía años le habría avergonzado que lo compararan con una mujer, pero últimamente lo tranquilizaba, ahora que todo en su cabeza salvo esa única fotografía era tan difuso; ahora que ya no podía escuchar la voz de ella en sus recuerdos o que no se acordaba de cómo olía.

Se parecía a su madre.

A veces fantaseaba con la idea de que ese hombre que bebía casi todas las noches hasta perder la consciencia no era su padre. Su verdadero padre era un hombre valiente y listo y ligeramente temerario.

Pero entonces miraba al viejo y sabía que todo era pura mierda.

Le hizo al bastardo un gesto obsceno con el dedo y salió de la habitación. Tendría que llevar la mochila en la mano, porque con las heridas, no había manera de que pudiera colocársela en la espalda.

Bajó por las escaleras de fuera y fue a la parte trasera del edificio, donde tenía encadenada su destartalada bicicleta.

A pesar del dolor, sonrió al montarse en ella. Durante las próximas veinticuatro horas sería libre.

* * *

Habían quedado en encontrarse en el extremo occidental del pueblo, donde los árboles del bosque bordeaban la curva de la carretera. El niño de clase media, el niño *hippie* y el hijo del borracho.

Los tres cumplían años el mismo día: el siete de julio. Cal había exhalado su primer grito conmocionado en la sala de partos del hospital del condado de Washington mientras su madre jadeaba y su padre lloraba. Fox se había abierto paso en este mundo y hacia las manos de su sonriente padre en la habitación de la pequeña y extraña casa de la granja mientras Bob Dylan cantaba *Lay, Lady, Lay* en el tocadiscos y se consumían velas con olor a lavanda en los candelabros. Gage, por su parte, había luchado por salir de su aterrorizada madre en una ambulancia que corría a toda velocidad por la ruta 65.

Ahora, Gage llegó primero. Se apeó y caminó entre los árboles, para que nadie que pasara por la carretera pudiera ver la bicicleta o a él.

Entonces se sentó en el suelo y encendió el primer cigarrillo de la tarde. Los cigarrillos siempre le daban un poco de náuseas, pero el acto desafiante de encenderlos compensaba el malestar.

Se quedó sentado entre las sombras de los árboles y fumó mientras se imaginaba a sí mismo en algún sendero de una montaña en Colorado o en alguna selva tropical suramericana.

Cualquier otro lugar que no fuera donde estaba.

Iba por la tercera calada y la primera inspiración cautelosa cuando escuchó frenos sobre tierra y rocas.

Fox se abrió pasó entre los árboles sobre *Relámpago*, su bicicleta. La llamaban así porque su padre le había pintado relámpagos en las barras.

Su padre era un buen tipo en ese sentido.

—Hola, Turner.

—O'Dell. —Gage le ofreció el cigarrillo.

Ambos sabían que Fox lo aceptaba sólo porque de lo contrario quedaba como un pelmazo. Así que le dio una corta calada y se lo devolvió a su amigo. Gage señaló con la cabeza hacia la bolsa que colgaba del manillar de *Relámpago*.

—¿Qué has traído?

—Galletas, chocolate, barritas y tentempiés.

—¡Fantástico! Yo he traído tres latas de cerveza para esta noche.

A Fox no se le salieron los ojos de las órbitas, pero estuvieron cerca.

—¡No digas tonterías!

—Es en serio. El viejo estaba durmiendo la borrachera y no se va a dar cuenta. Y traje algo más: la *Penthouse* del mes pasado.

—¡No puede ser!

—Las guarda debajo de una pila de basura en el baño.

—Déjame ver.

—Después, con la cerveza.

Los dos giraron la cabeza al oír que Cal arrastraba la bicicleta por el estrecho sendero.

—¡Qué hay, marica! —lo saludó Fox.

—¡Bien, gilipollas!

Se saludaron así pero con afecto de hermanos. Luego, se internaron en el bosque con las bicicletas y se apartaron del sendero. Una vez las escondieron y consideraron que estaban seguras, desataron las mochilas y la carga y empezaron a repartirse el peso.

—Por Dios, Hawkins, ¿qué te metió tu madre aquí?

—No te vas a quejar cuando te lo estés comiendo. —Los brazos de Cal ya estaban protestando por el peso, entonces le frunció el ceño a Gage—. ¿Por qué no te pones la mochila en la espalda y me ayudas, más bien?

—Porque prefiero llevarla en la mano. —Pero levantó la tapa de la cesta y después de silbar al ver todos los recipientes plásticos, sacó algunos y los metió dentro de su mochila—. Mete algunos en tu mochila también, O'Dell, o nos va a llevar un día entero sólo llegar al estanque de Hester.

—Mierda. —Fox sacó los termos y los metió en su mochila—. ¿Ya está suficientemente ligero, nenita?

—Vete al carajo. ¿No ves que llevo la cesta además de la mochila?

—Y yo traigo la mochila más la bolsa con lo que compré en el mercado. —Fox sacó de la bicicleta su posesión más preciada—. Y tú lleva el radiocasete, Turner.

Gage se encogió de hombros y alcanzó el aparato.

—Entonces yo escojo la música.

—¡Rap no! —exclamaron al unísono Fox y Cal. Gage sólo sonrió y mientras caminaba, buscó en el dial hasta que sintonizó una emisora en la que estaba sonando una canción de Run-DMC con Aerosmith.

Y empezaron la excursión, entre jadeos y maldiciones.

Las gruesas hojas verdes impedían el paso de la luz del sol y del calor del verano. A través de los gruesos álamos y altísimos robles se vislumbraban parches del azul lechoso del cielo. Buscaron con ansia la brisa del riachuelo mientras los raperos y Aerosmith los instaban a caminar más animadamente.

—Gage trajo una *Penthouse* —dijo Fox—. La revista de mujeres desnudas, tontorrón —añadió cuando Cal le lanzó una mirada perpleja.

—Ajá.

—Ajá. Vamos, Turner, déjanos ver.

—No hasta que hayamos acampado y abierto las cervezas.

—¡Cerveza! —Como por instinto, Cal echó una mirada sobre el hombro, sólo para confirmar que su madre no se hubiera materializado mágicamente en el lugar—. ¿Has traído cerveza?

—Tres latas —confirmó Gage, pavoneándose—. Y cigarrillos.

—¿No te parece que esto es genial? —le preguntó Fox a Cal dándole un golpe en el brazo—. ¡El mejor cumpleaños de nuestra vida!

—De nuestra vida —confirmó Cal, pero en el fondo estaba aterrorizado. Cerveza, cigarrillos y fotos de mujeres desnudas. Si su madre se enteraba, lo castigaría hasta que tuviera treinta. Y eso que no estaba contando con que había mentido. O con que estaba de excursión por el bosque para ir a acampar en la expresamente prohibida Piedra Pagana.

Estaría castigado hasta que muriera de viejo.

—Deja ya de preocuparte. —Gage se pasó la mochila de un brazo al otro y le lanzó un guiño travieso de «qué diablos»—. Todo está bien.

—No estoy preocupado. —Sin embargo, Cal se sobresaltó cuando un arrendajo gordo voló de uno de los árboles chillando con irritación.

CAPÍTULO 2

En el mundo de Cal, el estanque de Hester también estaba prohibido. Y ésa era sólo una de las razones por las cuales lo encontraba irresistible.

Se suponía que el pozo de agua turbia, alimentado por el sinuoso arroyo Antietam y escondido entre la espesura de los árboles, estaba embrujado y allí se aparecía una extraña niña peregrina que se había ahogado en él hacía quién sabe cuántos años.

Había escuchado a su madre contar que, cuando era niña, un niño se había ahogado allí también, lo que significaba, según la Lógica Madre, que era la razón número uno para que Cal nunca pudiera nadar allí. Se decía que el fantasma del niño estaba allí también, merodeando bajo el agua y sólo esperando agarrar el tobillo de otro niño y hundirlo hasta el fondo y tener así alguien con quien jugar.

Cal había nadado allí dos veces ese verano, ebrio de miedo y emoción. Y ambas veces habría jurado que había sentido dedos huesudos rozándole los tobillos.

Un denso ejército de espadañas flanqueaba los bordes de la pequeña laguna y alrededor de la ribera resbaladiza crecían arbustos de azucenas rojas, de las que tanto le gustaban a su madre. Abanicos de helechos colgaban de la cuesta rocosa junto con zarzas de bayas silvestres, de las que cuando maduran, manchan los dedos con un tinte rojo púrpura que parece sangre de verdad.

La última vez que habían ido, Cal había visto una culebra negra reptando por la cuesta hacia arriba, pero tan sutilmente, que casi no había movido los helechos.

Fox dejó escapar un grito y soltó la mochila. En cuestión de segundos se quitó los zapatos, la camisa y los vaqueros y se echó al agua de un solo salto sin pensar en culebras, fantasmas o cualquier otra cosa que hubiera podido estar debajo de la turbia superficie del agua.

—¡Venid al agua, nenitas! —Y después de una perfecta zambullida, empezó a nadar como una foca.

Cal se sentó, se desató las Converse All Star y metió meticulosamente los calcetines dentro después de quitárselos. Mientras Fox seguía chapoteando y gritando de emoción, Cal miró a Gage, que se había quedado de pie solo mirando hacia el agua.

—¿Te vas a meter?

—No.

Cal se quitó la camisa y la dobló por la fuerza de la costumbre.

—Está en el orden del día. No podemos cruzar a menos que los tres lo hagamos.

—Sí, sí. —Pero Gage se quedó de pie sin moverse mientras Cal se desvestía hasta quedarse en calzoncillos.

—Los tres tenemos que meternos al agua, desafiar a los dioses y esas cosas.

Gage se encogió de hombros y se quitó los zapatos con los pies.

—Ve primero, ¿o qué? ¿Eres marica y quieres ver cómo me quito la ropa?

—¡Qué desagradable! —Y tras meter las gafas dentro de su zapato izquierdo, Cal tomó aire, agradeció que su visión fuera borrosa y saltó al agua.

Sintió el agua como un chispazo helado y súbito.

De inmediato, Fox le echó agua a la cara y lo dejó ciego, entonces nadó deprisa hacia las espadañas para evitar las represalias. Y justo cuando Cal había logrado aclararse sus ojos miopes, Gage saltó al agua y lo cegó de nuevo.

—¡Caramba, chicos!

El chapoteo de perro de Gage empezó a levantar olas, entonces Cal se alejó, para evitar la tormenta. De los tres, él era el mejor nadador. Fox era rápido, pero perdía el ímpetu pronto y Gage... Gage más bien atacaba el agua como si estuviera luchando con ella.

A Cal le preocupaba, aunque a una parte de sí le parecía genial pensar que algún día tendría que salvar a Gage de ahogarse usando las técnicas salvavidas que su padre le había enseñado en la piscina inflable que tenían en casa.

Se estaba imaginando el escenario, y cómo Gage y Fox lo mirarían con gratitud y admiración, cuando una mano le cogió del tobillo y tiró de él hasta sumergirlo.

A pesar de que sabía que era Fox quien tiraba de él, el corazón se le subió a la garganta cuando el agua le tapó la cabeza. Luchó por mantenerse a flote y en ese instante de pánico olvidó todo el entrenamiento que le había dado su padre. Y mientras lograba zafarse de su amigo y luchaba por salir a la superficie, vio a la izquierda que algo se movía.

Una forma femenina parecía resplandecer a través del agua, dirigiéndose hacia él. El pelo le flotaba hacia atrás de su rostro blanco con ojos como cavernas oscuras. Y cuando extendió un brazo hacia Cal, él abrió la boca para gritar y, tragando agua, se abrió paso hasta la superficie.

Podía escuchar risas a su alrededor, con eco y metálicas, como la música que sonaba en el viejo radiotransistor que su padre usaba a veces. Con una sensación de terror quemándolo por dentro, chapoteó y dio varias brazadas hasta llegar a la orilla.

—¡La vi, la vi en el agua! ¡La vi! —Las palabras se le atascaron en la garganta mientras luchaba por subir la cuesta y salir del agua.

Ella venía a por él y en su mente la vio venir rápida como un tiburón, y la vio con la boca abierta y le vio los dientes centelleantes afilados como dagas.

—¡Salid! ¡Salid del agua! —gritó jadeando, se arrastró por los hierbajos resbaladizos y al girarse, vio a sus amigos flotando con la cabeza fuera del agua—. ¡Está en el agua! —Casi gimió las palabras, mientras se arrastraba sobre la barriga y revolvía los zapatos para sacar sus gafas—. ¡La vi! ¡Salid del agua! ¡Deprisa!

—Ay, ¡el fantasma! ¡Auxilio! ¡Socorro! —Y con un balbuceo burlón, Fox se dio una zambullida.

Cal se puso de pie y cerró los puños a los lados del cuerpo. Una mezcla de furia y terror hizo que su voz resonara a través del calmado aire de verano.

—Salid de la puta agua ya.

A Gage se le desvaneció la sonrisa del rostro. Entrecerró los ojos para mirar a Cal detenidamente y entonces agarró a Fox del brazo cuando emergió a la superficie de nuevo.

—Salgamos ya.

—Ay, pero si sólo nos está tomando el pelo porque lo hundí.

—No está tomándonos el pelo.

El tono de Gage caló en Fox, o cuando se tomó la molestia de girarse para mirar a Cal, la expresión de su rostro le dijo que era en serio. Así que se apresuró a nadar hacia la orilla, lo suficientemente asustado como para echar un par de miradas sobre el hombro mientras lo hacía.

Gage lo siguió con un despreocupado chapoteo de perro que llevó a Cal a pensar que su amigo estaba esperando a que algo sucediera.

Una vez sus amigos estuvieron fuera del agua, Cal se dejó caer al suelo, recogió las rodillas, apoyó la frente contra ellas y empezó a temblar.

—Hombre —le dijo Fox, que estaba chorreando agua y había empezado a hacer equilibrios en un pie y en el otro alternativamente—, pero si sólo te di un tirón, no era para tanto. Sólo estábamos jugando.

—La vi.

Fox se puso en cuclillas junto a su amigo y se apartó de la cara el pelo mojado.

—Pero si tú no ves nada sin esos culos de botella que tienes por gafas.

—Cállate, O'Dell —interrumpió Gage—. ¿Qué viste, Cal?

—A ella. Tenía todo el pelo flotándole alrededor y los ojos, ay, hombre, los ojos eran tan negros como los del tiburón de *Tiburón.* Llevaba puesto un vestido largo, de manga larga y todo, y extendió las manos hacia mí como si fuera a cogerme...

—Con sus dedos huesudos —agregó Fox, sin lograr que su tono fuera suficientemente desdeñoso.

—No eran huesudos —dijo Cal levantando la cabeza. Detrás de sus gruesas gafas los ojos le brillaban de furia y miedo—. Pensé que así serían, pero ella parecía... Toda ella se veía tan... real. No como un fantasma o un esqueleto. Ay, hombre; ay, Dios mío. La vi. No me lo estoy inventando.

—Jesús —exclamó Fox avanzando en cuclillas unos metros más lejos del estanque, después maldijo por lo bajo cuando se desgarró el antebrazo con las espinas de las zarzas—. ¡Mierda! Ahora estoy sangrando. —Y diciendo esto, arrancó un manojo de hierbas silvestres y se limpió bruscamente la sangre de los arañazos.

—Ni siquiera lo pienses. —Cal vio la manera en que Gage estaba examinando el agua, con esa expresión reflexiva de «qué pasaría si...» en los ojos—. Nadie se va a meter en el agua de nuevo. No nadas lo suficientemente bien como para intentarlo, en todo caso.

—¿Cómo es posible que sólo tú la hayas visto?

—No sé y no me importa. Sólo sé que quiero irme de aquí. —Cal se levantó de un salto y cogió su pantalón, pero antes de podérselos poner, vio a Gage por detrás—. ¡Hostia! ¡Estás hecho un cristo!

—El viejo se emborrachó anoche. Pero no es nada.

—Amigo —Fox fue a echarle un vistazo—, eso te debe de doler como un diablo.

—El agua me calmó la sensación.

—He traído un botiquín... —empezó a decir Cal, pero Gage lo interrumpió.

—Ya te he dicho que no es nada. —Y cogió su camisa y se la puso—. Si vosotros dos no tenéis pelotas para volver al agua y ver qué es lo que pasa, más vale que nos pongamos en marcha.

—Yo no tengo pelotas —respondió Cal tan impasiblemente que Gage estalló en carcajadas.

—Entonces ponte el pantalón antes de que empiece a preguntarme qué es lo que te cuelga entre las piernas.

Fox abrió una caja de galletas y sacó una de las Coca-Colas que había comprado en el mercado. Y puesto que tanto lo que había ocurrido en el estanque como las heridas de Gage eran demasiado importantes, ninguno volvió a mencionar nada al respecto. En cambio, reanudaron la marcha, con el pelo todavía escurriendo agua, comiendo galletas y compartiendo la lata de refresco tibia.

Pero con Bon Jovi cantando que estaban a medio camino, Cal pensó en lo que había visto. ¿Por qué sólo él la había visto? ¿Cómo era posible que hubiera visto tan claramente su rostro, si el agua era turbia y él no llevaba puestas sus gafas? ¿Cómo había podido verla? Y con cada paso que daba alejándose de la laguna, más fácil fue irse convenciendo de que se lo había imaginado todo. Claro que nunca, *nunca,* iba a admitir que tal vez sólo se había asustado.

Entonces el calor secó la humedad de su piel y a cambio le hizo sudar. Cal se preguntó cómo podía soportar Gage que la camisa se le pegara a la espalda en el estado en que la tenía. Porque, caramba, esos latigazos estaban inflamados y en carne viva, y de verdad que tenían que ser muy dolorosos. Ya antes había visto cómo quedaba Gage después de las palizas del viejo Turner, pero ninguna otra vez anterior, ninguna, había tenido un aspecto tan grave como ésta. Deseó que Gage le hubiera permitido ponerle bálsamo en la espalda.

¿Y si se le infectaban las heridas? ¿Y si se le llenaba de bacterias la sangre y empezaba a delirar o alguna cosa, y ellos tan lejos dentro del bosque en la Piedra Pagana?

Tendría que mandar a Fox a buscar ayuda. Sí, eso sería lo que haría: mandar a Fox a pedir ayuda mientras él se quedaba con Gage curándole las heridas y tratando de darle algo de beber para que no... ¿Cómo era la palabra? Ah, sí, para que no se deshidratara.

Por supuesto que el pellejo de los tres estaría en riesgo cuando su padre tuviera que ir a recogerlos, pero Gage se pondría mejor. Tal vez incluso meterían en la cárcel al viejo Turner.

Pero ¿y después qué? ¿Tendría que ir Gage a vivir a un orfanato?

Pensar en eso le daba casi tanto miedo como pensar en la mujer del estanque.

Se detuvieron para descansar y se sentaron en la sombra mientras compartían uno de los cigarrillos robados de Gage. Siempre le daban un poco de mareo, pero era agradable sentarse allí entre los árboles escuchando el agua caer por las rocas detrás de ellos y a todos esos pájaros enloquecidos que se llamaban unos a otros con frenesí.

—Podríamos acampar aquí —dijo Cal, pero más para sí mismo.

—Por nada del mundo —respondió Fox dándole un golpe en el hombro—. Vamos a cumplir diez en la Piedra Pagana. Nada de cambiar de planes. Nos falta sólo como una hora de camino, ¿no es cierto, Gage?

Gage miró hacia los árboles.

—Sí. Podríamos avanzar con mayor rapidez si vosotros dos no hubierais traído tanta mierda.

—No vi que rechazaras las galletas —le recordó Fox.

—Nadie le dice que no a una de esas galletas. Bien... —Aplastó el cigarrillo y le puso una piedra encima a la colilla—. En marcha, soldados.

Nadie venía por aquí. Cal sabía que no era cierto, sabía que cuando era temporada de venados, el bosque se llenaba de cazadores. Pero se *sentía* como si nadie pasara por ahí. Las dos veces anteriores en que se había dejado convencer para ir hasta la Piedra Pagana se había sentido exactamente igual. Y ambas veces habían empezado la caminata por la mañana temprano, no por la tarde, así que habían estado de regreso antes de las dos.

Pero ahora, según su reloj, eran casi las cuatro. A pesar de las galletas que se había comido, el estómago quería protestar.

Quería detenerse de nuevo y escarbar dentro de la estúpida cesta que su madre le había preparado. Pero Gage iba a toda marcha, ansioso como estaba de llegar pronto a la Piedra Pagana.

La tierra en el claro tenía un aspecto ligeramente chamuscado, como si un incendio se hubiera propagado por los árboles y hubiera reducido todo a cenizas. Era un círculo casi perfecto rodeado por robles y algarrobos y zarzas de bayas silvestres. En el centro descansaba una única piedra que sobresalía unos sesenta centímetros de la tierra quemada y que tenía la superficie plana, como una mesa pequeña.

Algunos decían que era como un altar.

La gente decía, cuando hablaba de ella, lo que no sucedía con mucha frecuencia, que la Piedra Pagana era tan sólo una enorme roca que se había abierto paso hasta la superficie de la tierra, y que la tierra tenía esos colores debido a los minerales o a una corriente subterránea o tal vez incluso a cavernas.

Pero otras personas, que por lo general hablaban de ella con gusto, decían que en la época del poblado original de Hawkins Hollow, trece personas habían encontrado su perdición una noche y se habían quemado vivas en ese mismo lugar.

Brujería, decían unos. Adoración al diablo, decían otros.

Otra teoría afirmaba que un grupo de indígenas poco hospitalarios había matado a las trece personas y después había quemado sus cadáveres.

Pero cualquiera que fuera la teoría, la realidad era que la piedra gris pálido sobresalía de la tierra color hollín como si fuera un monumento.

—¡Lo logramos! —Fox soltó su mochila y la bolsa y corrió hacia la piedra para bailar a su alrededor—. ¿No os parece genial? Nadie sabe que estamos aquí. Y tenemos *toda* la noche para hacer lo que queramos.

—Lo que queramos en medio del bosque —agregó Cal. Sin una tele y sin frigorífico.

Fox echó la cabeza hacia atrás y dio un grito que el eco devolvió a lo lejos.

—¿Habéis visto eso? Nadie puede oírnos. Mutantes o extraterrestres o *ninjas* podrían atacarnos y nadie nos escucharía.

Cal se dio cuenta de que eso no hacía que su estómago se sintiera mejor.

—Tenemos que recoger leña, para poder encender una fogata.

—El explorador tiene razón —decidió Gage—. Vosotros dos id a buscar los leños, mientras yo voy a poner la cerveza y las gaseosas en el río, para que se enfríen un poco.

Cal organizó el campamento primero, a su meticulosa manera. La comida en una zona, la ropa en otra, las herramientas en otra. Entonces se dispuso a buscar ramas y verguetas con su cuchillo de explorador y su brújula en el bolsillo. Las zarzas lo picaron y lo cortaron cuando trató de abrirse paso entre ellas. Con los brazos cargados como venía, no se dio cuenta de que algunas gotas de su sangre cayeron al suelo en el borde del círculo.

Tampoco notó cómo la sangre hirvió y humeó antes de que la tierra cicatrizada la absorbiera.

Fox puso el radiocasete sobre la piedra, para que pudieran acampar con Madonna, U2 y el *Boss:* Bruce Springsteen. Y siguiendo el consejo de Cal, primero dispusieron la fogata, pero no la encendieron mientras tuvieron luz del sol.

Sudorosos y mugrientos, los tres amigos se sentaron en el suelo y rebuscaron en la cesta con manos sucias y enorme apetito. Y mientras la comida y los sabores conocidos le fueron llenando la barriga y calmando el sistema, Cal decidió que había valido la pena cargar la cesta el par de horas que les había costado llegar allí.

Satisfechos, los tres se acostaron sobre la espalda y miraron hacia el cielo.

—¿En serio creéis que todas esas personas murieron aquí? —preguntó Gage.

—En la biblioteca hay libros que hablan sobre ello —le informó Cal—. Sobre un incendio de algo así como «origen desconocido» que se esparció y quemó a estas personas.

—Sitio particular para estar, ¿no creéis?

—Nosotros estamos aquí.

Gage sólo gruñó ante esa respuesta.

—Mi madre me dijo que las primeras personas blancas que se establecieron aquí eran puritanos. —Fox hizo un globo con la goma de mascar que había comprado en el mercado—. Puritanos radicales o algo parecido. Vinieron aquí buscando libertad religiosa, pero en realidad significaba que sólo eran libres si lo eran a su manera. Mi madre dice que mucha gente es así en cuanto a la religión. Yo no lo entiendo.

Gage pensó que sabía, o al menos una parte:

—Muchas personas son malvadas, e incluso si no lo son, muchas más piensan que son mejores que uno. —Él lo experimentaba todo el tiempo, en la manera en que la gente lo miraba.

—¿Pero vosotros creéis que esas personas eran brujas y que los habitantes de Hollow de esa época las quemaron vivas o algo así? —Fox se dio la vuelta y quedó acostado sobre la barriga—. Mi madre dice que ser brujo es también un tipo de religión.

—Tu madre está chalada.

Y porque había sido Gage quien lo había dicho y porque lo había dicho en tono burlón, Fox se rió:

—Todos estamos chalados.

—Yo digo que esto merece una cerveza —dijo Gage poniéndose de pie—. Podemos compartir una mientras las otras se enfrían más.

Y mientras Gage caminaba hacia el río, Fox y Cal intercambiaron una mirada inquisitiva.

—¿Has bebido cerveza antes? —le preguntó Cal a Fox.

—No. ¿Y tú?

—¿Estás bromeando? Si a mí me dejan tomar Coca-Cola sólo en ocasiones especiales. ¿Y si nos emborrachamos y nos desmayamos o algo así?

—A veces mi padre toma cerveza, y él no se emborracha. No, no creo.

Se quedaron en silencio cuando sintieron que Gage venía de regreso con la lata mojada en la mano.

—Bueno, esto es para celebrar que a medianoche dejaremos de ser niños.

—Entonces tal vez no deberíamos beberla hasta la medianoche —opinó Cal.

—Nos tomaremos la segunda después. Es como... Es como un ritual.

El sonido de la lata abriéndose sonó fuerte en el silencio del bosque, un rápido crac que para Cal fue tan chocante como lo habría sido el sonido de un disparo. De inmediato el aroma a cerveza lo invadió y le sorprendió su olor agrio. Se preguntó si sabría igual.

Gage sostuvo la cerveza con una mano en lo alto, como si empuñara el mango de una espada. Al cabo de un momento bajó la lata y le dio un sorbo largo y profundo.

No disimuló la reacción para nada: hizo una mueca como si se hubiera tragado algo extraño y desagradable. Las mejillas se le sonrojaron y exhaló un corto y ahogado suspiro.

—Todavía está bastante tibia, pero... —tosió una vez—. Pero cumple su cometido. Ahora tú.

Le pasó la lata a Fox, que se encogió de hombros, la recibió e imitó a Gage. Todos sabían que si había cualquier cosa cercana a un reto, Fox la aceptaría.

—¡Puaj! Sabe a orines.

—¿Has estado bebiendo orines últimamente?

Por toda respuesta, Fox resopló y le pasó la lata a Cal.

—Tu turno.

Cal estudió la lata. Un sorbo de cerveza no lo iba a matar ni nada por el estilo. Así que tomó aire y tragó un sorbo de la lata. Sintió que el estómago se le enroscaba y se le aguaron los ojos. Le devolvió la lata a Gage.

—Pues sí sabe a orines.

—Supongo que la gente no bebe cerveza por su sabor sino por la manera en que le hace sentir. —Y le dio otro sorbo, porque quería saber cómo le hacía sentir.

Se sentaron con las piernas cruzadas en el claro circular, con las rodillas tocándose y se pasaron de mano en mano la lata de cerveza.

A Cal el estómago se le estrujó, pero no se sintió enfermo, no exactamente, al menos. También notaba la cabeza rara, pero le hacía sentirse un poco tontorrón y divertido a su vez. Y la cerveza hizo que se le llenara la vejiga. Cuando se puso de pie, todo el mundo se movió y le hizo reír sin que pudiera evitarlo. Entonces caminó tambaleándose hacia un árbol. Se abrió la cremallera y trató de poner la mano contra el árbol, pero éste no hacía más que moverse.

Fox estaba tratando de encender un cigarrillo cuando Cal regresó tambaleándose de nuevo. Se pasaron el cigarrillo de mano en mano también hasta que el estómago de casi diez años de Cal se revolvió. Gateó lejos y vomitó todo, gateó de vuelta y se desplomó cuan largo era. Cerró los ojos dispuesto a que el mundo se quedara quieto otra vez.

Se sintió como si estuviera de vuelta nadando en el estanque y alguien tirara de él lentamente hasta el fondo.

Cuando emergió a la superficie de nuevo, era casi de noche.

Se puso de pie, deseando no vomitar otra vez. Sentía un vacío dentro, en el estómago y en la cabeza, pero no náuseas. Vio a Fox durmiendo acurrucado junto a la piedra. Gateó hacia los termos y, después de beber y limpiarse el sabor de la boca y la garganta, se sintió agradecido como nunca por su madre y la limonada que preparaba.

Sintiéndose mejor, se frotó los ojos por debajo de las gafas, después vio a Gage sentado, observando la fogata que todavía estaba por encender.

—Buenos días, nenita.

Cal se le acercó con una sonrisa lánguida en los labios.

—No sé cómo se enciende esto. Pensé que ya era hora de hacerlo, pero necesitaba a un niño explorador.

Cal cogió los fósforos que le ofreció Gage y encendió fuego en varios puntos de la fogata donde estaban las hojas secas que había acomodado debajo de la leña.

—Así debe de ser suficiente. El viento está lo suficientemente quieto y no hay nada en el claro que pueda quemarse. Podemos seguir alimentando el fuego cuando sea necesario y sólo asegurarnos de enterrar la fogata mañana antes de irnos.

—Este guardia forestal. ¿Estás bien?

—Sí, supongo. Creo que lo vomité todo.

—No debí de haber traído las cervezas.

Cal se encogió de hombros y le echó un vistazo a Fox.

—Estamos bien. Y ya no tenemos que preguntarnos a qué sabe. Ya sabemos que sabe a orines.

Gage se rió pausadamente.

—No me hizo sentir malvado. —Cogió un palito y azuzó las llamas nacientes—. Quería saber si sería así, y supuse que podía ensayar contigo y con Fox. Vosotros sois mis mejores amigos, así que qué mejor que hacerlo con vosotros y ver si me sentía malo.

—¿Cómo te hizo sentir?

—Me dio dolor de cabeza. De hecho, todavía me duele un poco. Pero no enfermé como vosotros, aunque quería enfermar igual. Fui a por una de las Coca-Colas y me la tomé, entonces me sentí mejor. ¿Por qué él tiene que beber tantísimo, si se va a sentir así después?

—No sé.

Gage dejó caer la cabeza sobre sus rodillas.

—Anoche cuando fue a buscarme estaba llorando. Y lloró y balbuceó todo el tiempo que me pegó con la correa. ¿Por qué alguien querría sentirse así?

Teniendo cuidado de no rozar los latigazos en la espalda de su amigo, Cal le puso un brazo alrededor de los hombros. Deseó saber qué decir.

—Pronto, en cuanto sea lo suficientemente mayor, me voy a ir. Tal vez me aliste en el ejército o consiga trabajo en un carguero. O tal vez en un pozo petrolero.

Cuando levantó la cabeza a Gage le brillaban los ojos. Cal desvió la mirada, porque sabía que el brillo eran lágrimas.

—Puedes venir a quedarte con nosotros siempre que lo necesites.

—Sería peor cuando volviera. Pero en pocas horas voy a cumplir diez años. Y dentro de pocos años voy a ser tan grande como él, o puede que más. Entonces no le voy a permitir que me busque y me golpee. Al diablo. —Gage se frotó la cara—. Despertemos a Fox. Nadie duerme esta noche.

Fox gimió y se quejó, entonces se levantó, fue a orinar y volvió con una Coca-Cola del río. La compartieron junto con otra ronda de galletas. Y, por fin, la *Penthouse.*

Cal había visto senos desnudos antes. Podían verse en las *National Geographic* de la biblioteca, si se sabía dónde buscar. Pero éstos eran diferentes.

—Chicos, ¿alguna vez pensáis en hacerlo? —preguntó Cal.

—¿Quién no? —contestaron los otros dos.

—Quienquiera que lo haga primero tiene que contarlo todo a los otros dos. Todo sobre lo que se siente —continuó Cal—. Y cómo lo hizo y cómo lo hizo ella. Todo. Propongo un juramento.

Un juramento era sagrado. Gage escupió sobre el dorso de su mano y la extendió hacia el frente. Fox puso la palma sobre la mano de su amigo y se escupió en el dorso de la suya. Luego Cal completó la tríada con su propia mano.

—Entonces juremos los tres —dijeron al unísono.

Se sentaron alrededor de la fogata. En el cielo, las estrellas empezaron a titilar y desde las profundidades del bosque se escuchó a un búho ulular su llamada nocturna.

La larga y sudorosa excursión, la aparición fantasmal y las náuseas ya habían pasado al olvido.

—Deberíamos hacer esto mismo cada año en nuestro cumpleaños —propuso Cal—. Incluso cuando seamos viejos, cuando tengamos treinta o así. Deberíamos venir siempre aquí.

—A beber cerveza y a ver fotos de mujeres desnudas —añadió Fox—. Propongo un...

—No —lo interrumpió Gage secamente—. No puedo jurar, porque no sé adónde voy a ir, pero seguro estaré en alguna otra parte. No sé si alguna vez voy a volver.

—Entonces nosotros iremos adonde estés, siempre que podamos. Siempre vamos a ser amigos. —Nada podía cambiar eso, pensó Cal, e hizo su propio juramento interno. Nada podría separarlos nunca. Miró el reloj en su muñeca—. Ya casi va a ser medianoche. Tengo una idea.

Sacó su cuchillo de explorador, abrió la hoja y la puso al fuego.

—¿Qué estás haciendo? —le preguntó Fox.

—Lo estoy esterilizando. Eh, como purificándolo. —El cuchillo se puso tan caliente que tuvo que retroceder y soplarse los dedos—. Es como lo que dijo Gage sobre los rituales y esas cosas. Diez años son una década. Nos hemos conocido casi todos esos años y nacimos en el mismo día. Eso nos hace... diferentes —dijo, buscando palabras de las cuales ni siquiera estaba seguro—. Especiales, supongo. Somos los mejores amigos. Como hermanos.

Gage miró el cuchillo y después subió la mirada hacia la cara de Cal.

—Hermanos de sangre.

—Ajá.

—¡Fantástico! —Comprometido de antemano, Fox extendió la mano.

—A medianoche —dijo Cal—. Tenemos que hacerlo a medianoche, y necesitamos algunas palabras para decir.

—Haremos un juramento —dijo Gage— y después mezclaremos nuestra sangre, um, ¿tres en una? Algo así. Como símbolo de lealtad.

—Eso suena bien. Cal, escríbelo.

Cal revolvió dentro de su mochila y sacó lápiz y papel.

—Podemos escribir las palabras y después las decimos los tres al mismo tiempo. Luego, nos cortamos las muñecas y las unimos. Traje tiritas, por si hacen falta después.

Cal escribió las palabras con su lápiz número dos en las hojas de líneas azules de su cuaderno, y las fue tachando cuando cambiaban de opinión.

Fox puso más leña en el fuego y las llamas crepitaron mientras los tres se pusieron de pie junto a la Piedra Pagana.

A pocos momentos de la medianoche, los tres chicos, con el rostro iluminado por el fuego y la luz de las estrellas, se dispusieron a hacer el juramento. Gage hizo una señal con la cabeza, entonces los tres hablaron al tiempo, con voz solemne y dolorosamente joven:

—Nacimos hace diez años, la misma noche, a la misma hora, en el mismo año. Somos hermanos. En la Piedra Sagrada, juramos lealtad, verdad y hermandad entre los tres. Y mezclamos nuestra sangre para cerrar el pacto.

Cal contuvo la respiración mientras hacía acopio de la valentía para pasarse el cuchillo a lo ancho de la muñeca de primeras.

—Ayayay.

—Mezclamos nuestra sangre —dijo Fox y apretó los dientes mientras Cal le cortaba la muñeca.

—Mezclamos nuestra sangre —dijo Gage impávido mientras el cuchillo le cortaba la piel.

—Tres en uno y uno por los tres.

Cal extendió el brazo, luego Fox y, por último, Gage presionó su muñeca abierta sobre las de sus dos amigos.

—Hermanos de alma y de mente. Hermanos de sangre por siempre.

Y mientras hacían su juramento, densas nubes cubrieron la inmensa luna y enturbiaron la luz de las estrellas. La sangre mezclada de los tres chicos cayó sobre la tierra quemada.

Entonces el viento estalló en un alarido parecido a un rugido de ira. La pequeña fogata vomitó una enorme llamarada, como una torre de fuego. Y los tres niños volaron por los aires como si una mano los hubiera agarrado y sacudido. Y hubo un estallido de luz como si las estrellas se hubieran hecho añicos.

Cuando Cal abrió la boca para gritar, sintió que algo se le metía por dentro, caliente y fuerte, y quería sofocarle los pulmones y apretarle el corazón en una abrumadora agonía de dolor.

La luz se consumió, y en la densa oscuridad sopló un viento helado que le adormeció la piel. El sonido del viento ahora sonaba como un animal, como un monstruo que sólo vive en los libros. Debajo de su cuerpo sintió temblar la tierra y lo tumbó de nuevo cuando trató de gatear lejos.

Y algo salió de esa oscuridad gélida, de esa tierra que temblaba. Algo enorme y horrible.

Ojos rojos de sangre y colmados de... ansia. Lo miró, y cuando sonrió, los dientes le resplandecieron como dagas de plata.

Cal pensó que había muerto y que la cosa lo había engullido de un solo bocado. Pero cuando recobró el sentido, escuchó los latidos de su corazón. Y escuchó los gritos de sus amigos que lo llamaban.

Hermanos de sangre.

—Dios mío, santo Cristo, ¿qué fue eso? ¿Lo habéis visto? —preguntó Fox con voz tan débil como un hilo—. Gage, por todos los santos, te está sangrando la nariz.

—A ti también. Algo... Cal, Dios. Cal.

Cal yacía sobre la espalda cuan largo era. Podía sentir la calidez húmeda de la sangre sobre su rostro, pero estaba demasiado atontado como para que lo asustara.

—No veo —balbució en un débil susurro—. No veo nada.

—Se te han roto las gafas. —Fox, que tenía el rostro sucio de hollín y sangre, gateó hasta donde estaba su amigo—. Una de las lentes está rota por la mitad, hombre. Tu madre te va a matar.

—Rota. —Temblando, Cal se sentó para tratar de ponerse las gafas.

—Algo, algo ha estado aquí. —Gage le apretó un hombro a Cal—. Sentí que pasaba algo, después de esa locura, sentí que algo pasaba en mi interior. Después... ¿Lo habéis visto? ¿habéis visto esa cosa?

—Le vi los ojos —dijo Fox y los dientes le empezaron a castañetear—. Tenemos que salir de aquí. Tenemos que irnos.

—¿Pero adónde? —preguntó Gage en tono exigente, y a pesar de que todavía estaba jadeante, cogió el cuchillo de Cal, que estaba sobre el suelo, y lo apretó en la mano—. No sabemos adónde se fue. ¿Era como una especie de oso? ¿Era...?

—No era un oso —Cal habló tranquilamente—. Era lo que había estado atrapado aquí, en este lugar, por tanto tiempo. Puedo... puedo verlo. Alguna vez tuvo forma de hombre, cuando quiso. Pero no era un hombre.

—Hermano, te pegaste en la cabeza.

Cal se giró para mirar a Fox y el iris de sus ojos se vio casi negro.

—Puedo verlo, y al otro. —Abrió la mano de la muñeca que se había cortado y en la palma tenía un trozo de una piedra verde con motas rojas—. Esto es suyo.

Fox y Gage abrieron también la mano. En cada palma yacía un tercio idéntico de la piedra.

—¿Qué es esto? —susurró Gage—. ¿De dónde diantres salió esto?

—No sé, pero ahora es nuestra. Uno de tres, tres de uno. Creo que liberamos algo, y algo más vino acompañándolo. Algo malo. Puedo verlo.

Cal cerró los ojos un momento, después los abrió y miró a sus amigos.

—Puedo ver, pero no con mis gafas. Puedo ver sin ellas. No está borroso. Puedo ver sin gafas.

—Un momento. —Temblando, Gage se quitó la camisa y les dio la espalda.

—¡Hermano, ya no tienes las marcas de los latigazos! —Fox extendió la mano y tocó la espalda ilesa de su amigo—. Se desvanecieron todas las heridas. Y... —levantó la muñeca y vio que el corte ya se había curado—. ¡Hostias! ¿Ahora somos como superhéroes o qué?

—Es un demonio —dijo Cal—. Y lo dejamos salir.

—Mierda. —Gage miró detenidamente hacia la oscuridad del bosque—. Feliz maldito cumpleaños para nosotros tres.

CAPÍTULO 3

Hawkins Hollow
Febrero de 2008

Hacía más frío en Hawkins Hollow, Maryland, que en Juno, Alaska. A Cal le gustaba saber cosas como ésa, a pesar de que en ese momento estaba en Hollow, donde el viento húmedo y frío soplaba constantemente y le congelaba los ojos.

De hecho, los ojos eran la única parte de su cuerpo que llevaba descubierta mientras cruzaba Main Street deprisa desde el Coffee Talk con dirección al Bowl-a-Rama. En una de sus manos enguantadas llevaba un *mocaccino* en vaso desechable y con tapa de plástico.

Tres veces por semana trataba de desayunar donde Ma, un local un par de puertas más abajo, y al menos una vez por semana iba a cenar donde Gino.

Su padre creía que era bueno apoyar a la comunidad y a los otros comerciantes. Y ahora que el viejo casi se había retirado del todo y Cal se encargaba de prácticamente todos los negocios, el joven trataba de seguir esa misma tradición.

Compraba en el mercado del pueblo, a pesar de que a unos pocos kilómetros, en las afueras, un enorme supermercado de cadena ofrecía precios más bajos. Y si quería mandarle flores a una mujer, se resistía a hacerlo con un par de clics en el ordenador. Prefería ir él mismo hasta la floristería.

Tenía una relación personal con el fontanero, el electricista, el pintor y los artesanos. Siempre que le era posible, contrataba a gente del pueblo.

Con excepción de los años que había estado lejos estudiando en la universidad, siempre había vivido en Hawkins Hollow. Era su lugar en el mundo.

Cada siete años después de su décimo cumpleaños vivía la pesadilla que se apoderaba del lugar. Y cada siete años ayudaba a limpiar el desastre que quedaba después de la visita.

Abrió la puerta delantera de la bolera y, después de entrar, la volvió a cerrar. La gente tendía a entrar si la puerta no estaba bloqueada, sin importar el horario que había en un cartel a la entrada.

Había sido más informal con respecto a eso hasta que una maravillosa noche en la que estaba jugando a los bolos desnudo con Allyssa Kramer después de las horas de apertura, tres adolescentes entraron, con la esperanza de que las máquinas estuvieran abiertas todavía.

Lección aprendida.

Pasó frente al mostrador principal, las seis pistas y el retorno de las bolas, el mostrador de alquiler de zapatos y la parrilla, dobló y trotó escaleras arriba hasta el achaparrado segundo piso, donde estaba su oficina, o la de su padre, cuando él estaba de ánimo, un baño del tamaño de un armario y una descomunal zona de almacenamiento.

Puso el café sobre el escritorio, se quitó los guantes, la bufanda, el gorro, el abrigo y el chaleco térmico. Encendió el ordenador y la radio por satélite, y se sentó a recargarse de cafeína antes de ponerse a trabajar.

La bolera que el abuelo de Cal había abierto en los años cuarenta, después de la guerra, había sido un diminuto local de tres pistas, con un par de juegos de tiro al blanco y que vendía Coca-Colas en el mostrador. El negocio se había expandido en los años sesenta y una vez más cuando el padre de Cal se hizo cargo del negocio, a principios de los ochenta.

Ahora, con sus seis pistas, la zona de videojuegos y un salón para fiestas privadas, la bolera era el sitio de reunión más popular del pueblo.

Había que reconocerle el mérito al abuelo, pensó Cal mientras examinaba las reservas del salón de fiestas de todo el mes siguiente. Pero el mayor mérito, sin lugar a dudas, lo tenía su padre, que había transformado las pistas en un centro familiar y había aprovechado el éxito en la bolera para meterse en otros negocios.

«El pueblo lleva nuestro apellido», le gustaba decir a Jim Hawkins. «Respeta el apellido. Respeta el pueblo».

Cal hacía ambas cosas. Se habría ido hacía mucho tiempo, si no hubiera sido así.

Cuando llevaba una hora trabajando, Cal levantó la cabeza tras escuchar un golpe en la puerta.

—Perdona por interrumpirte, Cal, pero quería que supieras que estoy aquí. Pensaba aprovechar que no vas a abrir esta mañana para adelantar la pintura de los baños.

—Bien, Bill. ¿Tienes todo lo que necesitas?

—Sí. —Bill Turner, cinco años, dos meses y seis días sobrio, se aclaró la garganta—. Me estaba preguntando si has sabido algo de Gage.

—No desde hace un par de meses.

Zona delicada, pensó Cal cuando Bill sólo asintió con la cabeza. Zona pantanosa.

—Me voy a poner manos a la obra, entonces.

Cal vio a Bill irse del marco de la puerta. Nada que pudiera hacer al respecto, se dijo. Con seguridad, nada que debiera hacer.

¿Acaso cinco años de sobriedad compensaban todos los golpes, todos los correazos, todos los empujones y las bofetadas e insultos? No le correspondía a él juzgarlo.

Bajó la mirada hacia la delgada marca que le atravesaba la muñeca. Era extraño que la pequeña herida hubiera cicatrizado tan pronto, pero pese a ello le había quedado la cicatriz, la única que tenía. Y más extraño todavía era que algo tan pequeño hubiera catapultado al pueblo y sus habitantes a un infierno de siete días cada siete años.

¿Vendría Gage este verano, como lo había hecho cada séptimo año? Cal no podía prever el futuro, no era ése su don o su carga. Pero sabía que cuando él, Gage y Fox cumplieran treinta y un años, estarían juntos en Hollow.

Habían hecho un juramento.

Cal terminó sus labores de la mañana y, puesto que no podía dejar de pensar en ello, le escribió un sucinto correo electrónico a Gage:

Hola,

¿Dónde diablos estás? ¿Las Vegas, Mozambique, Duluth?

Ahora voy a ver a Fox. Una escritora viene a Hollow a hacer una investigación sobre la historia, la leyenda y lo que los forasteros llaman anormalidades. Creo que tengo todo bajo control, pero pensé que deberías saberlo.

Estamos a seis grados bajo cero con vientos de menos nueve.

Quisiera que estuvieras aquí y yo no.

Cal

Al final, Gage respondería, pensó Cal mientras mandaba el correo, después apagó el ordenador. Podría ser en cinco minutos o en cinco semanas, pero tarde o temprano respondería.

Empezó a ponerse una capa sobre otra de nuevo sobre su figura larguirucha, heredada de su padre. También había heredado del padre los pies exageradamente grandes.

El pelo rubio oscuro que tendía a acomodarse como le daba la gana era herencia de su madre. Y se había enterado de eso sólo gracias a unas fotos de su madre de cuando era una niña, porque desde que tenía memoria, ella era una rubia dorada de cabellos sedosos y siempre perfectamente peinada.

Sus ojos, de un gris brillante y a veces gris tormenta, veían perfectamente desde su décimo cumpleaños.

Mientras se subía la cremallera de la parka para salir, pensó que usaba el abrigo más por comodidad. En veinte años lo más que había sufrido habían sido un par de estornudos. Nada de gripes, nada de virus, nada de alergias. A los doce años se había caído de un manzano y había oído el hueso del brazo chasquearse, había sentido un dolor que lo dejó sin aire. Pero después había sentido que se soldaba por sí mismo, con una sensación aún más dolorosa, incluso antes de cruzar el jardín de la casa para ir a decírselo a su madre.

Así que nunca le había dicho nada, pensó mientras salía al espantoso frío. ¿Para qué preocuparla?

Caminó deprisa las tres manzanas que separaban la bolera de la oficina de Fox, saludando con la mano o a viva voz a vecinos y amigos, pero sin detenerse a conversar. No le iba a dar una neumonía ni se le iba a aguar la nariz, pero estaba harto del invierno.

Costras de nieve grisácea yacían como una cinta sucia a todo lo largo de los bordillos y arriba el cielo reflejaba el mismo color plomizo. Algunas casas y negocios exhibían en puertas y ventanas corazones y coronas de san Valentín, pero la verdad es que no contribuían mucho a alegrar el paisaje de árboles desnudos y jardines quemados por el invierno. Según la manera de pensar de Cal, Hollow no parecía un sitio agradable en febrero.

Subió las cortas escaleras hasta el porche cubierto de la antigua casa de piedra. La placa junto a la puerta rezaba Fox B. O'Dell, abogado.

Leer la placa siempre sobresaltaba ligeramente a Cal y le dibujaba una sonrisa en el rostro. Aun después de casi seis años todavía no se acostumbraba a la idea: el *hippie* de pelo largo era un dichoso abogado.

Entró a la inmaculada recepción y allí vio a Alice Hawbaker detrás de su escritorio, elegante y perfectamente arreglada con su traje azul oscuro y blusa blanca de lazo, con el cabello blanco en un moño y sus bifocales sobre la nariz, lo que la hacía parecer la estampa de la eficiencia y la seriedad.

La señora Hawbaker llevaba la oficina como un *collie* de la frontera lleva un rebaño. Parecía dulce y bonita, pero era capaz de morderle a alguien en el tobillo, si se salía de la raya.

—Buenas tardes, señora Hawbaker. Caramba, sí que está haciendo frío fuera. Parece que vamos a tener más nieve. —Se quitó la bufanda—. Espero que usted y el señor Hawbaker se mantengan calientes.

—Lo suficiente.

Algo en el tono de la mujer hizo que Cal la observara con detenimiento mientras se quitaba los guantes. Cuando se dio cuenta de que ella había estado llorando, instintivamente se acercó hacia el escritorio.

—¿Está todo bien? ¿Acaso...?

—Todo está muy bien. Perfectamente. Fox está libre entre una cita y otra. Ande, entre. Está enfurruñado, pero vaya.

—Sí, señora. Pero si hay algo que pueda hacer por usted...

—Ande, le dije que puede seguir. Adelante. —Y tras decir esto, se ocupó en el teclado de su ordenador.

Más allá del área de recepción se abría un pasillo que tenía a un lado un tocador y enfrente, una biblioteca. Y derecho al fondo estaba la oficina de Fox, que tenía cerradas las puertas corredizas. Cal no se molestó en llamar.

Fox levantó la mirada cuando las puertas se abrieron. Sí parecía estar enfurruñado, porque tenía una expresión contrariada en los ojos y los labios fruncidos.

Estaba sentado detrás de su escritorio, con los pies enfundados en botas de montaña apoyados sobre él. Llevaba puesta una camisa de franela abierta sobre una camiseta interior térmica de color blanco. El cabello castaño oscuro le caía ondulado sobre el rostro de facciones angulosas.

—¿Qué sucede?

—Te voy a decir exactamente lo que sucede: mi asistente administrativa acaba de renunciar.

—¿Qué le hiciste?

—¿Yo? —Fox se puso de pie y caminó hasta el minifrigorífico para sacar una lata de Coca-Cola. Nunca había podido lograr que le gustara el café—. Mejor di «nosotros», hermano. Una noche acampamos junto a la Piedra Pagana y desatamos el acabose.

Cal se dejó caer en una silla.

—¿Renunció porque...?

—No sólo renunció, sino que ella y su marido se van de Hollow. Y sí, por la razón que estás pensando. —Dio un largo trago ansioso, como algunos hombres beberían de una botella de whisky—. No es la razón que me dio, pero sé que ésa es la razón verdadera. Me dijo que habían decidido mudarse a Minneapolis para estar más cerca de su hija y sus nietos, pero eso es una gran mentira. ¿Por qué una mujer que está al borde de los setenta y casada con un tipo más viejo que Matusalén querría cerrar su casa y mudarse al norte? Además, tienen otro hijo que vive cerca del pueblo y aquí tienen casi todas sus relaciones cercanas. Estoy seguro de que lo que me dijo es pura basura.

—¿Lo dedujiste por lo que te dijo o porque hiciste un viaje privado dentro de su cabeza?

—Primero lo uno y después lo otro. No empieces conmigo. —Fox hizo un gesto con la lata y después la puso de golpe sobre el escritorio—. No investigo por el placer de hacerlo, hijo de puta.

—Tal vez cambien de parecer.

—No se quieren ir, pero tienen miedo de quedarse. Temen que pase de nuevo, y podría confirmarles que así será, y sencillamente no quieren pasar por ello otra vez. Le ofrecí un aumento de sueldo, como si pudiera pagarlo, le ofrecí darle libre todo el mes de julio, como queriéndole decir que sabía lo que había en el fondo de su decisión. Pero se van, no hay caso. Me dio hasta el primero de abril. Hasta el maldito día de los inocentes —protestó—, para que encuentre a alguien más y que ella pueda enseñarle cómo se hacen las cosas. Pero ni yo sé cuáles son las malditas cosas, Cal. No me entero de la mitad de todo lo que hace, ella sencillamente lo hace. En resumidas cuentas.

—Tienes hasta abril. Tal vez se nos ocurra algo antes.

—No se nos ha ocurrido una solución en los más de veinte años que han pasado.

—Me refería a tu problema de la oficina. Pero sí, he estado pensando mucho en lo otro. —Se levantó y caminó hasta la ventana, miró hacia la tranquila calle afuera—. Tenemos que ponerle fin a esto. Tal vez hablarlo con la escritora sirva de algo. Contárselo a alguien objetivo, a alguien que no esté involucrado.

—Atraer problemas, digo yo.

—Tal vez sí, pero los problemas se avecinan, en todo caso. Tenemos cinco meses. Quedamos en encontrarnos con ella en la casa. —Cal le echó una mirada a su reloj—. Cuarenta minutos.

—¿Nosotros? —preguntó Fox perplejo—. ¿Es hoy? A ver, a ver. No le dije nada a la señora H., para que no quedara por escrito en ninguna parte. Tengo una declaración en una hora.

—¿Por qué no usas la maldita BlackBerry?

—Porque no sigue mi sencilla lógica terrestre. Cámbiale la cita a la escritora. Estoy libre después de las cuatro.

—No te preocupes, yo puedo encargarme. Si quiere saber más, podríamos cenar los tres, así que deja despejada la noche.

—Mucho cuidado con lo que dices.

—Sí, sí, así lo haré. Pero he estado pensando que llevamos tanto tiempo siendo cuidadosos al respecto que tal vez lo que necesitamos ahora es ser un poco imprudentes.

—Suenas como Gage.

—Fox... Ya he empezado a tener esos sueños de nuevo.

Fox suspiró.

—Tenía la esperanza de que fuera sólo yo.

—Cuando teníamos diecisiete, empezaron una semana antes de nuestro cumpleaños; luego, cuando teníamos veinticuatro, un mes antes. Ahora, cinco meses antes. Cada vez se está haciendo más fuerte. Me temo que si no encontramos una manera de ponerle fin, esta vez será la última para nosotros. Y para el pueblo.

—¿Has hablado con Gage?

—Acabo de mandarle un mensaje. No le dije nada sobre los sueños. Hazlo tú y pregúntale si le está pasando a él también, dondequiera que esté. Haz que venga a casa, Fox. Creo que lo necesitamos aquí. No creo que podamos esperar hasta el verano esta vez. Me tengo que ir.

—Ten cuidado con la escritora —le dijo Fox mientras Cal se dirigía a la puerta—. Obtén más de lo que des.

—Puedo encargarme —repitió Cal.

* * *

Quinn Black condujo su Mini Cooper por el carril de salida y siguió por la habitual intersección de la autopista. Pancake House, Wendy's, McDonald's, Kentucky Fried Chicken.

Pensó con mucho cariño en una hamburguesa de cuarto de libra con una ración de patatas fritas saladas y, por supuesto, una Coca-Cola *light*, para apaciguar la culpa. Pero no iba a ceder a la tentación, porque estaría rompiendo su promesa de no comer comida rápida más que una vez al mes.

—Bien, ¿no te sientes incorruptible? —se preguntó a sí misma y echó una sola mirada anhelante por el espejo retrovisor a la querida M dorada.

Su amor por la grasienta comida rápida la había lanzado por el tortuoso camino de las dietas de moda, los suplementos insatisfactorios y los vídeos de ejercicios milagrosos a lo largo de su adolescencia y los veinte y pocos. Hasta que finalmente había decidido que era una tonta y había tirado todos esos libros de dietas, los artículos sobre cómo bajar de peso, los anuncios de «Yo bajé diez kilos en dos semanas, ¡tú también puedes!» y se había propuesto comer saludablemente y hacer ejercicio.

«Cambio de estilo de vida», se recordó a sí misma. Ella había cambiado de estilo de vida. Pero ahora, caramba, cómo echaba de menos las hamburguesas de cuarto de libra, incluso más que a su ex prometido.

¿Pero quién no?

Le echó un vistazo al GPS que se sostenía sobre el salpicadero del coche y después a las instrucciones del correo electrónico de Caleb Hawkins que había impreso. Hasta el momento habían coincidido exactamente.

Extendió la mano y se tomó uno de los trozos de manzana que había llevado como tentempié de media mañana. Las manzanas llenaban, pensó Quinn mientras masticaba. «Son buenas para ti. Y saben bien».

Pero no eran una hamburguesa de cuarto de libra.

Para mantener la mente alejada del diablo, consideró lo que esperaba lograr en su primera entrevista cara a cara con uno de los personajes principales del extraño pueblo de Hawkins Hollow.

No, no era justo llamarlo extraño, se recordó a sí misma. Objetividad antes que nada. Tal vez la investigación que había llevado a cabo la inclinaba a pensar que era extraño, pero no iba a tomar una decisión al respecto hasta que no lo hubiera visto por sí misma, hasta que no hubiera hecho las entrevistas, hasta que no hubiera tomado notas, hasta que no se hubiera adentrado en la biblioteca del pueblo y, tal vez lo más importante, hasta que no hubiera visto la Piedra Pagana con sus propios ojos.

Le encantaba fisgonear por todas las esquinas y telarañas de los pueblos pequeños, escarbar debajo de la tarima del suelo en busca de secretos y sorpresas, escuchar los chismes, la sabiduría y las leyendas locales.

Se había dado a conocer algo después de escribir una serie de artículos sobre pueblos raros y poco conocidos para una revista pequeña llamada *Detours.* Y puesto que su apetito profesional era tan ávido como el corporal, se había arriesgado a escribir un libro sobre el mismo tema, pero concentrándose en un solo pueblo de Maine famoso porque decían que estaba embrujado y que se aparecían los fantasmas de dos hermanas gemelas que habían sido asesinadas en un internado en 1843.

Los críticos lo habían considerado «cautivador» y bueno, «espeluznantemente divertido», a excepción de algunos otros que lo habían calificado de «disparatado» y «farragoso». En todo caso, Quinn se había embarcado en la labor de escribir otro, sobre un pueblo en Luisiana, donde un descendiente de una sacerdotisa vudú era el alcalde y el sanador. Además de, como había descubierto ella, cabeza de una red de prostitución muy próspera.

Pero Hawkins Hollow, podía sentirlo claramente, sería algo más grande, mejor y más sustancioso.

No podía esperar a hincarle el diente.

Los locales de comida rápida, los negocios y las casas apiñadas dieron lugar a jardines más amplios, casas mayores y campos que dormitaban bajo el cielo sombrío.

La carretera serpenteó, se hundió y emergió para después continuar recto de nuevo. Quinn vio la señal que indicaba la zona donde se había producido la batalla de Antietam, otra de las cosas que quería investigar ella misma. Había encontrado algunos recortes que mencionaban incidentes durante la Guerra Civil en Hawkins Hollow y en sus alrededores.

Quería saber más.

Cuando el GPS y las instrucciones de Caleb le indicaron que debía doblar, dobló y siguió la vía siguiente a una arboleda sombría, unas pocas casas y granjas de las que siempre la hacían sonreír, con sus graneros y silos y extensos prados delimitados con cercas.

La próxima vez tendría que buscar un pueblito para explorar en el medio oeste. Tal vez una granja encantada o el fantasma de una lechera plañidera.

Casi hace caso omiso de la instrucción de doblar cuando vio el letrero que indicaba Hawkins Hollow (fundado en 1648).

Igual que con la hamburguesa de cuarto de libra, su corazón añoró darle rienda suelta a sus instintos y conducir hasta el pueblo en lugar de hacia la casa de Caleb Hawkins. Pero detestaba llegar tarde, y si se sentía cautivada al explorar las calles, las esquinas y por la imagen del pueblo en general, con seguridad llegaría tarde a su primera cita.

—Pronto —se prometió en voz alta y dobló por el camino flanqueado por los árboles que ella, en su corazón, sabía que salvaguardaban la Piedra Pagana.

Se estremeció ligeramente, lo que le resultó extraño. Extraño al darse cuenta de que se había estremecido de miedo y no de anticipación, como le pasaba siempre que empezaba un proyecto nuevo.

Y mientras seguía las curvas del camino, miró con algo de intranquilidad hacia los árboles desnudos y oscuros. Pero tuvo que frenar súbitamente cuando giró la mirada de nuevo hacia delante y vio que algo atravesaba corriendo el camino justo frente a ella.

Creyó haber visto a un niño, ay, Dios, ay, Dios, pero después pensó que había sido un perro. Y luego... No era nada. No había nada en el camino, nada de nada. Nada corrió de vuelta al bosque. Nada más que ella y su corazón desbocado dentro del pequeño coche rojo.

—Una jugarreta de la imaginación —se dijo a sí misma, pero no se lo creyó—. Sólo una de esas cosas.

Arrancó de nuevo el coche, que se había parado tras el frenazo, y condujo lentamente hacia la estrecha franja sin pavimentar que servía de arcén. Sacó su cuaderno de notas, apuntó la hora y escribió exactamente lo que creía haber visto.

Niño de unos diez años, cabello largo negro, ojos rojos. Me miró de frente. ¿Pestañeé, cerré los ojos? Los abrí y vi perro negro grande, no niño. Luego, ¡zas! Nada de nada.

Varios coches la adelantaron sin ningún incidente mientras ella esperaba allí unos momentos más para dejar de temblar.

Escritora intrépida se echa para atrás ante primer posible fenómeno. Lo piensa, se da la vuelta y conduce su adorable coche rojo hasta el McDonald's más cercano donde se aplica un antídoto rico en calorías para calmar los nervios... Podría hacer justo eso, reflexionó. Nadie podría culparla de un delito y encerrarla en la cárcel por ello. Y si hacía eso, no podría escribir su siguiente libro y perdería todo el respeto que se tenía a sí misma.

—¡Sé valiente, Quinn! —se ordenó—. Has visto fantasmas antes.

Sintiéndose más tranquila, Quinn se puso en camino de nuevo y dobló en la siguiente curva. Este camino era más estrecho y serpenteaba también flanqueado por árboles a ambos lados. Pensó que este lugar debía de ser encantador en primavera y en verano, con los campos moteados de verde, o incluso después de una nevada, con los árboles con un manto de armiño. Pero bajo el cielo gris opaco el bosque parecía abarrotar la carretera, las ramas desnudas de los árboles extendiéndose sobre ella, sólo esperando tocar y golpear, como si ellos y sólo ellos tuvieran derecho a vivir allí.

Para empeorar la sensación, no se encontró con ningún otro coche por ahí. Y cuando apagó la radio porque la música le pareció demasiado estridente, el único sonido que escuchó fue el lamento fúnebre del viento.

«Más bien debería llamarse Fantasma Hollow», pensó y casi pasa de largo el camino de grava.

Se preguntó por qué alguien escogería vivir justo allí, en medio de la espesura de esos árboles amenazantes y esos montículos de nieve desapacible escondidos del sol y donde el único sonido que podía escucharse era el gruñido de advertencia de la Naturaleza. Todo era gris, marrón y melancólico.

Cruzó un pequeño puente sobre la curva de un riachuelo y avanzó por el sendero estrecho que se fue poniendo ligeramente en pendiente.

Y allí vio, exactamente como le habían anunciado, la casa. Descansaba sobre lo que ella hubiera llamado una loma en lugar de colina. Sobre la cuesta frontal habían hecho terrazas de la altura de un paso y las habían sembrado con arbustos que, pensó ella, debían de ser un espectáculo fenomenal durante la primavera y el verano.

La casa no tenía césped a la entrada, como suelen tener tantas otras, y Quinn pensó que Hawkins había sido bastante listo al escoger arbustos y árboles para decorar el frente de su casa en lugar del tradicional césped que probablemente era un dolor de cabeza a la hora de segar y desherbar.

Aprobó la terraza que se extendía a lo largo del frente y los costados de la casa, y podía jurar que también debía de extenderse a lo largo de la parte trasera. Le gustaron los tonos ocres de la piedra y las amplias ventanas.

La casa yacía allí como si perteneciera al lugar, como si estuviera satisfecha y bien asentada en medio del bosque.

Aparcó junto a una camioneta vieja, se apeó y se quedó allí, observando todo.

Entonces entendió por qué alguien escogería ese sitio para vivir. Sin lugar a dudas tenía un aura fantasmagórica, especialmente para alguien que se siente inclinado a ver y sentir ese tipo de cosas. Pero al mismo tiempo era encantador y tenía un aire de soledad que estaba lejos de ser triste. Se pudo imaginar perfectamente bien a sí misma sentada en esa terraza del frente alguna noche de verano, tomando algo frío y regodeándose en el silencio. Y antes de que pudiera dar un paso hacia la casa, la puerta se abrió.

El *déjà vu* fue tan vívido que la aturdió. El hombre se quedó de pie en la puerta de la cabaña, la sangre en la camisa parecía enormes flores.

«No podemos quedarnos más tiempo».

Las palabras le resonaron en la cabeza, fuertes y claras, y en una voz que le pareció conocida de alguna parte.

—¿Señorita Black?

Quinn volvió en sí de golpe. No había ninguna cabaña y el hombre de pie sobre la bonita terraza de esa encantadora casa no tenía sangre manchándole la camisa. En sus ojos no resplandecía la fuerza de un gran amor y de un gran dolor. Sin embargo, la mujer tuvo que recostar la espalda un momento en el coche mientras lograba recuperar el aliento.

—Sí, hola. Sólo estaba... admirando su casa. Qué sitio más espléndido.

—Gracias. ¿Le costó trabajo encontrarla?

—No, para nada. Sus instrucciones fueron perfectas. —Y, por supuesto, era ridículo sostener esa conversación fuera con semejante viento helado. Y a juzgar por la expresión inquisidora de él parecía que estaba pensando lo mismo.

Quinn se apartó del coche y se esmeró en poner una expresión que, tuvo la esperanza, pareciera plácida y cuerda mientras caminaba hacia los tres escalones de madera.

Y cuando al fin pudo concentrarse en la realidad se dio cuenta de lo atractivo que era este Hawkins. Con el pelo revuelto por el viento y esos fuertes ojos grises. Por no mencionar la sonrisa curva y el largo y delgado cuerpo enfundado en unos vaqueros y una camisa de franela. Cualquier mujer se sentiría tentada a ponerle alrededor del cuello un letrero de «¡Vendido!».

Subió los escalones y extendió la mano hacia él:

—Quinn Black. Puede llamarme Quinn. Y gracias por concederme esta entrevista, señor Hawkins.

—Cal. Y puedes tutearme —le dijo al tiempo que le estrechaba la mano y la retenía entre las suyas un momento mientras hacía un gesto hacia la puerta—. Entremos, que este viento está helado.

Entraron directamente al salón, que era a la vez masculino y acogedor. El enorme sofá miraba hacia los ventanales del frente y los amplios sillones parecían capaces de albergar a una vaca entera. Probablemente las mesas y las lámparas no eran antigüedades, pero parecían cosas de las cuales la abuela se había deshecho al sentir la necesidad de redecorar su propia casa.

Por supuesto no podía faltar una pequeña chimenea con un enorme perro de raza mixta durmiendo cuan largo era frente a ella.

—Dame el abrigo.

—¿Está tu perro en coma? —preguntó Quinn al no inmutarse el perro cuando entraron a la casa.

—No. *Lump* tiene una vida interna muy activa y exigente que requiere de largos periodos de descanso.

—Ya veo.

—¿Qué tal una taza de café?

—Sería fantástico. Y también si pudiera usar el lavabo. El viaje es largo.

—Primera puerta a la derecha.

—Gracias.

Quinn se encerró en el pequeño e inmaculado cuarto de baño, no sólo para recuperarse de ese par de impactos psíquicos sino también para orinar.

—Muy bien, Quinn —susurró para sí—, allá vamos.

CAPÍTULO 4

Cal había leído el trabajo de Quinn, había examinado la foto de ella que aparecía en las solapas de sus libros y había usado Internet para buscar información adicional sobre ella y para leer entrevistas que le habían hecho. Cal no era el tipo de persona que accedía a hablar con cualquier tipo de escritor, periodista, reportero o *blogger* sobre el pueblo, sobre sí mismo o sobre cualquier otra cosa sin antes haber hecho una investigación concienzuda.

Los artículos y libros de Quinn le parecieron entretenidos y había disfrutado el manifiesto afecto que se vislumbraba por los pueblos pequeños en las palabras de ella. También le había intrigado el interés de Quinn por las creencias populares, las leyendas rurales y las historias de miedo, y la manera como las trataba.

Le gustó saber que seguía escribiendo algún artículo ocasional para la revista que le había dado la primera oportunidad cuando estaba todavía en la universidad. Demostraba lealtad.

Por otra parte, no se había sentido decepcionado al verla en persona, en comparación con la foto en la que parecía bastante atractiva, con un sensual pelo color miel, ojos azules brillantes y dientes delanteros que le sobresalían ligeramente de los labios y le daban un aire bastante provocativo.

La foto era apenas un pálido reflejo de la realidad.

Probablemente ella no era hermosa, pensó Cal mientras servía el café. Tendría que echarle otro vistazo cuando, ojalá, el cerebro se le aclarara. Entonces tomaría una decisión al respecto.

De lo que sí estaba seguro sin lugar a dudas era de que ella irradiaba energía pura y, para su cerebro difuso, sexo.

Pero era posible que se debiera solamente a que ella tenía un buen cuerpo, lo que tampoco dejaba ver la foto. Sí, ciertamente la señorita tenía unas curvas magníficas. Y no se trataba de que Cal no hubiera visto antes curvas femeninas, ni que no hubiera cumplido con una buena cuota de curvas femeninas desnudas en vivo y en directo. Entonces, ¿por qué estaba en su propia cocina sintiendo los nervios crispados debido a que una mujer atractiva, completamente vestida, estuviera en su casa? Con propósito profesional.

—Por Dios, crece, Hawkins.

—¿Perdón?

Cal se sobresaltó. Ella estaba en la cocina, sólo a unos pocos pasos detrás de él, con esa sonrisa de un millón de vatios en los labios.

—¿Estabas hablando solo? Yo también lo hago. ¿Por qué la gente piensa que estamos locos?

—Porque quieren convencernos de que hablemos con ellos.

—Probablemente tengas razón —comentó ella echando hacia atrás la larga melena rubia.

Cal confirmó que había tenido razón: Quinn no era hermosa. Tenía el labio superior ligeramente levantado sobre los dientes, la nariz no era recta y tenía los ojos demasiado grandes.

Todos ellos rasgos que no se correspondían con el concepto tradicional de belleza. Cal pensó que tampoco podía calificarla de bonita. Era un adjetivo demasiado simple y dulzón. Mona tampoco servía.

El único calificativo en el que podía pensar era «caliente», pero entonces pensó que probablemente era porque el cerebro se le estaba enturbiando otra vez.

—No te pregunté cómo tomas el café.

—Supongo que no tienes leche semidesnatada.

—Con frecuencia me pregunto por qué alguien se tomaría el café así.

Quinn se rió espontáneamente y Cal lo sintió directamente en su torrente sanguíneo, entonces ella caminó hacia la ventana para observar la vista más allá de las puertas de vidrio que conducían, como había supuesto, hacia la terraza posterior, que era continuación de las otras que rodeaban la casa.

—Eso debe de significar, supongo, que tampoco tienes ningún edulcorante artificial. ¿Esas bolsitas azules, rosas o amarillas?

—Tranquila. De hecho, puedo ofrecerte tanto leche como azúcar de verdad.

—¿Puedes? —¿Acaso no se había comido la manzana como una buena chica?—. Entonces yo puedo aceptar. Permíteme que te haga una pregunta, sólo para satisfacer mi curiosidad: ¿tu casa siempre está tan limpia y arreglada o es sólo porque venía yo?

—«Arreglada» es una palabra de niña —comentó él sacando la leche—. Prefiero la palabra «ordenada». Me gusta el orden. Además —le pasó una cucharita para el azúcar—, mi madre podría, y de hecho lo hace, venir en cualquier momento sin previo aviso. Si mi casa no estuviera ordenada, me castigaría.

—Si yo no llamo a mi madre al menos una vez a la semana, supone que algún asesino me ha descuartizado a hachazos.

—Quinn se sirvió en el café una cucharadita rasa de azúcar—. Es agradable, ¿no te parece? Tener esos largos y elásticos lazos familiares.

—A mí me gustan. ¿Te parece si nos sentamos junto a la chimenea del salón?

—Perfecto. Entonces, ¿cuánto tiempo llevas viviendo aquí? En esta casa en concreto, quiero decir —añadió ella mientras salían de la cocina, cada uno con su taza de café en la mano.

—Un par de años.

—¿Y tienes algún vecino?

—Así está bien. De todas maneras paso mucho tiempo en el pueblo. Pero me gusta el silencio de vez en cuando.

—Sí, es cierto, yo misma lo aprecio también de vez en cuando. —Y diciendo esto, Quinn se sentó en uno de los enormes sillones del salón y se recostó en el respaldo—. Supongo que me sorprende que no haya más gente que hubiera tenido la misma idea que tú y se hubiera construido alguna casa más por aquí.

—Un par de veces se ha hablado sobre ello, pero nunca se ha concretado nada.

«Está siendo cauteloso», pensó Quinn.

—¿Y la razón es...?

—Porque no resulta atractivo financieramente, supongo.

—Sin embargo, hete aquí.

—Esta propiedad era de mi abuelo, algunas hectáreas del bosque de Hawkins. Y cuando murió, las heredé.

—Entonces mandaste construir esta casa.

—Más o menos. Me gustaba, me gusta mucho el lugar. —Privado cuando necesitaba estar en privado y cerca del bosque donde todo había cambiado—. Y conozco gente que trabaja en este tipo de cosas, así que la construimos entre varios. ¿Qué tal el café?

—Está buenísimo. ¿Y también cocinas?

—El café es mi especialidad. He leído tus libros.

—¿Y qué te parecieron?

—Me gustaron. Probablemente ya sabes que, si no hubiera sido así, no estarías aquí.

—Lo que me habría dificultado enormemente escribir el libro que quiero escribir ahora. Tú eres un Hawkins, un descendiente del fundador del asentamiento que se convirtió en la aldea que se convirtió en el pueblo. Y eres uno de los personajes principales en los incidentes inexplicables más recientes relacionados con el pueblo. He investigado mucho sobre la historia, las leyendas y las diversas explicaciones —dijo ella y sacó una grabadora de mano de la mochila, que le servía tanto de bolso como de portafolios. La encendió y la puso sobre la mesa entre ellos. Su rostro se veía enérgico y su expresión era de absoluto interés cuando sacó su cuaderno de apuntes y lo puso sobre su regazo. Después lo abrió y pasó las páginas hasta que llegó a una en blanco—. Entonces, Cal, cuéntame qué pasó en la semana del siete de julio de 1987, en la de 1994 y en la de 2001.

La grabadora hacía sentir a Cal un poco... incómodo.

—Vas directa al grano, ¿no?

—Me encanta saber cosas. El siete de julio es el día de tu cumpleaños. También el de Fox O'Dell y el de Gage Turner, que nacieron en el mismo año que tú y se criaron en Hawkins Hollow, igual que tú. He leído artículos que dicen que O'Dell, Turner y tú alertasteis a los bomberos el once de julio de 1987, cuando la escuela primaria estalló en llamas. Y también fuisteis vosotros quienes le salvasteis la vida a una tal Marian Lister, que estaba dentro de la escuela en ese momento.

Quinn continuó mirando a Cal directamente a los ojos todo el tiempo que habló. A él le pareció interesante que ella no necesitara recurrir a sus notas y que tampoco pareciera necesitar ni un pequeño descanso del contacto visual directo.

—Los informes preliminares indican que en un principio se sospechó que vosotros tres habíais sido los causantes del incendio, pero después se probó que la señorita Lister había sido la responsable. Ella sufrió quemaduras de segundo grado en casi el treinta por ciento del cuerpo, así como una contusión. Tus amigos y tú, tres niños de diez años, la sacasteis a rastras de la escuela y llamasteis a los bomberos. En esa época, la señorita Lister era una profesora de cuarto grado de veinticinco años que no tenía antecedentes de comportamiento criminal ni de enfermedad mental. ¿Es correcta esta información?

Cal notó que ella tenía los datos en orden, es decir, de la manera en que los datos se habían dado a conocer. Que no eran ni el pálido reflejo del terror abyecto que habían sentido al entrar en la escuela en llamas y encontrarse con la bonita señorita Lister riéndose enloquecidamente mientras corría entre el fuego. O lo que habían sentido al perseguirla a lo largo de los pasillos mientras su ropa se chamuscaba.

—Tuvo una crisis nerviosa.

—Obviamente. —Con la sonrisa en su lugar, Quinn levantó una ceja—. Durante esa sola semana hubo más de una docena de llamadas al teléfono de emergencias de la policía para informar de violencia doméstica, muchas más de las que se habían producido en Hawkins Hollow en los seis meses anteriores. Se notificaron también dos suicidios y cuatro intentos fallidos de suicidio, numerosos asaltos, tres violaciones y una paliza. Varios negocios y varias casas fueron objeto de vandalismo, pero nadie, virtualmente ninguna de las personas involucradas en los crímenes o incidentes, recuerda claramente los hechos. Algunos sugieren que el pueblo sufre de histeria colectiva, o de alucinaciones, o de alguna infección desconocida causada por el agua o por la comida. ¿Qué crees tú?

—Creo que yo tenía diez años y estaba cagado del miedo.

Quinn le ofreció una breve sonrisa resplandeciente.

—Apuesto a que sí. —Se puso seria—. Pero en el 94 tenías diecisiete años cuando durante esa semana del siete de julio otro, digamos, brote ocurrió. Tres personas fueron asesinadas y parece que a una de ellas la colgaron en el parque del pueblo, pero nadie admitió haber sido testigo o haber participado en los hechos. Hubo más violaciones, palizas y suicidios. Y dos casas se incendiaron hasta quedar reducidas a cenizas. Y hay informes según los cuales O'Dell, Turner y tú lograsteis meter a algunos de los heridos y de los conmocionados en un autobús escolar y los llevasteis al hospital. ¿Es cierto eso?

—Hasta ahora así es.

—Y quiero ir más allá. En 2001...

—Conozco el patrón —la interrumpió Cal.

—Cada siete años —comentó Quinn con un asentimiento de cabeza— durante siete noches. Por lo que he podido establecer, durante el día muy poco sucede, pero desde que se pone el sol y hasta que vuelve a amanecer, el infierno se libera. Es difícil de creer que sea una coincidencia que estas anomalías sucedan cada siete años y que empiecen justo el día de tu cumpleaños. El siete es considerado un número mágico para quienes practican magia, tanto blanca como negra. Tú naciste el séptimo día del séptimo mes de 1977.

—Si supiera las respuestas, haría algo para evitar que pasara. Si supiera las respuestas, no estaría hablando contigo. Accedí a hablar contigo porque tal vez, sólo tal vez, tú puedas encontrarlas o puedas ayudarnos a encontrarlas.

—Entonces cuéntame qué sucedió, cuéntame lo que sabes a ciencia cierta, incluso lo que piensas o intuyes.

Cal puso la taza de café a un lado y se inclinó hacia adelante para mirarla profundamente a los ojos.

—No en la primera cita.

«Tipo listo», pensó Quinn aprobadoramente.

—Está bien, entonces la próxima vez te invito a cenar primero. Por ahora, entonces, ¿qué tal jugar al guía y me llevas a la Piedra Pagana?

—Es muy tarde. La caminata dura unas dos horas desde aquí. No conseguiríamos ir y volver antes de que anochezca.

—No le temo a la oscuridad.

Los ojos se le pusieron gélidos.

—Deberías temerla. Te voy a decir una cosa: hay lugares en este bosque a los que nadie va después de que el sol se ponga. Y a veces ni siquiera durante el día, a ninguna hora.

Quinn sintió una punzada helada en la base de la columna.

—¿Alguna vez has visto a un niño, como de la edad que tenías en el 87, de cabello oscuro y ojos rojos? —Quinn supo, por la manera en que Cal había perdido el color del rostro, que había dado en el blanco—. Sí lo has visto.

—¿Por qué me lo preguntas?

—Porque lo he visto.

Cal se puso de pie, caminó hacia la ventana y miró hacia afuera, hacia los árboles del bosque. La luz estaba empezando a atenuarse y a ponerse opaca.

Nunca le habían contado a nadie lo del niño, o el hombre, cualquiera que fuera la forma que la cosa decidiera adoptar. Sí, lo había visto, y no solamente durante esa semana infernal cada siete años.

Lo había visto en sueños, lo había visto con el rabillo del ojo o corriendo entre los árboles. O con el rostro presionado contra la ventana de su habitación... con una sonrisa en los labios. Pero nadie más, absolutamente nadie más salvo él, Fox y Gage lo habían visto en los periodos intermedios.

¿Por qué lo había visto ella?

—¿Dónde y cuándo lo viste?

—Hoy, justo antes de tomar la curva en Pagan Road, corrió frente al coche. Salió de la nada. Sé que eso es lo que la gente siempre dice, pero esta vez es cierto. Y de repente el niño ya no era un niño sino un perro y después nada. No había nada allí.

Cal la escuchó ponerse de pie y cuando se dio la vuelta, se quedó estupefacto al ver esa sonrisa resplandeciente en el rostro de la mujer.

—¿Y ese tipo de cosas te ponen feliz?

—Me emocionan, me entusiasman. ¡Caramba! Acabo de tener yo misma un encuentro con un fenómeno inexplicable. Aterrador, lo acepto, pero emocionante en cualquier caso. Este tipo de cosas me encantan, me hacen vibrar.

—Ya veo.

—Sabía que había algo aquí, e intuía que iba a ser grande. Pero confirmarlo el primer día es como encontrar la veta madre de una mina al primer golpe de pico.

—Yo no he confirmado nada.

—Pero tu expresión lo hizo. —Cogió la grabadora y la apagó: Cal no iba a decirle nada más por hoy. Hombre cauteloso este Caleb Hawkins—. Necesito ir al pueblo y registrarme en el hotel para disponerme a conocerlo. ¿Qué tal si te invito a cenar esta noche?

Quinn actuaba deprisa, pero él tenía por costumbre tomarse su tiempo.

—¿Por qué no mejor te acomodas con calma en el hotel? Podemos decidir lo de la cena y demás en un par de días.

—Me encantan los hombres difíciles —comentó metiendo en la mochila la grabadora y el cuaderno—. Supongo que voy a necesitar mi abrigo. —Después de que Cal se lo trajera, Quinn observó con detenimiento al hombre mientras se lo ponía—. ¿Sabes? Cuando te vi por primera vez, saliendo de la casa, tuve una sensación de lo más extraña: pensé que te había reconocido, que ya te conocía y que me habías estado esperando antes. Fue muy fuerte. ¿Sentiste algo así cuando me viste?

—No. Pero tal vez estaba demasiado ocupado pensando que estás mejor que en la foto.

—¿En serio? Qué bien, porque me veo sensacional en esa foto. Gracias por el café. —Echó una mirada hacia el perro junto a la chimenea, que había estado roncando suavemente todo el tiempo que había durado la conversación—. Hasta luego, *Lump.* No trabajes tan arduamente.

Cal la acompañó afuera.

—Quinn —la llamó mientras ella bajaba los escalones—, no se te ocurra jugar a Lois Lane e ir a buscar la Piedra Pagana tú sola. No conoces el bosque. Yo mismo te puedo llevar, en algún momento de esta semana.

—¿Mañana?

—No puedo, tengo un montón de cosas que hacer. Pasado mañana, si tienes prisa.

—Casi siempre tengo prisa. —Caminó de espaldas hacia el coche para no tener que quitarle la mirada de encima—. ¿A qué hora?

—Digamos que, si el tiempo lo permite, podríamos encontrarnos aquí a las nueve de la mañana.

—Tenemos una cita, entonces. —Abrió la puerta del coche—. A propósito, la casa te sienta bien. Chico de pueblo con más estilo que pretensiones. Me gusta.

Cal la observó conducir hasta alejarse. Extraña y sensual esta Quinn Black. Y se quedó un largo rato observando cómo la luz se iba extinguiendo en el bosque donde se había hecho un hogar.

* * *

Cal interrumpió a Fox con una llamada y acordó con él encontrarse en la bolera. Puesto que los Chicos Bolos y los Gatos Callejeros estaban compitiendo en una liga en las pistas uno y dos, él y Fox podrían cenar en la parrilla y ver el espectáculo desde allí.

Además, pocos sitios podían ser más ruidosos que una bolera, así que su conversación se ahogaría entre los golpes de la bola contra los bolos y los gritos y la algarabía de los jugadores.

—Primero, retrocedamos hacia el terreno de la lógica por un momento —dijo Fox y le dio un sorbo a su cerveza—. La mujer pudo habérselo inventado todo sólo para ver cómo reaccionabas.

—¿Pero cómo sabía qué inventar?

—Durante el Siete ha habido gente que lo ha visto... Han dicho que lo han visto antes de empezar a olvidarlo todo. Ella se ha podido enterar así.

—No creo, Fox. Los que lo han mencionado, han dicho que vieron algo, niño, hombre, mujer, perro, lobo...

—Una rata del tamaño de un doberman... —recordó Fox.

—Gracias por hacernos recordar eso. Pero nadie ha dicho que lo haya visto antes o después del Siete, nadie más que nosotros tres. Y no se lo hemos contado a nadie. —Cal arqueó la ceja de manera inquisitiva.

—Por supuesto que no. ¿Qué crees? ¿Que voy a andar contándole a todo el mundo que veo demonios de ojos rojos? ¡Espantaría a todos mis clientes!

—Quinn es lista. No veo por qué diría, sólo por diversión, que lo ha visto en una época diferente, si no es cierto. Estaba emocionada por ello, y muy interesada. Entonces sencillamente aceptemos que es cierto y continuemos moviéndonos en el terreno de la lógica. Una suposición lógica es que el bastardo se está haciendo más fuerte, sabemos que lo será. Pero lo suficientemente fuerte como para salirse de los límites del Siete y hacerse ver antes.

Fox meditó sobre su cerveza.

—No me gusta esa lógica.

—Una segunda opción podría ser que ella esté conectada de alguna manera, ya sea a alguno de nosotros, al pueblo o al incidente en la Piedra Pagana.

—Ésa me gusta más. Todos estamos conectados, no sólo Kevin Bacon. Si uno se empeña en ello, puede encontrar al menos un puñado de relaciones entre casi cualesquiera dos personas. —Pensando en el asunto, Fox tomó su segunda porción de pizza—. Tal vez es una prima lejana. Yo tengo primos y primas para dar y tomar. Igual que tú. Yo creo que Gage no tantos, pero seguro que habrá algunos cuantos por ahí.

—Es posible, pero ¿por qué una prima lejana podría ver algo que los miembros de nuestra familia inmediata no? Nos lo habrían dicho, Fox. Ellos saben mejor y más claramente que nadie lo que se avecina.

—Reencarnación. No creo que esté fuera del Planeta Lógica. Además, el tema de la reencarnación es importantísimo para la familia O'Dell. Tal vez ella estaba allí cuando todo sucedió. En otra vida.

—No descarto nada, pero más al grano: ¿por qué está ella aquí ahora? Y, más importante todavía, ¿nos va a ayudar a ponerle fin a todo esto?

—Creo que esa discusión va a requerir más de una hora de conversación frente a la chimenea para llegar a alguna conclusión. Supongo que no has sabido nada de Gage.

—Nada todavía. Probablemente se pondrá en contacto. Pasado mañana voy a llevar a la escritora a la Piedra Pagana.

—Estás actuando demasiado rápido, Cal.

Cal negó con la cabeza.

—Si no la llevo pronto, va a intentar llegar allí por su cuenta. Y si algo le pasa... No podemos ser responsables de ello.

—Somos responsables, Cal, ¿no es ésa la cuestión de todo? En cierto nivel todo es responsabilidad nuestra. —Frunció el ceño y observó a Don Myers, de Plomería Myers, hacer un *split* 7-10, lo cual causó gritos y vítores de alegría. Los ciento cuarenta y cinco kilos de Myers se contonearon en una danza de la victoria que no fue un espectáculo muy agradable—. Uno sigue la vida —retomó Fox en voz baja—, día tras día, haciendo lo que uno hace, viviendo de la mejor manera que puede. Come pizza, se rasca el culo, echa un polvo cada vez que tiene suerte... Pero en el fondo sabe, aunque quiera enterrarlo en el fondo sólo para poder vivir, que va a volver. Que tal vez la gente que uno ve por la calle todos los días no va a ser capaz de sobrevivir a la siguiente tanda. Tal vez nosotros tampoco. Qué diablos. —Gesticuló con el vaso de cerveza hacia Cal—. Tenemos el ahora, más cinco meses para descifrar el asunto.

—Puedo tratar de volver de nuevo.

—No a menos que Gage esté aquí. No podemos arriesgarlo a menos que estemos juntos. No vale la pena, Cal. La otra vez sólo conseguiste pedacitos, retazos y costó una paliza de padre y señor mío.

—Pero ahora soy más viejo y más sabio. Además, estoy pensando que si se está manifestando, en nuestros sueños o lo que le pasó a Quinn, está gastando energía. Puede ser que encuentre más que la otra vez.

—No sin Gage. Es... mmm... —fue evidente que se distrajo y su mirada vagó sobre el hombro de su amigo—. Flores frescas.

Cal se volvió para mirar hacia atrás y vio a Quinn de pie detrás de la pista uno, tenía el abrigo abierto y una expresión perpleja al observar a Myers lanzar su bola roja de la suerte con la gracia de un hipopótamo de puntillas en zapatillas de ballet.

—Ésa es Quinn.

—Ya lo sé. La reconocí por la foto. Yo también leí sus libros. Está mejor que en la foto, y eso es bastante.

—Yo la vi primero.

Fox resopló y desvió la mirada hacia la cara de Cal.

—Hermano, no se trata de quién la vio primero, sino de en quién se fija ella. Si hago despliegue de todo el poder de mi encanto sexual, serás el Hombre Invisible.

—Tonterías. Todo el poder de tu encanto sexual no podría encender ni una bombilla de cuarenta vatios.

Cal se levantó del taburete cuando Quinn empezó a caminar hacia él.

—Así que por esto decidiste pasar de mí esta noche —le dijo ella—. Pizza, cerveza y bolos.

—Los tres mayores atractivos de Hawkins Hollow. Esta noche soy el administrador de turno. Quinn, éste es Fox O'Dell.

—El segundo miembro de la tríada. —Y diciendo esto, le dio la mano a Fox—. Ahora estoy doblemente contenta de haber venido a echarle un vistazo al que parece ser el sitio más popular del pueblo. ¿Les importa si los acompaño?

—Por supuesto que no. ¿Te invito a una cerveza? —le preguntó Fox.

—Caramba... Bueno, pero que sea *light.*

Cal dio un paso atrás para ponerse al otro lado del mostrador.

—Yo me encargo. ¿Quieres algo con la cerveza? ¿Pizza?

—Ay. —Quinn miró la pizza sobre el mostrador con ojos que de repente tuvieron expresión inocente—. Supongo que no tienes ninguna de masa integral y queso bajo en grasa...

—¿Obsesionada con la salud? —preguntó Fox.

—Exactamente lo contrario —dijo Quinn y se mordió el labio inferior—. Estoy cambiando mi estilo de vida. Maldición, pero esa pizza sí que se ve apetitosa. ¿Qué tal si cortamos una de esas porciones por la mitad? —E hizo el gesto de cortarse la mano por la mitad sobre el plato.

—No hay problema.

Cal trajo el cuchillo cortador de pizza y dividió una porción por la mitad.

—Me encantan la grasa y el azúcar tanto como a una abeja la miel —le dijo Quinn a Fox—. Pero estoy tratando de comer más razonablemente.

—Mis padres son vegetarianos —le dijo Fox mientras Quinn y él tomaban cada uno media porción de pizza—. Me criaron a base de tofu y alfalfa.

—Dios santo, qué tristeza.

—Ésa es la razón por la cual comía en mi casa cada vez que podía y se gastaba todo el dinero en chocolates y galletitas.

—Las galletas son la ambrosía de los dioses. —Le sonrió a Cal cuando él le puso una cerveza delante, sobre el mostrador—. Me gusta este pueblo. Caminé varias manzanas arriba y abajo de Main Street, pero como me estaba congelando, volví a mi encantador hotel Hollow, me senté en el alféizar de la ventana de mi habitación y observé el mundo transcurrir frente a mí.

—Bonito mundo —comentó Cal—, aunque se mueve poco en esta época del año.

—Mmm. —Fue su expresión de acuerdo tras darle un minúsculo mordisco a la punta de su estrecha porción de pizza. Cerró los ojos y suspiró—. Está buenísima. Tenía la esperanza de que no fuera así, teniendo en cuenta que es pizza de bolera.

—Creo que la nuestra está bien, pero si quieres una mejor, ve a Gino's, al otro lado de la calle, que además tiene más variedad.

Quinn abrió los ojos y se encontró con que Cal le estaba sonriendo.

—Es una maldad decirle eso a una mujer que está en medio de un cambio de estilo de vida.

Cal se inclinó sobre el mostrador, acercando esa bella sonrisa un poco más a ella, lo que le hizo perder el hilo de sus pensamientos. El hombre tenía la sonrisa más rápida y perfecta, del tipo que haría que cualquier mujer quisiera darle un mordisquito de prueba.

Antes de que Cal pudiera decir nada, alguien lo saludó, entonces esos ojos color gris sosegado apartaron la mirada de los de ella y se posaron en el otro extremo del mostrador.

—Ahora vuelvo.

—Bueno... —Dios, el pulso se le había acelerado—. Solos al fin —le dijo a Fox—. Entonces Cal, tú y el hasta ahora ausente Gage habéis sido amigos desde que erais niños.

—Desde que éramos bebés, de hecho. Desde el útero, técnicamente. La madre de Cal y la de Gage conocieron a mi madre cuando la mía estaba dando unas clases sobre el método Lamaze*. Un par de meses después del parto hubo una especie de reunión de las mujeres de la clase y las tres se encontraron allí de nuevo, entonces se dieron cuenta de que los tres habíamos nacido el mismo día a la misma hora.

---

* En 1951, el doctor Fernand Lamaze introdujo en Francia un método para el parto compuesto por: cursos preparatorios, técnicas de relajación y respiración y apoyo emocional por parte del padre y una enfermera especializada.

—Lo que creó un vínculo inmediato entre las madres, supongo.

—No sé. Siempre se han llevado bien, a pesar de que se puede decir que las tres vienen de distintos planetas. Digamos que eran amables entre ellas sin ser exactamente amigas. Mis padres todavía se llevan bien con los de Cal, y el padre de Cal mantuvo empleado al padre de Gage incluso cuando nadie más en el pueblo quería contratarlo.

—¿Por qué nadie en el pueblo quería contratarlo?

Fox se debatió durante unos momentos, le dio un sorbo a su cerveza.

—No es un secreto —decidió finalmente—: el padre de Gage solía beber mucho, aunque lleva un largo tiempo completamente sobrio, unos cinco años, creo. Siempre he pensado que el señor Hawkins le dio trabajo porque ésa es su manera de ser y en gran parte yo creo que lo hizo pensando en Gage. En todo caso, no recuerdo no haber sido amigos los tres.

—¿Nada de «le quieres más que a mí», o peleas fuertes o el usual tomar caminos diferentes?

—Hemos tenido peleas, y aún hoy nos peleamos a veces. —«¿Acaso no todos los hermanos se pelean a veces?», pensó Fox—. Y claro, hemos tenido periodos en que estábamos molestos, pero nada grave. Estamos conectados y nada puede romper esa conexión. Y eso de que «le quieres más que a mí» es más cosa de niñas.

—Pero Gage ya no vive aquí.

—Gage no vive en ninguna parte, en realidad. Él es el auténtico y original trotamundos.

—¿Y tú? ¿El chico del pueblo natal?

—Consideré las luces de la gran ciudad y la rutina que implica vivir allí, incluso lo intenté un tiempo corto. —Se giró para mirar hacia donde se escuchaban los lamentos de uno de los Gatos Callejeros que no había puntuado—. Me gusta Hollow. Incluso me gusta mi familia, la mayor parte del tiempo. Y resultó que también me gusta ejercer la abogacía de pueblo pequeño.

«Es cierto», pensó Quinn. «Pero no me está diciendo toda la verdad».

—¿Has visto al niño de los ojos rojos?

La pregunta cogió por sorpresa a Fox. Puso sobre la mesa la cerveza que había levantado para beber.

—Eso es acoso.

—Tal vez, pero ésa no es una respuesta.

—Voy a posponer mi respuesta hasta que haya considerado el asunto con mayor detenimiento. Además, Cal se está haciendo cargo de esto.

—Y tú no estás seguro de que te agrade la idea de que él o cualquier otra persona hable conmigo sobre lo que puede o no estar pasando aquí.

—No estoy seguro de que sirva de algo. Así que estoy sopesando la información a medida que me va llegando.

—Me parece bien. —Se giró y vio a Cal acercándose—. Bueno, chicos, gracias por la cerveza y la pizza, pero creo que ya es hora de irme a mi encantadora habitación.

—¿Juegas a los bolos? —le preguntó Cal.

—Nada de nada —respondió ella entre risas.

—Ay, ay, ay, ay —exclamó Fox en voz baja.

Cal salió de detrás del mostrador y le bloqueó el camino a Quinn antes de que ella pudiera bajarse del taburete. Le dio una larga mirada reflexiva a las botas que la mujer llevaba puestas:

—Siete y medio, ¿no es cierto?

—¡Caramba! —exclamó Quinn y bajó la mirada hacia sus botas también—. Exactamente. Qué buen ojo.

—Quédate justo donde estás —le dijo él poniéndole la mano sobre el hombro un momento—. Vuelvo enseguida.

Quinn frunció el ceño al ver alejarse a Cal, después se giró hacia Fox.

—No estará pensando en traerme unos de esos zapatos de bolos, ¿no?

—Por supuesto que sí. Te burlaste de una tradición que, si le das la más mínima oportunidad, te dirá que empezó hace cinco mil años. Después te empezará a explicar la evolución y seguirá y seguirá y seguirá.

—Ay, Dios mío. —Fue todo lo que Quinn atinó a decir.

Cal trajo un par de zapatos de bolos marrones y beis y otro par más grande de color café oscuro, que obviamente eran suyos.

—La pista cinco está libre. ¿Quieres jugar, Fox?

—Tristemente, tengo que terminar de escribir un sumario, que ya he estado aplazando. Os veo luego.

Cal se puso los zapatos debajo del brazo, luego agarró a Quinn de la mano y la ayudó a bajarse del taburete.

—¿Cuándo fue la última vez que jugaste a los bolos? —le preguntó Cal mientras la guiaba a través de la bolera hacia la pista cinco.

—Creo que tenía catorce años, en una cita en grupo que no salió muy bien que digamos. El objeto de mi afecto, Nathan Hobbs, sólo tenía ojos para la risueña y ya desarrollada Missy Dover.

—No puedes permitir que un mal de amores previo te eche a perder la diversión.

—Pero es que tampoco me gustó la parte de jugar a los bolos.

—Eso era antes. —Cal la instó a sentarse sobre el suave banco de madera y después se sentó a su lado—. Esta noche vas a pasarlo mejor. ¿Alguna vez has hecho un pleno?

—¿Todavía estamos hablando de bolos? Si es así, entonces no.

—Vas a hacer uno y verás que no hay ninguna sensación que supere la de haber hecho un pleno.

—¿Qué tal hacer el amor con Hugh Jackman?

Cal hizo una pausa mientras se ataba los cordones de los zapatos y miró a Quinn a la cara.

—¿Has hecho el amor con Hugh Jackman?

—No, pero estoy dispuesta a apostar cualquier cantidad de dinero a que, al menos para mí, nada, ni siquiera tumbar diez bolos con una bola, puede superar la sensación de hacer el amor con Hugh Jackman.

—Muy bien. Pero yo estoy dispuesto a apostar, digamos, diez dólares, a que cuando hagas un pleno, la sensación va a estar a la misma altura.

—Primero, es bastante poco probable que yo sea capaz de hacer algo ni lejanamente parecido a un pleno. Y segundo, podría mentir.

—Sí vas a poder. Y no, no vas a mentir. Cámbiate de zapatos, rubita.

CAPÍTULO 5

No era tan ridículo como había supuesto. Un poco tonto, tal vez, pero Quinn tenía un umbral de tolerancia alto para la tontería.

Las bolas eran moteadas, las pequeñas no tenían los tres agujeros. Y lo que tenía que hacer era lanzarlas a lo largo de la pulida pista hacia los bolos de cuello rojo que Cal llamaba «patos».

Cal la observó mientras Quinn caminaba hacia la línea de tiro, se balanceó hacia atrás y arrojó la bola, que rebotó un par de veces antes de ir a dar a uno de los canales.

—Muy bien —dijo ella echándose el pelo hacia atrás—. Tu turno.

—Puedes tirar dos bolas más, son tres por turno.

—Caramba, qué suerte.

Cal le dirigió una breve sonrisa.

—Primero trabajemos tu postura y el movimiento del brazo, después podemos perfeccionar tus tiros. —Se acercó a ella con otra bola en la mano mientras hablaba, al detenerse frente a ella, se la ofreció—. Sostenla con ambas manos —le dijo haciéndola girar para que quedara frente a los bolos—. Ahora lo que debes hacer es dar un paso adelante con el pie izquierdo, luego doblas las rodillas como si fueras a ponerte en cuclillas, pero doblándote por la cintura.

Cal se acomodó justo detrás de Quinn, con la parte de delante de su cuerpo pegada a la espalda de ella, que giró la cara y lo miró directamente a los ojos.

—Usas esta rutina para conseguir mujeres, ¿no es cierto?

—Por supuesto. Ochenta y cinco por ciento de probabilidades de éxito. Ahora tienes que concentrarte en el bolo de delante, después te puedes preocupar por los laterales y el mejor punto de golpe. Echa el brazo derecho hacia atrás y después deslízalo hacia delante con los dedos apuntando hacia el bolo de enfrente. Entonces sueltas la bola de tal manera que siga tus dedos.

—Mmm —dudó Quinn, pero lo intentó. Esta vez la bola no rebotó de inmediato en el canal, sino que se mantuvo en la larga pista el tiempo suficiente para golpear los dos bolos del extremo derecho. Pero como la mujer que estaba en la pista de al lado, que debía de tener sesenta años a lo sumo, se deslizó con toda la gracia del caso hasta la línea de tiro, soltó la bola y tumbó siete bolos, Quinn no se sintió con muchas ganas de celebración.

—Mejor.

—Dos bolas, dos bolos. No creo que eso merezca que menee el trasero.

—Ah, pero como estoy ansioso de verte mover el trasero, te voy a ayudar a mejorar tu juego. Baja más el hombro esta vez. Rico perfume —añadió antes de alejarse para traerle otra bola.

—Gracias. —«Paso, doblar, atrás, soltar», pensó Quinn. Y de hecho logró tumbar el último bolo del otro lado del triángulo.

—Demasiada compensación —dijo Cal y después presionó el botón para un nuevo juego. La rejilla bajó y barrió los bolos sobrantes con un enorme estruendo, entonces apareció otro triángulo de bolos en posición.

—Aquella mujer los tumbó todos. —Quinn señaló con la cabeza hacia la mujer en la pista vecina que acababa de sentarse—, pero no se ve muy emocionada que digamos.

—¿La señora Keefafer? Juega dos veces por semana y se ha curtido. Por fuera. Por dentro, créeme, está meneando el trasero.

—Si tú lo dices...

Cal le acomodó los hombros y le hizo girar la cadera, entonces ella entendió por qué el hombre tenía un índice de éxito tan alto con esta rutina. Finalmente, tras incontables intentos, Quinn fue capaz de tumbar varios bolos que le abrieron extraños huecos al triángulo.

Todo a su alrededor era ruido: el sonido de las bolas deslizándose por las pistas, el de los bolos al caer, los vítores y gritos de alegría de los jugadores y espectadores, las campanas de los videojuegos.

Podía percibir el olor a cerveza mezclado con el de cera y el del viscoso queso naranja de los nachos que alguien se estaba comiendo en las sillas vecinas.

«Atemporal, lo estadounidense de todos los tiempos», pensó mientras escribía mentalmente un borrador de un artículo sobre la experiencia. «Deporte de siglos de antigüedad», necesitaba investigar más sobre ello. «Divertimento sano y apto para toda la familia».

Pensó que le había cogido el truco al asunto, más o menos, aunque fue lo suficientemente banal como para tirar alguna que otra bola hacia el canal para que Cal le corrigiera la postura.

Y cada vez que él lo hizo, ella pensó que tal vez sería mejor cambiar el ángulo del artículo y, en lugar de hablar sobre «diversión familiar», hacerlo sobre «la sensualidad de los bolos». La idea la hizo sonreír mientras tomaba de nuevo su posición.

Entonces sucedió. Quinn soltó la bola, que rodó suavemente hacia el centro de la pista. Sorprendida, dio un paso atrás. Y otro. Entonces levantó los brazos y se cogió la cabeza a ambos lados. Algo le hormigueó en la tripa y se le aceleró el corazón.

—¡Ay, no! ¡Mira! Va a... —entonces se escuchó un satisfactorio *crash* cuando la bola golpeó los bolos, que se tambalearon, unos contra otros en diferentes direcciones, y empezaron a caer, a rodar, hasta que el último lo hizo con un balanceo ebrio—. ¡Dios mío! —Se balanceó en la punta de sus zapatos alquilados—. ¿Has visto eso? ¿Lo has...? —Y cuando giró sobre los talones, con una expresión de placer perplejo, él le estaba sonriendo—. ¡Hijo de la gran puta! —murmuró—. Te debo diez dólares.

—Aprendes rápido. ¿Quieres que ensayemos el siguiente paso?

Quinn caminó hacia él.

—Creo que estoy... agotada. Pero es probable que venga alguna otra noche para que me des la lección número dos.

—Con gusto, cuando quieras. —Y se sentaron cadera contra cadera para cambiarse de zapatos—. Te acompaño hasta el hotel.

—Bueno.

Cal cogió su abrigo y, al salir, llamó la atención del delgaducho jovencito que estaba detrás del mostrador del alquiler de zapatos con un movimientos de mano.

—¡Vuelvo en diez minutos!

—Silencio —comentó Quinn en el momento en que pusieron un pie fuera—. Escucha qué tranquilidad.

—El ruido es parte de la diversión y el silencio subsiguiente, parte de la recompensa.

—¿Alguna vez quisiste hacer otra cosa, o creciste con el deseo ardiente de convertirte en el administrador de una bolera?

—*Centro de diversión familiar* —la corrigió—. Tenemos una sala de máquinas, diferentes videojuegos y una zona para niños menores de seis años. Además, organizamos fiestas: de cumpleaños, despedidas de soltero, recepciones matrimoniales...

—¿Recepciones matrimoniales?

—Claro, *bar mitzvahs, bat mitzvahs,* aniversarios y reuniones empresariales.

Definitivamente tema para un artículo.

—Un cuerpo con un montón de brazos.

—Se puede decir, sí.

—¿Entonces por qué no estás casado y criando a la nueva generación de jugadores de bolos?

—El amor me ha sido esquivo.

—Ah.

A pesar del frío cortante, era agradable caminar junto a un hombre que naturalmente acoplaba su paso al de ella y ver las nubes de la respiración de ambos unirse tras las exhalaciones y antes de que el viento las desvaneciera.

Además de esos ojos matadores, Cal era fácil de llevar, entonces, reflexionó, había cosas peores que sentir que se le adormecían los dedos dentro de esas botas que, ella sabía, eran más bonitas que prácticas.

—¿Vas a estar por aquí mañana? Por si se me ocurre alguna pregunta que quiera hacerte...

—Aquí y allá —le respondió—. Puedo darte mi número de móvil, si quieres...

—Espera. —Metió la mano en su bolso y sacó su propio móvil. Sin detenerse, presionó unos cuantos botones—. Dime.

Cal le dio el número y comentó:

—Me excita una mujer que es capaz no sólo de encontrar rápidamente lo que está buscando en las misteriosas profundidades de su bolso, sino que también manipula diestramente los aparatos electrónicos.

—¿Es ése un comentario sexista?

—No. Mi madre siempre sabe dónde está todo, pero el control remoto le muerde. Mi hermana Jen es capaz de manejar todo, desde una transmisión de seis marchas hasta un ratón inalámbrico, pero no encuentra nada sin antes pasar veinte minutos buscando y mi otra hermana, Marly, no encuentra nunca nada y además le asusta el abrelatas eléctrico. Y ahora, aquí estás tú, haciéndome hervir la sangre al ver que puedes hacer ambas cosas con suma pericia.

—Siempre he sido una vampiresa. —Devolvió el móvil a su bolso justo antes de llegar a los escalones que subían hasta el amplio porche del hotel—. Gracias por la compañía.

—De nada.

Entonces tuvo una de esas sensaciones, pudo reconocerla. Ambos estaban preguntándose qué hacer, si darse la mano, si sólo darse la vuelta e irse, si ceder a la curiosidad e inclinarse para darse un beso.

—Por ahora me parece que deberíamos quedarnos en el camino seguro —decidió Quinn—. Admito que me gusta tu boca, pero traspasar el límite bien podría complicar mucho las cosas sin que siquiera haya empezado a hacer lo que vine a hacer.

—Es una pena que tengas tanta razón. —Cal hundió las manos en los bolsillos—. Así que sólo te voy a dar las buenas noches. Pero espero a que entres.

—Buenas noches a ti también. —Subió los escalones hasta la puerta, la abrió. Entonces se giró y lo vio de pie donde lo había dejado, con las manos en los bolsillos y con esa anticuada farola bañándolo de luz.

«Ay, sí», pensó. «Qué pena tan grande».

—Nos vemos pronto.

Cal esperó hasta que la puerta se cerrase detrás de ella, dio unos pasos atrás y observó las ventanas del segundo y tercer piso. Quinn le había dicho que su habitación daba a Main Street, pero no había mencionado en qué piso estaba.

Después de unos minutos, una luz se encendió en el segundo piso, lo que le indicó que la mujer había llegado sana y salva a su habitación.

Se dio la vuelta para ponerse en camino y no había dado ni dos pasos cuando vio al niño. Estaba de pie sobre la acera a media manzana de distancia. No llevaba abrigo ni gorro, nada que lo protegiera del intenso frío. Su larga cabellera negra no ondeaba al viento. Los ojos le resplandecían terroríficamente en rojo mientras de sus labios escapaba un gruñido.

Cal escuchó el sonido dentro de su cabeza al tiempo que un frío le embargó el estómago.

«No es real», se dijo. «No todavía, es sólo una proyección, como en los sueños». Pero incluso en sueños podía herirlo o hacerle pensar que estaba herido.

—Vete al lugar de donde viniste, bastardo. —Cal habló tan clara y tranquilamente como se lo permitieron sus nervios alterados—. Todavía no es tu momento.

«Cuando mi momento llegue, te voy a devorar, a ti y a todos los demás y a todo lo que consideras preciado».

Los labios no se movieron con las palabras, sino que siguieron petrificados en una fiera mueca.

—Veremos quién pierde esta vez. —Cal dio un paso adelante.

Entonces un fuego hizo erupción de la amplia acera de ladrillo y se extendió humeando a lo largo y ancho de la calle como un gran muro de rojo salvaje. Y antes de que Cal pudiera darse cuenta de que no había nada, ni calor, ni quemaduras, ya se había tambaleado hacia atrás con las manos en alto.

Carcajadas resonaron en sus oídos, tan salvajes como las llamas. Entonces todo se calmó.

La calle volvió al silencio y la acera y los edificios no quedaron con ninguna marca. Trucos bajo la manga, recordó Cal. Muchos trucos bajo la manga.

Cal se obligó a caminar hacia donde había ardido el falso fuego. Todo el lugar estaba impregnado de un intenso olor acre que se desvaneció en cuestión de segundos, como el vapor de su propia respiración. Entonces, en ese instante reconoció qué era.

Azufre.

* * *

Arriba, en la habitación que la hacía increíblemente feliz, con la cama de cuatro columnas y el mullido edredón blanco, Quinn se sentó en el precioso escritorio de patas curvas y superficie pulida, a escribir en su ordenador portátil las notas del día, la información que había obtenido y sus impresiones.

Le encantaba que le hubieran puesto en la habitación flores frescas y un pequeño frutero azul con frutas dispuestas artísticamente. El baño contaba con una encantadora bañera de patas y un lavabo de pedestal de color blanco nieve. Las toallas eran mullidas y enormes, y también le habían puesto dos pastillas de jabón y elegantes botellitas de champú, crema para el cuerpo y gel de baño.

En lugar de imágenes aburridas producidas en masa, las paredes de la habitación estaban decoradas con pinturas y fotos originales, y una discreta nota sobre el escritorio informaba de que los cuadros eran obras de artistas locales y que se podían adquirir en una galería de South Main llamada Artful.

Toda la habitación estaba llena de detalles hogareños que le daban un aire acogedor y, además, estaba dotada de acceso a Internet de banda ancha. Hizo una nota para reservar esa misma habitación en la que iba a estar una semana esta vez para los viajes de regreso que planeaba hacer en abril y julio.

Había hecho muchos avances para un primer día, considerando que había hecho el viaje ese mismo día. Había conocido a dos de los tres protagonistas de la historia, tenía una cita para visitar la Piedra Pagana, se había podido dar una idea del pueblo, aunque superficial, en todo caso. Y había tenido, según creía, un encuentro personal con la manifestación de una fuerza (todavía) sin identificar.

Además, tenía el esqueleto de un artículo sobre bolos que seguro interesaría a sus amigos de *Detour.*

Nada mal, especialmente si se le sumaba a todo lo anterior que había escogido razonablemente cenar una ensalada de pollo en el comedor del hotel, en lugar de haber cedido a la tentación de comerse una pizza entera y sólo se había limitado a comerse media porción. Y había hecho un pleno.

En el aspecto personal, pensó mientras apagaba el ordenador y se disponía a prepararse para meterse a la cama, también se había resistido a la tentación de unir sus labios a los del muy atractivo Caleb Hawkins.

¿Acaso no era ella una mujer muy profesional e insatisfecha?

Una vez se hubo puesto el pantalón de algodón y la camiseta con los que dormía, se convenció de hacer quince minutos de pilates (está bien, diez) y quince de yoga antes de meterse debajo de ese fabuloso edredón y entre un pequeño bosque de almohadones. Cogió de la mesilla de noche el libro que estaba leyendo y avanzó en la lectura hasta que los ojos empezaron a cerrársele.

Así, un poco después de medianoche cerró la novela, apagó la luz y se acurrucó en su nido feliz. Y como era su costumbre, se quedó dormida en el acto.

Quinn fue consciente de que estaba soñando. Siempre había disfrutado de la sensación de adentrarse en el mundo carnavalesco y desarticulado de los sueños. Para ella era como tener una aventura desenfrenada pero sin excesivo esfuerzo físico. Así que cuando se encontró frente a un camino sinuoso que avanzaba dentro de un bosque denso donde la plateada luz de la luna bañaba las hojas y una neblina lechosa se arrastraba pesadamente sobre el suelo, una parte de su mente exclamó: «¡Caramba! Allá vamos».

Creyó escuchar una salmodia, una especie de susurro desesperado y ronco, pero no distinguía las palabras.

El aire se sentía como de seda, tan suave, a medida que Quinn vadeaba los estanques de neblina. La salmodia no cesaba y la atraía hacia sí. Sólo una palabra parecía abrirse paso a través de esa noche bañada de luz de luna, y la palabra era «bestia».

Quinn la escuchó una y otra vez mientras avanzaba a lo largo del tortuoso camino y a través del sedoso aire y los árboles con hojas de plata. Sintió deseo, un hormigueo cálido en el bajo vientre que la atraía hacia la cosa o persona que salmodiaba en la noche.

Dos, tres veces le pareció que el viento susurraba «beatus». El murmullo le calentó la piel. En el sueño, Quinn apretó el paso.

De los árboles empapados de luna salió un búho negro y sus enormes alas removieron el aire suave hasta enfriarlo, entonces ella se estremeció. Incluso en el sueño, se sintió asustada.

Y todavía sintiendo ese aire alterado vio, extendido en la mitad del camino, un cervatillo dorado con la garganta abierta. La sangre empapaba la tierra, que resplandecía húmeda y negra en la noche.

El corazón se le encogió de pena. «Tan joven, tan dulce», pensó Quinn mientras se acercaba al animal. ¿Quién podía haber hecho algo así?

Por un momento los ojos muertos y estáticos del cervatillo se aclararon, resplandecieron de oro desde el fondo y la miraron con tal tristeza, tal sabiduría, que a Quinn se le atragantaron las lágrimas en la garganta.

Entonces escuchó la voz de nuevo, pero esta vez no como un susurro del viento, sino que la escuchó dentro de su cabeza. Escuchó una sola palabra: «devoveo».

Entonces vio los árboles desnudos, salvo por el hielo que cubría el tronco y las ramas, y la luz plateada de la luna se tornó gris. El camino había girado, o ella había cambiado de dirección, de tal manera que ahora estaba frente a un estanque. El agua era tan negra como la tinta, como si las profundidades succionaran la luz del cielo y se la tragaran, asfixiándola por completo.

Vio a una mujer joven arrodillada junto a la orilla. Llevaba puesto un vestido largo de color marrón y tenía el pelo casi al rape, cortado toscamente de tal manera que se le levantaba en crestas indómitas. Se estaba llenando los bolsillos del vestido con piedras.

—¡Hola! —saludó Quinn—. ¿Qué estás haciendo?

Pero la chica sólo continuó llenándose los bolsillos. Quinn caminó hacia ella y al acercarse vio que tenía los ojos inundados de lágrimas y vio que su expresión era de locura.

—¡Mierda! No, no quieres hacer eso. No quieres hacerte la Virginia Woolf. Espera, espera aunque sea un momento. Habla conmigo.

La chica levantó la cabeza y la miró y por un impactante momento Quinn vio que el rostro que la miraba era el suyo.

—Él no sabe todo —dijo la chica loca—. No te conocía.

Levantó los brazos y su ligero cuerpo, ahora pesado por la carga de piedras, se inclinó cada vez más hasta que alcanzó el agua oscura. El estanque se la tragó como una boca ansiosa.

Quinn saltó, ¿qué más podía hacer? Sintió el cuerpo revitalizado por el frío mientras los pulmones se le llenaban de aire.

Entonces vio un destello de luz y escuchó un rugido que bien podía ser de trueno o de algo vivo y hambriento. De pronto se encontró de rodillas en el claro de un bosque donde se alzaba una piedra de la tierra, como un altar. Había fuego a su alrededor, encima de ella, a través de ella, pero no sentía su calor.

A través de las llamas vio dos figuras: una blanca y una negra, entrelazadas como animales salvajes. Y entonces la tierra se abrió con un terrible sonido de desgarramiento y, como la boca ansiosa del estanque, se tragó todo.

Un grito se abrió paso a través de su garganta cuando la boca se abrió más ampliamente para tragarla a ella también. Se arrastró lo más rápido que pudo hacia la piedra y luchó por abrazarse a ella.

Pero la piedra se rompió en tres partes iguales con tal fuerza que la mandó volando contra esa ávida boca abierta.

Quinn se despertó. Estaba hecha un ovillo en su primorosa cama, con las sábanas enredadas entre las piernas y aferrada a una de las columnas como si su vida dependiera de ello. Tenía la respiración alterada como el resuello de un asmático y el corazón le galopaba con tanta violencia y rapidez que la cabeza le daba vueltas. Trató de recordarse que se trataba solamente de un sueño, pero no lograba obligarse, no todavía, a soltarse de la columna de la cama.

Entonces se permitió quedarse aferrada a la columna un momento más, puso la mejilla contra la madera fría y cerró los ojos hasta que dejó de temblar y sólo un estremecimiento final le sacudió el cuerpo.

—Vaya viaje —murmuró.

La Piedra Pagana. Allí era donde había estado al final del sueño, estaba segura. La había reconocido por fotos que había visto. No era sorprendente que hubiera tenido una pesadilla sobre ella, sobre el bosque y el lago... ¿En sus investigaciones no había leído algo sobre una mujer que se había ahogado allí? Habían bautizado el lugar en su honor. El lago de Hester. No, estanque: el estanque de Hester.

Todo tenía sentido. En lógica onírica, claro.

Sí, vaya viaje que había tenido. Y moriría feliz si alguna vez podía tener otro igual.

Le echó un vistazo al reloj digital que siempre llevaba en sus viajes y los números luminosos le dijeron que eran las tres y veinte de la mañana. Las tres de la mañana, pensó, era la hora muerta, la peor para estar despierta. Así que volvería a dormirse, como una mujer razonable. Organizaría la cama, tomaría un vaso de agua fresca y cambio y corto.

Había tenido suficientes sobresaltos para su primer día.

Salió de la cama con la intención de volver a poner las sábanas y el edredón medianamente en orden y, después de hacerlo, se dio la vuelta para ir al baño a tomar agua.

El grito no resonó. Sólo se abrió paso dentro de su cabeza como un par de garras escarbando, pero ni un chillido emergió de su boca abierta ni a través del cerrojo en que se le había convertido la garganta.

Al otro lado de la ventana oscura el niño le sonrió obscenamente. Tenía la cara y las manos pegadas en el vidrio a escasos centímetros de ella. Lo vio sacar la lengua y lamerse los dientes blancos y afilados. Los ojos, como pozos sin fondo, le resplandecían en rojo y se veían tan ávidos como la boca de tierra que había tratado de tragársela en el sueño.

Las rodillas iban a doblársele, pero Quinn temió que, si se dejaba caer al suelo, el niño rompería la ventana y entraría a la habitación con la intención de clavarle esos dientes en la garganta como un perro salvaje.

En cambio, entonces, levantó las manos e hizo la antiquísima señal contra el demonio.

—Aléjate de mí —susurró Quinn—. Mantente lejos de mí.

El niño se rió y Quinn pudo escuchar el horripilante y aturdidor sonido y vio cómo sus hombros se sacudían al ritmo de la risa. Entonces se separó de la ventana y dio un lento y retorcido salto mortal. Por un momento quedó suspendido en el aire sobre la silenciosa calle y entonces... se contrajo, fue la única palabra en la que Quinn pudo pensar. Se encogió en sí mismo, se convirtió en un punto negro y se desvaneció.

Quinn caminó hacia la ventana y bajó y cerró las persianas, sin dejar ni un milímetro de ventana al descubierto. Entonces al fin se dejó caer al suelo, se recostó contra la pared y trató de controlar el temblor que la embargaba.

Cuando creyó que podía ponerse de pie, usó la pared como apoyo, entonces se apresuró hacia las otras ventanas y se quedó sin aliento cuando hubo bajado y cerrado todas las persianas. Trató de decirse que la habitación no parecía una caja cerrada.

Fue al baño y se sirvió un vaso con agua —la necesitaba—, y se lo bebió a grandes tragos, después se sirvió otro vaso y se lo bebió de igual forma. Sintiéndose más tranquila, miró hacia las ventanas tapadas.

—Vete al infierno, pequeño bastardo.

Cogió su ordenador portátil y volvió a sentarse en el mismo lugar en el suelo con la espalda contra la pared, porque se sentía más segura debajo de la línea de los alféizares. Entonces empezó a escribir cada detalle de lo que recordaba del sueño y del incidente con la cosa pegada a la ventana de su habitación.

* * *

Cuando Quinn se despertó, la luz era una dura línea amarilla alrededor de las persianas color crema. Y la batería de su ordenador estaba completamente muerta. Se felicitó por haber recordado hacer una copia de seguridad del archivo que había escrito antes de acurrucarse en la esquina del suelo para dormir, y entonces se puso de pie, sintiéndose tiesa.

Mientras se estiraba tratando de devolverle la flexibilidad a sus músculos, pensó que había sido una estupidez no haber apagado el ordenador ni haber regresado a su enorme y cómoda cama. Pero había olvidado lo primero y no había ni considerado lo segundo.

Ahora, puso el ordenador sobre el escritorio y lo conectó para recargar la batería. Con suma cautela se acercó a la primera ventana, después de todo, era de día cuando había visto al niño la primera vez, y subió las persianas lentamente.

Fuera, los rayos del sol brillaban en un húmedo cielo azul. Sobre el pavimento, sobre los techos y las marquesinas resplandecía un tapete fresco de nieve.

Vio a algunos comerciantes o dependientes ocupados en limpiar con palas la nieve las aceras, los porches y las escaleras. Se veían los coches cubiertos de nieve aparcados junto a la acera. Se preguntó si las escuelas habían suspendido las clases o si las habían retrasado debido a la nieve.

Se preguntó si el niño tendría clase de demonios ese día.

En lo que a ella se refería, Quinn decidió que iba a mimar su pobre cuerpo maltratado y se iba a dar un baño en esa encantadora bañera que tenía en el cuarto de baño. Después probaría el desayuno en la panadería de Ma, a ver quién le quería hablar sobre las leyendas de Hawkins Hollow mientras se comía sus cereales con fruta.

CAPÍTULO 6

Cal la vio acercarse mientras cortaba un trozo de la pequeña pila de tortitas que tenía en frente sobre la barra. Quinn llevaba puestas las mismas botas de tacón alto, unos vaqueros desteñidos y un gorro color rojo intenso le cubría el pelo.

Alrededor del cuello llevaba puesta una bufanda que hizo a Cal pensar en la túnica de colores de José, lo que intensificó la sensación de desenfado, sobre todo porque llevaba el abrigo abierto y dejaba al descubierto un jersey morado debajo.

Había algo en ella, pensó Cal, que era brillante y llamaría la atención incluso si estuviera vestida de marrón como el barro.

La vio buscar con la mirada a través del área del comedor y pensó que seguramente estaba decidiendo dónde sentarse y a quién abordar. «Ya está trabajando», concluyó. «Tal vez siempre está trabajando». Y se sintió completamente seguro, a pesar de conocerla tan poco, de que su mente estaba siempre en funcionamiento, sin descanso.

Entonces Quinn lo vio y le ofreció una de sus sonrisas resplandecientes mientras caminaba hacia él. Cal se sintió un poco como un niño que ha sido seleccionado entre los demás en un juego de pelota en el que cada capitán de equipo escoge a sus jugadores mientras todos gritan «¡Elígeme! ¡Elígeme!».

—Buenos días, Caleb.

—Buenos días, Quinn. ¿Te invito a desayunar?

—Por supuesto. —Se inclinó sobre el plato de tortitas con mantequilla y sirope y aspiró el aroma con un gesto dramático—. Apuesto a que están deliciosas.

—Son las mejores del pueblo. —Cortó un trozo con el tenedor y se lo ofreció—. ¿Quieres probar?

—No puedo detenerme después de probar. Es patológico. —Se sentó en el taburete y se giró para sonreírle a la camarera mientras se quitaba la bufanda—. Buenos días. Quisiera café, y ¿tenéis algo parecido a los cereales y que se le pueda poner encima algún tipo de fruta?

—Pues tenemos Special K y podría ofrecérselos con rodajas de plátano.

—Perfecto. —Estiró la mano sobre la barra para ofrecérsela a la camarera—. Soy Quinn.

—La escritora que viene de Pensilvania. —La camarera asintió con la cabeza y estrechó la mano de Quinn con firmeza—. Yo soy Meg Stanley. Ten cuidado con éste de aquí, Quinn —dijo Meg señalando a Cal con la cabeza—. Algunos de éstos del tipo callado son engañosos.

—Y algunos de nosotros del tipo bocazas somos rápidos.

El comentario de Cal hizo que Meg se riera mientras le servía el café a Quinn.

—Ser rápido es una gran ventaja. Ya te traigo los cereales, Quinn.

—¿Por qué alguien escoge voluntariamente comer semillas en el desayuno? —se preguntó Cal en voz alta mientras pinchaba con el tenedor otro trozo de tortita que goteaba sirope.

—Es un gusto adquirido. Yo lo estoy adquiriendo todavía. Pero conociéndome, y me conozco bien, si sigo viniendo a desayunar aquí, finalmente voy a sucumbir a la tentación de las tortitas. ¿Hay aquí en el pueblo un gimnasio o algún tipo que alquile su aparato para hacer abdominales?

—En el sótano del centro comunitario hay un gimnasio pequeño. Necesitas ser miembro para poder usarlo, pero puedo conseguirte un pase.

—¿En serio? Es muy útil conocerte, Cal.

—Es cierto. ¿Quieres cambiar tu pedido? Puedes comerte las tortitas y después ir a hacer ejercicio.

—Hoy no, gracias. Entonces —después de ponerle edulcorante al café, cogió la taza con las dos manos y bebió a tragos cortos mientras observaba a Cal a través del ligero vapor que despedía—, ya que estamos teniendo nuestra segunda cita...

—¿Cómo es que me perdí la primera?

—Anoche me invitaste a pizza y cerveza y me llevaste a jugar a los bolos. En mi diccionario, eso queda dentro de la definición de cita. Y ahora me estás invitando a desayunar.

—Cereales y plátano. Aprecio una cita barata.

—¿Quién no? Pero ya que estamos saliendo y todo eso —le dio otro sorbo al café mientras él se reía—, quisiera compartir una experiencia contigo.

Quinn se giró hacia Meg cuando se le acercó con un cuenco blanco colmado de cereales y rodajas de plátano.

—Me imagino que quiere leche con los cereales.

—Muy perspicaz y correcta. Semidesnatada, gracias.

—¿Les traigo algo más?

—Estamos bien por ahora. Gracias, Meg —le respondió Cal.

—Sólo avísenme, si quieren algo más.

—Una experiencia —repitió Cal mientras Meg se alejaba detrás de la barra.

—Tuve un sueño.

A Cal se le tensaron las entrañas incluso antes de que Quinn empezara a contarle en voz baja y con pelos y señales todo el sueño completo que había tenido la noche anterior.

—Sabía que era un sueño —concluyó ella—. Siempre sé cuándo estoy soñando. Por lo general disfruto de los sueños un montón, incluso cuando son pesadillas, porque sé que no son reales, no están sucediendo realmente. No me ha crecido una segunda cabeza para discutir conmigo misma ni he saltado de un avión en vuelo con un puñado de globos rojos, pero esta vez... No puedo decir que me emocionara el sueño. Por ejemplo, no pensé que estaba sintiendo frío, sino que de hecho estaba sintiendo frío. No fue que sólo pensara que estaba sintiendo que me golpeaban o que rodaba por el suelo. Esta mañana me encontré moretones que no tenía anoche cuando me fui a la cama. Tengo un moretón nuevo en la cadera. ¿Cómo te puedes hacer daño en un sueño si sólo es un sueño?

«Eso pasa», pensó Cal, «en Hawkins Hollow».

—¿Estás segura de que no te caíste de la cama, Quinn?

—No, no me caí de la cama. —Por primera vez, Cal pudo adivinar un tono de irritación en la voz de Quinn—. Me desperté con los brazos firmemente aferrados alrededor de una de las columnas de la cama como si fuera mi amante perdido y recuperado. Y todo esto fue antes de ver al pequeño bastardo de ojos rojos de nuevo.

—¿Dónde?

Quinn hizo una pausa para llevarse a la boca una cucharada de cereales. Cal no pudo estar seguro de si la expresión de desagrado en la cara de ella se debía al sabor de los cereales o a los pensamientos que le rondaban la cabeza.

—¿Has leído *El misterio de Salem's Lot,* de Stephen King?

—Por supuesto. Pueblo pequeño, vampiros. Muy buena.

—¿Recuerdas esta escena? Los niños, hermanos. Uno de ellos ha cambiado después de que lo sacaran del camino en el bosque. Una noche va a visitar a su hermano.

—Nada más aterrador que los niños vampiros.

—No mucho, en todo caso. Bueno, y la cosa es que el niño vampiro está fuera, colgando frente a la ventana. Sólo flotando fuera, rascando el vidrio. Así lo vi anoche: estaba contra el vidrio, y tengo que llamarte la atención sobre el hecho de que mi habitación está en el segundo piso. Después dio una pirueta hacia atrás, digna de un gimnasta de las Olimpiadas y se desvaneció en el aire.

Cal puso una mano sobre la de ella, la encontró fría, la frotó para calentársela un poco.

—Tienes el teléfono de mi casa y el del móvil, Quinn, ¿por qué no me llamaste?

Quinn se llevó otra cucharada de cereales a la boca, levantó la taza y sonrió a Meg para que le sirviera más café.

—Ya sé que estamos saliendo, Cal, pero no suelo llamar a las tres y media de la mañana al tipo con el que he ido a jugar a los bolos para decirle que estoy asustada. He atravesado pantanos en Luisiana en busca del fantasma de una reina vudú, y no creas que no sé cómo suena esto. Una vez pasé una noche a solas en una casa en la costa de Maine que se decía que estaba embrujada y en otra ocasión entrevisté a un tipo que se suponía que había sido poseído por no menos de trece demonios. Y también estuve en contacto con esta familia de hombres lobo en Tallahassee. Pero este niño...

—No crees ni en hombres lobo ni en vampiros, Quinn.

Quinn giró sobre el taburete para mirarlo de frente a la cara.

—Tengo la mente tan abierta como una tienda que abre las veinticuatro horas del día y considerando las circunstancias la tuya debería estarlo también. Pero no, no creo que el niño sea un vampiro. Después de todo, la primera vez lo vi a plena luz del día. Pero estoy segura de que no es humano. Sin embargo, que no sea humano no significa que no sea real. Es parte de la Piedra Pagana y es parte de lo que pasa aquí cada siete años. Pero esta vez ha llegado temprano, ¿no es cierto?

Sí, pensó Cal, la mente de Quinn trabajaba todo el tiempo y era tan aguda como una navaja.

—Creo que éste no es el mejor lugar para profundizar en este tema.

—Dime dónde, entonces.

—Te dije que te llevaría a la Piedra mañana y eso es lo que voy a hacer. Entonces podremos hablar más detenidamente sobre esto. Hoy no puedo —añadió, antes de que ella lo interrumpiera—. Tengo mil cosas que hacer hoy. Además, mañana es mejor día. El pronóstico del clima dice que va a hacer sol y que la temperatura va a rondar los cuatro grados hoy y mañana —levantó la cadera para sacarse la billetera del bolsillo—, así que la mayor parte de esta nieve se habrá derretido para cuando vayamos. —Y bajó la mirada hacia las botas de Quinn al tiempo que dejaba unos billetes sobre la barra para pagar ambos desayunos—. Si no tienes algo más apropiado para caminar que esas botas, te sugiero que te compres algo. De lo contrario no vas a durar ni un par de kilómetros.

—Te sorprendería saber cuánto soy capaz de aguantar.

—Sólo sé que yo no sería capaz de mucho. Nos vemos mañana, si no antes.

Quinn le frunció el ceño mientras lo veía alejarse, después se volvió hacia Meg, que estaba pasando un trapo por la barra.

—Engañoso. Tenías razón en eso.

—Por algo conozco al muchacho desde antes de que naciera.

Divertida, Quinn apoyó el codo sobre la barra mientras jugaba con el resto de cereales que le quedaba. Aparentemente, un susto grande por la noche y una irritación menor con un hombre por la mañana eran una ayuda más eficaz para la dieta que la báscula del baño.

Meg le había parecido una mujer tranquila. Tenía unas caderas anchas enfundadas en un pantalón de pana marrón con una camisa de franela con las mangas remangadas hasta los codos. El pelo castaño se le rizaba como el de un caniche alrededor de la cara, que era de líneas suaves y angulosas. Y sus ojos avellana tenían un destello que le dijo a Quinn que la mujer tenía inclinación a la conversación.

—Entonces, Meg, ¿qué más sabes? Digamos, sobre la Piedra Pagana.

—Un montón de tonterías, si me lo preguntas a mí.

—¿En serio?

—Es sólo que la gente se pone un poquito —con un dedo hizo círculos en el aire sobre su oreja— de vez en cuando. Le dan mucho a la botella, yo creo, y se alteran y una cosa lleva a la otra. Es bueno para el negocio, en todo caso. La especulación, si me entiendes, atrae a un montón de forasteros que vienen a conocer el pueblo y a preguntar y a tomar fotos y a comprar recuerdos.

—¿Nunca has tenido ninguna experiencia inexplicable?

—He visto cómo algunas personas que por lo general se comportan razonablemente empezaban a hacerlo de manera errática, y otras que de por sí son mala gente lo eran aún más por un tiempo. —Se encogió de hombros—. La gente es lo que es, y a veces incluso más.

—Supongo que es cierto.

—Si quieres saber más al respecto, deberías pasarte por la biblioteca, allí encontrarás libros sobre el pueblo, su historia y cosas por el estilo. Y a Sally Keefafer...

—¿Sally *Pleno*?

Meg soltó una carcajada.

—Sí, es cierto que le gusta jugar a los bolos, pero también es la directora de la biblioteca. Si le haces preguntas, te va a contar un montón de cosas. Le encanta hablar y nunca encuentra un tema en el que no pueda extenderse hasta que quieras ponerle cinta adhesiva sobre la boca.

—Voy a buscarla. ¿Vendes cinta adhesiva aquí?

Meg soltó otra carcajada y negó con la cabeza.

—Si lo que quieres en realidad es hablar y que todo tenga algo de sentido, a quien debes recurrir es a la señora Abbott. Ella solía manejar la vieja biblioteca, pero tiene turno en la nueva prácticamente todos los días. —Y tras decir esto, cogió los billetes que Cal había dejado sobre la barra y después fue a llenarles de nuevo la taza de café a los comensales al otro extremo.

* * *

Cal se dirigió directamente hacia su oficina. Tenía el trabajo habitual de papeleo, llamadas por hacer, correos electrónicos por escribir. Y tenía una reunión con su padre y el encargado de la sala de videojuegos antes de que abrieran la tarde para el campeonato.

Pensó en la pared de fuego que había visto en Main Street la noche anterior y en las dos apariciones que había visto Quinn, una forastera, y claro que parecía que el ente que acosaba el pueblo estaba empezando sus juegos anticipadamente este año.

El sueño que le había contado ella también le preocupaba. Los detalles eran impresionantes y Cal había reconocido dónde había estado Quinn y lo que había visto. Que ella hubiera soñado tan vívidamente con el estanque y el claro, y que tuviera moretones significaba, al menos en su opinión, que estaba conectada de alguna manera con todo lo que sucedía en el pueblo.

Una relación lejana no estaba fuera de consideración y debía de haber una manera de llevar a cabo la investigación. Pero tenía otras relaciones, y nadie salvo su familia inmediata había hablado nunca de ningún efecto, ni siquiera durante el Siete.

Al atravesar la bolera saludó con la mano a Bill Turner, que estaba puliendo las pistas. El sonido ronco de la voluminosa máquina resonaba por todo el edificio vacío.

Lo primero que hizo Cal al llegar a su oficina fue encender el ordenador para mirar el correo. No pudo menos que suspirar de alivio cuando vio que Gage le había escrito.

> Praga. Tenía algunas cosas que solucionar aquí. Estaré de vuelta en EE UU dentro de un par de semanas. No hagas nada más estúpido de lo normal sin que yo esté allí.

Sin saludo, sin firma. Muy Gage, pensó Cal. Pero era suficiente, por ahora.

> Ponte en contacto conmigo en cuanto estés en el país. Las cosas se están moviendo antes de lo que pensábamos. Siempre te esperaré para hacer las estupideces, puesto que eres el mejor en ello.

Le respondió Cal. Después de hacer clic en el botón de enviar, le escribió otro mensaje a Fox:

> Necesitamos hablar. Te espero en mi casa a las seis. Tengo cerveza. Trae algo de comer que no sea pizza.

Era lo mejor que podía hacer por ahora, pensó. Porque sencillamente la vida tenía que continuar su curso.

* * *

Quinn caminó de regreso al hotel para recoger su ordenador portátil. Si iba a ir a la biblioteca, sería bueno usarlo para trabajar aunque fuera un par de horas. Y aunque esperaba tener casi todos, si no todos, los libros que necesitaba en la biblioteca del pueblo, tal vez esta señora Abbott podría serle de mucha utilidad.

Caleb Hawkins, al parecer, iba a estar mudo hasta el día siguiente.

Al entrar en el vestíbulo del hotel, Quinn vio a la vivaracha recepcionista rubia detrás del mostrador, Mandy, recordó Quinn después de revisar sus notas mentales, y a una mujer joven de pelo castaño sentada en uno de los sillones mientras esperaba a que la terminaran de registrar.

Quinn la miró con descaro y pudo calcular que debía de tener entre veinticinco y treinta años y notó su expresión agotada, aunque no disminuía para nada la belleza de su rostro. Estaba enfundada en unos vaqueros y un jersey negro que resaltaban su cuerpo atlético. A sus pies descansaban una maleta, un maletín de ordenador portátil, un neceser pequeño, probablemente para los cosméticos u otras necesidades femeninas, y un espectacular y amplio bolso rojo de cuero charolado.

Por un momento, Quinn tuvo envidia del bolso mientras le dirigía una sonrisa a la recepcionista.

—Bienvenida de nuevo, señorita Black. Si necesita algo, estoy con usted en un minuto.

—Estoy bien, gracias.

Quinn se dirigió a las escaleras y, cuando empezaba a subir los escalones, escuchó la alegre voz de Mandy:

—Su registro está listo, señorita Darnell. Ya llamo a Harry para que le ayude con su equipaje.

Como era su costumbre, Quinn especuló sobre la señorita bolso-irresistible Darnell mientras se dirigía a su habitación. De paso, camino a Nueva York. No, un sitio demasiado raro para quedarse y demasiado temprano para detenerse en un viaje por carretera. Tal vez estaba visitando a amigos o familiares, pero entonces por qué no se quedaba con ellos. Tal vez tenía ambos pero prefería no quedarse con ellos. O estaba en un viaje de trabajo, reflexionó Quinn mientras entraba en su habitación.

«Bien, si bolso-que-quiero-para-mí Darnell se queda más de un par de horas en el pueblo, tendré que investigar quién y qué y por qué». Después de todo eso era lo que mejor sabía hacer.

Cogió su portátil, lo metió en el maletín junto con un cuaderno de notas nuevo y un par de lápices adicionales, por si tenía suerte. Sacó su móvil y tras manipular algunas teclas lo puso en silencio y vibración. Pocas cosas la irritaban más que un móvil sonando en la biblioteca o en el cine. Y, finalmente, metió un mapa de la región en el maletín, por si decidía explorar.

Armada con todo lo que necesitaba, Quinn emprendió el camino hacia el otro extremo del pueblo, donde se encontraba la biblioteca de Hawkins Hollow.

Por su propia investigación previa, Quinn sabía que el edificio de piedra que quedaba sobre Main Street, y que ahora era sede del centro comunitario y el gimnasio que tenía la intención de usar, había albergado originalmente la antigua biblioteca. A principios del siglo XXI habían terminado de construir la nueva biblioteca en una bonita colina en el extremo sur del pueblo. Este edificio también era de piedra, aunque Quinn estaba más que segura de que se trataba solamente del paramento y que habían construido con hormigón en lugar de sacar piedras de la cantera. La biblioteca contaba con dos pisos y tenía dos alas pequeñas, una a cada lado de una entrada porticada. Quinn pensó al verla que el estilo anticuado le sentaba bien. Y supuso que seguramente la sociedad histórica local había librado una batalla para lograr esa fachada.

Mientras conducía por el aparcamiento junto a la biblioteca buscando un sitio donde dejar el coche, Quinn admiró los bancos y los árboles que se imaginó ofrecían refugios de sombra para leer durante el verano. Se apeó y caminó hasta la entrada del edificio.

Al entrar, pensó que todo olía a biblioteca. A libros, polvo y silencio. Vio un vistoso letrero que anunciaba una hora de cuentos en la sección infantil de la biblioteca a las diez y media.

Se abrió camino por el recinto y pasó junto a ordenadores, mesas largas, carritos, algunas personas que curioseaban por los anaqueles de libros y un par de viejos leyendo el periódico. Escuchó el suave rumor de una fotocopiadora y el timbre ahogado de un teléfono en el escritorio de información.

Se recordó que debía estar concentrada, porque si se permitía vagar por los anaqueles, sabía que se sentiría seducida por el encanto que para ella tenían todas las bibliotecas. Entonces caminó directamente hacia el mostrador de información y en tono bajo, como el que se usa en las iglesias y bibliotecas, se dirigió al flacucho encargado de turno.

—Buenos días. Estoy buscando libros sobre la historia de la región.

—Están en el segundo piso, en el ala occidental. Las escaleras están a la izquierda o, si prefiere, el ascensor está allí detrás. ¿Está buscando algo en particular?

—No, gracias, sólo quiero echar un vistazo. ¿Sabe si la señora Abbott está hoy aquí?

—La señora Abbott está jubilada, pero viene casi todos los días alrededor de las once. Sólo como voluntaria.

—Gracias de nuevo.

Quinn decidió subir por las escaleras, que hacían una curva de lo más bonita. Tenían una elegancia similar a las de *Lo que el viento se llevó,* pensó. Se puso gafas mentales para no dejarse tentar por los estantes de libros y las áreas de lectura hasta que se encontró en la zona de Interés Local.

Esta área era más una sala completa, una minibiblioteca, que una zona de lectura. Contaba con sillones bonitos y cómodos, mesas, lámparas con pantalla que despedían luz cálida e incluso tenían escabeles. Y era mucho más grande de lo que se había imaginado.

Claro, se le había olvidado tener en cuenta que tanto durante la guerra de independencia de Estados Unidos como durante la Guerra Civil, se habían librado varias batallas cerca de Hawkins Hollow.

Los libros relativos a esas guerras estaban dispuestos en un área separada, así como los libros sobre el condado, el estado y el pueblo. Además, había una nutrida sección de libros de autores locales.

Quinn decidió empezar por ahí y se dio cuenta de que había encontrado un tesoro: había allí más de una docena de libros que no había ni oído mencionar en su investigación antes de ir a Hawkins Hollow. Eran ediciones caseras, financiadas por los mismos autores o publicadas por pequeñas editoriales locales.

Sintió vértigo de la emoción al ver títulos como *Pesadilla en Hollow* y *Hollow: la verdad.* Puso el ordenador, el cuaderno y la grabadora sobre una mesa y sacó cinco libros de uno de los anaqueles. Entonces notó una discreta placa de bronce que rezaba:

La Biblioteca de Hawkins Hollow reconoce con gratitud la generosidad de la familia de Franklin y Maybelle Hawkins.

Franklin y Maybelle. Muy probablemente ancestros de Cal. A Quinn le sorprendió lo apropiado y generoso que era el acto de donar los fondos necesarios para construir esa sala. Esa sala en particular.

Se sentó a la mesa, escogió al azar uno de los libros y empezó a leer.

Llenó páginas y páginas de su cuaderno con nombres, lugares, fechas, sucesos famosos y cualquier tipo de teorías cuando encontraba información que le daba ideas.

En determinado momento, emergiendo a la realidad, vio a una mujer primorosa y perfectamente arreglada de pie frente a ella, con cómodos zapatos negros de tacón bajo y con las manos entrelazadas sobre su vestido color violeta.

Tenía el pelo como un delgado copo de nieve sobre la cabeza y llevaba unas gafas de montura delgada que enmarcaban unas lentes tan gruesas que Quinn se preguntó cómo una nariz y unas orejas tan pequeñas eran capaces de sostener semejante peso.

Llevaba un collar de perlas alrededor del cuello, una alianza de oro en el dedo anular y un reloj de correa de cuero y esfera enorme que se veía tan práctico como sus zapatos de suela gruesa.

—Soy Estelle Abbott —dijo la mujer con voz temblorosa—. El joven Dennis me dijo que me estabas buscando.

Puesto que Quinn había calculado que el Dennis de Información bien debía de estar casi al final de los sesenta, se imaginó que esta mujer que se refería a él como «joven» bien le debía de llevar al menos unos veinte años.

—Sí. —Quinn se puso de pie y caminó hacia ella para darle la mano—. Soy Quinn Black, señora Abbott. Soy...

—Sí, ya sé. Eres la escritora. He disfrutado mucho de tus libros.

—Muchas gracias.

—No hay de qué. Si no hubiera sido así, te lo habría dicho claramente. Estás haciendo una investigación sobre el pueblo, para escribir un libro.

—Sí, señora, así es.

—Aquí vas a encontrar bastante información. Alguna te será de utilidad —miró los libros sobre la mesa— y otra verás que es completamente inútil.

—Con el fin de ayudarme a separar el grano de la paja, tal vez pueda sacar un tiempo para charlar conmigo algún día. Me encantaría llevarla a cenar o a almorzar cuando usted lo...

—Eres muy amable, pero no es necesario. ¿Por qué no sencillamente nos sentamos aquí y vemos cómo van las cosas?

—Me parece bien.

Estelle se dirigió a una de las sillas, se sentó con la espalda tan recta como una regla y las rodillas completamente pegadas una a la otra. Después entrelazó las manos sobre el regazo.

—Nací en Hawkins Hollow —empezó— y he vivido aquí todos mis noventa y siete años.

—¿Noventa y siete? —Quinn no tuvo que fingir sorpresa—. Por lo general soy muy buena calculando la edad de las personas y le eché unos diez años menos.

—Tengo buenos huesos —dijo Estelle y sonrió espontáneamente—. El cinco del próximo mes hará ocho años que perdí a mi marido, John, que también nació y creció aquí. Estuvimos casados setenta y un años.

—¿Cuál fue el secreto?

La pregunta de Quinn hizo sonreír a Estelle de nuevo.

—Aprender a reírse, de lo contrario a la primera oportunidad uno puede matar al marido a golpes con un martillo.

—Déjeme apuntar eso.

—Tuvimos seis hijos, cuatro niños y dos niñas, que están con vida aún y bien, no en la cárcel, gracias a Dios. De ellos, tuvimos diecinueve nietos, y de ellos, veintiocho bisnietos. De la nueva generación hay cinco más y dos en camino.

Quinn abrió los ojos de par en par.

—Las Navidades deben de ser una locura, en el buen sentido, claro.

—Ahora estamos dispersos por el país, pero nos las arreglamos para reunirnos casi todos en un solo lugar de vez en cuando.

—Dennis me dijo que estaba retirada. ¿Era usted bibliotecaria?

—Empecé a trabajar en la biblioteca cuando mi hijo menor empezó la escuela. En la biblioteca antigua, en Main Street. Trabajé allí más de cincuenta años. Volví a la escuela y obtuve mi título. Johnnie y yo viajamos y vimos gran parte del mundo juntos. Por un tiempo pensamos mudarnos a Florida, pero las raíces que tenemos aquí están demasiado arraigadas. Empecé a trabajar a media jornada y me retiré cuando mi Johnnie enfermó. Y cuando murió, volví, todavía a la sede antigua, mientras construían ésta. Empecé a trabajar como voluntaria, o como adorno, según como quieras mirarlo. Te cuento todo esto para que te hagas una idea de quién soy.

—Usted ama a su esposo y a sus hijos y a sus nietos y bisnietos. Le encantan los libros y está orgullosa del trabajo que ha hecho. Ama este pueblo y respeta la vida que ha construido aquí.

Estelle la miró con aprobación.

—Tienes una manera eficiente y sensible de resumir. No dijiste que amé a mi marido, sino que hablaste en presente. Ese detalle me dice que eres una joven buena observadora y sensible. Suponía, después de leer tus libros, que tenías una mente abierta e inquisitiva. Dime, jovencita, ¿también eres valiente?

Quinn pensó en la cosa al otro lado de la ventana, en la manera en que se había pasado la lengua sobre los dientes. Sí, se había sentido asustada, pero no había corrido.

—Me gusta pensar que lo soy.

—Quinn.

—Sí, señora.

—Un apellido.

—Sí. Es el apellido de soltera de mi madre.

—Gaélico irlandés. Creo que significa «consejero».

—Así es.

—Cuento con un pozo de información trivial —dijo Estelle dándose un golpecito en la sien con un dedo—, pero me pregunto si tu nombre no será relevante. Vas a necesitar contar con la objetividad y la sensibilidad de una consejera para poder escribir el libro que se debe escribir sobre Hawkins Hollow.

—¿Por qué no lo ha escrito usted?

—No todos los que aman la música son capaces de tocar una canción. Déjame que te cuente algunas cosas, que puede ser que ya sepas. Hay un lugar en el bosque que bordea la parte oeste del pueblo que era tierra sagrada, sagrada e inestable mucho antes de que Lazarus Twisse decidiera buscarla.

—Lazarus Twisse, el líder de la secta puritana, la secta radical. La que rompió con, o, más exactamente, la que fue expulsada de la iglesia protestante de Massachusetts.

—Según las crónicas de la época, sí. Los indígenas consideraban sagrado ese lugar. Y se dice que antes de ellos los poderes lucharon por esa tierra. Ambos, la luz y la oscuridad, el bien y el mal, como quieras llamarlos, plantaron semillas de ese poder allí. Y permanecieron latentes siglo tras siglo y sólo una piedra señalaba lo que había sucedido allí. Con el tiempo, los recuerdos de la batalla se fueron olvidando o mezclando con el folclore y sólo perduró la sensación que muchos tenían de que esa tierra y esa piedra no eran comunes. —Estelle hizo una pausa y Quinn pudo escuchar el ronroneo y los clics de la calefacción y los pasos de zapatos de cuero de alguien que pasaba por el corredor junto a donde estaban—. Twisse llegó al pueblo cuando ya lo habían bautizado en honor a Richard Hawkins, quien con su esposa e hijos habían fundado un pequeño asentamiento en 1648. Debes observar que la hija mayor de Richard era Ann. Cuando Twisse vino, Hawkins, su familia y un puñado de otros hombres y mujeres, que habían huido de Europa por persecución política, por ser considerados criminales o cualquier otra cosa, ya tenían una vida organizada aquí. Al igual que un hombre llamado Giles Dent. Este Dent había construido una cabaña en el bosque junto al lugar donde la Piedra sale de la tierra.

—La que llaman la Piedra Pagana.

—Sí. Dent no molestaba a nadie y puesto que tenía conocimientos de sanación, con frecuencia lo buscaban para curar enfermos o cuando alguien se había herido o lastimado. Existen algunas crónicas que sostienen que lo llamaban el Pagano y que de ahí salió el nombre de la Piedra Pagana.

—Parece que no considera veraces esas crónicas.

—Puede ser que el término se fijara en la mente de la gente en esa época y entonces empezaran a usarlo habitualmente, pero era la Piedra Pagana mucho antes de que Giles Dent y Lazarus Twisse llegaran a Hawkins Hollow. Otras crónicas sostienen que Dent practicaba la brujería, que embrujó a Ann, la sedujo y la embarazó. Pero otros dicen que Ann y Dent sí eran amantes, que ella fue a la cama con él voluntariamente y que dejó a su familia y se fue a vivir con él a la cabaña en el bosque junto a la Piedra Pagana.

—Debió de ser difícil para ella, para Ann Hawkins, quiero decir, sea cual sea la opción cierta —especuló Quinn—. Ya fuera porque la embrujaron o por voluntad propia, vivir con un hombre sin haberse casado debía de ser tremendo. Ya fuera voluntariamente, ya fuera por amor, ella debía de ser una mujer muy fuerte.

—Los Hawkins siempre han sido fuertes. Ann tuvo que ser fuerte para ir donde Dent y quedarse con él. Después tuvo que ser lo suficientemente fuerte para dejarlo.

—Hay muchas historias contradictorias —comentó Quinn—. ¿Por qué cree que Ann dejó a Giles Dent?

—Creo que lo dejó para proteger las vidas que llevaba en el vientre.

—¿Protegerlas de quién?

—De Lazarus Twisse. Twisse y sus seguidores vinieron al pueblo en 1651. El hombre era una fuerza poderosa y pronto el asentamiento se rindió a su liderazgo. Y sus leyes dictaban que no debía haber bailes, ni cantos, ni música, ni libros, con excepción de la Biblia. Ninguna otra iglesia que no fuera la suya, ningún otro dios que no fuera su dios.

—Tanto por la libertad de credo.

—La libertad nunca fue la meta de Twisse. Al estilo de los sedientos de poder por encima de todo lo demás, Twisse intimidaba, aterrorizaba, castigaba y prohibía, y usaba como su arma visible la ira del dios que había escogido. A medida que el poder de Twisse fue creciendo, también fueron empeorando sus castigos y penitencias: el cepo, latigazos, cortarle el pelo al rape a las mujeres que eran consideradas impías o marcar a un hombre con hierro candente si se le acusaba de algún crimen. Y, finalmente, la hoguera para quienes fueran juzgados por brujería. La noche del siete de julio de 1652, durante el juicio de una mujer, Hester Deale, Twisse llevó a una turba desde el asentamiento hasta la Piedra Pagana, donde estaba Giles Dent. Lo que pasó allí... —Quinn se inclinó hacia delante, llena de interés, pero Estelle suspiró y movió la cabeza—. La verdad es que hay varias versiones sobre lo que pasó. Murió mucha gente y las semillas plantadas tanto tiempo atrás se removieron dentro de la tierra. Algunas tal vez habían brotado, pero murieron calcinadas por el fuego que asoló el claro.

»Hay... pocas crónicas de lo que pasó después o lo que pasó durante los siguientes días y las siguientes semanas. Pero con el tiempo, Ann regresó al asentamiento con sus tres hijos. Y Hester Deale dio a luz a una hija ochos meses después del incendio en la Piedra Pagana. Y poco tiempo después, muy poco tiempo, de hecho, después de que naciera su hija, que según Hester había sido engendrada por el demonio, la pobre chica se quitó la vida ahogándose en un pequeño estanque en el bosque de Hawkins.

«Llenándose los bolsillos con piedras», pensó Quinn tratando de controlar un estremecimiento.

—¿Se sabe qué pasó con la niña? ¿O con los hijos de Ann Hawkins?

—Se conservan algunas cartas, algunos diarios y Biblias familiares, pero se ha perdido la información más concreta. O nunca ha salido a la luz. Descifrar la verdad va a requerir bastante tiempo y enormes esfuerzos. Pero te puedo decir esto: esas semillas permanecieron latentes hasta que una noche, hará veintiún años el próximo julio, se despertaron. Y lo que las había sembrado despertó también. Y estas semillas florecen durante siete días cada siete años y devastan Hawkins Hollow. Lo siento, me agoto tan rápidamente últimamente. Es de lo más irritante.

—¿Quiere que le traiga algo? ¿O que la lleve a casa?

—Eres una buena chica. Pero no te preocupes, mi nieto va a venir a recogerme. Me imagino que a estas alturas ya debes de haber hablado con su hijo, con Caleb.

Algo en la sonrisa de la mujer le encendió una bombilla a Quinn:

—¿Caleb es su...?

—Mi bisnieto. Honorario, podría decirse. Mi hermano Franklin y su esposa, mi más querida amiga, Maybelle, se mataron en un accidente poquísimo tiempo antes de que Jim, el padre de Caleb, naciera. Mi Johnnie y yo asumimos entonces el papel de abuelos para los nietos de mi hermano. Los conté dentro de la larga lista de prole que te mencioné hace un rato.

—Así que usted es una Hawkins de nacimiento.

—Así es. Nuestra estirpe se remonta hasta Richard Hawkins, el fundador de este pueblo, y después de él a Ann. —Estelle hizo una pausa, para permitirle a Quinn que sopesara la información, que analizara—. Es un buen chico, mi Caleb, y lleva sobre sus hombros más que una buena parte de una gran carga.

—Por lo que he visto, parece que la lleva bastante bien.

—Es un buen chico —repitió Estelle, después se puso de pie—. Hablaremos de nuevo pronto.

—La acompaño abajo.

—No te preocupes. Me tienen preparadas galletas y té en la sala de empleados. Soy como una mascota aquí, en el mejor sentido de la palabra, claro. Dile a Caleb que hablamos y que quiero que lo hagamos de nuevo. No te pases todo este esplendoroso día metida entre libros. Con todo lo que me gustan los libros, fuera hay una vida por vivir.

—¿Señora Abbott?

—¿Sí?

—¿Quién cree usted que plantó las semillas en la Piedra Pagana?

—Dioses y demonios. —Los ojos de Estelle se veían cansados pero claros—. Dioses y demonios. Y la línea que los separa es tan delgada, ¿no te parece?

Sola de nuevo, Quinn se sentó. Dioses y demonios. Vaya, eran un paso bastante más allá de fantasmas y espíritus y otras cosas aterradoras. ¿Pero acaso no encajaban perfectamente, no parecían ajustarse exactamente a las palabras que recordaba haber escuchado en su sueño? Palabras que había buscado en el diccionario esa mañana:

Bestia: «Monstruo», en latín.

Beatus: «Bendecido», en latín.

Devoveo: «Sacrificio», en latín.

«Muy bien, muy bien», pensó. «Si vamos a tomar ese camino, es buen momento para pedir refuerzos».

Sacó su móvil y marcó. Cuando le contestó el buzón de voz, se impacientó, pero esperó a la señal para dejar un mensaje:

—Cyb, soy Quinn. Estoy en Hawkins Hollow, Maryland. Y, caramba, creo que he dado con algo grande. ¿Podrías venir? Avísame si puedes, para que te cuente todos los detalles.

Cerró el móvil y por un momento hizo caso omiso de la pila de libros que había escogido y, en cambio, se puso a copiar rápidamente notas sobre la conversación que había tenido con Estelle Hawkins Abbott.

CAPÍTULO 7

Cal se comportó como lo habría hecho su padre. Como ya habían terminado las reuniones, las ligas de la mañana y de la tarde ya se habían disputado y no había ninguna fiesta ni evento programado, las pistas estaban desocupadas con excepción de un par de clientes habituales practicando en la pista uno.

La sala de videojuegos estaba zumbando, como solía ser entre la salida de la escuela y la hora de la cena. Pero Cy Hudson se estaba haciendo cargo del tropel allí, mientras Holly Lappins estaba al frente del mostrador principal y Jake y Sara trabajaban en la parrilla y la cafetería, que seguro al cabo de una hora se iban a empezar a mover.

Todo y todos estaban en su sitio, así que Cal podría sentarse con su padre al final del mostrador frente a una taza de café antes de irse a casa y de que su padre se encargara de la bolera por esa noche.

Podrían sentarse en silencio un rato, que era como más le gustaba a su padre. No era que a Jim Hawkins no le gustara socializar, porque al parecer le gustaban tanto las multitudes como su tiempo a solas, recordaba los nombres y las caras de la gente que conocía y podía, y de hecho lo hacía, conversar sobre cualquier tema, incluidas la política y la religión. Y que pudiera hacerlo sin molestar a nadie era, en opinión de Cal, una de sus mayores habilidades.

Su pelo color arena se había tornado plateado brillante durante los últimos años y se lo hacía cortar cada dos semanas en la barbería del pueblo. Entre semana casi nunca modificaba su uniforme de pantalón caqui, zapatos cómodos y camisas de algodón.

Algunas personas podrían haber tachado a Jim Hawkins de rutinario y aburrido, pero Cal no, él lo consideraba fiable.

—Hemos tenido un buen mes hasta ahora —comentó Jim en su estilo pausado. Le gustaba el café claro y dulce y, por decreto de su esposa, descafeinado después de las seis de la tarde—. Qué clima este que nos está tocando. Uno nunca sabe si la gente va a enclaustrarse definitivamente o a sufrir de tal claustrofobia que va a preferir estar en cualquier parte menos en su casa.

—Fue una buena idea hacer el especial de los tres juegos en febrero.

—Alguna que otra vez se me ocurren cosas interesantes. —Jim sonrió, entonces se profundizaron las arrugas que tenía alrededor de los ojos—. Igual que a ti. Tu madre quisiera que vinieras a cenar a casa una de estas noches, pronto.

—Me encantaría. La voy a llamar.

—Jen nos llamó ayer.

—¿Cómo está?

—Lo suficientemente bien como para alardear de que en San Diego están a veintitrés grados. Rosie está aprendiendo a escribir el abecedario y al bebé le ha salido otro diente. Jen me dijo que nos va a mandar fotos.

Cal pudo percibir la nostalgia en la voz de su padre.

—Mamá y tú deberíais daros otro paseo por San Diego.

—Tal vez. Tal vez en uno o dos meses. El domingo vamos a Baltimore a visitar a Marly y los chicos. A propósito, hoy vi a tu bisabuela. Me contó que tuvo una conversación de lo más agradable con la escritora que está de visita en el pueblo.

—¿La abuela habló con Quinn?

—Sí, en la biblioteca. Le gustó la chica, y le gusta la idea de que escriba el libro.

—¿Y tú qué piensas?

Jim sacudió la cabeza y observó a Sara mientras les servía Coca-Cola a un par de adolescentes que estaban tomándose un descanso después de jugar a las máquinas.

—No sé qué pienso, Cal, ésa es la verdad. Me pregunto qué beneficio puede haber en que alguien, una forastera, por encima de todo, cuente eso para que todo el mundo lo lea. Me digo que lo que pasó antes no va a pasar de nuevo...

—Papá.

—Sé que no es cierto, o al menos muy probablemente.

Por un momento, Jim sólo se limitó a escuchar la voz de los chicos al otro extremo del mostrador, la manera en que bromeaban y se tomaban el pelo. Conocía a esos chicos, pensó. Conocía a sus padres y, si la vida seguía su curso como debía ser, algún día también conocería a sus esposas y a sus hijos.

¿Acaso él mismo no había bromeado y tomado el pelo también con sus propios amigos aquí, hacía mucho tiempo, comiendo patatas fritas y bebiendo Coca-Cola? ¿Acaso sus propios hijos no habían corrido despreocupadamente por esos mismos salones? Ahora sus hijas estaban casadas, se habían ido y tenían una familia propia. Y su hijo era ahora un hombre que lo miraba con preocupación por problemas que eran demasiado grandes para entenderse.

—Tienes que estar preparado para cuando pase de nuevo —continuó finalmente Jim—. Pero para la mayoría de nosotros, los recuerdos se irán diluyendo hasta que prácticamente olvidemos por completo lo que ha sucedido. A ti no te pasa eso, ya lo sé. Para ti está claro, pero quisiera que no fuera así. Supongo que si crees que esta escritora puede ayudar a encontrar las respuestas, te apoyaré en lo que decidas hacer.

—No sé lo que creo. Todavía no he podido decidirlo.

—Pero ya lo harás. Bueno, voy a echarle un vistazo a Cy. Dentro de poco empezarán a llegar los primeros jugadores de la noche y seguro que van a querer comer algo antes de empezar. —Jim se alejó del mostrador y dio una mirada detenida a su alrededor. Escuchó los ecos de su infancia y de la algarabía de sus hijos. Vio a su hijo, pequeño y desgarbado, sentado frente a la barra con los dos chicos que Jim sabía que eran como hermanos para él—. Tenemos un buen lugar aquí, Cal. Vale la pena trabajar por él. Vale la pena luchar por mantenerlo seguro. —Y tras decir esto, le dio a Cal una palmada en el hombro y se alejó.

Su padre no se refería solamente a la bolera, pensó Cal. Se refería al pueblo también. Pero Cal temía que mantenerlo seguro esta vez iba a implicar una batalla atroz.

Condujo directamente hasta su casa, donde la nieve ya se había derretido de los arbustos y las piedras. Una parte de sí habría querido buscar a Quinn y sonsacarle qué había hablado con su bisabuela. Pero era mejor esperar, pensó mientras hacía tintinear sus llaves, mejor esperar y sacarle la información suavemente al día siguiente. Cuando fueran a la Piedra Pagana.

Echó una mirada hacia el bosque, donde los árboles y las sombras escondían ríos y parches de nieve, donde sabía que el camino estaría hecho un barrizal debido a la nieve derretida.

¿Acaso estaría allí ahora, preparándose? ¿Acaso habría encontrado alguna manera de atacar al margen del Siete? Tal vez, tal vez, pero no esta noche. No sentía que fuera esta noche. Y siempre lo sentía.

Sin embargo, no podía negar que se sentía menos expuesto cuando estaba dentro de la casa, después de haber encendido las luces para alejar la oscuridad.

Caminó hasta la puerta trasera, la abrió y silbó.

Lump se tomó su tiempo, como siempre solía hacer. Salió de su caseta e incluso tuvo energía para mover la cola un par de veces antes de cruzar el jardín trasero con toda la calma hasta el primer escalón que subía a la terraza de la casa. Dio un suspiro perruno antes de subir los tres escalones y al llegar arriba, recostó todo el peso de su cuerpo contra Cal.

Y eso era, pensó Cal, amor puro. Era: «Bienvenido a casa. ¿Cómo te fue?», en el lenguaje de *Lump.*

Cal se puso en cuclillas y lo acarició y despeinó y le rascó las suaves orejas mientras el perro lo miraba enternecedoramente.

—¿Cómo te fue hoy? ¿Terminaste todo el trabajo? ¿Qué tal si nos tomamos una cerveza?

Entraron juntos a la casa. Cal le llenó el plato con una lata de comida mientras *Lump* esperaba sentado muy educadamente, aunque Cal supuso que gran parte de esas buenas maneras se debían más bien a la pereza crasa. Cuando le puso el plato enfrente, *Lump* comió con lentitud, completamente concentrado en su tarea.

Cal sacó una cerveza del frigorífico, la abrió y, recostándose sobre la encimera, le dio un largo trago que significaba el final de un día de trabajo.

—Tengo un tremendo lío en la cabeza, *Lump,* y no sé qué hacer al respecto, ni cómo considerarlo. ¿Debería haber encontrado una manera de evitar que Quinn viniera? No estoy seguro de que hubiera funcionado, porque al parecer la mujer va adonde le venga en gana. Pero tal vez habría podido comportarme de manera diferente: habría podido tomarlo a la ligera o haberle puesto las cosas difíciles, para que todo pareciera una patraña. He sido claro hasta ahora, pero no sé adónde nos va a llevar a parar.

Escuchó que se abría la puerta delantera, entonces escuchó la voz de Fox:

—¡Hermano! —Fox traía un pollo asado y una bolsa de papel blanca—. He traído pollo y patatas fritas. Quiero una cerveza. —Después de dejar la comida sobre la mesa, sacó una cerveza del frigorífico—. Tu cita fue demasiado imprevista, hombre. Habría podido tener una tremenda cita esta noche.

—No has tenido una cita buena en dos meses.

—Me estoy reservando —después de darle el primer trago a la cerveza, se quitó el abrigo y lo arrojó sobre una silla—. ¿Entonces qué pasó?

—Te lo cuento mientras comemos.

Puesto que su madre le había lavado el cerebro demasiado bien como para usar, como cualquier hombre soltero, platos de papel, Cal sacó dos platos de cerámica de la vajilla de color azul mate. Se sentaron a la mesa para cenar pollo con patatas fritas mientras *Lump*, que lo único que le emocionaba además de la comida era más comida, recibía alguna que otra patata al recostarse en las rodillas de Cal o de Fox.

Cal le contó todo a Fox, desde la pared de fuego, pasando por el sueño de Quinn hasta que la escritora había hablado con su bisabuela.

—Hemos visto demasiado al condenado para ser febrero —comentó Fox—. Eso nunca había pasado antes. ¿Soñaste anoche?

—Sí.

—Yo también. Mi sueño fue como una repetición de la primera vez, el primer verano, sólo que esta vez no conseguíamos llegar a tiempo a la escuela y dentro no estaba solamente la señorita Lister, sino todo el mundo. Todo el pueblo. —Se frotó la cara con la mano antes de darle un largo sorbo a su cerveza—. Sin excepción: mi familia, la tuya, todos. Atrapados dentro, golpeando ventanas y puertas, gritando, con la cara pegada a las ventanas mientras el lugar se consumía por las llamas —le ofreció a *Lump* otra patata, y sus ojos se pusieron tan oscuros y conmovidos como los del perro—. Gracias a Dios no fue eso lo que pasó, pero sentí como si hubiera sido así. Tú sabes cómo es.

—Sí. —Cal dejó escapar un suspiro—. Sí, sé cómo es. Mi sueño fue también sobre el primer verano. Estábamos montando en bicicleta por las calles del pueblo como solíamos hacer, pero las casas estaban todas quemadas, las ventanas estaban rotas, los coches estaban calcinados, echando humo, y había cadáveres por todas partes.

—No fue eso lo que pasó —repitió Fox—. Ya no tenemos diez años, y no vamos a permitir que suceda así.

—Me he estado preguntando cuánto tiempo más podremos seguir haciendo esto, Fox. ¿Cuánto tiempo más vamos a poder seguir conteniéndolo por más que hagamos? Esta vez, la próxima. ¿Tres veces más? ¿Cuántas veces más vamos a ser testigos del cambio de personas que conocemos y que vemos casi a diario? Volverse locas, volverse crueles. Herir a los demás y a ellas mismas.

—El tiempo que sea necesario.

Cal apartó su plato.

—No es una opción suficientemente buena.

—Es la única que tenemos, por ahora.

—Es como un virus, una infección, que contagia a una persona detrás de otra. ¿Dónde demonios está el antídoto?

—No infecta a todo el mundo —le recordó Fox—. Debe de haber una explicación para ello.

—Pero no la hemos encontrado.

—No, por tanto, tal vez tenías razón: tal vez necesitamos una nueva mirada, una forastera, que tenga la objetividad que nosotros no tenemos. ¿Todavía piensas llevar a Quinn a la Piedra Pagana mañana?

—Si no la llevo, va a ir sola de todas maneras. Así que la voy a llevar yo mismo. Mejor que yo esté con ella.

—¿Quieres que vaya contigo? Puedo cancelar un par de cosas.

—Yo puedo arreglármelas solo. —tenía que poder arreglárselas solo.

* * *

Quinn examinó el menú del casi vacío comedor del hotel. Había considerado comprar algo y comérselo frente al ordenador en su habitación, pero sabía que caía con demasiada frecuencia en esa costumbre. Y para escribir sobre un pueblo, tenía que vivirlo, cosa que no iba a conseguir encerrada en su primorosa habitación comiendo un sándwich frío.

Le apetecía una copa de vino, algo frío con un ligero sabor afrutado. La bodega del hotel era más amplia de lo que se había esperado, pero no quería una botella entera. Estaba frunciendo el ceño mientras consideraba las opciones que ofrecían por copas, cuando la señorita bolso-rojo-maravilloso entró en el comedor.

Quinn notó que se había cambiado y ahora lucía un pantalón negro con un jersey de cachemira de dos piezas, azul profundo sobre azul pálido. Tenía un pelo fantástico, decidió, con ese corte liso y despuntado a la altura de la barbilla que, sabía, a ella le quedaría fatal mientras que a la otra chica la hacía parecer moderna y joven.

Quinn se debatió entre tratar de llamar su atención con una mirada o saludarla con la mano o no hacer nada. Podría pedirle a la señorita bolso-rojo que la acompañara a cenar. Después de todo, ¿quién no odia comer solo? Luego, durante la cena, podría sonsacarle los detalles realmente importantes, como, por ejemplo, dónde había comprado ese bolso.

Entonces, mientras se preparaba para sonreírle a la otra mujer, Quinn lo vio.

Reptó a lo largo de la reluciente tarima del suelo de roble dejando tras de sí una asquerosa huella de lodo sanguinolento. Al principio pensó que se trataba de una culebra, después, una babosa, pero luego casi no pudo pensar más, al verlo trepar por las patas de la mesa donde una atractiva y joven pareja disfrutaba de unos cócteles a la luz de las velas.

Se abrió paso sobre la mesa dejando tras de sí la repulsiva embarradura sobre el impecable mantel de lino blanco mientras la pareja seguía riéndose y coqueteando. Tenía el cuerpo tan grueso como un neumático de camión y la piel negra estaba moteada con manchas rojas.

Una camarera entró caminando deprisa, pasó sobre el camino fangoso que la cosa había dejado en el piso y se dirigió hacia la pareja, para servirles los aperitivos.

Quinn habría podido jurar que se escuchaba el crujir de la mesa bajo el enorme peso de la criatura.

Y entonces sus ojos se encontraron y Quinn reconoció los ojos del niño, el resplandor rojo que emitían y esa expresión un tanto divertida. Al cabo de un momento, se contoneó mantel abajo, dejando siempre la estela nauseabunda a su paso, y empezó a reptar hacia la rubia.

La mujer estaba paralizada en el mismo punto, con el rostro lívido como el papel. Quinn se puso de pie de golpe y, haciendo caso omiso de la mirada de sorpresa que le lanzó la camarera, saltó sobre el lodo, agarró a la señorita bolso-rojo del brazo y la sacó fuera del comedor.

—¿También lo has visto? —susurró Quinn—. ¿Has visto esa cosa? Salgamos de aquí.

—¿Qué? ¿Qué? —La rubia lanzó miradas asombradas por encima del hombro mientras ella y Quinn se tambaleaban hacia la salida—. ¿Lo has visto?

—Baboso, ojos rojos, absolutamente repugnante. Jesús, Jesús. —Respiró el helado aire de febrero ya en el porche del hotel—. Los demás no lo vieron, pero tú sí. Y yo también. ¿Por qué? Ya quisiera yo saberlo, pero se me ocurre alguien que tal vez pueda saberlo. Ése de allí es mi coche, vamos. Sólo vayámonos de aquí.

La rubia no dijo una palabra más hasta que estuvieron dentro del coche y Quinn hizo chirriar los neumáticos al apartarse de la acera.

—¿Quién diablos eres tú?

—Quinn. Quinn Black. Soy escritora, principalmente de temas espeluznantes, que al parecer sobran en este pueblo. ¿Quién eres tú?

—Layla Darnell. ¿Qué es este lugar?

—Eso es justamente lo que quiero descubrir. Todavía no sé si me place o no conocerte, Layla, teniendo en cuenta las circunstancias.

—Lo mismo digo. ¿Adónde vamos?

—Al origen, o uno de ellos, al menos. —Quinn se giró hacia la mujer y notó que seguía pálida y temblorosa. ¿Quién podría culparla?—. ¿Qué estás haciendo en Hawkins Hollow?

—Que me parta un rayo, si lo supiera, pero creo que acabo de decidir que mi visita será corta.

—Es comprensible. A propósito, bonito bolso.

Layla se esforzó por sonreír.

—Gracias.

—Ya casi llegamos. Muy bien, no sabes por qué estás aquí, entonces, ¿de dónde vienes?

—Nueva York.

—Lo sabía, tienes el aire. ¿Te gusta?

—Ah. —Layla se pasó los dedos por el pelo mientras se giraba para mirar atrás—. La mayor parte del tiempo. Soy la gerente de una tienda del SoHo. Era... Soy... Ya no sé eso tampoco.

Ya casi estaban llegando. «Mantengamos la calma», pensó Quinn.

—Apuesto a que te hacen descuentos buenísimos.

—Sí, es parte de los privilegios. ¿Habías visto algo parecido antes? Quiero decir, ¿algo parecido a esa cosa?

—Sí. ¿Y tú?

—No estando despierta. No estoy loca —dijo Layla—. O sí lo estoy, al igual que tú.

—No estamos locas. Sé qué es lo que tiende a decir la gente que está loca de verdad, así que no tienes otra opción más que creer en mi palabra. —Giró para tomar el camino que conducía a la casa de Cal, cruzó el pequeño puente y por las ventanas vio que, gracias a Dios, había luces encendidas dentro.

—¿De quién es esta casa? —Layla se aferró al borde delantero del asiento—. ¿Quién vive aquí?

—Caleb Hawkins. Sus antepasados fundaron el pueblo. Es amable. Y conoce lo que vimos.

—¿Cómo es posible?

—Es una larga historia, con muchos vacíos. Y seguro que debes de estar pensando: «¿Qué hago en este coche con una completa desconocida que me está diciendo que entremos en una casa casi en la mitad de la nada?».

Layla tomó en una mano la corta asa de su bolso y la apretó, como si se dispusiera a usarlo como un arma.

—Se me ha pasado por la cabeza.

—Tu instinto te metió en el coche conmigo, Layla. Tal vez podrías continuar en la misma tónica para dar el siguiente paso. Además, está haciendo frío y no hemos traído abrigo.

—Está bien. Sí, está bien. —Layla inspiró profundamente para darse fuerza y abrió la puerta, se apeó y caminó junto a Quinn hasta la casa—. Bonito lugar, si te gustan las casas aisladas en el bosque.

—Choque cultural para una neoyorquina.

—Crecí en Altoona, Pensilvania.

—¿En serio? Yo soy de Filadelfia. Podría decirse que casi somos vecinas. —Quinn llamó a la puerta enérgicamente y después tan sólo la abrió y entró llamando a Cal a voces—. ¡Cal!

Quinn iba por la mitad del salón cuando Cal entró deprisa.

—¿Quinn? ¿Qué pasa? —Vio a Layla—. Hola, ¿sí?

—¿Con quién estás? —preguntó Quinn en tono exigente—. Vi otro coche aparcado afuera.

—Fox. ¿Qué pasa?

—La pregunta del millón. —Olisqueó el aire—. ¿Huele a pollo asado? ¿Tienes algo de comer? Eh... Ella es Layla Darnell. Layla, él es Caleb Hawkins. Layla y yo no hemos cenado. —Y tras decir esto, caminó hacia la cocina, pasando junto a Cal sin detenerse.

—Lo siento. Por aparecer así en tu casa, tan intempestivamente —empezó Layla. Se le pasó por la cabeza que Cal no parecía un asesino en serie. Pero, en todo caso, ¿cómo podría saberlo?—. No sé qué está pasando o por qué estoy aquí. He tenido unos días muy confusos últimamente.

—Bien. Ven, vamos a la cocina.

Quinn ya tenía un muslo de pollo en la mano y le estaba dando un sorbo a la cerveza de Cal cuando Layla y él entraron en la cocina.

—Layla Darnell, Fox O'Dell. Realmente no estoy de ánimo para cerveza —le dijo Quinn a Cal—. Estaba a punto de pedir una copa de vino cuando a Layla y a mí nos interrumpieron de lo más desagradablemente. ¿Tienes alguna botella?

—Sí, tengo.

—¿Vino decente? Si tienes de ésos de tapa de rosca o de caja, prefiero una cerveza.

—Tengo un dichoso vino decente. —Sacó un plato del armario y se lo puso enfrente de golpe—. Usa un plato.

—Cal es de lo más afeminado con estas cosas —le dijo Fox a Quinn. Se puso de pie y le ofreció una silla a Layla—. Se te ve un poquito contrariada. Layla, ¿no es cierto? ¿Por qué no te sientas?

Layla no podía creer que los psicópatas asesinos se sentaran en cocinas bonitas a comer pollo y a debatir si tomar vino o cerveza.

—¿Por qué no? Si probablemente en realidad no estoy aquí. —Se sentó y dejó caer la cabeza sobre las manos—. Probablemente estoy en una celda de aislamiento imaginándome todo esto.

—¿Imaginándote qué? —le preguntó Fox.

—¿Me permites continuar? —Quinn le lanzó una mirada a Layla mientras Cal sacaba copas de otro aparador—. Después puedes complementar mi historia con toda la información adicional que quieras.

—Muy bien, adelante.

—Layla se registró en el hotel esta mañana, viene de Nueva York. Apenas hace un rato, estaba yo en el comedor del hotel considerando pedir abadejo con una ensalada verde y una copa de vino blanco. Layla entró, supongo que a cenar también. A propósito, estaba pensando invitarte a sentarte conmigo.

—Ah, muchas gracias, muy amable.

—Pero antes de poder invitarla, una cosa que yo describiría como una criatura más gorda que un muslo de mi tía Christine y de más o menos un metro de largo reptó por el suelo del comedor dejando una estela asquerosa a su paso y trepó a una mesa donde una pareja flirteaba felizmente, después volvió a bajarse por el mantel dejando detrás la misma repugnante estela de sólo Dios sabe qué. Y Layla lo vio también.

—Me miró. Me miró directamente a los ojos —susurró Layla.

—No seas rácano con el vino, Cal. —Se acercó hacia Layla y le pasó la mano por el hombro con un gesto tranquilizador—. Nosotras fuimos las únicas que lo vimos. Y como se me quitaron las ganas de cenar en el hotel y pensé que a Layla le pasaba lo mismo, pues pusimos pies en polvorosa. Y ahora estoy echando a perder mi ingesta de calorías del día con este muslo de pollo.

—Suenas tan... despreocupada. Gracias. —Layla aceptó la copa de vino que Cal le ofreció y bebió la mitad del contenido de un solo trago.

—No es real. Es sólo un mecanismo de defensa. Así que aquí estamos y quiero saber si alguno de vosotros ha visto algo parecido a lo que acabo de describir.

Se hizo un momento de silencio. Cal levantó su cerveza y bebió.

—Hemos visto un montón de cosas. Pero la primera pregunta que me surge es por qué las estáis viendo vosotras. La segunda, por qué las estáis viendo en este preciso momento.

—Tengo una teoría.

Cal se giró hacia Fox.

—¿Cuál?

—Conexiones. Tú mismo dijiste que debía de haber una conexión, que por eso Quinn lo ve y tuvo ese sueño...

—¿Sueños? —Layla levantó la cabeza—. ¿Habéis tenido sueños?

—Y, al parecer, tú también —continuó Fox—. Entonces Layla también está conectada. Puede ser que nos lleve un tiempo descubrir cómo estáis conectadas vosotras dos, pero consideremos la hipótesis de que ambas lo estáis y preguntemos, ¿y si? ¿Y si, debido a esa conexión y a que Quinn y Layla están aquí, particularmente durante el séptimo año, le da algún tipo de impulso psíquico a esta cosa? ¿Como una especie de combustible para manifestarse?

—No está mal —comentó Cal.

—Yo diría que está más que bien. —Quinn inclinó la cabeza mientras reflexionaba—. Energía. La mayoría de la actividad paranormal proviene de energía. La energía que... la entidad o entidades, las acciones y, de ahí, las emociones, dejan detrás y la energía de la gente dentro de su esfera, por llamarla de alguna manera. Así, podemos especular que esa energía psíquica ha crecido a lo largo del tiempo, se ha fortalecido, y ahora, debido a que nuestras energías se han conectado, es capaz de entrar en nuestra realidad hasta cierto punto, por fuera de su marco temporal habitual.

—Por Dios santísimo, ¿de qué estáis hablando? —preguntó Layla.

—Ya llegaremos a ese punto, te lo prometo. —Quinn le ofreció una sonrisa tranquilizadora—. ¿Por qué no comes algo y tratas de tranquilizarte un poco?

—Creo que va a pasar un largo rato antes de que la comida pueda parecerme atractiva de nuevo.

—El señor baboso reptó encima de la cesta del pan —explicó Quinn—. La verdad es que fue bastante asqueroso, pero tristemente nada puede hacerme perder el interés por la comida —dijo y cogió un par de patatas frías—. Entonces, si nos quedamos con la teoría de Fox, ¿dónde está su contrapartida? Así como lo bueno y lo malo, la claridad y la oscuridad. Toda mi investigación sobre esto apunta a ambos lados.

—Tal vez no puede manifestarse todavía o está al acecho.

—O vosotras dos estáis conectadas con la oscuridad y no con la claridad —añadió Cal.

Quinn lo miró con los ojos entrecerrados con algo brillándole entre las pestañas, después de un momento se encogió de hombros.

—Es ofensivo pero irrebatible por ahora. Con excepción del hecho de que, lógicamente hablando, si fuéramos un peso más hacia el lado malo, ¿por qué ese lado malo está tratando de matarnos del susto?

—Bien dicho —concedió Cal.

—Quiero algunas respuestas.

Quinn asintió mirando a Layla.

—Apuesto a que sí.

—Quiero respuestas serias y razonables.

—En pocas palabras: el pueblo incluye un área del bosque que se conoce como la Piedra Pagana. Allí han pasado cosas malas. Dioses, demonios, sangre, muerte, fuego. Te voy a prestar un par de libros sobre el tema. Los siglos pasaron y algo se liberó por alguna razón. Desde 1987, durante siete días de julio, cada séptimo año, sale a hacer de las suyas. Es malvado, es feo y es poderoso. Esto es sólo un anticipo.

Layla levantó la copa agradecida para que Cal le sirviera más vino al tiempo que miraba a Quinn.

—¿Por qué nunca había escuchado hablar de esto? ¿O de este lugar?

—Se han escrito algunos libros y artículos, se han hecho reportajes, pero la mayoría de toda esta información se ha perdido en algún punto entre los secuestros alienígenas y los encuentros con Pies Grandes —le explicó Quinn—. Nunca se ha escrito algo que se base en una investigación seria, concienzuda y completa. Ése va a ser mi trabajo.

—Muy bien. Digamos que creo en todo esto, aunque no estoy del todo segura de que no esté teniendo la peor de todas las alucinaciones, ¿por qué tú y tú? —les dijo a Cal y a Fox—. ¿Dónde encajáis vosotros en todo esto?

—Nosotros fuimos los que lo liberamos —respondió Fox—. Cal, yo y otro amigo que no está en el pueblo ahora. Lo liberamos hará veintiún años el próximo julio.

—Pero si vosotros debíais de ser sólo unos niños. Debíais de tener unos...

—Diez años —confirmó Cal—. Los cumplimos el mismo día, y fue la noche de nuestro décimo cumpleaños. Bueno, ya mostramos algunas de nuestras cartas, es hora de que muestres algunas de las tuyas. ¿Qué estás haciendo aquí?

—Me parece justo —dijo Layla y bebió lentamente un sorbo más de vino. Se sintió más tranquila, aunque no sabía si se debía al vino o a que la cocina estaba completamente iluminada y el perro roncaba debajo de la mesa o a que estaba rodeada de completos extraños que muy probablemente le iban a creer lo que estaba a punto de contar.

—He estado teniendo sueños las últimas noches. Pesadillas o sustos nocturnos. Algunas de las veces me despertaba en mi cama, otras veces me despertaba tratando de abrir la puerta de mi apartamento para salir. Quinn mencionó sangre y fuego, y en mis sueños vi ambos y también una especie de altar en medio de un claro en el bosque, creo que era de piedra. Y también vi agua. Agua negra. Me estaba ahogando en ella. Yo, que fui capitana del equipo de natación de mi instituto, me estaba ahogando. —Se estremeció, suspiró—. Empecé a temer irme a la cama y a escuchar voces incluso cuando estaba despierta.

No las entendía, pero era como si me llenaran la cabeza, sin importar si estaba en el trabajo o yendo a la tintorería a recoger alguna prenda antes de irme a casa. Pensé que estaba teniendo una crisis nerviosa, pero, ¿por qué? Después pensé pedir una cita con un neurólogo. Finalmente, anoche, me tomé una pastilla para dormir, pensando que tal vez podría lograr salir de todo esto a fuerza de sedarme. Pero no sirvió de nada: algo vino. Durante el sueño, algo estaba en la cama conmigo. —Esta vez, la voz le tembló—. Es decir, no exactamente en mi cama, pero en otra parte, en una habitación pequeña y caliente con sólo una ventana diminuta. Yo era otra persona. No sé cómo explicarlo bien, en realidad.

—Lo estás haciendo muy bien —le aseguró Quinn.

—Me estaba sucediendo a mí, pero yo no era yo. Tenía el pelo largo y la forma de mi cuerpo era diferente. Llevaba puesto un camisón largo. Lo sé porque... porque me lo levantó. Me empezó a tocar. Estaba tan frío, lo que me tocaba estaba tan frío. No pude gritar, no pude oponer resistencia cuando me violó. Estaba dentro de mí, pero no podía ver nada, no podía moverme. Pude sentirlo... sentí todo, como si estuviera pasándome a mí, y no pude detenerlo. —Layla no se dio cuenta de que caían lágrimas por sus mejillas, hasta que Fox le presionó una servilleta contra la mano—. Gracias. Cuando todo terminó y se hubo ido, escuché una voz en mi cabeza. Una única voz esta vez que me calmó, me hizo entrar en calor de nuevo y me aplacó el dolor. Decía: «Hawkins Hollow».

—Layla, ¿te violaron? —Fox habló suavemente—. Cuando te despertaste, ¿encontraste alguna evidencia de que te hubieran violado?

—No. —Apretó los labios y mantuvo la mirada sobre el rostro de Fox, que tenía los ojos color castaño dorado y llenos de compasión—. Me desperté en mi propia cama y me obligué a...

revisarme, pero no encontré nada. Me hizo daño, así que me habría dejado marcas, pero no tenía nada. Era temprano de madrugada, todavía ni las cuatro, y yo seguía sin poder dejar de pensar en Hawkins Hollow. Entonces hice la maleta, cogí un taxi que me llevara al aeropuerto y allí alquilé un coche. Y conduje hasta aquí. Nunca antes había estado aquí. —Hizo una pausa, miró a Cal y después a Quinn—. Nunca en mi vida había oído hablar de Hawkins Hollow, que yo recuerde, pero supe qué camino tomar. Supe cómo llegar aquí y cómo dar con el hotel. Me registré esta mañana, subí a la habitación que me dieron y dormí como un tronco hasta casi las seis de la tarde. Cuando entré en el comedor y vi esa cosa, pensé que estaba dormida todavía. Soñando de nuevo.

—Entonces no es de extrañar que no hubieras salido a perderte —comentó Quinn.

Layla posó en Quinn su mirada extenuada.

—¿Pero adónde?

—Bien dicho. —Puso la mano sobre el hombro de Layla y la acarició suavemente mientras continuó hablando—. Creo que todos necesitamos toda la información que haya disponible, que provenga de todas las fuentes que haya. Yo creo que, desde ahora, debe ser todo compartido. Todos para uno y uno para todos, como dicen. No te gusta la idea —le dijo a Cal con un asentimiento de cabeza—, pero creo que te va a tocar acostumbrarte.

—Has estado involucrada en esto apenas unos pocos días, pero Fox y yo lo hemos vivido durante años. Hemos vivido *en* ello. Así que no te vengas a poner la gorra y a autoproclamarte capitana así como así, rubita.

—Haberlo vivido veintiún años os da ciertas ventajas, es cierto, pero, que yo sepa, en esos veintiún años de experiencia no habéis sido capaces de descifrar el asunto, no habéis sido capaces de detenerlo ni de identificarlo siquiera. Así que relájate, chico.

—Hoy fuiste a sonsacarle información a mi bisabuela de noventa y siete años.

—Eres un gilipollas, Cal. Tu fascinante y extraordinaria bisabuela de noventa y siete años vino hasta donde yo estaba inmersa en mi investigación en la biblioteca, se sentó conmigo y me contó lo que quiso, todo por voluntad propia. No la obligué a nada ni le sonsaqué nada. Mi capacidad de observación me dice que no heredaste tu tendencia a la psicorrigidez de ella, con toda seguridad.

—Chicos, chicos. —Fox levantó una mano—. Coincidimos en que estamos en una situación tensa, pero todos estamos en el mismo lado o al menos posiblemente. Así que bajad la intensidad. Cal, Quinn tiene un buen punto de partida y merece consideración. Sin embargo, Quinn, has estado en el pueblo apenas un par de días y Layla menos que eso. Ambas vais a tener que ser pacientes y aceptar el hecho de que algunas áreas de información son más sensibles que otras y puede que lleve tiempo ofrecéroslas. Incluso si partimos de lo que ya ha sido corroborado y documentado...

—¿Acaso eres abogado? —preguntó Layla.

—Exactamente.

—Por supuesto —comentó ella por lo bajo.

—Qué tal si posponemos todo esto —sugirió Cal—. Dejemos reposar toda esta información y pensemos en el asunto de esta noche. Te dije que te llevaría a la Piedra Pagana mañana y eso es lo que voy a hacer, Quinn. Veamos cómo se desarrollan las cosas.

—Acepto.

—¿Estaréis bien en el hotel? Os podéis quedar aquí, si no os sentís con ánimos de volver.

El hecho de que Cal hubiera ofrecido su casa para que se quedaran allí hizo que Quinn se calmara.

—No somos unas debiluchas, ¿no es cierto, Layla?

—Hace unos días habría contestado que no, pero ahora no estoy tan segura. Pero creo que voy a estar bien en mi habitación del hotel. —De hecho, quería volver al hotel, acurrucarse en la enorme y suave cama y taparse con las mantas completamente, hasta la cabeza—. Dormí mejor allí hoy que en toda la semana. Eso es suficiente.

Quinn decidió esperar hasta que estuvieran de vuelta en el hotel antes de sugerirle a Layla que bajara todas las persianas de la habitación y dejara una luz encendida.

CAPÍTULO 8

Por la mañana, Quinn puso una oreja en la puerta de la habitación de Layla. Puesto que escuchó el sonido ahogado de la tele encendida, golpeó con los nudillos un par de veces.

—Soy Quinn —añadió, por si Layla estuviera nerviosa todavía.

Layla abrió la puerta. Llevaba puestos un encantador pantalón de pijama de rayas moradas y blancas y una camiseta morada. Tenía las mejillas sonrosadas y sus sosegados ojos verdes le dijeron a Quinn que llevaba ya un rato despierta.

—Estoy a punto de salir hacia la casa de Cal. ¿Te importa si entro un momento?

—No. —Dio un paso atrás para darle paso—. Estaba tratando de decidir qué se supone que voy a hacer hoy.

—Puedes venir conmigo, si quieres.

—¿Al bosque? No creo que esté lista para eso todavía, pero gracias por el ofrecimiento. ¿Sabes...? —Layla apagó la tele antes de dejarse caer en una silla—. He estado pensando sobre lo que dijiste anoche, eso de que no somos unas debiluchas. Nunca lo he sido, pero estando acurrucada debajo de las mantas, con las persianas bajadas y esta estúpida silla trabada debajo de la chapa de la puerta se me ocurrió que nunca antes me ha sucedido nada que me haya probado que en realidad no soy una cobarde. Mi vida ha sido bastante normal.

—Viniste hasta aquí y sigues aquí. Yo creo que eso te da una calificación baja en la medición del nivel de cobardía. ¿Cómo pasaste la noche?

—Bien. Una vez llegué aquí, bien. No soñé nada y no tuve ningún visitante ni ningún susto. Así que, por supuesto, ahora estoy preguntándome por qué.

—Yo tampoco soñé nada. —Quinn le echó una mirada a la habitación, que contaba con una cama de estilo trineo y era de colores verdes pálidos y cremas—. Podríamos especular que esta habitación es zona segura, pero no suena muy plausible, teniendo en cuenta que la mía no lo es, a pesar de que está a dos puertas de distancia. Podría ser que, sea lo que sea esta cosa, se tomó la noche libre. Tal vez necesitaba recargar baterías después de haber consumido parte de su energía.

—Buen pensamiento.

—Tienes el número de mi móvil, y el de Cal y el de Fox, y nosotros tenemos el tuyo. Estamos... conectados. Sólo quería decirte que la cafetería que hay cruzando la calle sirve un buen desayuno, porque me imagino que no quieres probar de nuevo el comedor del hotel.

—Estaba pensando en pedir el servicio de habitaciones y empezar a leer alguno de los libros que me diste anoche. No quise empezar con ese tipo de lectura antes de irme a dormir, la verdad.

—Sabia decisión. Bueno, en todo caso, si decides salir, el pueblo está bien. Tienen algunas tiendas pequeñitas y simpáticas, y también hay un museo no muy grande, pero no he tenido la oportunidad de visitarlo todavía, así que no te puedo decir qué tal está. Y siempre tienes la opción de ir a la bolera.

Layla sonrió ligeramente.

—¿Hay una bolera?

—Es de la familia de Cal. Es interesante y parece ser el sitio más popular del pueblo. Entonces, ¿te busco en cuanto regrese?

—Vale. ¿Quinn? —Layla añadió mientras Quinn se dirigía a la puerta—. A pesar de la medición de cobardía, creo que no seguiría aquí si no nos hubiéramos conocido.

—Sé cómo te sientes. Nos vemos más tarde.

* * *

Cal ya estaba esperándola cuando Quinn detuvo el coche frente a la casa. Salió y bajó los escalones de la casa, con *Lump* detrás, mientras Quinn se apeaba. La examinó detenidamente, empezando por los zapatos. Bien, llevaba puestas unas botas gruesas para caminar a las que se les notaba el uso y que tenían algunas marcas, vaqueros desteñidos, una cazadora gruesa de color rojo intenso y una bufanda de rayas multicolores que hacía juego con el gorro que le cubría el pelo. Qué gorro tan ridículo, pensó Cal, pero en ella se veía increíblemente atractivo. En todo caso, reflexionó, Quinn sabía qué atuendo usar para una caminata a través de un bosque invernal.

—¿Estoy bien equipada, sargento?

—Sí. —Cal terminó de bajar los escalones—. Déjame empezar diciendo que anoche me pasé de la raya. Todavía no he podido decidir cómo lidiar contigo y ahora, encima, hay otra persona que parece estar involucrada, otra forastera. Cuando has vivido con esto por tanto tiempo como yo, una parte de ti se acostumbra, pero otra parte se vuelve nerviosa y desconfiada, especialmente durante el séptimo año. Así que me disculpo, si te hace falta.

—Bueno. Olvidado. No puedo estar molesta después de esto, porque sería antipática en lugar de digna. Pero déjame decirte algo: antes de venir aquí, todo esto era la idea para un libro, un trabajo que disfruto hasta el punto en que algunos lo consideran aberrante, pero que para mí es increíblemente fascinante. Pero ahora, es algo personal. Si bien entiendo que estés nervioso y tengas tendencia a sentirte el propietario de todo esto, yo estoy aportando algo importante: experiencia y objetividad. Y agallas. Tengo unas agallas muy impresionantes.

—Sí, me he dado cuenta.

—Entonces, ¿vamos a hacer esto?

—Sí, vamos a hacerlo.

Acarició a *Lump*, que se le había recostado en la pierna.

—¿*Lump* nos va a ver partir hacia la aventura?

—Va a acompañarnos. Cuando está de ánimo, le gusta vagar por el bosque. Si se cansa, sencillamente se echa a dormir hasta que esté con ánimos para volver a casa.

—Creo que es una actitud de lo más razonable. —Levantó una pequeña mochila y se la colgó a la espalda. Del bolsillo sacó la grabadora, que llevaba sujeta con un gancho—. Voy a querer grabar impresiones, observaciones y cualquier cosa que me digas. ¿Te parece bien?

—Sí. —Durante la noche había pensado mucho al respecto—. Me parece bien.

—Entonces estoy lista en cuanto tú lo estés, tonto.

—El sendero va a estar resbaladizo —le dijo Cal mientras empezaban a caminar hacia el bosque—. Teniendo eso en cuenta, la caminata hasta el claro, desde aquí, nos va a llevar unas dos horas. Puede ser que un poco más, dependiendo de cómo esté el camino.

—No tengo prisa.

Cal miró al cielo.

—La vas a tener, si el clima cambia o si nos coge la puesta del sol todavía en el bosque.

Quinn encendió la grabadora, esperando haber traído suficientes casetes y pilas adicionales.

—¿Por qué?

—Hace años la gente caminaba o cazaba en esta zona del bosque con frecuencia, pero ya no. Se ha perdido gente, se han dado la vuelta y los han asustado. Algunas veces han dicho haber oído lo que creían que eran osos o lobos, pero aquí no hay lobos y es raro que los osos bajen tanto desde las montañas como para venir hasta aquí. Los chicos, adolescentes sobre todo, solían escabullirse para ir a nadar al estanque de Hester durante el verano, o simplemente vagar por ahí, pero ya no. Hace años la gente decía que el estanque estaba encantado, era como la leyenda local, pero ahora la gente en general no quiere ni mencionarla, ya no se habla de ello.

—¿Tú crees que el estanque está encantado?

—Sé que hay algo dentro. Yo mismo lo vi. Pero te contaré al respecto cuando lleguemos allí. No tiene sentido hablar de eso ahora.

—Muy bien. ¿Éste es el camino que los tres tomasteis cuando vinisteis el día de vuestro cumpleaños veintiún años atrás?

—No, vinimos del este. —Le mostró con la mano—. Por la vía más cercana al pueblo. Por aquí es más corto, pero para nosotros habría sido un viaje más largo desde el pueblo. No hubo nada... raro, hasta que llegamos al estanque.

—¿Después de esa noche habéis regresado allí los tres juntos?

—Sí, hemos vuelto los tres, más de una vez. —Se giró—. Te puedo decir que regresar en cualquier momento cercano al Siete no es una experiencia que esté ansioso de repetir.

—¿El Siete?

—Así es como llamamos a esa semana de julio.

—Cuéntame más sobre lo que pasa durante el Siete.

Era tiempo de hacer exactamente eso, pensó Cal. Era tiempo de contárselo claramente a alguien que quería saber. A alguien que, tal vez, formaba parte de la respuesta.

—La gente del pueblo se vuelve malvada, violenta, incluso asesina. Hacen cosas que no harían en ninguna otra ocasión. Destruyen la propiedad privada, se golpean sin compasión, inician incendios. E incluso cosas peores.

—Asesinatos, suicidios.

—Sí. Cuando la semana llega a su fin, no recuerdan claramente lo que ha sucedido. Es como ver a alguien salir de un trance o de una enfermedad larga. Algunas de las personas no han vuelto a ser las mismas nunca más, otras se han ido del pueblo después. Y otras sencillamente arreglaron su casa o su negocio y han seguido con su vida. No afecta a todo el mundo y de los que se ven afectados, no a todos los afecta de la misma manera. Como mejor puedo explicarlo es describiéndolo como un episodio de psicosis colectiva que cada vez se pone peor.

—¿Y la policía?

Por costumbre, Cal se agachó y recogió una rama. No tenía sentido lanzarla para que *Lump* la trajera de vuelta, sólo los avergonzaría a ambos. Así que sólo se la ofreció al perro, que la recibió y la llevó entre los dientes mientras caminaba alegremente a su lado.

—El jefe de policía Larson estuvo a cargo la última vez. Era un buen hombre, fue a la escuela con mi padre, eran amigos. La tercera noche se encerró en su oficina. Yo creo que sabía, o al menos una parte de sí lo intuía, lo que le estaba sucediendo y no quería arriesgarse a ir a casa, donde estaban su esposa y sus hijos. Uno de los oficiales, un tipo llamado Wayne Hawbaker, que es sobrino de la asistente de Fox, fue a buscarlo porque necesitaba ayuda. Cuando llegó a la comisaría, escuchó a Larson llorando en su oficina. Intentó convencerlo para que saliera, pero fue en vano. Cuando Wayne logró tumbar la puerta, Larson se había pegado un tiro. Wayne es ahora el jefe de la policía. También es un buen hombre.

Quinn se preguntó cuántas pérdidas habría presenciado Cal, cuántas pérdidas habría tenido él mismo desde su décimo cumpleaños. Sin embargo, aquí venía de nuevo a adentrarse en el bosque, de nuevo en este lugar donde todo había empezado para él. No creyó haber visto nunca antes una postura más valiente que ésta.

—¿Qué hay de la policía del condado, o del estado?

—Es como si esa semana estuviéramos incomunicados. —Un cardenal los pasó volando, con su penacho rojo audaz, despreocupadamente libre—. Algunas veces la gente entra, otras veces sale, pero en general estamos solos. Es como... —buscó las palabras apropiadas— como si un velo nos cubriera y nadie viera nada claramente. Nadie viene a ayudarnos y después de que todo pasa, nadie cuestiona lo que ha pasado, nadie considera lo que ha pasado o por qué. Así que todo termina volviéndose una leyenda popular al estilo de *La bruja de Blair.* Y después se desvanece del todo hasta que vuelve a suceder.

—Pero tú te quedas y consideras lo que pasa.

—Es mi pueblo —contestó él simplemente. No, pensó Quinn. *Ésta* era la postura más valiente que había visto jamás—. ¿Cómo dormiste anoche? —le preguntó él.

—No soñé nada. Y Layla tampoco. ¿Y tú?

—Lo mismo. Antes, una vez que empezaba, no daba tregua. Siempre ha sido igual. Pero al parecer esta vez las cosas están siendo diferentes.

—Porque yo he visto cosas, al igual que Layla.

—Ésa es la mayor diferencia, pero además nunca había empezado tan pronto o con tanta fuerza. —A medida que siguieron caminando, Cal examinó el rostro de Quinn—. ¿Alguna vez te han hecho un árbol genealógico?

—No. ¿Crees que estamos relacionados desde tiempo atrás o que estoy relacionada con alguien que tuvo que ver con lo que fuera que sucedió en la Piedra Pagana tan atrás en el tiempo?

—Siempre he creído, hemos creído, que esto es cuestión de sangre. —Se miró la cicatriz en la muñeca distraídamente—. Hasta ahora, saber o sentir eso no ha servido de mayor cosa. ¿De dónde son tus ancestros?

—Más que nada de Inglaterra, con algunos irlandeses aquí y allá.

—Los míos también. Pero muchos estadounidenses tienen ancestros ingleses.

—Tal vez puedo empezar por investigar si en mi familia hay algún Dent o Twisse. —Se encogió de hombros cuando él le frunció el ceño—. Tu bisabuela me puso en ese camino. ¿Has tratado de rastrearlos? A Giles Dent y Lazarus Twisse, quiero decir.

—Sí. Es posible que Dent sea mi ancestro, si es cierto que era el padre de los hijos de Ann Hawkins. Pero no hay registro alguno de él. Y aparte de algunos relatos de la época y algunas cartas y diarios familiares, Giles Dent no aparece por ninguna parte en lo que hemos investigado. No hay registro de nacimiento ni de fallecimiento. Igual en el caso de Twisse. En cuanto a lo que hemos sido capaces de probar, ambos bien podían haber llegado directamente de Plutón.

—Tengo una amiga que es una maga en la investigación, ya la he llamado. Y no me mires con esa expresión de nuevo.

La conozco desde hace montones de años y hemos trabajado juntas en otros proyectos. No sé todavía si puede o quiere venir, pero, créeme, si viene, estarás agradecido. Ella es realmente buena.

En lugar de contestar, Cal pensó en ello un momento. ¿Cuánta de la resistencia que estaba oponiendo se debía a que sentía que estaba perdiendo el control de la situación? Pero, para empezar, ¿acaso había tenido el control alguna vez? En parte se debía, lo sabía bien, al hecho de que cuantas más personas se involucraran, más personas sentía que eran su responsabilidad. Y finalmente, más que nada, se preguntaba cómo afectaría tanta publicidad al pueblo.

—El pueblo ha tenido algo de publicidad a lo largo de los últimos años, y más que nada se ha concentrado en todo esto. Así fue como diste con nosotros, para empezar, ¿no es cierto? Pero ha sido poca, en todo caso, y en general no ha tenido mayores consecuencias, salvo que ha atraído a algunos turistas interesados en temas sobrenaturales. Pero ahora que estás involucrada, tú y tal vez dos personas más, me preocupa que Hollow se convierta en un comentario morboso o ridículo en las guías turísticas.

—Sabías que existía ese riesgo cuando aceptaste hablar conmigo.

Quinn iba caminando junto a Cal a su mismo ritmo y avanzaban uno junto al otro sobre la tierra resbaladiza. Se estaba adentrando en lo desconocido sin titubear y sin estremecerse.

—Habrías venido de todas maneras, hubiera estado yo de acuerdo o no.

—Así que parte de tu colaboración consiste en minimizar los daños —confirmó Quinn—. No te puedo culpar, pero tal vez deberías pensar a mayor escala, Cal. Si más gente invierte sus medios, contamos con más cerebros y por tanto se crean mayores probabilidades de descubrir cómo detener lo que ha venido sucediendo aquí. ¿Quieres detenerlo?

—Mucho más de lo que podría decirte con palabras.

—Yo quiero una historia, y no tiene sentido mentirte sobre eso, pero también quiero detenerlo. A pesar de mis famosas agallas, esto me asusta. Así las cosas, a mí me parece que lo mejor que podemos hacer es trabajar juntos y utilizar todos nuestros recursos. Y Cybil es uno de los míos, y es más que buena.

—Voy a pensarlo. —Por ahora, pensó Cal, le había dado más que suficiente—. Ahora mejor por qué no me cuentas qué te hizo tomar el camino de estos temas espectrales y ponerte a escribir sobre ello.

—Eso es fácil. Siempre me gustaron los temas de fantasmas y esas cosas. Cuando era una niña, y podía escoger, digamos, entre *Las gemelas de Sweet Valley* y Stephen King, este último siempre ganaba. Solía escribir mis propias historias de terror, que les daban pesadillas a mis amigos. Eran buenos tiempos —añadió Quinn, lo que hizo reír a Cal—. Pero el punto de inflexión, supongo, fue una noche en la que fui con un grupo de amigos a una casa que se suponía estaba embrujada. Era Halloween y yo tenía doce años. Fue un gran reto. La casa se estaba cayendo y estaban a punto de demolerla. Probablemente tuvimos mucha suerte de que no se nos cayera ninguno de los tablones del suelo. Así que husmeamos por ahí, gritamos, nos asustamos unos a otros y nos reímos. Entonces la vi.

—¿A quién?

—Al fantasma, por supuesto. —Le dio un codazo amistoso a Cal—. Préstame atención. Nadie más la vio, sólo yo. Iba bajando las escaleras y estaba cubierta de sangre. Y me miró. —Quinn habló suavemente ahora—. Me pareció que me había mirado directamente a los ojos, y siguió caminando. Sentí el frío que arrastraba con ella.

—¿Qué hiciste? Aunque si tuviera que adivinarlo, diría que la seguiste.

—Por supuesto que la seguí. Mis amigos estaban corriendo por ahí, haciendo ruidos para asustar a los otros, pero yo la seguí a través de la desvencijada cocina y después escaleras abajo, hacia el sótano, sólo con la luz de mi linterna de la princesa Leia. ¿Ningún comentario sarcástico?

—¿Cómo puedo ser sarcástico si yo tenía una linterna de Luke Skywalker?

—Bien. Lo que encontré en el sótano fue un montón de telarañas, heces de ratón, insectos muertos y un mugriento suelo de cemento que tenía un hueco, una tumba, más bien, en medio, con una pala de mango negro al lado. Ella caminó hasta el hueco, me miró de nuevo y se metió dentro. Caramba, se metió como una mujer se metería en una bañera llena de deliciosas burbujas. Y al momento sólo quedó el suelo de cemento, nada más, conmigo de pie allí.

—¿Entonces qué hiciste?

—Adivina.

—Diría que tú y Leia salisteis a perderos.

—Correcto de nuevo. Corrí escaleras arriba como un cohete. Se lo conté a mis amigos, pero por supuesto no me creyeron ni una palabra. Pensaron que los estaba tratando de asustar, como solía hacer. No se lo conté a nadie más, porque si lo hubiera hecho, nuestros padres se habrían enterado de que habíamos estado en esa casa y nos habrían castigado hasta que nos salieran canas. Pero cuando demolieron la casa y empezaron a taladrar el suelo de cemento, la encontraron. Había estado allí desde los años treinta. La esposa del dueño de la casa había dicho que la mujer había huido, pero para entonces el tipo estaba muerto, así que no se le pudo preguntar cómo ni por qué lo había hecho. Pero yo sabía. Desde que la vi y hasta que encontraron sus restos, soñé con su asesinato. Vi cómo había pasado todo.

»No se lo conté a nadie, estaba demasiado asustada como para hablar de ello. Pero después, siempre he contado lo que encuentro, ya sea que confirme o desacredite las historias. Creo que en parte es una manera de compensar no haber dicho nada sobre Mary Bines, ése era el nombre de la mujer. Y en parte también porque ya no tengo doce años y nadie me va a castigar.

Cal no dijo nada durante un largo rato.

—¿Siempre ves lo que ha sucedido?

—No sé si es ver o sólo intuir, o si se trata sólo de mi imaginación, que es incluso mucho más famosa que mis agallas. Pero he aprendido a confiar en lo que siento y a seguir en esa dirección.

Cal se detuvo e hizo un gesto con la mano.

—Aquí es donde los caminos se cruzan. Aquella vez vinimos de esa dirección y tomamos el cruce aquí. Veníamos cargados de cosas. Mi madre nos había preparado una cesta llena de comida, pensando que íbamos a acampar en la granja de la familia de Fox. Llevábamos su radiocasete, una bolsa llena de tentempiés que él había comprado en el mercado y nuestras mochilas llenas de las cosas con las que pensábamos que no podíamos vivir sin tener a mano. Todavía teníamos nueve años. Niños, más bien intrépidos. Todo cambió antes de que volviéramos a salir del bosque.

Cuando Cal empezó a caminar de nuevo, Quinn le puso una mano sobre el brazo y le dio un ligero apretón.

—¿Está sangrando ese árbol o es sólo que en esta parte del mundo teneis una savia de lo más extraña?

Cal se dio la vuelta y miró en dirección al árbol al que se refería Quinn. Manaba sangre de la corteza del viejo roble y se derramaba sobre el fangoso suelo a sus pies.

—Ese tipo de cosas suceden de vez en cuando. Espanta a los excursionistas, claro.

—Me imagino. —Observó a *Lump* acercarse al árbol y olisquear superficialmente—. ¿Por qué no le presta atención?

—Está acostumbrado.

Quinn empezó a alejarse del árbol, pero entonces se detuvo de improviso.

—Espera, claro. Éste es el punto. Aquí fue donde vi el venado en medio del camino. Estoy segura de ello. Él lo llamó con el poder de su voluntad. Al inocente y puro —empezó a hablar Quinn, pero al ver la expresión en el rostro de Cal, se contuvo. Los ojos se le habían oscurecido y se había puesto pálido—. Necesitaba su sangre para crear el vínculo. La sangre del venado, la suya y la de la cosa oscura. Le dolió cuando le cortó el cuello con la hoja del cuchillo y la vida del animal se derramó sobre sus manos y en la copa.

Con la cabeza dándole vueltas, Cal se dobló por la cintura, rezando para no vomitar.

—Necesito un momento para recuperar el aliento.

—Tómatelo con calma. —Rápidamente, Quinn se quitó la mochila de la espalda y sacó una botella de agua—. Bebe un poco.

La mayor parte de las náuseas se le pasaron cuando Quinn lo cogió de la mano y le presionó la botella contra ella.

—Pude verlo, pude *sentirlo.* He pasado por este árbol muchas veces antes, incluso cuando está sangrando, pero nunca había visto nada, ni sentido nada tampoco.

—Pero esta vez somos dos. Tal vez por eso algo se abrió.

Cal bebió lentamente. No sólo dos, pensó. Había pasado por ese punto con Fox y Gage antes. «Nosotros dos», decidió. Algo de estar allí con ella.

—El venado fue un sacrificio.

—Sí lo pensé: *devoveo.* Lo dijo en latín. Sacrificio de sangre. La brujería blanca no practica este tipo de sacrificios, pero él tuvo que cruzar la línea, ensuciarse con algo de magia negra para hacer lo que sentía que necesitaba hacer. ¿Era Dent, o alguien que vino mucho antes que él?

—No sé.

Al ver que el color volvía a las mejillas de Cal, a Quinn se le calmaron las pulsaciones del corazón.

—¿Has visto lo que pasó antes?

—Retazos, fragmentos, imágenes, no todo completo. Por lo general vuelvo sintiéndome ligeramente mal, pero si me esfuerzo por obtener más, la sensación después es mucho peor.

—Entonces no te esfuerces más. ¿Estás bien como para continuar?

—Sí, sí. —Todavía sentía el estómago un poco indispuesto, pero se le había pasado el mareo—. Pronto llegaremos al estanque de Hester.

—Ya lo sé. Te voy a decir cómo es antes de que lleguemos, y creo que no hace falta que te recuerde que nunca he venido aquí, no en la realidad. Pero lo he visto, estuve aquí anteanoche. Está rodeado de espadañas y hierbas silvestres. Está alejado del camino y hay que pasar por zarzas y arbustos para llegar a él. Era de noche y el agua se veía oscura. Opaca. La forma no es exactamente redonda, tampoco ovalada. Es más como una luna creciente gorda. Hay muchas rocas, algunas enormes y algunas que no son más que guijarros. Ella se llenó los bolsillos con algunas que parecían del tamaño de una mano o incluso más pequeñas, se los llenó hasta que estuvieron a reventar. Tenía el pelo corto, como si se lo hubieran cortado a machetazos y tenía ojos como de loca.

—Según las crónicas que existen, el cuerpo no se quedó en el fondo.

—Las he leído —mencionó Quinn—. La encontraron flotando en el estanque. Y después lo bautizaron con su nombre. Debido a que fue suicidio, no la enterraron en suelo consagrado. Pero ninguna de las crónicas que he encontrado hasta ahora menciona qué sucedió con la hija que dejó.

Antes de volverse a poner la mochila en la espalda, la abrió y sacó una bolsa de cereales. La abrió y le ofreció a Cal. Él negó con la cabeza.

—Hay suficiente pasto y cortezas por aquí, si me siento así de desesperado.

—No está tan mal. ¿Qué os preparó tu madre esa vez?

—Sándwiches de jamón y queso, huevos cocidos, rodajas de manzana, bastones de apio y zanahoria, galletas de avena y limonada. —El recuerdo le hizo sonreír—. Barritas de cereales para el desayuno.

—Ésa es una Madre con M mayúscula.

—Siempre ha sido así.

—¿Cuántas citas han de pasar antes de conocer a tus padres?

Cal reflexionó.

—Quieren que vaya a cenar una de estas noches. Si quieres, puedes venir conmigo.

—¿Cena casera preparada por Mamá? Claro que quiero ir. ¿Qué opina ella de todo esto?

—Es duro para ambos, todo esto es muy duro. Pero nunca me han abandonado, me han apoyado siempre.

—Eres un hombre con suerte, Cal.

Cal se salió del camino y rodeó las zarzas de bayas, siguiendo un sendero más estrecho y menos transitado. *Lump* caminaba delante, como si entendiera hacia dónde se dirigían. En cuanto vio el estanque, sintió un estremecimiento que le recorrió la columna. Pero siempre le pasaba lo mismo.

Los pájaros seguían cantando y *Lump*, más por accidente que a propósito, hizo correr a un conejo, que atravesó el sendero y fue a perderse entre otro matorral. La luz del sol se colaba entre las ramas desnudas y bañaba el suelo cubierto de hojas. También se reflejaba opacamente sobre el agua marrón del estanque de Hester.

—Se ve diferente durante el día —comentó Quinn—. No tan siniestro, pero yo tendría que ser demasiado joven y sentir demasiado calor como para quererme meter en esa agua oscura.

—Ambas cosas se aplican en nuestro caso. Fox se metió primero. Ya antes nos habíamos escabullido hasta aquí para nadar, pero la verdad a mí nunca me gustó. ¿Quién podía saber lo que nadaba en el fondo? Siempre pensé que la mano huesuda de Hester me iba a agarrar por el tobillo y me iba a hundir. Entonces eso mismo pasó.

Quinn levantó las cejas, y cuando Cal no continuó con su relato, se sentó en una de las rocas:

—Te estoy escuchando.

—Fox me estaba fastidiando. Yo era mejor nadador, pero él era un tramposo. Gage sí que era un pésimo nadador, pero era valiente. Pensé que había sido Fox de nuevo, tirando de mí, pero era ella. La vi cuando me hundí. No tenía el pelo corto como la viste tú. Recuerdo cómo los cabellos le ondeaban alrededor de la cabeza. No parecía un fantasma, parecía una mujer... Una niña —se corrigió—. A medida que fui creciendo me di cuenta de que no era más que una niña. Salí del agua lo más rápido que pude e hice salir a Fox y a Gage. Ellos no vieron nada.

—Pero te creyeron.

—Eso es lo que los amigos hacen.

—¿Alguna vez volviste a meterte en el estanque?

—Dos veces más, pero nunca la volví a ver.

Quinn le dio a *Lump,* que no parecía ser tan exquisito como su amo, un puñado de cereales.

—Está demasiado frío ahora, pero deberíamos venir en junio y darnos un chapuzón, a ver qué pasa. —Comió un poco de su barrita mientras miraba a su alrededor—. Es un lugar muy bonito, considerando las circunstancias. Primitivo, pero pintoresco. Parece un lugar maravilloso para que tres chicos hicieran de las suyas. —Ladeó la cabeza—. Entonces, ¿por lo general traes a tus mujeres aquí?

—Tú eres la primera.

—¿En serio? ¿Y la razón es que ellas no estaban interesadas o que tú no querías responder preguntas referentes a este asunto?

—Ambas cosas.

—Así que estoy rompiendo el molde, que es uno de mis pasatiempos favorito. —Quinn miró hacia el agua—. Hester debía de estar tan triste, tan horriblemente triste para pensar que no había otro camino para ella. Que estuviera loca es un factor determinante, claro, pero yo creo que se sentía abrumada por el peso de la tristeza y la desesperación y por eso se llenó los bolsillos con piedras. Eso fue lo que sentí en el sueño y es lo que siento ahora, sentada aquí. La tristeza era enorme, horrible, avasalladora. Incluso más que el miedo que sintió cuando la violó. —Se estremeció, entonces se puso de pie—. ¿Podemos seguir? Es demasiado sentarse aquí. Demasiado.

Se pondría peor, pensó Cal. Si Quinn ya había sentido, intuido o entendido esto, más adelante sería peor. La tomó de la mano y la guió hacia el camino. Puesto que, por lo menos por el momento, el sendero era lo suficientemente amplio para caminar uno junto al otro, no le soltó la mano. Parecía como si sencillamente estuvieran dando un paseo por el bosque invernal.

—Cuéntame algo sorprendente de ti mismo, algo que yo nunca adivinaría.

Cal ladeó la cabeza.

—¿Por qué habría de contarte algo de mí mismo que nunca adivinarías?

—No tiene que ser ningún secreto oscuro. —Golpeó la cadera contra la de él—. Sólo algo inesperado.

—Tengo formación en atletismo.

Quinn sacudió la cabeza.

—Impresionante, pero no sorprendente. Habría podido adivinar eso, con las piernas larguísimas que tienes.

—Está bien, está bien. —Pensó un momento—. Sembré una calabaza que batió el récord de peso del condado.

—¿La calabaza más gorda en toda la historia del condado?

—Perdió el récord del estado por unas pocas onzas. Tengo el recorte del periódico.

—Pues eso sí que es sorprendente. Estaba esperando algo más salaz, pero me veo obligada a admitir que nunca habría adivinado que tienes el récord por la calabaza más gorda del condado.

—¿Qué hay de ti?

—Me temo que nunca he sembrado ninguna calabaza de ningún tamaño o peso.

—Sorpréndeme.

—Sé caminar con las manos. Te haría una demostración, pero el suelo no es muy apropiado que digamos para hacerlo. ¿A que nunca lo hubieras adivinado?

—Tienes razón. Sin embargo, voy a insistir en que me hagas una demostración más tarde. Después de todo, yo tengo una prueba que demuestra la veracidad de la historia de la calabaza.

—Me parece justo.

Quinn continuó con la cháchara, lo suficientemente ligera y tonta como para hacer reír a Cal. No estaba seguro de que se hubiera vuelto a reír a lo largo de ese camino desde aquella fatídica travesía con sus amigos. Pero ahora parecía lo más natural del mundo, con el sol bañándolo todo con sus rayos y los pájaros cantando.

Hasta que escuchó el gruñido.

Quinn lo escuchó también, de lo contrario, pensó Cal, qué otra razón podría explicar que hubiera guardado silencio de improviso y que le hubiera cogido el brazo con tanta fuerza.

—Cal...

—Sí, lo he escuchado. Ya casi vamos a llegar. Algunas veces hace ruido, otras veces hace alguna aparición. —«Nunca en esta época del año», pensó al tiempo que se levantaba la parte de atrás de la parka. Pero, al parecer, éstos eran tiempos diferentes—. Mantente cerca de mí.

—Créeme cuando te digo que... —Quinn se interrumpió al ver que Cal sacaba un enorme cuchillo de caza de hoja dentada—. Muy bien. *Esto* es algo que nunca habría adivinado, algo completamente inesperado de ti. ¿Quién habría sabido que andas con un cuchillo estilo Cocodrilo Dundee metido en el pantalón?

—Nunca vengo aquí desarmado.

Quinn se humedeció los labios.

—Y supongo que sabes usarlo, en caso de ser necesario.

—Probablemente —le respondió lanzándole una mirada—. ¿Quieres continuar o prefieres que nos volvamos?

—No soy de las que dan un paso atrás.

Cal pudo escucharlo moviéndose entre los arbustos, el sonido de pasos sobre el fango, entre la maleza. Acechándolos, pensó. Supuso que el cuchillo sería tan inútil como algunos insultos, si la cosa quería hacer de las suyas, pero en todo caso se sentía mejor teniéndola en la mano.

—*Lump* no lo escucha —murmuró Quinn levantando la barbilla hacia donde el perro caminaba tranquilamente unos metros delante de ellos—. Ni siquiera él podría ser así de perezoso. Si lo escuchara o lo oliera, demostraría algún tipo de preocupación. Así que no debe de ser real —suspiró suavemente—. No es nada.

—No es real para *Lump*, en todo caso.

Cuando la cosa aulló, Cal agarró a Quinn del brazo firmemente y la condujo entre los árboles hasta llegar al claro donde la Piedra Pagana se alzaba de entre la tierra pantanosa.

—Considerando todo lo que hemos pasado, pensé que me iba a encontrar con algo más del estilo de las piedras de Stonehenge. —Quinn se alejó de Cal para rodear la piedra—. Es suficientemente sorprendente, en todo caso, cuando la miras detenidamente, la manera en que forma esta especie de mesa, o altar. Qué lisa y suave es la parte superior. —Puso una mano sobre la superficie—. Está tibia —añadió—, más tibia de lo que estaría una piedra en el bosque en febrero.

Cal puso una mano junto a la de ella.

—A veces está fría. —Metió de nuevo el cuchillo en la vaina—. No hay nada de qué preocuparse cuando está tibia. Por lo menos hasta ahora. —Con un movimiento brusco se levantó la manga y examinó la cicatriz que le atravesaba la muñeca—. Hasta ahora —repitió. Sin pensarlo, puso la mano sobre la de ella—. Mientras...

—¡Se está calentando! ¿Lo sientes? ¿Sientes el calor, Cal?

Quinn giró para poner ambas manos sobre la piedra. Cal se movió, se sintió moverse como lo habría hecho a través de la pared de fuego. Con demencia.

La agarró por los hombros, la hizo girar hasta que la espalda le quedó pegada contra la piedra y sació las repentinas y desesperadas ganas de besarla.

Durante un momento, Cal fue otra persona, igual que ella, y el momento estuvo colmado de desesperación dolorosa. El sabor de la mujer, su piel, los latidos de su corazón.

Entonces Cal volvió a ser él mismo y sintió los labios de Quinn calentándose bajo los suyos, igual que la piedra se había calentado debajo de sus manos. Era el cuerpo de Quinn el que temblaba contra el suyo y eran sus dedos los que se hundían en su cadera.

Cal quería más, quería acostarla sobre la piedra y cubrirle el cuerpo con el suyo y rodearse completamente con todo lo que era ella.

Pero no era él mismo, pensó débilmente, o, por lo menos, no completamente, así que hizo un esfuerzo por separarse de ella, se obligó a romper esa conexión. El aire se estremeció un momento.

—Lo siento —logró decir él—. No es que lo sienta del todo, pero estoy...

—Sorprendido. —La voz le sonó ronca—. Yo también. Definitivamente eso fue del todo inesperado. Me hizo sentirme un poco mareada —susurró—. No es una queja, pero no éramos nosotros, era otra época, antes. —Respiró profundamente, tratando de sosegarse—. Táchame de mujerzuela, si quieres, pero de todas maneras me ha gustado. —Con los ojos fijos en los de él, puso de nuevo la mano sobre la piedra—. ¿Quieres intentarlo otra vez?

—Creo que sigo siendo un hombre, así que por supuesto que quiero, pero no creo que sea una buena idea. O muy seguro que digamos. Además, no me gusta que algo, o alguien, se entrometa en mis hormonas. La próxima vez que te bese, seremos sólo tú y yo.

—Está bien. Conexiones —asintió—. Ahora más que nunca estoy a favor de la teoría de las conexiones. Podrían ser de sangre o podría ser reencarnación, en cualquier caso creo que vale la pena explorar. —Dio unos pasos lejos de la piedra y del hombre—. Entonces nada de contacto entre tú y yo y esa cosa nunca más, y mejor volvamos al propósito que nos trajo aquí. —¿Estás bien?

—Admito que me hizo hervir la sangre. Pero nada más. Estoy bien. —Sacó su botella de agua y esta vez le dio un trago largo.

—Te deseé. De ambas maneras.

Quinn bajó la botella y clavó la mirada en esos ojos grises sosegados. Acababa de beber agua, pensó, pero de todas maneras sentía la garganta seca de nuevo.

—Ya lo sé. Lo que no sé es si eso va a ser un problema.

—Va a ser un problema, pero no me va a importar.

—Ah... —el pulso se le aceleró—. Pero no creo que éste sea un lugar apropiado como para...

—No, no lo es. —Dio un paso adelante, pero no la tocó. Sin embargo, Quinn sintió que la piel se le calentaba—. Vamos a tener otro lugar, otro momento.

—Muy bien —se aclaró la garganta—. Pongámonos manos a la obra.

Quinn le dio otro rodeo a la Piedra mientras Cal la miraba. La había puesto un poco nerviosa, pero no le importaba mucho. De hecho, lo consideró un punto a su favor. Algo le había empujado a besarla de esa manera, pero él sabía lo que había sentido cuando ese *algo* lo había soltado. Sabía lo que había estado sintiendo desde que la había visto apearse del coche frente a su casa esa primera vez.

Era simple y llanamente lujuria. Lujuria de Caleb Hawkins por Quinn Black.

—Acampasteis aquí, los tres, es decir, esa noche. —Aparentemente tomándose en serio lo que Cal había dicho antes sobre la seguridad de la zona, Quinn caminó tranquilamente alrededor del claro—. Si entiendo algo a los chicos, os atiborrasteis de comida basura, os tomasteis el pelo los unos a los otros y tal vez os contasteis cuentos de fantasmas.

—Algunos. También bebimos la cerveza que Gage le robó a su padre y vimos revistas de mujeres desnudas, también del padre de Gage.

—Por supuesto, aunque habría pensado que esas actividades corresponden más a jovencitos de doce años.

—Éramos precoces. —Se obligó a dejar de pensar en ella y echarse atrás—. Encendimos una hoguera, teníamos el radiocasete encendido. Era una noche muy bonita, todavía cálida, pero no un calor opresivo. Y era nuestra noche. Era, pensamos, nuestro lugar. Suelo sagrado.

—Eso mismo dijo tu bisabuela.

—Merecía un ritual. —Esperó a que ella se girara hacia él—. Escribimos algunas palabras, todo inventado por nosotros mismos, un juramento, y a medianoche usé mi cuchillo de explorador para cortarnos la muñeca. Dijimos el juramento que habíamos escrito y juntamos las muñecas para que se mezclara la sangre de los tres, para hacernos hermanos de sangre. Y entonces se abrió el infierno.

—¿Qué pasó?

—No lo sé, no exactamente, quiero decir. Ninguno de nosotros lo sabe a ciencia cierta, no lo recordamos, en todo caso. Hubo una especie de explosión o al menos lo pareció. La luz fue cegadora y la fuerza del impacto me hizo caer de espaldas, me levantó completamente del suelo. Escuché gritos, pero nunca he sabido si eran míos, de Fox o de Gage o de algo más. La fogata se avivó y por un momento pareció que había fuego por todas partes, pero no nos quemábamos. Algo salió y después entró en mí. Recuerdo dolor, dolor intenso. Después vi una especie de masa oscura levantándose y sentí el frío que traía consigo. Y entonces todo pasó y nos quedamos solos, asustados y el suelo completamente calcinado.

«Diez años», pensó Quinn. «Sólo un chiquillo».

—¿Cómo salisteis?

—Caminamos de vuelta al día siguiente, igual que habíamos llegado el día anterior, con excepción de algunos cambios. Llegué a este claro teniendo nueve años y con gafas, tenía miopía.

—¿Tenías? —preguntó Quinn levantando una ceja.

—Tenía dos dioptrías en el ojo izquierdo y 1,75 en el derecho. Salí de aquí con diez años y una visión perfecta. Ninguno de nosotros salió del bosque con ninguna marca, ni siquiera Gage, que tenía unas heridas al llegar. Ninguno de los tres ha estado enfermo ni una sola vez desde esa noche. Si nos hacemos daño, la lesión se cura por sí misma.

El rostro de Quinn no reflejó ni un asomo de duda, sólo interés con un toque de fascinación, pensó Cal. De repente se dio cuenta de que aparte de su familia Quinn era la única que lo sabía. Que le creía.

—Os recubrió con algún tipo de inmunidad.

—Se podría decir que sí.

—¿Sientes dolor?

—Por supuesto que sí. Salí del bosque con visión perfecta, no de rayos X. Y la sanación puede doler como no te imaginas, aunque no lleva mucho tiempo. Puedo ver cosas que han sucedido antes, como hace un rato. No todo el tiempo ni todas las veces, pero puedo ver sucesos pasados.

—Clarividencia pero al contrario.

—Cuando he estado en disposición, he visto lo que pasó aquí el siete de julio de 1652.

—¿Qué pasó aquí, Cal?

—El demonio se quedó encerrado debajo de esta piedra. Y Fox, Gage y yo liberamos al maldito bastardo.

Quinn se le acercó. Quería tocarlo, borrar esa preocupación que se reflejaba en su rostro, calmarlo, pero temió hacerlo.

—Si lo hicisteis, no fue culpa vuestra.

—La culpa y la responsabilidad no son conceptos muy diferentes.

Al diablo, pensó Quinn. Posó las manos sobre las mejillas del hombre y las dejó allí incluso cuando él se estremeció, después le acarició los labios suavemente con sus propios labios.

—Eso era normal. Yo creo que sois responsables porque estuvisteis, y estáis, dispuestos a aceptar la responsabilidad. Os habéis quedado, a pesar de que un montón de otros hombres se habrían ido, habrían huido lejos de aquí. Así que yo digo que hay una manera de devolverlo adonde pertenece. Y yo voy a hacer todo lo que esté a mi alcance para ayudaros a hacer exactamente eso. —Abrió su mochila—. Voy a sacar unas fotos, voy a hacer unas mediciones, a tomar algunas notas y te voy a hacer un montón de preguntas molestas.

Quinn le había conmovido. Sus palabras, su contacto, la fe que tenía en él. Sintió deseos de abrazarla, de abrazarse a ella. Sólo un abrazo. Normal, había dicho ella. Y viéndola ahora, cómo anheló la dicha de la normalidad.

No era el lugar apropiado, recordó Cal, y dio un paso atrás.

—Tienes una hora. Debemos emprender el regreso en una hora, para estar bien lejos del bosque antes de que el sol se ponga.

—No te lo discuto. —«Por esta vez», pensó Quinn y se puso a trabajar.

CAPÍTULO 9

Para Cal, Quinn pasó un montón de tiempo caminando de aquí para allá, tomando lo que parecían ser notas de lo más detalladas, además de cantidades industriales de fotos con su pequeñísima cámara digital, y hablando consigo misma en murmullos.

Cal no veía cómo podía ser particularmente útil todo lo que estaba haciendo Quinn, pero puesto que se veía tan absorta en su labor, se sentó debajo de un árbol junto a *Lump,* que roncaba ruidosamente, y la dejó trabajar.

No escucharon más aullidos ni volvió a sentir que los estaban acechando, a ellos o al claro. Tal vez el demonio tenía algo más que hacer, pensó Cal. O tal vez sólo estaba conteniéndose. Mirando. Esperando.

Pues bien, él estaba haciendo lo mismo, supuso. No le importaba esperar, especialmente cuando la vista era tan buena.

Era interesante observar a Quinn, la manera en que se movía. Era vigorosa y directa, y de repente, lenta y vacilante, como si no pudiera decidirse del todo sobre qué camino tomar.

—¿Alguna vez la has analizado? —le preguntó a Cal en un grito—. La Piedra, quiero decir. ¿Un análisis científico?

—Sí. Cuando éramos adolescentes le llevamos al profesor de geología del instituto unas muestras que tomamos. Es piedra caliza común. Y —añadió antes de que ella pudiera preguntar— tomamos otras unos años después, que Gage llevó a un laboratorio en Nueva York. Mismo resultado.

—Muy bien. ¿Te importa si tomo una muestra para enviarla a un laboratorio que he usado antes? Sólo para confirmarlo una vez más.

—Adelante. —Se dispuso a sacar su cuchillo, pero Quinn ya se estaba sacando una navaja suiza del bolsillo. Debería habérselo esperado de ella, sin embargo, le hizo sonreír.

La mayoría de las mujeres que conocía probablemente llevaba un lápiz de labios en el bolsillo y no consideraría una navaja suiza. Pero podía apostar lo que fuera a que Quinn llevaba ambas cosas.

Observó las manos de Quinn mientras raspaba polvo de la Piedra dentro de una bolsita que sacó de su mochila. Llevaba puestos tres anillos, en dos dedos y en el pulgar de la mano derecha, que destellaban reflejos de sol a medida que ella trabajaba.

Los destellos brillaron y la luz lo deslumbró.

De repente la luz cambió, se suavizó como la de una mañana de verano y el aire se calentó y se llenó de humedad. Brotaron capullos de las ramas de los árboles, que se abrieron y las llenaron de densas hojas verdes que daban sombra y creaban formas de luz en el suelo, sobre la Piedra.

Sobre la mujer.

Tenía el pelo largo del color de la miel silvestre suelto sobre la espalda. El rostro tenía formas angulosas y ojos alargados cuyos rabillos tenían una ligera inclinación hacia arriba. Llevaba puesto un vestido largo azul oscuro debajo de un delantal blanco. Se movía con cuidado, aunque con gracia, a pesar de que estaba embarazada, al parecer, a punto de dar a luz. Cargaba dos cubos a través del claro, hacia la pequeña cabaña que estaba detrás de la Piedra. Y mientras caminaba iba cantando con una voz tan clara y brillante como la mañana de verano.

—Todo en el jardín verde, donde más tarde me recosté junto a un campo de manzanillas, donde vi a un bufón del condado sentado cómodamente...

Al verla, al escucharla, Cal se sintió lleno de un amor tan urgente, tan pleno, que pensó que el corazón le iba a estallar.

El hombre salió por la puerta de la cabaña y ese amor se vio reflejado en su rostro. La mujer se detuvo, movió la cabeza en un gesto de complicidad y coquetería y continuó cantando mientras el hombre caminaba hacia ella.

—... Con una bonita doncella entre los brazos, cortejándola con toda su pericia para hacerla rendirse a sus pies. Así le dijo el bufón a la mujer: «Bésame con ternura, corazón».

La mujer levantó la cara y le ofreció los labios al hombre, que se los acarició con los suyos y mientras la risa de ella estallaba como una estrella fugaz, el hombre le quitó los cubos y los puso en el suelo antes de envolverla en un abrazo.

—¿No te he dicho que no debes cargar ni agua ni leña? Ya llevas suficiente peso. —El hombre pasó las manos sobre la colina que era el vientre de la mujer y las dejó allí cuando ella las cubrió con las suyas—. Nuestros hijos son fuertes y están sanos. Te voy a dar hijos, mi amor, tan brillantes y valientes como su padre. Eres mi amor, mi corazón.

Ahora Cal vio que brillaban lágrimas en los ojos almendrados de la mujer.

—¿Debo dejarte?

—Nunca me vas a dejar, no realmente, ni yo a ti. Nada de lágrimas. —Y le borró las lágrimas con besos y Cal sintió que se le encogía el corazón—. Nada de lágrimas.

—Nada de lágrimas. Juro que así será. —Y sonrió—. Todavía tenemos tiempo. Mañanas suaves y largos días de verano. No es la muerte, ¿me juras que así es?

—No es la muerte. Ven, yo llevo el agua.

Cuando ambos se desvanecieron, Cal vio a Quinn en cuclillas frente a él y la escuchó llamarlo por su nombre, repetidamente, urgentemente.

—Has vuelto. Te habías ido a otra parte. Tus ojos... Los ojos se te ponen negros y... *profundos*, es la única palabra que se me viene a la mente, cuando te vas a otra parte. ¿Adónde fuiste, Cal?

—Tú no eres ella.

—Bien. —Quinn había temido tocarlo antes, había temido que si lo tocaba, los dos se irían a ese otro lado o lo traería de vuelta antes de que hubiera terminado lo que tenía que hacer allí. Pero ahora, extendió la mano y la dejó descansar sobre la rodilla de Cal—. ¿Yo no soy quién?

—Quienquiera que fuera la persona a quien estaba besando yo. Empezó siendo... pero después fuiste tú, pero antes... al principio... Jesús santo. —Se llevó el dorso de las manos a las sienes—. Me duele la cabeza. Qué terrible dolor de cabeza tengo.

—Recuéstate, cierra los ojos. Voy a...

—Pasará en un momento. Siempre es así. Nosotros no somos ellos. No se trata de reencarnación. No parece correcto. Posesión esporádica, tal vez, lo que es suficientemente malo.

—¿Quiénes?

—¿Y cómo diablos puedo saberlo? —La cabeza le gritó hasta que la bajó y la metió entre las rodillas, tratando de apaciguar las repentinas y urgentes ganas de vomitar—. Te haría un maldito dibujo, si pudiera dibujar. Dame un momento. —Quinn se puso de pie y se arrodilló detrás de Cal. Empezó a masajearle el cuello y los hombros—. Muy bien, muy bien. Lo siento, pero es como tener un taladro dentro de la cabeza tratando de abrirse paso hacia el exterior por las sienes. Estoy mejor. No sé quiénes eran, no se llamaron por el nombre. Pero puedo apostar a que eran Giles Dent y Ann Hawkins. Obviamente estaban viviendo aquí y ella estaba muy, muy embarazada. Y estaba cantando. —Y continuó contándole lo que había visto a Quinn.

Ella continuó masajeándole los hombros mientras lo escuchaba.

—Así que sabían lo que se avecinaba y, según lo que dijiste, él la iba a mandar lejos, antes de que el demonio llegara. «No es la muerte». Interesante, y algo que hay que investigar. Pero, por lo pronto, creo que has tenido suficiente de este lugar. Al menos yo he tenido ya suficiente. —Se sentó en el suelo y espiró entre dientes, luego inspiró—. Mientras no estabas aquí, digamos que volvió.

—Santo Cristo. —Cal iba a ponerse en pie de un salto, pero Quinn lo sujetó del brazo.

—Ya se fue. Sentémonos aquí un momento mientras los dos recuperamos la compostura. Lo escuché gruñir, entonces me di la vuelta. Tú estabas dándote un viaje y yo sólo pude contener mi primer instinto de agarrarte de los hombros y sacudirte para sacarte del trance, por si al hacerlo me fuera contigo.

—Y los dos quedáramos indefensos —dijo él molesto.

—Y ahora el señor Responsabilidad se está dando de latigazos porque de alguna manera no vio venir esto y no pudo pelear contra las fuerzas mágicas para quedarse en el aquí y el ahora y proteger a la chica.

A pesar del dolor de cabeza que tenía, Cal logró lanzarle una gélida mirada de acero.

—Algo por el estilo.

—Aprecio «algo por el estilo» aunque es molesto. Tenía a mano mi útil navaja suiza, que si bien no es de la altura de

Jim Bowie, tiene un muy buen sacacorchos y unas pinzas, y uno nunca sabe cuándo puede necesitar alguna de las dos cosas.

—¿Eso es coraje? ¿Estás siendo valiente?

—Estoy balbuceando hasta que me tranquilice, lo que ya casi he logrado. La cosa es que nos rodeó, haciendo ruidos que podrían interpretarse como: «Te voy a comer, bonita, y a tu gordo y perezoso perro también». Escuché murmullos, gruñidos y aullidos, pero no se dejó ver. De repente se calló y tú volviste.

—¿Cuánto tiempo duró?

—No sé exactamente. Creo que un par de minutos, aunque en el momento pareció mucho más largo. Cualquiera que hubiera sido la duración, estoy más que lista para marcharme de aquí. Espero que puedas caminar, Cal, porque por más fuerte y resistente que sea, no creo que pueda llevarte de regreso.

—Puedo caminar.

—Bien. Entonces larguémonos de aquí. Y cuando lleguemos a la civilización, Hawkins, tendrás que invitarme a un trago doble.

Se levantaron y recogieron sus mochilas. Cal despertó a *Lump* con un silbido y emprendieron el camino de regreso. Y mientras caminaban, se preguntó si había sido una buena idea no haberle hablado a Quinn sobre la sanguinaria, las tres partes que Fox, Gage y él tenían. Las tres partes que, ahora sabía, formaban la piedra del amuleto que Giles Dent llevaba al cuello cuando vivía en la Piedra Pagana.

* * *

Mientras Cal y Quinn caminaban hacia fuera del bosque de Hawkins, Layla se disponía a dar un paseo por el pueblo. Era extraño poder permitir que sus pies tomaran la dirección que les apeteciera. En Nueva York, siempre había tenido un destino específico, siempre había tenido una tarea específica que hacer o varias tareas específicas que debía llevar a cabo durante un periodo de tiempo específico.

Este día, sin embargo, había permitido que la mañana se alargara y no había hecho nada más que leer fragmentos de algunos de los libros raros que Quinn le había dejado.

Se habría podido quedar allí mismo, en su encantadora habitación, dentro de su zona segura, como Quinn la había llamado, pero sintió que necesitaba alejarse de los libros. En todo caso, salir permitía que le arreglaran la habitación, supuso. Y le daba a ella la oportunidad de echarle un vistazo al pueblo que se había sentido tan urgida a visitar.

No sintió la necesidad de entrar en ninguna de las tiendas, aunque, pensó, Quinn había estado en lo cierto: el pueblo contaba con unas posibilidades de lo más interesantes.

Pero incluso ver los escaparates la hizo sentirse culpable por haber dejado al personal de la tienda de Nueva York tan de improviso, por haberse ido como lo había hecho, apenas tomándose un momento para llamar a la dueña desde la carretera para decirle que había tenido una emergencia personal y que se veía obligada a salir de la ciudad por unos días.

Pero esto que le pasaba estaba incluido en una emergencia personal, decidió. Aunque bien podía perder su trabajo. Sin embargo, incluso sabiéndolo, no podía regresar al hotel, recoger sus cosas y olvidarse de lo que había sucedido.

Conseguiría otro empleo, si le tocaba. Cuando lo encontrara, es decir. Tenía algunos ahorros, tenía un colchón. Y si su jefa no le podía dar un tiempo para solucionar sus cosas, de todas maneras no quería ese estúpido trabajo.

Ay, Dios santo, ya estaba justificando no tener un empleo. Entonces se obligó a no pensar más en ello. Por lo menos no en ese preciso momento.

Dejó de darle vueltas a la idea y no se lo pensó dos veces cuando sus pies decidieron caminar más allá de las tiendas. No habría podido explicar por qué decidieron detenerse enfrente de ese edificio. «Biblioteca» se leía tallado en el dintel de piedra sobre la puerta, pero había un letrero brillante junto a ella que rezaba «Centro Comunitario de Hawkins Hollow».

Completamente inofensivo, se dijo, pero cuando una sensación de frío le puso la piel de gallina, ordenó a sus pies que reanudaran la marcha. Pensó en ir al museo, pero no logró interesarse lo suficiente. Pensó en cruzar la calle y entrar en el Salón A y perder algo de tiempo mientras le hacían la manicura, pero sencillamente no le importaba el estado en que tuviera las uñas.

Cansada y molesta consigo misma, casi se dio la vuelta dispuesta a regresar al hotel, cuando vio una placa que le llamó la atención y la hizo seguir adelante: Fox B. O'Dell, abogado.

Al menos él era alguien a quien conocía... más o menos. El guapo abogado de ojos compasivos. Probablemente estaría ocupado con algún cliente o fuera de la oficina, pero a Layla no le importó. Entrar en la oficina era algo mejor que vagar por las calles sintiendo lástima de sí misma.

En cuanto entró en la bonita y sencilla recepción, la mujer de detrás del escritorio antiguo le ofreció una sonrisa amable.

—Buenos días... Buenas tardes, más bien. ¿Puedo ayudarla en algo?

—Yo... Mmm. —¿Qué decir?, se preguntó Layla. ¿Exactamente qué quería?—. Tenía la esperanza de poder hablar con el señor O'Dell un momento, si está disponible.

—En este preciso momento está con un cliente, pero no tardarán mucho más, si usted quiere...

Una mujer con vaqueros ajustados, un ceñido jersey rosa, botas de tacón alto y una explosión de cabellos de un tono rojo casi imposible salió resueltamente de la oficina de Fox. Traía arrastrando una corta chaqueta de cuero.

—Quiero que lo despellejes, Fox, ¿me escuchas? Le di a ese hijo de puta los mejores dos años y tres meses de mi vida y quiero que lo despellejes como si fuera un conejo.

—Tomo nota, Shelley.

—¿Cómo pudo hacerme esto? —Con un gesto dramático, se desplomó en los brazos de Fox.

Fox llevaba puestos vaqueros también, con una camisa de algodón de rayas delgadísimas por fuera del pantalón. Layla adivinó una expresión de resignación en el rostro del hombre cuando se giró.

—Tranquila, tranquila —consoló Fox a Shelley dándole unas palmaditas en la espalda mientras la mujer sollozaba—. Ya pasará, tranquila.

—¡Le acababa de comprar unos neumáticos nuevos para su camión! Voy a ir a pinchárselos todos.

—No lo hagas. —Fox la sujetó firmemente por los brazos antes de que Shelley, con nuevas lágrimas brotándole de los ojos, diera un paso atrás—. No quieres hacer eso, Shelley. No te acerques a ese camión y, por ahora, mantente alejada de él también. Y de Sami.

—Esa grandísima puta traidora.

—Esa misma. Déjame a mí encargarme de esto por ahora, ¿está bien? Tú vuelve al trabajo y deja que me haga cargo de todo. Para eso me contrataste, ¿no es cierto?

—Supongo. Pero despelléjalo completamente, déjalo en carne viva, Fox. Rómpele los huevos a ese bastardo para que le duela.

—Me voy a poner justo a ello —le aseguró mientras la guiaba hacia la puerta—. Tú sólo mantente por encima de todo este asunto, eso es lo que tienes hacer. Me mantendré en contacto.

Después de cerrar la puerta, Fox se apoyó en ella y suspiró.

—Santa madre de Dios.

—Debiste haberla remitido a otro abogado —le dijo Alice.

—Uno no puede remitir a otro abogado a la primera chica con la que pudo llegar a segunda base cuando está tratando de divorciarse. Atenta contra las leyes de Dios y del Hombre. Qué tal, Layla. ¿Necesitas a un abogado?

—Espero que no. —Era más atractivo de lo que recordaba, lo que sólo demostraba en qué mal estado había estado la noche anterior. Además, para nada parecía un abogado—. Sin ofender.

—No me ofendes, tranquila. Layla... Darnell, ¿no es cierto?

—Sí.

—Layla Darnell, Alice Hawbaker. Señora H., ¿estoy libre un momento?

—Así es.

—Ven a la oficina, Layla —le hizo un gesto—. Por lo general no montamos un espectáculo como el que acabas de ver tan temprano, pero mi vieja amiga Shelley entró en el cuarto trasero de la cafetería para visitar a su hermana gemela, Sami, y encontró a su marido, es decir al marido de Shelley, Block, con el dinero de las propinas de Sami en la mano.

—Lo siento, pero no entiendo. ¿Quiere divorciarse porque su marido tenía en la mano el dinero de las propinas de su hermana?

—Que en ese momento estaban dentro del sujetador de Victoria's Secret de Sami.

—Ah, ya veo.

—Ésa no es información confidencial, dado que Shelley los persiguió, fregona en mano, desde el cuarto trasero hasta Main Street pasando por la cafetería mientras Sami exhibía completamente el sujetador. ¿Quieres una Coca-Cola?

—No, gracias. Realmente no creo que me venga bien. No necesito nada que me ponga más nerviosa.

Dado que Layla parecía querer caminar de un lado a otro, Fox no la invitó a sentarse y se apoyó sobre su escritorio.

—¿Has pasado mala noche?

—No, todo lo contrario. Es sólo que no puedo acabar de entender qué hago aquí. No entiendo nada de lo que está pasando y ciertamente no entiendo qué papel desempeño en ello. Hace un par de horas me dije que iba a recoger mis cosas e irme de regreso a Nueva York, como una persona sensata, pero no lo hice. No pude. Y tampoco entiendo por qué.

—Estás en el lugar en el que se supone que debes estar. Ésa es la respuesta más sencilla.

—¿Te sientes asustado?

—Gran parte del tiempo.

—No creo que nunca antes me hubiera sentido realmente asustada. Me pregunto si me sentiría tan nerviosa si tuviera algo que hacer. Una tarea, una labor, algo.

—Tengo que ir hasta la casa de una clienta, que queda a unos cuantos kilómetros del pueblo, para llevarle unos papeles.

—Ah, te estoy molestando. Lo siento.

—Para nada. Y cuando empiece a pensar que las mujeres guapas me molestan, por favor, notifica a mis parientes cercanos que se reúnan para despedirme antes de que me muera. Te iba a proponer que vinieras conmigo, si quieres, lo que te daría algo que hacer. Y puedes tomar una infusión de manzanilla y comer unos rancios pastelitos de limón con la señora Oldinger, que es una tarea. Le gusta la compañía, que es la razón verdadera por la cual me ha hecho añadirle la cláusula número quince a su testamento. —Fox siguió hablando, pues sabía que era una manera de ayudar a calmar a alguien que parecía que iba a sufrir una crisis nerviosa—. Para cuando terminemos, podemos pasar por donde otro de mis clientes que no vive muy lejos y así le ahorramos el viaje hasta el pueblo. Según calculo, cuando terminemos, Cal y Quinn ya deberían estar de vuelta del bosque. Así que después podemos pasar por casa de Cal a ver cómo les ha ido.

—¿Puedes estar fuera de la oficina tanto tiempo?

—Créeme —cogió su abrigo y su maletín—, la señora H. me hará volver en cohete si me necesitan aquí. Pero a menos que tengas algo mejor que hacer, podemos irnos en cuanto le pida a la señora H. que me busque los archivos pertinentes.

Eso era mejor que seguir rumiando sin rumbo fijo, decidió Layla. Tal vez le pareció raro, incluso para un abogado de un pueblo pequeño, conducir una camioneta Dodge vieja con envoltorios de galletas ensuciándole el suelo.

—¿Qué estás haciendo para el segundo cliente?

—Se llama Charlie Deen. Resultó herido en un accidente causado por un conductor ebrio cuando iba conduciendo del trabajo a casa y ahora la compañía aseguradora quiere hacerse la despistada con algunas facturas médicas, cosa que no va a pasar.

—Divorcios, testamentos, lesiones personales. ¿No estás especializado?

—Practico derecho general, todo el tiempo —le contestó y le dirigió una sonrisa que era una combinación de dulzura y orgullo—. Con excepción de derecho tributario, si puedo evitarlo. Ese tema se lo dejo a mi hermana, que es abogada tributaria y comercial.

—¿Por qué no tenéis el despacho juntos?

—Sería difícil. Sage se fue a Seattle para convertirse en lesbiana.

—¿Perdón?

—Lo siento —aceleró al salir del perímetro urbano del pueblo—, es una broma familiar. Lo que quise decir es que mi hermana Sage es homosexual y que vive en Seattle. Es una activista, y ella y su pareja desde, mmm, diría que desde hace unos ocho años ya, tienen un bufete que se llama Mujeres para Mujeres. Es en serio —añadió cuando Layla no musitó palabra—. Están especializadas en derecho tributario y comercial para lesbianas.

—¿Tu familia lo desaprueba?

—¿Estás bromeando? A mis padres les gusta tanto como comer tofu. Cuando Sage y Paula se casaron, o afirmaron sus votos, como quieras llamarlo, todos fuimos a Seattle y lo celebramos como locos. Ella está feliz y eso es lo que importa. Para mis padres, la opción de estilo de vida alternativo es un premio. Hablando de familia, ésa es la casa de mi hermanito.

Layla vio una casa de madera casi que sepultada entre los árboles, con un letrero cerca de la curva del camino que anunciaba «Cerámica Arroyo de Hawkins».

—Tu hermano es ceramista.

—Sí, y es muy bueno. También mi madre, cuando tiene ánimos. ¿Quieres echar un vistazo?

—Eh, yo...

—Mejor no —decidió Fox—. Ridge debe de estar a punto de ponerse a trabajar y la señora H. ya debió de llamar a la señora Oldinger para avisarle de que íbamos de camino. Mejor en otra ocasión.

—Muy bien. —«Conversación», pensó Layla. «Cháchara trivial. Cordura relativa»—. Entonces tienes un hermano y una hermana.

—Tengo dos hermanas. La menor es la dueña del restaurante vegetariano que hay en el pueblo. Es bastante bueno, a pesar de ser vegetariano. De los cuatro, yo fui el que más se alejó del camino cubierto de flores que mis contraculturales padres forjaron para nosotros. Pero me quieren de todas maneras. Eso en cuanto respecta a mí. ¿Qué hay de ti?

—Pues... la verdad es que no tengo parientes que sean ni la mitad de interesantes que como suenan los tuyos, pero estoy segura de que mi madre debe de tener algunos discos viejos de Joan Baez.

—Allí está de nuevo la extraña y aciaga encrucijada.

Layla empezó a reírse, pero ahogó un grito de placer al ver una manada de venados cerca a la carretera.

—¡Mira! Oh, mira allí. ¿No son una preciosidad, sencillamente pastando junto a los árboles? —Con la intención de complacerla, Fox aminoró la velocidad y aparcó en el estrecho arcén para que Layla pudiera ver los venados—. Supongo que estás acostumbrado a ver venados —le dijo.

—Pero no significa que no disfrute igual al verlos. Cuando era niño, nos tocaba sacar rebaños completos de la granja.

—¿Creciste en una granja?

Fox percibió en la voz de Layla el anhelo de una persona urbana. Del tipo de personas que dicen que vieron los preciosos venados, los conejitos, los girasoles y las gallinas felices, pero que se olvidan de la siembra, el cultivo, las malas hierbas, la siega.

—Era una pequeña granja familiar. Cultivábamos nuestras propias verduras, teníamos gallinas, cabras y abejas. Vendíamos el excedente de las cosechas, las manualidades de mi madre y el trabajo en madera de mi padre.

—¿Todavía la tienen?

—Sí.

—Mis padres tenían una pequeña tienda de ropa cuando yo era una niña, la vendieron hace como quince años. Siempre he deseado que... ¡Ay, Dios! ¡Por Dios santo! —Movió bruscamente la mano y clavó los dedos en el brazo de Fox.

Un lobo saltó de entre los árboles y cayó sobre el lomo de un cervatillo, que brincó y chilló. Layla pudo escuchar el grito agudo del animal de miedo y dolor. Y empezó a sangrar mientras los otros animales seguían pastando tranquilamente.

—No es real. —La voz de Fox sonó metálica y distante.

Frente a los aterrorizados ojos de Layla, el lobo derribó al cervatillo y empezó a morderlo y desgarrarlo.

—No es real —repitió Fox y le puso las manos sobre los hombros. Entonces ella sintió algo que le hizo clic dentro. Algo en su interior luchó por acercarse a él y alejarse del horror que estaba sucediendo junto a los árboles—. Míralo de frente, Layla —le dijo—, míralo y *sé consciente* de que no es real.

La sangre era tan roja, tan húmeda y caía alrededor como una horrible lluvia que manchaba el pasto invernal del estrecho campo.

—No es real —repitió ella.

—No es sólo cuestión de que lo digas, Layla. Tienes que saberlo. Esta cosa vive en mentiras. No es real.

Layla inspiró y espiró.

—No es real. Es una mentira, una horrible mentira. Es una mentira pequeña y cruel. No es real. —Entonces el campo se vació, sólo se veía la hierba invernal, silvestre, inmaculada—. ¿Cómo puedes vivir con esto? —Layla giró en el asiento y miró a Fox de frente—. ¿Cómo puedes soportarlo?

—Porque sé, igual que supe que todo era una mentira, que un día vamos a patearle el trasero al bastardo.

Layla sintió que la garganta le ardía de la sequedad.

—Me hiciste algo. Cuando me cogiste de los hombros, cuando me estabas tranquilizando, me hiciste algo.

—No —negó Fox sin asomo de duda. Había hecho algo *por* ella, se dijo—. Sólo te ayudé a recordar que no era real. Bueno, prosigamos hacia la casa de la señora Oldinger. Apuesto a que te vendrá bien esa infusión de manzanilla ahora mismo.

—¿Tendrá whisky para acompañarla?

—No me sorprendería.

* * *

Quinn podía ver la casa de Cal entre los árboles cuando su móvil le anunció que tenía un mensaje de texto.

—Mierda. ¿Por qué no me habrá llamado mejor?

—Puede ser que lo haya intentado, pero a veces en algunas partes del bosque se pierde la señal.

—No me sorprende. —Apretó varios botones hasta que apareció en la pantalla la característica manera de Cybil de escribir mensajes de texto, lo que hizo sonreír a Quinn.

> Ocupada pro intrsada. T digo + cuando t vea. Llego en 1 sem o max 2. Hablamos. Q? Cuidt. D veras. C.

—Muy bien. —Quinn volvió a meterse el móvil en el bolsillo y terminó de tomar la decisión que había estado considerando durante el camino de regreso—. Supongo que vamos a llamar a Fox y a Layla cuando me esté tomando ese trago doble junto al fuego de la chimenea que me vas a encender.

—Puedo vivir con eso.

—Puesto que me he dado cuenta de que eres el mandamás del pueblo, quisiera preguntarte cómo se puede conseguir una casa bonita, conveniente, agradable y amplia que se pueda alquilar para los próximos, digamos, seis meses.

—¿Y quién sería el inquilino?

—Inquilinas. Seríamos mi encantadora amiga Cybil, a quien planeo venderle la idea de que se interese más por todo esto, muy probablemente Layla, aunque creo que a ella va a ser más difícil de convencer, pero puedo ser muy persuasiva, y yo.

—¿Qué pasó con eso de quedarte una semana para hacer la investigación inicial y después volver en abril para hacer el seguimiento?

—Cambio de planes —respondió Quinn despreocupadamente y le sonrió al tiempo que se detenían en el camino de gravilla de entrada a la casa de Cal—. ¿Acaso no te encanta cuando eso pasa?

—En realidad, no. —Pero caminó con ella hacia la terraza y abrió la puerta para que la mujer pudiera precipitarse dentro de su silenciosa casa por delante de él.

CAPÍTULO 10

La casa donde Cal había crecido estaba, según su opinión, en constante evolución. Cada pocos años, su madre decidía que las paredes necesitaban «refrescarse», lo que significaba pintura, o con frecuencia, según su vocabulario, un nuevo «tratamiento de pintura». Entonces empezaba el trapeado, el estucado, el esponjado y una infinidad de otros términos que Cal se esforzaba al máximo por entender y aprender.

Naturalmente, la nueva pintura significaba nueva tapicería o cambios en las ventanas. Por supuesto, también significaba cambiar de ropa de cama cuando Frannie llegaba a las habitaciones, lo que, invariablemente, desembocaba en nuevos «arreglos».

Cal había perdido ya la cuenta de cuántos muebles se había visto obligado a arrastrar para que hicieran juego con los injertos que su madre producía.

A su padre le gustaba decir que en cuanto Frannie tenía la casa como la quería, era hora de poner todo patas arriba de nuevo para volver a empezar el proceso.

En cierto momento, Cal había pensado que su madre hacía una cosa y la otra, pintaba, arreglaba y volvía a arreglar porque estaba aburrida, a pesar de que era voluntaria en varias instituciones, trabajaba en varios comités y metía mano en incontables organizaciones. Pero nunca había trabajado fuera de la casa. Durante el final de sus años adolescentes y los primeros años de los veinte, Cal pensaba que su madre era una mujer insatisfecha y una semidesesperada ama de casa.

Una vez, en su amplia experiencia del mundo que le había dado estar dos semestres en la universidad, habló con su madre a solas y le explicó su percepción de su sensación de represión. Frannie se rió tan fuerte que tuvo que poner a un lado el bordado y secarse las lágrimas.

—Corazón —le dijo—, no tengo ni una pizca de represión en todo mi cuerpo. Me encantan los colores y las texturas y las formas y los sabores. Y, ay, tantos otros tipos de cosas. Así que uso esta casa como mi estudio personal, mi proyecto de ciencias, mi laboratorio y mi salón de exhibiciones. Aquí, yo soy la directora, la diseñadora, la obrera y la estrella de todo el espectáculo. Así las cosas, ¿por qué habría de querer trabajar en otra parte, dado que no necesitamos el dinero, y tener que aguantar que otra persona me diga lo que tengo que hacer y cuándo tengo que hacerlo? —Lo llamó con el dedo para hacerle agacharse a su altura, entonces le puso la mano sobre la mejilla—. Eres de lo más dulce, Caleb. Cuando crezcas, vas a descubrir que no todo el mundo quiere lo que la sociedad le dice que debe querer, cualquiera que sea la moda en boga. Me considero una persona increíblemente afortunada, incluso privilegiada, porque pude escoger quedarme en casa y criar a mis hijos. Y tengo la suerte de estar casada con un hombre a quien no le molesta que use mis incontables talentos, porque soy muy talentosa, para trastocar la tranquilidad de su hogar con muestras de pintura y retazos de tela cada vez que se da la vuelta. Soy feliz. Y me encanta saber que te preocupaba pensar que no lo era.

Cal finalmente se había dado cuenta de que su madre tenía toda la razón. Ella hacía exactamente lo que quería y era muy buena en ello. Y también se había dado cuenta de que, en pocas palabras, ella era el motor de la casa. Su padre aportaba el dinero, pero su madre manejaba las finanzas. Jim manejaba sus negocios mientras Frannie manejaba la casa. Y ésa era la manera que les gustaba a ambos.

Así que Cal ni se tomó la molestia de decirle a su madre que no se complicara con la cena del domingo, ni tampoco trató de convencerla para que no extendiera la invitación a Quinn, a Layla y a Fox. Frannie vivía para complicarse y disfrutaba preparando platos elaborados, incluso para gente que no conocía.

Puesto que Fox se había ofrecido a ir al pueblo para recoger a las mujeres, Cal se dirigió directamente a la casa de sus padres, y llegó temprano. Parecía buena idea prepararlos y, ojalá, darles algunos consejos básicos sobre cómo lidiar con una mujer que quería escribir un libro sobre Hollow, puesto que el pueblo incluía a sus habitantes y estos habitantes incluían a su familia.

Frannie estaba frente al horno, revisando que la temperatura de su lomo de cerdo fuera la apropiada. Claramente satisfecha con cómo iban las cosas, atravesó la cocina hasta la encimera, donde se dispuso a continuar con las capas de su famoso *antipasto*.

—Entonces, mamá —empezó Cal abriendo el frigorífico.

—Voy a servir vino con la cena, así que nada de cerveza.

Obedientemente, Cal cerró la puerta del frigorífico.

—Muy bien. Sólo quería mencionar que no debes olvidar que Quinn está escribiendo un libro sobre el pueblo.

—¿Has notado que ande olvidando las cosas?

—No. —De hecho, su madre no olvidaba nada, lo que podía ser un poco desalentador—. Lo que quiero decir es que todos debemos ser conscientes de que cualquier cosa que digamos o hagamos puede terminar en las páginas de ese libro.

—Mmm. —Frannie puso una lonchita de pepperoni sobre una de provolone—. ¿Esperas que tu padre o yo digamos algo que te avergüence mientras tomamos los aperitivos? O tal vez debamos esperar hasta el postre, que es tarta de manzana, a propósito.

—No. Yo... ¿Has hecho tarta de manzana?

Frannie le lanzó una mirada y una sonrisa cómplice.

—Ya sé que es tu favorito, mi pequeño.

—Sí. Pero tal vez has perdido el toque, mamá. Tal vez deba probarlo antes de que los demás lleguen, así te evito la vergüenza si no está buena.

—Esa disculpa no te sirvió cuando tenías doce, mucho menos ahora.

—Ya lo sé, pero siempre me has dicho que hay que perseverar si uno no consigue lo que quiere a la primera.

—Sigue intentándolo, corazón. Y volviendo al tema, ¿por qué te preocupa que esta chica venga a cenar, si me han dicho que te han visto con ella por el pueblo varias veces?

—No es exactamente así. —No sabía exactamente qué era—. La cuestión es no perder de vista por qué está ella aquí. No podemos olvidarnos, es todo lo que estoy diciendo.

—Nunca me olvido. ¿Cómo podría? Tenemos que vivir, pelar las patatas, recoger el correo, estornudar, comprar zapatos nuevos, a pesar de todo. O tal vez debido a todo. —Cal notó una ligera fiereza en el tono de su madre, que reconoció como pena—. Y esa vida incluye ser capaces de tener una cena agradable con amigos un domingo por la noche.

—Quisiera que todo fuera diferente.

—Ya lo sé, pero no es así. —Frannie siguió poniendo capa sobre capa de su *antipasto,* pero levantó los ojos y lo miró—.

Ay, Cal, mi hermoso muchacho, no puedes hacer más de lo que ya haces. A veces quisiera que pudieras hacer menos, pero... Dime, ¿te gusta esta chica? ¿Quinn Black?

—Claro. —Le gustaría volver a probar esos labios carnosos, reflexionó él, pero rápidamente dejó de pensar en ello, puesto que conocía la habilidad de su madre de leerles los pensamientos a sus hijos.

—Entonces tengo la intención de que ella y los otros disfruten de una deliciosa cena y de una noche de lo más agradable. Y, Cal, si no querías que viniera, si no querías que hablara con tu padre o conmigo, no deberías abrirle la puerta. A pesar de que mis poderes son fieros, no podría hacerte a un lado y abrirla yo misma.

Cal miró a su madre. A veces cuando lo hacía, le sorprendía que esta guapa mujer de pelo corto y resplandecientemente rubio, complexión delgada y mente creativa hubiera podido darlo a luz y criarlo hasta que convertirse en un hombre. Cuando la miraba, por un momento Cal podía pensar que su madre era delicada, pero entonces recordaba que por el contrario era aterradoramente fuerte.

—No voy a permitir que nada te haga daño.

—Lo mismo digo, doblemente. Ahora vete de mi cocina. Tengo que terminar los aperitivos.

Cal se habría ofrecido a ayudarla, pero de haberlo hecho se habría ganado una de las miradas apesadumbradas de su madre. No era que Frannie no permitiera que la ayudaran en la cocina. Su padre no sólo podía hacer parrilladas, sino que ella le alentaba para que las hiciera. Y de vez en cuando llamaba al resto de los integrantes de la familia para que asumieran el papel de cocinero. Pero cuando su madre estaba ocupada preparando algo elaborado y sin ganas de compañía, le gustaba tener la cocina para ella sola.

Cal salió de la cocina y atravesó el comedor, donde, por supuesto, la mesa ya estaba puesta. Frannie había usado una vajilla festiva, lo que significaba que no quería nada elegante ni tampoco demasiado informal. Servilletas de lino dispuestas en conos invertidos decoraban cada plato, en medio de la mesa descansaba un centro lleno de bayas de invierno y unas velas sobre platillos de cobalto le daban el toque final a la decoración.

Incluso durante los tiempos difíciles, incluso en lo peor del Siete, Cal podía venir a casa de sus padres y encontrar jarrones con flores frescas arregladas artísticamente, muebles sin polvo y lustrados y curiosos jabones diminutos en la jabonera del baño del primer piso.

Ni siquiera el infierno lograba sacar de su paso a Frannie Hawkins.

Tal vez, pensó Cal mientras pasaba por el salón, ésa era una de las razones, tal vez la más importante, por las cuales él mismo lograba llegar al final de los siete días infernales. Porque sin importar qué otra cosa sucediera, su madre mantenía su habitual sentido del orden y la cordura. Igual que su padre. Eso era lo que le habían dado, concluyó Cal: unos cimientos sólidos como una roca. Nada, ni siquiera un demonio salido del infierno, había podido suprimirlos.

Empezó a subir las escaleras hacia el segundo piso para buscar a su padre, que, Cal sospechaba, debía de estar en la oficina que tenía en casa. Pero entonces vio por la ventana la camioneta de Fox aparcando frente a la casa.

Se quedó justo donde estaba y observó a Quinn salir primero, con un enorme ramo de flores envuelto en papel celofán verde. Layla se apeó a continuación, con una bolsa de regalo que parecía contener una botella de vino. Cal pensó que su madre iba a aprobar los regalos. En su implacablemente organizado cuarto de trabajo, ella misma tenía repisas y cubos que contenían regalos de emergencia, paquetes, papel celofán de colores y una variada colección de lazos y cintas, todo cuidadosamente seleccionado, para cuando tenía que asistir a alguna parte como invitada.

Cuando Cal abrió la puerta, Quinn entró como una tromba.

—Hola. ¡Me encantan la casa y el jardín! Ya veo de dónde te viene ese ojo que tienes para los jardines. Qué lugar más bonito. Layla, mira esas paredes. Esta casa parece más una villa italiana.

—Es el último antojo de mis padres.

—Se ve muy hogareña, pero con mucho estilo. Como que uno podría arrellanarse en ese fantástico sofá para echarse una siesta, pero probablemente después de haber leído la revista *Southern Homes*.

—Muchas gracias. —Frannie salió a recibirlos—. Ése es un comentario encantador. Cal, por favor cógeles los abrigos. Hola. Yo soy Frannie Hawkins.

—Es un placer conocerla, señora Hawkins. Yo soy Quinn Black. Muchas gracias por invitarnos a cenar. Espero que le gusten los ramos de flores mezcladas. Me llevó bastante tiempo decidir qué traerle.

—Son perfectas. Muchas gracias —le dijo Frannie al tiempo que aceptaba las flores y le sonreía a Layla expectante.

—Yo soy Layla Darnell. Muchas gracias por invitarnos a cenar, espero que el vino sea un buen maridaje.

—Estoy segura de que así será. —Frannie le echó un vistazo al interior de la bolsa—. Mmm, éste es el cabernet favorito de Jim. Chicas muy listas, las dos. Muchas gracias. Cal, anda y llama a tu padre, avísale de que la visita ha llegado. Hola, Fox.

—Yo también te he traído algo. —Fox cogió a Frannie entre los brazos, la inclinó hacia atrás en un movimiento como de tango y la besó en ambas mejillas—. ¿Qué hay de cenar, cariño?

Frannie le desordenó el pelo de la misma manera que lo había hecho desde que era un niño.

—No vas a tener que esperar mucho para descubrirlo. Quinn y Layla, poneos cómodas en el salón. Fox, ven conmigo, que quiero poner estas flores en agua.

—¿Podemos ayudarla en algo?

—Absolutamente no.

Cuando Cal bajó con su padre, Fox estaba haciendo las veces de camarero y sirviendo los aperitivos. Las mujeres estaban riéndose, las velas estaban encendidas y su madre estaba acomodando el mejor jarrón de cristal de su abuela con las flores multicolores de Quinn sobre un aparador.

Algunas veces, pensó Cal, todo en el mundo era maravilloso.

* * *

Hacia la mitad de la cena, cuando la conversación se había mantenido en temas que Cal consideraba territorio seguro, Quinn puso el tenedor sobre el plato y movió la cabeza.

—Señora Hawkins, esta cena es tan asombrosa que tengo que preguntarle, ¿usted estudió cocina? ¿Se preparó para ser chef de alta cocina o sólo nos tocó en suerte un día en que estaba especialmente inspirada?

—Tomé unas pocas clases una vez.

—Frannie ha tomado un montón de «unas pocas clases» —comentó Jim— de una variedad de cosas, pero la verdad es que tiene talento natural para la cocina, la jardinería y la decoración. Todo lo que ves a tu alrededor es su trabajo. Pintó las paredes, hizo las cortinas, perdón, «el tratamiento de las ventanas» —se corrigió y le guiñó el ojo a su esposa.

—¿En serio? ¿Usted pintó las paredes? ¿Sola?

—Lo disfruté mucho.

—Ese aparador de allá lo encontró en un mercadillo hace unos años y me hizo arrastrarlo hasta la caseta. —Jim señaló el reluciente aparador de caoba—. Unas semanas después, me hizo arrastrarlo hasta aquí. Pensó que había tenido un golpe de suerte, como si lo hubiera encontrado y comprado en un anticuario.

—Martha Stewart no le llega ni a los talones —decidió Quinn—. Lo digo como un cumplido, claro.

—Muchas gracias.

—Yo soy una completa inútil en esas cosas. A duras penas puedo pintarme mis propias uñas. ¿Y qué tal tú? —le preguntó a Layla.

—No sé tejer, pero me gusta pintar. He pintado algunas paredes en estucado que han quedado bastante bien.

—El único estucado que me resultó bien fue el que hice sobre mi ex prometido.

—¿Estuviste comprometida? —le preguntó Frannie.

—Así lo creía yo, pero nuestra definición de «compromiso» difería del cielo a la tierra.

—Puede ser difícil conciliar la vida profesional con la personal.

—No sé. La gente lo hace todo el tiempo, con diferentes grados de éxito, claro, pero de todas maneras lo hace. Yo creo que el secreto es dar con la persona correcta. El truco, o tal vez el primer truco de muchos, es saber reconocer cuándo esa persona pasa frente a uno. ¿Así fue para ustedes? ¿No tuvieron que reconocerse uno al otro?

—Yo lo supe desde la primera vez que vi a Frannie. Me dije: «Allí está la persona para mí». —Jim le sonrió a su esposa—. Por su parte, ella fue un poco miope.

—Un poco más práctica, más bien —lo corrigió Frannie—. Teniendo en cuenta que teníamos ocho y diez años en ese momento. Además, me encantaba tenerte loquito por mí y hacer que me persiguieras. Pero sí, tienes razón. —Frannie miró a Quinn—. Las dos personas tienen que verse y reconocerse. Ver en el otro algo que impulse a uno a arriesgarse y quedarse con esa persona a largo plazo.

—Pero a veces uno cree que ha visto algo —comentó Quinn— y, sin embargo, sólo se trataba de, digamos, una ilusión óptica.

* * *

Una cosa que Quinn sabía hacer era manipular las situaciones para conseguir la información que quería. Frannie no era un hueso fácil de roer, pero Quinn se las arregló para convencerla de que la dejara ayudarla en la cocina a preparar café y disponer el postre.

—Me encantan las cocinas. Soy una cocinera patética, pero me encantan todos los utensilios, aparatos y superficies relucientes.

—Me imagino que con tu trabajo debes de comer fuera la mayor parte del tiempo.

—En realidad, cocino en casa casi siempre o pido a domicilio. Hace unos pocos años decidí aplicar un cambio de estilo de vida, que incluye comer más razonablemente. Me he empeñado en comer sano y depender menos de la comida rápida o de la que viene en una lata. Ahora preparo ensaladas bastante buenas. Ése es un inicio. Ay, Dios, ay, Dios, eso es una tarta de manzana. ¡Tarta de manzana casera! Mañana voy a tener que hacer doble rutina de ejercicio en el gimnasio, para compensar la enorme porción que me voy a querer comer.

Frannie se sintió complacida por el regocijo de Quinn, entonces le lanzó una sonrisa traviesa.

—¿La quieres a la usanza tradicional, con helado de vainilla?

—Bueno, pero solamente para hacer alarde de mi impecable buena educación. —Quinn vaciló un momento, entonces atacó—. Quiero preguntarle, aunque si no quiere que toquemos el tema mientras disfruto de su hospitalidad, no tiene más que decírmelo y dejamos las cosas así, si es difícil para usted llevar esta vida normal y mantener unida a su familia y seguro su hogar cuando pesa sobre el pueblo tal amenaza.

—Es muy difícil. —Frannie se giró y preparó la tarta para llevarla a la mesa mientras hervía el agua para el café—, pero es igualmente necesario. Quería que Cal se fuera, y si lo hubiera hecho, habría convencido a Jim para que nos fuéramos también. Habría podido hacer eso, habría podido darle la espalda a todo esto. Pero Cal no. Y estoy tan orgullosa de él por haberse quedado, por no haberse dado por vencido.

—¿Me puede contar qué pasó cuando Cal volvió esa mañana, la de su décimo cumpleaños?

—Yo estaba en el jardín... —Frannie caminó hacia la ventana que daba hacia la parte trasera. Podía ver lo que había sucedido, cada detalle, lo verde que estaba la hierba, lo azul que estaba el cielo. Las hortensias estaban empezando a florecer y la espuela de caballero exhibía lanzas de color azul intenso. Estaba cortando las rosas marchitas y las coreopsis que no habían florecido. Incluso podía escuchar el sonido constante de sus tijeras al cortar y el ruido que hacía la podadora de césped de sus vecinos, que en esa época eran los Peterson: Jack y Lois.

Podía recordar también que en ese momento estaba pensando en Cal y en su fiesta del décimo cumpleaños. Tenía un pastel en el horno. Era de chocolate con crema, recordó. Tenía la intención de ponerle glaseado blanco para imitar el planeta de hielo de una de las películas de *La guerra de las galaxias*, que Cal adoraba. En la cocina incluso tenía listos los muñequitos para poner sobre el pastel, además de las diez velas.

Lo había oído o presentido, o tal vez una combinación de ambas cosas, entonces se dio la vuelta para verlo acercarse a toda velocidad en su bicicleta, pálido, sucio, sudoroso. Lo primero que pensó fue que Cal había sufrido un accidente, entonces se incorporó como un resorte y corrió hacia él antes de darse cuenta de que el niño no llevaba puestas las gafas.

—La parte de mí que registró ese hecho estaba lista para darle una reprimenda, pero el resto estaba corriendo hacia él cuando se bajó de la bicicleta y corrió hacia mí también. Corrió tan rápido y se abalanzó contra mí, me abrazó con tanta fuerza. Estaba temblando, mi niño, como una hoja. Me arrodillé frente a él y le di la vuelta para ver si estaba sangrando o si tenía algún hueso roto.

«¿Qué pasa, qué ha sucedido? ¿Estás herido?», recordó Frannie. Había hablado tan deprisa que había parecido una sola palabra. «En el bosque», dijo Cal. «Mamá, en el bosque, mamá».

—De nuevo escuché esa parte de mí que preguntaba: «¿Qué estabas haciendo en el bosque, Caleb Hawkins?». Cal soltó todo a borbotones, cómo él, Fox y Gage habían planeado esta aventura, lo que habían hecho, adónde habían ido. Esa parte de mí de siempre estaba calculando la magnitud del castigo por el crimen que había cometido, pero el resto de mí estaba aterrorizada y aliviada, tan increíblemente aliviada de estar abrazando a mi niño sucio y sudoroso. Entonces me contó el resto.

—¿Y le creyó?

—No quería creerle, prefería pensar que había tenido una pesadilla, y bien merecida se la tenía; que se había atiborrado de comida basura y había tenido una pesadilla. Incluso que tal vez alguien había ido tras ellos en el bosque. Pero no podía mirarlo a la cara y creer tan fácilmente esas otras opciones, las más normales. Además, por supuesto, estaba el asunto de la vista. Pudo ver una abeja volando sobre la espuela de caballero al otro lado del jardín. Y bajo la suciedad y el sudor, Cal no tenía ni un solo golpe o rasguño. El niño de nueve años que se había ido con sus amigos el día anterior tenía peladas las rodillas y moretones en las espinillas. El que volvió a mí no tenía ni una marca en el cuerpo, con excepción de la delgada cicatriz blanca que le atravesaba la muñeca y que no había tenido el día anterior.

—A pesar de esa evidencia, muchos adultos e incluso madres no habrían creído a un chico que llega a casa con una historia de ésas.

—No voy a decir que Cal nunca me había dicho mentiras, porque es obvio que me había mentido. Pero supe que no me estaba mintiendo esta vez. Supe que me estaba diciendo la verdad, toda la verdad que sabía.

—¿Qué hizo entonces?

—Llevé a Cal dentro de casa y le dije que se bañara y se cambiara la ropa. Llamé a Jim e hice que mis otras dos hijas volvieran a casa. Y se me quemó su pastel de cumpleaños, me olvidé completamente de él y nunca escuché la alarma del temporizador. Habría quemado la casa, de no ser porque Cal olió el humo. Así que mi pequeño nunca tuvo su planeta de hielo ni sus diez velas. Detesto recordar eso. Quemé su tarta y por mi culpa no pudo soplar sus diez velas de cumpleaños. ¿No es una tontería?

—No, señora, no es una tontería —le dijo Quinn con sentimiento cuando Frannie la miró—. Para nada.

—De allí en adelante no volvió a ser del todo un niño —suspiró Frannie—. Nos fuimos directos a la granja de los O'Dell, porque Fox y Gage estaban allí. Tuvimos lo que podría llamarse, yo creo, nuestra primera conferencia cumbre.

—¿Qué...?

—Tenemos que llevar ya el postre y el café. ¿Puedes llevar esa bandeja?

Quinn entendió que el tema estaba cerrado por el momento, entonces dejó el asunto así.

—Por supuesto. Se ve exquisito, señora Hawkins.

Entre gemidos y lágrimas de alegría por la tarta, Quinn se las arregló para dirigir su encanto hacia Jim Hawkins. Estaba segura de que Cal había estado evadiéndola y escondiéndose de ella desde el día en que habían estado en la Piedra Pagana.

—Señor Hawkins, usted ha vivido en Hollow toda su vida, ¿no es cierto?

—Nací y crecí aquí. Los Hawkins han estado aquí desde que el pueblo no era más que un par de cabañas de piedra.

—Conocí a su abuela el otro día. Parece que sabe mucho de la historia del pueblo.

—Nadie sabe más que ella.

—La gente dice que nadie como usted sabe de cuestiones inmobiliarias, de negocios y de política local.

—Supongo que así es.

—Entonces tal vez pueda ponerme en la dirección correcta. —Le lanzó una mirada a Cal, después sonrió ampliamente a Jim—. Quiero alquilar una casa, algo que quede en el pueblo o muy cerca. Nada elegante, pero quisiera que fuera amplia. Pronto llegará una amiga mía y casi he convencido a Layla para que se quede también una temporada más larga. Creo que en una casa estaríamos más cómodas que en el hotel y posiblemente sería más eficiente si estuviéramos todas en el mismo lugar.

—¿Cuánto tiempo quieres alquilarla?

—Seis meses. —Vio el cambio de expresión en la cara de Jim, así como el fruncimiento de ceño de Cal—. Quiero estar aquí en julio, señor Hawkins, y espero encontrar una casa que sea cómoda para tres mujeres, posiblemente tres, es decir —concluyó, lanzándole una mirada a Layla.

—Supongo que ya te lo has pensado bien.

—Así es. Voy a escribir este libro y uno de los ángulos que quiero contemplar es el hecho de que el pueblo perdura y la gente, o mucha de la gente, se queda. Se quedan y hornean tartas de manzana e invitan a los amigos a cenar un domingo por la noche. Juegan a los bolos y se van de compras, se pelean y hacen el amor. Viven. Si quiero hacer esto bien, tengo que, y quiero, quedarme, antes, durante y después. Así que necesito alquilar una casa.

Jim se llevó una cucharada de tarta de manzana a la boca y después le dio un sorbo a su café.

—Resulta que sé de una casa en High Street, apenas a una manzana de Main. Es vieja, la mayor parte la construyeron antes de la Guerra Civil. Tiene cuatro habitaciones, tres baños y dos bonitos porches, delante y detrás. El techo tiene dos años y acaban de pintar la casa completa. La cocina tiene una mesa para comer, aunque hay un pequeño comedor aparte. Los electrodomésticos no son elegantes, pero están en buen estado. Los antiguos inquilinos se fueron hace solamente un mes.

—Suena perfecto. Al parecer la conoce bien.

—Debería, porque es nuestra. Cal, podrías llevar a Quinn para que le eche un vistazo. Tal vez ahora después de la cena, cuando las llevéis a ella y a Layla al hotel. Sabes dónde están las llaves.

—Sí —respondió Cal, cuando Quinn le dirigió una enorme y resplandeciente sonrisa—, sé dónde están las llaves.

* * *

Como parecía lo más sensato, Quinn se fue en el coche con Cal y dejó a Layla con Fox, que iban detrás. Estiró las piernas y suspiró.

—Antes que nada quiero decirte que tus padres son de lo mejor. Tienes mucha suerte de haber crecido en un hogar tan cálido y acogedor.

—Estoy de acuerdo.

—Tu padre es como una mezcla de Ward Cleaver con Jimmy Stewart, me encantó. Y tu madre es la combinación de Martha Stewart y Grace Kelly y un toque de Julia Child.

Cal frunció los labios.

—Es cierto que ambos suenan parecidos a esas descripciones.

—Sabías de la casa en High Street.

—Sí, así es.

—Sabías que la casa estaba desocupada, pero no me dijiste nada.

—Así es. Y tú también lo averiguaste antes de la cena, que es la razón por la cual me pasaste por alto y lo hablaste con mi padre directamente.

—Correcto. —Le dio unos golpecitos sobre el hombro—. Supuse que me iba a hablar de esa casa. Le gusto. ¿Preferiste no decirme nada porque no te sientes cómodo con lo que pueda escribir sobre Hawkins Hollow?

—En parte. Pero más que nada porque tenía la esperanza de que hubieras cambiado de opinión y decidido irte. Porque también me gustas.

—¿Te gusto y por eso quieres que me vaya?

—Me gustas, Quinn, así que quiero que estés segura. —La miró de nuevo, largamente—. Pero algunas de las cosas que dijiste del pueblo mientras nos comíamos la tarta de manzana sonaban a las que me dijo mi madre hoy antes de que llegaras. Ese hecho no hace que me sienta para nada menos incómodo por lo que decidas escribir, pero sí hace que me gustes más. Y eso es un problema.

—Después de lo que nos pasó en el bosque, tenías que saber que no me iría.

—Supongo que sí. —Aparcó en un estrecho camino de entrada.

—¿Ésta es la casa? ¡Es perfecta! ¡Mira la mampostería y ese enorme porche y las contraventanas!

Las contraventanas estaban pintadas de un azul intenso que combinaba muy bien con la piedra gris. El pequeño jardín delantero estaba partido por la mitad por tres pasos de cemento y un sendero estrecho. En la esquina izquierda del jardín se alzaba un árbol bien podado que Quinn pensó podría ser un cornejo.

Al tiempo que la camioneta de Fox aparcaba detrás, Quinn se apeó de un salto y se quedó de pie frente a la casa con las manos en las caderas.

—Es absolutamente encantadora. ¿No te parece, Layla?

—Sí, pero...

—Nada de peros, no todavía. Echémosle un vistazo dentro. —Inclinó la cabeza hacia Cal—. ¿Te parece bien, casero?

Los cuatro atravesaron el jardín y subieron al porche. Cal sacó las llaves que había cogido del armario de la oficina que su padre tenía en la casa. El llavero estaba claramente etiquetado con la dirección de la casa de High Street.

Que la puerta se hubiera abierto sin chirriar le dijo a Quinn que los caseros eran cuidadosos con el mantenimiento de la casa.

La puerta se abría directamente al salón, cuyo largo era el doble del ancho. Las escaleras que llevaban al segundo piso estaban a unos pasos hacia la izquierda. El suelo de madera se veía usado, pero estaba impecablemente limpio. El aire estaba frío y en él se percibía un ligero aroma a pintura fresca. La pequeña chimenea fascinó a Quinn.

—Podríamos usar las habilidades de tu madre en cuestiones de pintura —comentó Quinn.

—Las propiedades para alquilar ofrecen sólo la cáscara. Así es la ley del pueblo. Si los inquilinos quieren jugar a los decoradores, va por cuenta de ellos.

—Razonable. Quiero empezar arriba y bajar después. Layla, ¿quieres subir y discutir sobre quién se queda con cada habitación?

—No. —Cal adivinó rebeldía en la cara de Layla, así como frustración—. Ya *tengo* una habitación. En Nueva York.

—No estás en Nueva York —le respondió Quinn sencillamente antes de subir los escalones de dos en dos.

—No me está escuchando —murmuró Layla—. Aunque al parecer yo misma tampoco me estoy escuchando eso de que quiero volver a Nueva York.

—Ya que estamos aquí —Fox se encogió de hombros—, podríamos aunque sólo sea echar un vistazo. Me gusta explorar casas vacías.

—Voy arriba —les dijo Cal mientras empezaba a subir las escaleras.

La encontró en una de las habitaciones, una que daba hacia el pequeño jardín trasero. Estaba de pie frente a la larga y angosta ventana con los dedos de la mano derecha apoyados en el vidrio.

—Pensé que iba a preferir una de las habitaciones que dan a la calle, para poder estar al tanto de quién pasa y con quién. Normalmente me inclino por eso, porque sencillamente tengo que saber lo que está sucediendo. Pero ésta es la habitación para mí. Apuesto a que de día desde aquí se pueden ver los jardines, las otras casas y, caramba, seguramente hasta las montañas más allá.

—¿Siempre decides lo que quieres así de rápido?

—Por lo general, sí. Incluso cuando me sorprendo a mí misma, como ahora. El baño está bien también. —Se volvió lo suficiente como para señalar la puerta al lado de la habitación—. Y puesto que somos sólo chicas, si me toca compartirlo, no va a ser raro que comunique las dos habitaciones.

—¿Estás segura de que todo va a salir como quieres?

Quinn se volvió completamente para mirarlo de frente.

—La confianza es el primer paso para obtener lo que uno quiere o necesita. Por ahora digamos que sólo tengo la esperanza de que Layla y Cyb estén de acuerdo en que es eficiente, práctico y más cómodo compartir una casa durante unos meses que quedarnos en el hotel. Especialmente considerando el hecho de que después del festín asqueroso que presenciamos Layla y yo, ninguna de las dos quiere volver al comedor del hotel.

—No tienes muebles.

—Para eso existen los mercadillos. Sólo tenemos que comprar lo básico. Cal, me he quedado en lugares menos elegantes que éste sólo por un propósito: conseguir una historia. Esto es mucho más de lo que hubiera podido desear. De una u otra manera estoy conectada con esta historia, con este lugar. No puedo sencillamente darle la espalda e irme.

Cal deseó que fuera de otra manera, aunque sabía que si ella pudiera sencillamente irse, los sentimientos que le despertaba serían menos intensos o complejos.

—Muy bien, pero hagamos un trato, aquí y ahora: si cambias de opinión y decides marcharte, no voy a necesitar que me des ninguna explicación.

—Trato hecho. Bueno, y ahora hablemos del alquiler. ¿Cuánto nos va a costar esta casa?

—Tenéis que pagar los servicios: la calefacción, la electricidad, el teléfono, el cable, etcétera.

—Por supuesto. ¿Y?

—Eso es todo.

—¿Qué quieres decir con que eso es todo?

—No te voy a cobrar alquiler, no teniendo en cuenta que te quedas aquí, al menos en parte, a causa mía. Mi familia, mis amigos, mi pueblo. No vamos a obtener ganancias a costa tuya.

—Eres el don Rectitud, ¿no, Caleb?

—Supongo.

—Pero yo sí voy a obtener ganancias gracias al libro que planeo escribir —respondió Quinn con optimismo.

—Si logramos sobrevivir a julio y escribes el libro, te las mereces con creces.

—Pues estás tratando de convencerme de un negocio muy difícil, Cal, pero al parecer hemos logrado llegar a un acuerdo. —Dio un paso adelante y le ofreció la mano.

Cal se la recibió, pero le puso la otra sobre la nuca. La sorpresa se reflejó en los ojos de la mujer, pero no se resistió cuando él la atrajo suavemente hacia sí.

Cal se movió despacio, el acercamiento de los cuerpos, el encuentro de los labios, la unión de las lenguas. No experimentaron la explosión de necesidad, como en el beso que se habían dado en el claro. Nada de la repentina y casi dolorosa embestida del deseo. En cambio, esta vez el beso fue un largo y gradual deslizamiento de interés a placer, a anhelo, mientras la cabeza se le aligeraba y la sangre se le calentaba. Para Quinn fue como si todo en su interior se hubiera quedado en silencio, lo que le permitió escuchar muy claramente el rumor ronco en su propia garganta cuando él cambió el ángulo del beso.

Cal sintió lo que Quinn le ofrecía, paso a paso, mientras la mano de ella se relajaba en la suya. La tensión que lo había acosado todo el día lo fue abandonando poco a poco y sólo le quedó el momento, el callado y eterno momento.

Incluso cuando se separó de ella, la quietud interna permaneció. Entonces Quinn abrió los ojos y se encontró con los de él.

—Fuimos sólo tú y yo.

—Sí. —Le acarició la nuca con los dedos—. Sólo tú y yo.

—Quiero decirte que tengo la política de no involucrarme romántica, íntima o sexualmente, para cubrir todos mis frentes, con nadie que esté directamente relacionado con una historia que esté investigando.

—Supongo que es una decisión inteligente.

—Soy inteligente. Pero también quiero decirte que en este caso particular voy a hacer caso omiso de mi política.

—Claro que eres de lo más inteligente —le dijo con una sonrisa.

—Arrogante. Aunque mezclado con rectitud, pues tendrá que gustarme. Desgraciadamente, ahora mismo tengo que volver al hotel. Tengo un montón de... cosas, detalles que ultimar antes de poderme mudar aquí.

—Por supuesto que puedo esperar.

Cal mantuvo la mano de ella en la suya mientras apagaba la luz y la llevaba fuera.

CAPÍTULO 11

Cal le mandó una docena de rosas rosadas a su madre. A Frannie le gustaba recibir las tradicionales flores en el día de san Valentín y Cal sabía que su padre, como siempre, se las iba a mandar rojas. Incluso si no lo hubiera sabido, Amy Yost, la dependienta de la floristería, se lo habría recordado, como hacía cada dichoso año.

—La semana pasada tu padre encargó una docena de rosas rojas para tu madre, con entrega hoy. También encargó una maceta de geranios para tu bisabuela y les mandó a tus hermanas el especial de san Valentín.

—Ese lameculos —dijo Cal sólo porque sabía que Amy iba a ahogar un gritito para después reírse—. Qué tal una docena de rosas amarillas para mi abuela, en florero, Amy, por favor. No quiero que tenga líos.

—Ah, eso es muy dulce de tu parte. Aquí en el archivo tengo la dirección de Essie, así que sólo rellena la tarjeta.

Cal sacó una del tarjetero y se lo pensó un momento antes de escribir: «Los corazones son carmesí, estas rosas son amarillas, feliz día de san Valentín de tu nieto zapatillas». Era una tontería, decidió, además de cursi, pero a su abuela le encantaría.

Sacó la billetera para pagar y entonces vio los tulipanes de franjas rojas y blancas.

—Mmm. Esos tulipanes son... interesantes.

—¿No son una preciosidad? A mí me hacen sentir como si ya estuviéramos en primavera. No hay ningún problema, si quieres cambiar alguno de los pedidos, sólo tengo que...

—No, no. Tal vez... Dame una docena de esos tulipanes también. Otra entrega en florero, Amy, por favor.

—Por supuesto. —La redonda y alegre cara de Amy se iluminó con curiosidad, anticipando un buen chisme—. ¿Quién es tu san Valentín, Cal?

—Es más un asunto de bienvenida que otra cosa. —Cal no pudo pensar en una razón para no mandarle flores a Quinn. A las mujeres les gustaban las flores, pensó mientras llenaba el formulario de envío. Era el día de san Valentín y ella se estaba mudando a la casa de High Street. No era como si le estuviera comprando un anillo y escogiendo una banda de música para la boda. Se trataba sólo de un gesto amable.

—Quinn Black. —Amy levantó una ceja al leer el nombre en el formato—. Meg Stanley se la encontró ayer en el mercadillo, iba con esa amiga suya de Nueva York. Según Meg, compraron un montón de cosas. Por ahí me contaron que te han visto con ella.

—No es que estemos... —¿Estaban? En cualquier caso, era mejor dejar las cosas tranquilas—. Bueno, ¿cuáles son los daños, Amy?

Con su tarjeta de crédito todavía zumbando, Cal salió de la floristería y se encogió de hombros para protegerse del frío. Podía ser que acabara de comprar tulipanes que parecían chupachuses, pero se sentía como si la Madre Naturaleza estuviera apenas dándole un breve recuerdo de la primavera. Del cielo caía una delgada y amarga aguanieve que se pegaba a las calles y aceras como si fuera grasa.

Cal había caminado desde la bolera, como era su costumbre, calculando para llegar a la floristería a las diez de la mañana, que era la hora en que abrían. Era la mejor manera de evitar el gentío afanado y el pánico de haber dejado para el último momento comprar las flores de san Valentín.

No pareció que esta vez hubiera tenido que preocuparse. No solamente no habían entrado otros clientes a la floristería mientras había estado allí, sino que no había nadie en las aceras ni ningún coche maniobraba cuidadosamente en la curva frente a la floristería.

—Qué extraño. —La voz le sonó hueca ante el chisporroteo del aguanieve golpeando el asfalto. Incluso en los días más amenazantes, siempre era posible encontrarse con algunas personas en las calles del pueblo. Se metió las manos sin guantes en los bolsillos y se reprochó no haber roto su rutina de caminar y haber conducido hasta la floristería.

—Los animales de costumbres se congelan el culo —murmuró. Quería estar dentro de su oficina tomándose una taza de café o, incluso, preparándose para empezar el proceso de cancelación del baile de san Valentín que estaba programado para esa noche, si el aguanieve empeoraba. Si tan sólo hubiera llevado la maldita camioneta, ya estaría allí.

Iba pensando en esto cuando levantó los ojos y miró hacia el centro, vio que el semáforo de la plaza estaba apagado. «Corte de luz», pensó Cal, lo que era un problema. Apretó el paso. Sabía que Bill Turner encendería el generador, pero él tenía que estar en la bolera entonces. A los niños les habían dado el día libre en la escuela, lo que significaba que probablemente la bolera y el centro de entretenimiento se iban a ver atiborrados de jovencitos y jovencitas.

El susurro del aguanieve se fue intensificando hasta que sonó como la marcha forzada de un ejército de insectos gigantes. A pesar de que la acera estaba cubierta de aguanieve, Cal empezó a correr cuando tomó conciencia de que algo sucedía. ¿Por qué no había coches en la plaza o aparcados junto a las aceras? ¿Por qué no había ningún coche en ninguna parte?

Se detuvo al tiempo que se apagó el susurro del aguanieve. En la quietud que sobrevino, Cal pudo escuchar los latidos desenfrenados de su corazón como puñetazos contra el acero.

Entonces la vio: estaba de pie tan cerca de él que habría podido tocarla de haber extendido el brazo. Pero supo que si lo hacía, su mano la atravesaría, como si estuviera tratando de aferrar agua.

Tenía el cabello intensamente rubio y lo llevaba largo y suelto sobre la espalda, igual que como cuando la había visto cantando en un jardín verde mientras cargaba cubos de agua hacia la cabaña de piedra en el bosque de Hawkins. Pero esta vez su cuerpo era delgado y se veía liso dentro de un vestido gris largo.

A Cal se le pasó por la cabeza la ridícula idea de que si tenía que ver un fantasma, al menos no era uno embarazado.

Como si ella le hubiera escuchado el pensamiento, le sonrió:

—No soy tu miedo, pero tú eres mi esperanza. Tú y aquellos que conforman tu todo. Lo que te hace, Caleb Hawkins, es del pasado, del ahora y del porvenir.

—¿Quién eres tú? ¿Eres Ann?

—Soy lo que vino antes que tú y tú has sido formado por medio del amor. Tienes que saber eso, tienes que saber que mucho, mucho antes de que vinieras a este mundo, fuiste amado.

—El amor no es suficiente.

—No, pero es la roca sobre la cual todo lo demás se alza. Tienes que mirar, tienes que ver. Éste es el momento, Caleb. Éste ha sido siempre el momento.

—¿El momento para qué?

—Para el final. Tres veces siete. Vida o muerte. Él lo contiene, lo previene. Sin su eterna lucha, su sacrificio, su valentía, todo esto... —abrió los brazos—. Todo sería destruido. Ahora te corresponde a ti.

—Sólo dime lo que debo hacer, maldita sea.

—Si pudiera. Si pudiera evitártelo. —Levantó una mano, la dejó caer de nuevo—. Debe haber lucha y sacrificio y valentía extraordinaria. Debe haber fe. Debe haber amor. La valentía, la fe y el amor son lo que lo ha contenido por tanto tiempo, lo que previene que tome todo lo que vive y respire dentro de este lugar. Ahora te corresponde a ti.

—No sabemos *cómo.* Ya lo hemos intentado.

—Éste es el momento —repitió ella—. Se está haciendo más fuerte, pero tú también y nosotros también. Usa lo que te ha sido dado, toma lo que ha sembrado pero que nunca va a poder poseer. No puedes fracasar.

—Es fácil para ti decirlo. Estás muerta.

—Pero tú no. Ellos tampoco. Recuerda eso.

Cuando la mujer empezó a desvanecerse, Cal extendió los brazos, en vano.

—¡Espera! Maldición. ¡Espera! ¿Quién eres?

—Tuya —respondió ella—. Tuya como soy y siempre seré de él.

Entonces desapareció del todo y el chisporroteo del aguanieve sobre el pavimento empezó de nuevo. Los coches emprendieron la marcha en cuanto el semáforo de la plaza se puso en verde.

—No creo que sea el lugar apropiado para ensoñaciones —le dijo Meg Stanley al adelantarle y le guiñó el ojo antes de abrir la puerta de la cafetería.

—No —murmuró Cal—, ciertamente no lo es.

Empezó a caminar hacia la bolera de nuevo, pero dobló en la esquina y se desvió hacia High Street.

El coche de Quinn estaba aparcado frente a la casa y a través de las ventanas Cal pudo ver que habían encendido las luces, probablemente para espantar la penumbra. Llamó a la puerta, entonces escuchó un grito ahogado que lo invitaba a entrar.

Cuando lo hizo, se encontró con Quinn y Layla tratando de subir algo que parecía un escritorio escaleras arriba.

—¿Qué estáis haciendo? Jesús. —Subió hasta el escalón donde estaba Quinn y sostuvo el mueble junto a ella—. Vais a haceros daño.

Con un gesto molesto, Quinn sacudió la cabeza para apartarse el pelo de la cara y lo miró.

—Estamos bien, gracias.

—Estáis lo suficientemente bien como para iros directas a urgencias. Anda, sube y sujeta el otro extremo junto a Layla.

—Pero entonces ambas estaremos caminando de espaldas. ¿Por qué no coges tú ese otro extremo?

—Porque desde aquí llevo yo la mayor parte del peso.

—Ah. —Entonces soltó el escritorio y se pegó a la pared para subir hasta el escalón donde estaba Layla.

Cal no molestó preguntando por qué este enorme escritorio tenía que ir arriba. Había vivido con su madre el tiempo suficiente como para ahorrarse el aliento. En cambio, gruñó órdenes para evitar que el borde del mueble rayara las paredes cuando le estaban dando la curva hacia la izquierda ya arriba. Entonces siguió las instrucciones de Quinn, que los guio hasta la ventana de la habitación más pequeña.

—Mirad, teníamos razón —jadeó Quinn a la vez que se acomodaba la sudadera de Penn State—. Éste es el lugar perfecto para el escritorio.

Había allí una silla de los años setenta que había visto mejores épocas, una lámpara de pie con una pantalla de vidrio rosado de cuyo borde colgaban lágrimas de cristal y una librería no muy alta que hacía décadas había sido negra y que se tambaleó cuando Cal le puso la mano encima.

—Ya sé, ya sé. —Quinn espantó con la mano la mirada ceñuda que Cal le lanzó—. Sólo necesita que le pongamos un par de clavos y listo. La compramos sólo para completar el mobiliario, además, estábamos pensando que ésta fuera una especie de salita, pero después decidimos que lo mejor era convertirla en un despacho. Por consiguiente, decidimos subir el escritorio, que en un principio habíamos pensado dejar en el comedor.

—Está bien.

—La lámpara parece salida de *La casa más divertida de Texas* —comentó Layla moviendo uno de los cristales de la lámpara con la mano—. Pero eso justamente fue lo que nos gustó de ella. La silla sí es espantosa.

—Pero cómoda —apuntó Quinn.

—Pero cómoda, y para eso están las telas.

Cal esperó un momento mientras las dos mujeres lo miraban con expectativa.

—Está bien —repitió, que era como por lo general afrontaba las explicaciones de su madre sobre cuestiones decorativas.

—Hemos estado ocupadas. Devolvimos el coche que Layla había alquilado y después nos fuimos al mercadillo que queda a las afueras del pueblo. Qué cantidad de cosas. Y además estuvimos de acuerdo en no comprar colchones de segunda mano. Los nuevos que compramos los deben traer esta tarde. En todo caso, ven a ver cómo vamos hasta ahora.

Quinn lo cogió de la mano y lo arrastró por el pasillo hasta la habitación que había escogido para ella. En un extremo había una enorme cómoda con un espejo manchado encima que pedía a gritos una mano de pintura. Al otro lado, descansaba un baúl cuadrado que alguien había pintado de un brillante rojo homicida. Sobre él había una lámpara de la Mujer Maravilla.

—Hogareño.

—Cuando acabemos va a quedar bastante habitable.

—Sí. ¿Sabes? Yo creo que esa lámpara fue de mi hermana Jen hace unos veinte o veinticinco años.

—Es un clásico —exclamó Quinn—. Es *kitsch.*

Cal volvió a la fórmula.

—Está bien.

—Yo creo que la mía es danesa moderna —comentó Layla desde la puerta—. O tal vez flamenca. Es absolutamente espantosa. No sé por qué la compré.

—¿Entre las dos subisteis todas estas cosas?

—Por favor. —Quinn movió la cabeza.

—Preferimos cerebro a fuerza física.

—Siempre. Eso más una pequeña inversión. A que no sabes cuánto pueden cargar dos adolescentes por veinte dólares cada uno más la oportunidad de comerse con los ojos a un par de chicas tan guapas como nosotras. —Quinn se puso un puño sobre la cadera y posó coquetamente.

—Yo lo habría hecho por diez. Me tendríais que haber llamado.

—Ésa era nuestra intención, de hecho. Pero los chicos estuvieron a mano. ¿Por qué no bajamos y nos sentamos en nuestro sofá de tercera o cuarta mano?

—Sí que derrochamos —añadió Layla—. Tenemos también una cafetera nueva y una colección ecléctica de tazas.

—Café, suena bien.

—Ya lo hago yo.

Cal miró a Layla mientras se daba la vuelta y se marchaba.

—Se la ve complacida con la idea de quedarse.

—Soy muy convincente. Y tú, muy generoso. Tengo que darte un beso por ello.

—Adelante. Puedo soportarlo.

Riéndose, Quinn le pasó los brazos sobre los hombros y le dio un beso firme y sonoro.

—¿Significa que no me vas a dar los diez dólares?

Quinn le sonrió ampliamente y le clavó un dedo en la barriga.

—Toma tu beso y quédate contento. En todo caso, parte de la razón por la cual Layla era tan renuente era el dinero. La idea de quedarse era, es, difícil para ella, pero la idea de tomarse una larga excedencia de su trabajo no remunerada y además pagar un alquiler aquí, mientras sigue pagando su apartamento en Nueva York, era demasiado para ella. —Quinn se dirigió hacia el baúl rojo y empezó a encender y apagar la lámpara de la Mujer Maravilla. Por la expresión de su rostro, Cal supo que el acto la complacía—. Así las cosas, no tener que pagar alquiler por la casa le quitó un problema de la lista —prosiguió—. Todavía no se ha comprometido completamente. Por ahora, va día a día.

—Tengo algo que contarte, contaros, mejor dicho, a ambas, que tal vez sea la causa de que quiera marcharse hoy mismo.

—Ha pasado algo. —Dejó de encender y apagar la lámpara y se dio la vuelta para mirar a Cal—. ¿Qué ha sucedido?

—Quiero llamar a Fox a ver si puede venir. Prefiero contároslo a los tres juntos una sola vez.

* * *

Cal tuvo que hacerlo sin Fox, quien, según la señora Hawbaker, estaba en el tribunal haciendo de abogado. Se sentó en el salón extravagantemente amueblado sobre un sofá tan suave y hundido que desde ese mismo momento deseó tener la oportunidad de tumbar a Quinn desnuda allí. Entonces les contó todo sobre la visita que había tenido en Main Street.

—Un viaje astral —decidió Quinn.

—¿Un qué?

—Un viaje astral, una experiencia fuera del cuerpo. Suena como que eso fue lo que tuviste, Cal. O tal vez hubo un pequeño desfase entre las dimensiones y estuviste en un Hawkins Hollow alternativo.

Podía ser que Cal hubiera pasado dos tercios de su vida atrapado en algo que iba más allá de las creencias racionales, pero nunca había escuchado a ninguna otra mujer hablar de la manera en que Quinn Black lo hacía.

—No estuve en ningún nada alternativo y estuve dentro de mi cuerpo todo el tiempo, adonde pertenezco.

—He estado estudiando, investigando y escribiendo sobre los fenómenos paranormales durante un tiempo largo ya. —Quinn le dio un sorbo a su café y meditó al respecto.

—Pudo ser que la misma fantasma con la que Cal habló hubiera causado la ilusión de que estaban solos en la calle, que hubiera, se me ocurre, sacado a todo el mundo de su alrededor en ese momento. —Layla se encogió de hombros ante la mirada entrecerrada que Quinn le lanzó—. Soy nueva en esto. Y estoy esforzándome lo más que puedo por no ir a acurrucarme debajo de mis mantas hasta que alguien vaya a despertarme y me diga que todo esto no ha sido más que un sueño.

—Para ser la chica nueva, te digo que tu teoría suena bastante bien —le dijo Quinn.

—¿Qué hay de la mía? Que es que en este preciso momento lo que dijo la mujer es mucho más importante que la manera en que lo dijo.

—Tienes razón. —Quinn asintió mirando a Cal—. Dijo que éste era el momento. Tres veces siete. Ésa es bastante fácil de adivinar.

—Veintiún años. —Cal se puso de pie y empezó a caminar de un lado a otro—. Este julio se cumplen veintiún años.

—El tres, como el siete, es un número considerado mágico. Me parece que ella te estaba diciendo que siempre ha sido éste el momento, este julio, este año. El demonio está más fuerte, tú eres más fuerte, ellos son más fuertes. —Quinn cerró los ojos con fuerza.

—Entonces, la cosa y la mujer, este espíritu, ambos han sido capaces de...

—Manifestarse —Quinn terminó la idea de Layla—. Sigue la lógica.

—Nada con respecto a esto es lógico.

—Lo es, en serio. —Quinn abrió los ojos de nuevo y miró a Layla con compasión—. Dentro de esta esfera hay una lógica interna. No es del tipo de lógica que nosotros, o la mayoría de nosotros, tenemos que afrontar a diario. El pasado, el ahora, el porvenir. Las cosas que han pasado, que están pasando, que pueden o van a pasar, todas son parte de la solución, de la manera de ponerle un final a todo esto.

—Creo que hay más con respecto a esa parte. —Cal se dio la vuelta y las miró de frente—. Después de esa noche en el claro, los tres fuimos diferentes.

—Quinn me lo contó: no enfermáis y os curáis casi en el mismo momento de haberos lastimado.

—Sí. Y puedo ver.

—Sin gafas.

—Sí, pero me refería a que puedo ver el antes. Empecé a ver justo allí mismo, sólo minutos después de que pasara todo, empecé a ver imágenes del pasado.

—Como cuando viste, vimos —se corrigió Quinn—, al tocar a la vez la Piedra Pagana. Y después, cuando...

—Exactamente. No siempre es tan claro ni tan intenso. Algunas veces estando despierto, algunas veces como un sueño. A veces veo cosas completamente irrelevantes. Y Fox... A él le costó más tiempo entenderlo. Dios santo, si es que teníamos diez años. Fox puede ver el ahora. —Molesto consigo mismo, Cal movió la cabeza—. Puede ver, o sentir, lo que uno está pensando, o sintiendo.

—¿Fox es un vidente? —preguntó Layla con sorpresa.

—Abogado vidente. ¡Queda inmediatamente contratado!

A pesar de todo, el comentario de Quinn hizo sonreír a Cal.

—No es exactamente así. Nunca ha sido algo que podamos controlar completamente. Fox tiene que esforzarse para lograrlo, y no siempre funciona. Pero desde entonces ha tenido buen instinto para las personas. Y Gage...

—Gage ve lo que puede suceder —completó Quinn—. Él es el adivino.

—Él se lleva la peor parte. Ésa es la razón, o una de las razones, al menos, por la cual no pasa mucho tiempo en el pueblo. Es más fuerte cuando está aquí. Ha tenido sueños, visiones, pesadillas, como queráis llamarlas, bastante horripilantes.

«Y te duele cuando a él le duele», pensó Quinn.

—Pero no ha podido ver lo que se supone que debéis hacer.

—No. Eso sería demasiado fácil, ¿no es cierto? —respondió Cal con amargura—. Tiene que ser más divertido echar a perder la vida de tres niños y dejar que la gente muera, mate o mutile. Luego prolongar el juego un par de décadas y después decir: «Muy bien, chicos, éste es el momento».

—Tal vez no había otra opción. —Quinn levantó una mano cuando Cal la miró echando fuego por los ojos—. No estoy diciendo que sea justo. De hecho, apesta. Visto de cualquier manera, apesta. Lo que estoy diciendo es que tal vez no podía ser de otra manera. Ya sea algo que hizo Giles Dent o algo que empezó siglos antes, puede ser que no hubiera otra opción. La mujer dijo que él lo estaba conteniendo, que estaba previniendo que destruyera Hollow. Si la mujer era Ann y se refería a Giles Dent, ¿habrá querido decir que atrapó de alguna manera a la *bestia* y él, *beatus,* quedó atrapado también, juntos, es decir, y ha estado luchando contra este demonio todo este tiempo? Trescientos cincuenta y pico años. Eso también apesta.

Layla saltó cuando golpearon enérgicamente a la puerta, entonces se puso de pie.

—Yo abro. Seguramente sean los colchones.

—No te equivocas —comentó Cal en voz baja—, pero eso no hace que sea más fácil vivirlo. No hace que sea más fácil saber, en el fondo de mi corazón, que nos estamos enfrentando a nuestra última oportunidad.

Quinn se puso de pie.

—Desearía que...

—¡Son flores! —la voz de Layla resonó colmada de deleite; entró corriendo al salón con el jarrón de tulipanes en las manos—. Para ti, Quinn.

—Dios santo. Qué inoportuno —murmuró Cal.

—¿Para mí? Ay, Dios, ¡parecen chupachuses! Son divinas. —Quinn puso el florero sobre una mesa viejísima y se dispuso a abrir la tarjeta—. Deben de ser un soborno de mi editor para que termine el artículo sobre... —se interrumpió al leer la tarjeta. Se puso pálida por la sorpresa, entonces levantó los ojos para mirar a Cal—. ¿Me has mandado flores?

—Estuve en la floristería hace un rato...

—Me has mandado flores el día de san Valentín...

—Oigo a mi madre llamándome —anunció Layla—. ¡Ya voy, mamá! —exclamó y salió a paso apresurado.

—Me has mandado unos tulipanes que parecen chupachuses en flor el día de san Valentín.

—Me parecieron divertidos.

—Eso fue lo que escribiste en la tarjeta: «Me parecen divertidos». Caramba. —Se pasó las manos por el pelo—. Tengo que decir que soy una mujer sensata que sabe muy bien que el día de san Valentín es una celebración que se inventó con fines comerciales para vender tarjetas, flores y bombones.

—Sí, bueno. —Se metió las manos en los bolsillos—. Funciona.

—Y no soy del tipo de mujer que se ablanda porque le han mandado flores o que las ve como una disculpa por una pelea o como el preludio de un encuentro sexual o cualquier otra de las percepciones que con frecuencia se les atribuyen a las flores.

—Sólo las vi y pensé que te encantarían, punto. Eso es todo. Tengo que volver al trabajo.

—Pero —continuó ella mientras se acercaba a Cal—, extrañamente, me parece que nada de lo anterior se aplica en absoluto a este caso particular. Es cierto que son divertidas. —Se puso de puntillas, le dio un beso en la mejilla—. Y son bellísimas. —Después en la otra—. Y fuiste muy amable. —Ahora en los labios—. Gracias.

—De nada.

—Quisiera agregar que —le acarició de arriba a abajo la camisa— si me dices a qué hora terminas esta noche tu trabajo, tendré una botella de vino esperándote arriba en mi habitación, donde, puedo prometerte, vas a tener mucha, mucha suerte.

—Once —contestó él en el acto—. Puedo estar aquí a las once... eh... y cinco. Yo... Mierda. Esta noche es el baile de san Valentín, es un evento especial. Salgo a las doce. No, mejor, vente.

—Eso planeo. —Cuando Cal sonrió, Quinn entornó los ojos—. Quieres decir que vaya al baile. En Bowl-a-Rama. Un baile de san Valentín. Dios, me *encantaría* ir, pero no puedo dejar a Layla. Menos de noche. Y sola. No.

—Ella puede venirse también... al baile.

Ahora Quinn entornó los ojos sinceramente.

—Cal, ninguna mujer quiere ir a un baile acompañando a una pareja el día de san Valentín. Se le dibuja una enorme P de perdedora en la frente que después es muy difícil de borrar.

—Fox puede ser su pareja. Probablemente. Tengo que confirmarlo con él.

—Ésa es una posibilidad, especialmente si es por pasar un buen rato. Confírmarlo con él, después yo lo confirmo con Layla y después veremos. Pero, en todo caso —lo agarró de la camisa, lo atrajo hacia ella y le dio un largo, larguísimo beso—, te veo en mi habitación a las doce... eh... y cinco.

* * *

Layla se sentó en su nuevo colchón con descuento mientras Quinn buscaba frenéticamente entre la ropa colgada en la cómoda.

—Quinn, te agradezco la intención, en serio que sí, pero ponte en mi lugar. El lugar del sujetavelas.

—Está perfectamente bien sujetar la vela cuando hay otro aguantando, es decir, Fox, que también va al baile con nosotros.

—Pero porque Cal se lo ha pedido, le ha dicho que se compadezca de esta pobre solitaria que no tiene una cita para la fiesta de san Valentín. Probablemente le haya tenido que sobornar para que vaya o...

—¿Sabes qué? Tienes razón. Seguramente Cal ha tenido que torcerle el brazo a Fox para que él haya decidido aceptar salir con esta bruja horrorosa que eres tú. Admito que cada vez que te veo, estoy tentada a ladrarte, guau, guau, qué perro sarnoso. ¡Ay! Me encanta esta chaqueta. Tienes una ropa que es fantástica, Layla, pero esta chaqueta es absolutamente increíble. Mmm. —Quinn la acarició como a un gato—. Cachemira.

—No sé por qué la traje, así como tampoco sé por qué metí la mitad de las cosas que traje. Sólo empecé a coger cosas y a echarlas en la maleta. Y tú estás tratando de distraerme.

—En realidad no, pero es un buen efecto secundario. ¿Qué estaba diciendo? Ah, sí: además, no es una cita. Es una salida en pandilla. —Layla se rió—. Somos sólo nosotros cuatro yendo a una bolera, por Dios santo, a escuchar a la banda local y bailar un poquito.

—Claro, tras lo cual vas a colgar una bufanda en el pomo de tu puerta. También fui a la universidad, Quinn, y tuve una compañera de habitación. De hecho, mi compañera era una ninfómana que tenía una interminable colección de bufandas.

—¿Es un problema para ti? —Quinn dejó de rebuscar en el armario el tiempo suficiente para mirar por encima del hombro hacia Layla—. ¿Te importa que Cal y yo estemos juntos al otro lado del pasillo?

—No, para nada. —¿Acaso ahora no se sentía estúpida y mezquina?—. Creo que es fantástico. En serio. Cualquiera puede darse cuenta de que vosotros os aceleráis como un motor cada vez que estáis a un metro de distancia.

—¿De veras? —Quinn se dio la vuelta completamente—. Porque así es.

—Rumm, rrrruummm. Cal es estupendo. Esto es estupendo. Es sólo que me siento... estorbando.

—No seas tonta, Layla. No estás estorbando. No podría quedarme aquí sin ti. Soy bastante estable, pero no habría podido quedarme sola en esta casa. El baile no es el evento del año, ni siquiera tenemos que ir, si no quieres, pero pensé que sería divertido para los cuatro. Una oportunidad de hacer algo absolutamente normal y pensar en otra cosa.

—Ése es un buen punto.

—Entonces vístete. Ponte algo divertido, tal vez un poquito sexy, y vamos a quemar la pista del Bowl-a-Rama.

* * *

La banda, un grupo local llamado Hollowed Out, estaba tocando su primera ronda. Eran populares para animar bodas y fiestas de empresa y con frecuencia tocaban en los eventos de la bolera, porque su repertorio iba desde baladas clásicas hasta el hip-hop. Las canciones para todos los gustos mantenían la pista de baile animada mientras que los que estaban sentados parloteaban en las mesas de alrededor de la pista, tomaban un trago o comían algo del bufé dispuesto contra una de las paredes de los lados.

Cal pensó que éste era uno de los eventos anuales más populares de la bolera por buenas razones. Frannie lideraba el comité de decoración, por tanto el salón estaba adornado con flores, velas, serpentinas rojas y blancas y brillantes corazones rojos. Además, la fiesta le daba a la gente la oportunidad de ponerse elegante en medio de la opacidad que era febrero, de salir de casa, socializar, escuchar música y mover el esqueleto, si eran buenos bailarines. O como en el caso de Cy Hudson, aunque no lo fueran.

Era como un destello pequeñito hacia el final del largo invierno, lo que hacía que siempre tuvieran lleno total.

Cal estaba bailando con Essie al ritmo de *Fly Me to the Moon.*

—Tu madre tuvo razón al hacerte tomar esas clases de baile.

—Me sentí humillado delante de mis amigos —respondió Cal—, pero ligero de pies.

—Las mujeres tienden a perder la cabeza por un buen bailarín.

—Un hecho que he aprovechado cada vez que me ha sido posible. —Bajó la cabeza y le sonrió a su abuela—. Estás tan guapa, abuela.

—Me veo digna, más bien. Aunque hubo una época en que todas las cabezas se giraban a mirarme.

—Yo todavía me giro para mirarte.

—Y tú todavía sigues siendo el más dulce de los dulces. ¿Cuándo vas a llevar a la bonita escritora a verme?

—Pronto, si es eso lo que quieres.

—Siento que ya es hora, no sé por qué. Y hablando de... —hizo un gesto con la cabeza hacia la puerta—. Ésas dos sí que hacen girar cabezas.

Cal se dio la vuelta. Notó que Layla había llegado, pero toda su atención se concentró en Quinn. Se había levantado en un moño la mata de pelo, lo que le daba un toque de elegancia, y llevaba puesta una chaqueta negra abierta sobre una especie de camiseta de encaje. Top, recordó. Ese tipo de camiseta se llamaba top. Y que Dios bendijera a quien se le hubiera ocurrido inventarlo.

Le brillaba algo en las orejas y en las muñecas, pero en lo único en lo que Cal pudo pensar en ese momento fue en que Quinn tenía la clavícula más sexy que había visto en su vida. Y no podía esperar a poner los labios sobre ella.

—Vas a empezar a babear, Caleb.

—¿Qué? —Pestañeó y volvió a prestar atención a Essie—. Ay, Dios.

—Realmente es guapa esa chica. Llévame de vuelta a mi mesa y ve a recibirla. Tráelas, a ella y a su amiga, para que me saluden antes de que me vaya.

Para cuando Cal pudo llegar a ellas, Fox ya las había guiado hacia una de las barras dispuestas para la ocasión y las estaba invitando a champán. Quinn se giró hacia Cal, copa en mano, y levantó la voz para que la oyera sobre la música.

—¡Esto es fantástico! La banda es buenísima, el champán está frío y el salón parece de película.

—A que te estabas esperando un par de tipos sin dientes tocando música folk, sidra fermentada y unos cuantos corazones de plástico.

—No —Quinn se rió y lo pinchó con un dedo—, pero algo entre eso y esto. Éste es mi primer baile en una bolera y estoy muy impresionada. ¡Mira! ¿No es ése el honorable alcalde desinhibiéndose?

—Con el primo de su esposa, que es el director del coro de la Primera Iglesia Metodista.

—Fox, ¿no es ésa de allí tu asistente? —Layla señaló una mesa.

—Sí. Por fortuna el tipo al que está besando es su marido.

—Parecen estar completamente enamorados.

—Supongo que lo están. No sé qué voy a hacer sin ella. En un par de meses se van a mudar a Minneapolis. Desearía que se tomara un par de semanas de vacaciones en julio en lugar de... —se interrumpió—. Nada de hablar de esas cosas esta noche. ¿Queréis buscar una mesa?

—Perfecto para mirar a la gente —coincidió Quinn, pero entonces se dio la vuelta hacia la banda—. *¡In the Mood!*

—Es la canción que los distingue. ¿Sabes bailar *swing*?

—Por supuesto que sí. —Miró a Cal, considerando—. ¿Y tú?

—Veamos qué puedes hacer, rubita. —La cogió de la mano y la llevó hacia la pista de baile.

Fox observó las vueltas y el movimiento de pies de la pareja.

—En absoluto podría hacer algo así.

—Tampoco yo. —Layla abrió los ojos de par en par—. Ambos son realmente buenos, ¿no te parece?

—Absolutamente.

En la pista de baile, Cal hizo girar a Quinn dos veces y le puso la mano en la espalda.

—¿Clases?

—Cuatro años. ¿Y tú?

—Tres. —Cuando se acabó la canción y le dio paso a una melodía suave, Cal atrajo el cuerpo de Quinn hacia el suyo y bendijo a su madre—. Me alegra que estés aquí.

—Yo también. —Frotó su mejilla contra la de él—. Todo se siente bien esta noche. Dulce y reluciente. Y mmm —murmuró cuando él le dio una vuelta—, sexy. —Echó la cabeza ligeramente hacia atrás y le sonrió—. He cambiado de parecer completamente en cuanto a mi opinión cínica del día de san Valentín. Ahora lo considero la celebración perfecta.

Cal le acarició los labios con los suyos.

—¿Después de esta canción por qué no nos escabullimos a la bodega del segundo piso y nos damos unos besos?

—¿Por qué esperar?

Cal se rió y empezó a apretarla contra sí de nuevo. Entonces se quedó paralizado.

Los corazones empezaron a sangrar, del brillante material con que estaban hechos empezó a gotear copiosamente un líquido viscoso que tiñó de carmesí el suelo de la pista de baile, salpicó las mesas y les manchó la cara y el pelo a la gente reunida en el salón, mientras se reían, conversaban, caminaban o bailaban.

—¿Quinn?

—Lo estoy viendo. Ay, Dios.

El vocalista continuó cantando sobre el amor y el anhelo mientras los globos de color rojo y plata que colgaban del techo estallaban como disparos y de ellos llovían arañas.

CAPÍTULO 12

Quinn a duras penas logró ahogar un grito y habría bailado de nuevo, si Cal no la hubiera sostenido, puesto que millones de arañas se estaban dispersando por la pista de baile.

—No es real —le dijo en un tono helado y completamente calmado—. No es real.

Alguien se rió, y el sonido retumbó salvajemente. Se escucharon gritos de aprobación cuando la música cambió de ritmo a uno más movido.

—¡Qué fiesta más estupenda, Cal! —Amy, la dependienta de la floristería, pasó bailando junto a Cal con una amplia sonrisa salpicada de sangre.

Cal empezó a moverse fuera de la pista de baile, todavía con el brazo firmemente enganchado en la cintura de Quinn. Necesitaba ver a su familia, necesitaba ver... Y allí estaba Fox, con la mano de Layla en la suya, abriéndose paso entre la multitud completamente ajena a lo que ellos estaban viendo.

—Tenemos que irnos —gritó Fox.

—Mis padres...

Fox negó con la cabeza.

—Esto está pasando sólo porque estamos aquí. Creo que sólo puede pasar porque estamos aquí. Salgamos de aquí, vámonos.

Mientras pasaban entre las mesas, las pequeñas velas de los centros de mesa ardieron como antorchas arrojando una enorme columna de humo. Cal lo sintió ardiendo en la garganta al tiempo que pisaba una araña del tamaño de un puño. En el escenario, el batería hizo un solo salvaje y golpeó los platillos con baquetas ensangrentadas. Cuando finalmente llegaron a la puerta, Cal se giró y miró por encima del hombro y vio al niño flotando encima de la gente que bailaba, riéndose.

—Salgamos. —Siguiendo las instrucciones de Fox, Cal tiró de Quinn hacia la puerta de salida—. Fuera del edificio, después veremos. Sí, después veremos qué hacer.

—Nadie vio nada. —Sin aliento, Layla se tambaleó fuera—. Ni lo sintieron. Como si no les estuviera pasando a ellos.

—Está fuera de los parámetros, está saliéndose de los márgenes. Pero sólo para nosotros. —Fox se quitó la chaqueta y se la puso a Layla sobre los hombros, que estaba temblando—. Nos está dando un anticipo de las atracciones que vendrán. Bastardo arrogante.

—Sí. —Quinn asintió con la cabeza y sintió que el estómago le daba un vuelco—. Creo que tienes razón, porque cada vez que monta un espectáculo, le cuesta energía. Entonces nos da tregua entre un número y otro.

—Tengo que volver. —Cal había dejado a su familia allí dentro. Incluso si la retirada era para defenderse, no podía soportar no hacer nada mientras su familia estaba en el baile—. Necesito estar allí con ellos. Además tengo que cerrar cuando el baile termine.

—Todos vamos a volver a entrar, ¿os parece? —Quinn entrelazó sus dedos helados con los de Cal—. Estos despliegues no duran más que un breve periodo. Perdió a su público y, a menos que tenga energía para un segundo acto, ya debió de terminar por esta noche. Volvamos adentro, que está helando aquí fuera.

Dentro, la luz de las velas de los centros de mesa resplandecían suavemente y los corazones relucían. El suelo pulido de la pista de baile no tenía manchas. Cal vio a sus padres bailando, su madre tenía la cabeza recostada sobre el hombro de su padre. Cuando Frannie lo vio y le sonrió, Cal sintió que la opresión en el estómago se le relajaba.

—No sé qué pensaréis vosotros, pero yo realmente necesito otra copa de champán. —Quinn suspiró mientras se le endurecía la mirada—. No, ¿sabes mejor qué? Bailemos.

* * *

Fox estaba tumbado en el sofá viendo en la televisión alguna película soporífera en blanco y negro cuando Cal y Quinn llegaron a la casa de High Street después de medianoche.

—Layla está en su habitación —dijo Fox incorporándose—. Estaba molida.

Entre líneas quedaba perfectamente claro que Layla quería estar encerrada en su habitación antes de que su compañera de casa y Cal subieran.

—¿Está bien? —preguntó Quinn.

—Sí, sí. Se sabe controlar. ¿Sucedió algo más después de que nos fuéramos?

Cal negó con la cabeza mientras observaba la oscuridad al otro lado de la ventana.

—Sólo una gran fiesta feliz que tuvo una interrupción para algunos de nosotros debido a efectos especiales sobrenaturales. ¿Todo bien por aquí?

—Sí, con excepción de que estas mujeres compran Pepsi *light*. ¿Qué pasa? Si la Coca-Cola es un clásico —le dijo a Quinn—. Los hombres tenemos nuestros propios gustos.

—Me encargaré de ello. Gracias, Fox —se le acercó y le dio un beso en la mejilla— por quedarte hasta que volviéramos.

—No hay problema. Me sacasteis de mi rutina de limpieza y me dejasteis ver... —se giró hacia la pequeña pantalla del televisor— no tengo ni idea de qué. Deberíais considerar poner cable aquí. Los canales de deportes.

—No sé cómo he hecho para sobrevivir sin ellos estos últimos días.

Fox le sonrió mientras se ponía la chaqueta.

—La raza humana no debería vivir sólo con los canales nacionales. Llámame si necesitáis cualquier cosa —añadió mientras caminaba hacia la puerta.

—Fox. —Cal caminó detrás de su amigo. Después de una conversación en murmullos, Fox se despidió de Quinn con un rápido movimiento de la mano y se fue.

—¿Qué fue eso?

—Le pedí que durmiera en mi casa esta noche, para que le echara un vistazo a *Lump*. No hay problema. Tengo Coca-Cola y canales de deportes.

—Todavía pareces preocupado, Cal.

—Me está costando trabajo deshacerme de la preocupación.

—No puede hacernos daño, todavía no. Todo esto no son más que juegos mentales. Cruel y asquerosa, pero sólo es una guerra psicológica.

—Significa algo, Quinn. —Le frotó los brazos distraídamente antes de volver a contemplar la oscuridad—. Que pueda hacer estas cosas ahora, con nosotros. Que yo haya hablado con Ann. Tiene que significar algo.

—Y tienes que pensar sobre ello. Piensas mucho, tienes todo tipo de provisiones aquí. —Le dio unos golpecitos sobre la sien—. El hecho de que lo hagas me reconforta y me parece extrañamente atractivo, pero ¿sabes qué? Después de este día tan increíblemente largo y raro, tal vez sea bueno para nosotros no pensar en nada.

—Me parece buena idea. —«Tómate un descanso», se dijo. «Haz algo normal». Caminó hacia ella, le acarició la mejilla y después deslizó los dedos por el cuello, el hombro y el brazo hacia abajo, hasta entrelazarlos con los de ella—. ¿Por qué no intentamos hacer justamente eso?

La llevó de la mano hacia la escalera y empezó a subir. Escucharon algunos crujidos familiares bajo los pies y el ronroneo de la calefacción y nada más.

—¿Crees que...? —empezó Quinn al llegar a la habitación, pero Cal la interrumpió acariciándole la mejilla y posando sus labios sobre los de ella. Suave y fácil como un suspiro.

—Nada de preguntas tampoco, porque de lo contrario tendríamos que pensar en las respuestas.

—Bien dicho.

Sólo la habitación, la oscuridad, la mujer. Eso era lo único que habría, lo único que quería esa noche. Su olor, su piel, la cascada de sus cabellos, los sonidos que dos personas hacen cuando se están descubriendo el uno al otro.

Era suficiente. Era más que suficiente.

Cal cerró la puerta detrás de ellos.

—Me gustan las velas. —Quinn caminó hacia el baúl y cogió un largo y delgado encendedor, con el que fue encendiendo una a una las velas que había dispersado por la habitación.

A la luz de esas velas, Quinn se vio delicada, más de lo que realmente era. Cal disfrutó el contraste entre la realidad y la ilusión. En el suelo descansaba el somier con el colchón cubierto con sábanas que se veían limpias y claras en contraste con una manta color morado intenso. Los tulipanes que le había regalado, como un carnaval colorido, los observaban desde lo alto de la decrépita cómoda del mercadillo. Sobre la ventana había colgado una tela multicolor para cerrar la noche.

Al terminar de encender las velas, Quinn se dio la vuelta y le sonrió.

Para él, todo se veía perfecto.

—Tal vez debería decirte...

Cal negó con la cabeza, caminó hacia ella.

—Después. —Hizo lo primero que se le vino a la cabeza: levantó las manos hacia la cabeza de ella y empezó a quitarle las horquillas, dejándolas caer al suelo. Entonces el pelo le cayó libre sobre los hombros y por la espalda y Cal le pasó los dedos entre los cabellos, acariciándolos. Con los ojos fijos en los de ella, envolvió el puño entre el pelo, como si fuera una cuerda, y tiró ligeramente—. Todavía nos queda mucho después —continuó y le dio un beso en la boca.

Para él, los labios de Quinn eran perfectos. Suaves y llenos, cálidos y generosos. Sintió que ella se estremecía ligeramente al pasarle los brazos alrededor de la cintura, al apretar el cuerpo contra el de él. Ella no cedió, no se calmó, no todavía. En cambio, recibió los ataques lentos y pacientes de Cal con otros iguales.

Cal le deslizó la chaqueta de los hombros y la dejó caer al suelo, como las horquillas hacía un momento, para que sus dedos, las yemas de sus dedos, pudieran explorar seda y encaje y piel. Y mientras sus labios se acariciaban, se frotaban y se presionaban, Quinn llevó las manos hacia los hombros de Cal para deslizar también la chaqueta de él hacia abajo y dejarla caer al suelo.

Cal saboreó la garganta de Quinn, la escuchó ronronear aprobadoramente. Y mientras se fue abriendo paso hacia abajo, sus dedos bailaron sobre la excitante línea de su clavícula. Los ojos de Quinn se veían vivos, iluminados por la anticipación. Cal quería verlos pesados, quería que se cegaran. Mirándolos, mirándola, dejó que su mano se deslizara hacia el montículo de uno de sus senos donde el encaje coqueto llamaba su atención. Y al sentirla quedarse quieta, resbaló los dedos por encima del encaje, por encima de la seda para sentir la plenitud de ese seno en la palma de su mano mientras con el pulgar le frotaba el pezón.

La escuchó ahogar un gemido, suspirar, la sintió estremecerse mientras trataba de desabotonarle la camisa. Ella le pasó las manos por el torso para después extenderlas. Cal sintió que el corazón le daba un brinco, pero su mano siguió su exploración casi perezosamente hasta el cierre del pantalón de ella. La piel allí estaba cálida y los músculos le temblaron cuando los dedos de él la rozaron. Después de un movimiento rápido, el pantalón se le resbaló por las piernas.

El movimiento fue tan repentino, tan inesperado, que Quinn no lo pudo anticipar ni prepararse. Todo había sido tan lento, tan ensoñador, pero entonces Cal le puso las manos debajo de los brazos y la levantó, para quitarle completamente el pantalón. Esa rápida y despreocupada demostración de fuerza la impresionó, hizo que la cabeza le diera vueltas. Y cuando la puso de nuevo en el suelo, todavía sentía que las rodillas casi no la sostenían.

Cal la recorrió con la mirada, admiró el top, la ropa interior sensual que Quinn se había puesto con la idea de volverlo loco. Sonrió y levantó la mirada para fijar los ojos en los de ella.

—Guapa.

Eso fue todo lo que dijo, pero a ella la boca se le quedo seca. Era ridículo. Quinn había tenido otros hombres, otros hombres la habían mirado, la habían tocado, la habían deseado. Pero ahora que Cal lo hacía, se le resecaba la boca y la garganta. Trató de encontrar algo ingenioso y despreocupado que contestarle, pero a duras penas fue capaz de tener el buen juicio de respirar.

A continuación Cal jugueteó con la goma de sus bragas y le dio un tirón espontáneo. Ella se quedó de pie frente a él como una mujer bajo un encantamiento.

—Veamos qué hay aquí debajo —murmuró Cal y le quitó el top por la cabeza—. Muy bonito —fue su único comentario mientras seguía con el dedo la línea del sujetador.

Quinn no pudo recordar cómo moverse, tuvo que acordarse de que era buena en esto, activamente buena, no del tipo de mujer que se queda quieta y deja que el hombre haga todo el trabajo. Entonces extendió las manos e intentó torpemente de abrirle la hebilla del pantalón.

—Estás temblando.

—Cállate. Me siento como una idiota.

Cal tomó las manos de ella entre las suyas y se las llevó a los labios. Quinn supo que estaba más hundida que el *Titanic.*

—Sexy —la corrigió él—. Lo que eres es increíblemente sexy.

—Cal —Quinn tuvo que concentrarse para poder hablar—, en serio que necesito acostarme.

Quinn lo vio sonreír de nuevo y pensó que tal vez la sonrisa transmitía una sensación de satisfacción masculina, pero la verdad en ese momento le importó un comino.

Entonces los dos se recostaron en la cama. Cuerpos excitados sobre sábanas frías y nuevas, velas parpadeando como magia en la oscuridad. Y las manos y la boca del hombre se pusieron a trabajar sobre ella.

«Este hombre administra una bolera», pensó Quinn mientras él la saturaba de placer. ¿Cómo había conseguido adiestrar sus manos de esa manera? ¿Dónde había aprendido a...? Ay, Dios santo.

Quinn se corrió en una oleada que pareció erizarle desde los dedos de los pies y pasando por las piernas hasta estallar en su centro para después extenderse hasta su corazón y su mente. Ella se aferró a la sensación, sacándole provecho ávidamente a cada pizca de conmoción y deleite hasta que se quedó sin aliento y sin fuerzas.

«Muy bien, muy bien», fue lo único que su cerebro logró articular. «Muy bien. Caramba».

El cuerpo de Quinn era un festín de curvas y estremecimientos. Cal habría podido quedarse días y días saboreando esos senos encantadores, la línea definida del torso, la explosión femenina de las caderas. Pero entonces también estaban esas piernas, suaves y fuertes y... sensibles. Cuántos lugares para tocar, cuánta piel para saborear y toda la eterna noche por delante para regodearse.

Quinn se levantó hacia él, se envolvió a su alrededor, se arqueó y fluyó y respondió. Cal sintió el galope del corazón de ella bajo sus labios, escuchó sus gemidos al usar la lengua para atormentarla. Ella hundió los dedos en los hombros de él, en su cadera, sus manos apretaron, después se deslizaron para crispar esa tirante línea de su control.

Los besos se tornaron más urgentes. El frío aire de la habitación se calentó, se hizo denso como el humo. Cuando la necesidad se hizo borrosa, Cal se introdujo dentro de ella. Y sí, vio sus ojos cegarse.

Cal la tomó de las manos para anclarse, para evitar sencillamente dejarse ir, derramarse, perderse en el doloroso placer de la entrega. Los dedos de ella se tensaron entre los de él y ese placer se vio reflejado en su rostro con cada larga y lenta embestida. «Quédate conmigo», pensó Cal. Y eso fue lo que Quinn hizo, golpe a golpe. Hasta que se intensificó más y más en los jadeos entrecortados de Quinn, en los estremecimientos de su cuerpo. Un gemido impotente escapó de entre sus labios al tiempo que no pudo más que cerrar los ojos y girar la cabeza sobre la almohada. Cuando su cuerpo se derritió debajo de él, Cal presionó la cara contra la curva del cuello de la mujer y se dejó ir.

* * *

Cal yacía quieto pensando que Quinn se había quedado dormida. La mujer se había girado de tal manera que la cabeza le había quedado sobre el hombro de él, tenía el brazo sobre el pecho y una pierna enganchada sobre una de las suyas. Cal pensó que era un poco como estar atado con un «Quinnlazo». Y no encontró nada que no le gustara de ello.

—Iba a decir algo.

Cal entonces se dio cuenta de que no estaba dormida, aunque la voz le sonó ebria y pastosa.

—¿Sobre qué?

—Mmm. Iba a decir, justo cuando entramos en la habitación, iba a decir algo. —Quinn se acurrucó más cerca de él, entonces Cal se dio cuenta de que el calor que el sexo había generado se estaba desvaneciendo y ella estaba fría.

—Espera. —Cal tuvo que desenredarse de ella, lo cual le hizo emitir un par de gruñidos de protesta. Pero cuando le puso la manta encima, ella se acurrucó debajo—. ¿Mejor?

—No podría estar mejor. Iba a decir que desde que te conocí he estado pensando todo el tiempo, más o menos, en meterte en mi cama.

—Qué gracioso, porque yo he estado más o menos pensando lo mismo sobre ti. Tienes un cuerpo estupendo, Quinn.

—Cambio de estilo de vida, por lo cual ahora podría predicar como un evangélico. Sin embargo —se levantó sobre el brazo para poderlo mirar a la cara—, si hubiera sabido que iba a ser así, te habría metido en mi cama a los cinco minutos de haberte conocido.

Cal sonrió.

—Una vez más nuestros pensamientos van en paralelo. Haz eso de nuevo. No —le dijo entre risas cuando ella levantó las cejas—. Esto. —Le puso la cabeza sobre su hombro, después se puso el brazo de ella sobre el pecho—. Y la pierna. Eso es —le dijo cuando ella lo complació—. Así está perfecto.

El hecho de que en realidad se sentía perfecto le dio a Quinn una sensación cálida en el corazón. Entonces cerró los ojos y sin ninguna preocupación de nada se dejó llevar por el sueño.

* * *

En la oscuridad, Quinn se despertó cuando algo cayó sobre ella. Logró dar un gritó ahogado, se sentó y cerró los puños.

—Perdón, perdón.

Reconoció el susurro de Cal, pero fue demasiado tarde para contener el puñetazo que lanzó y que dio contra algo lo suficientemente duro como para hacerle arder los nudillos.

—¡Ay, ay, ay! Mierda.

—Eso digo yo —murmuró Cal.

—¿Qué diablos estás haciendo?

—Tropezándome, cayéndome y recibiendo un puñetazo en la cabeza.

—¿Por qué?

—Pues porque está oscurísimo. —Se dio la vuelta y se tocó la dolorida sien—. Estaba tratando de no despertarte y tú me pegas. En la cabeza, encima.

—Lo siento —susurró Quinn a su vez—. En lo que a mí concierne, bien podrías haber sido un violador psicópata. O considerando dónde estamos, un demonio salido del infierno. ¿Qué estás haciendo merodeando en la oscuridad?

—Tratando de encontrar uno de mis zapatos, que creo que fue con lo que tropecé cuando me caí.

—¿Te vas?

—Ya es por la mañana y tengo un desayuno de trabajo en un par de horas.

—Pero si todavía está oscuro.

—Porque es febrero, pero además tienes esa especie de cortina sobre la ventana. Son como las seis y media.

—Ay, Dios. —Se dejó caer de espaldas de nuevo—. Las seis y media todavía no es la mañana, ni siquiera en febrero. O, tal vez, especialmente.

—Que es la razón por la cual estaba tratando de no despertarte.

Quinn se giró y pudo adivinar la figura de Cal en la oscuridad mientras sus ojos se acostumbraban.

—Pues si ya estoy despierta, ¿por qué sigues susurrando?

—No sé. Tal vez sufrí un daño cerebral por el golpe que recibí en la cabeza.

Algo del tono irritado que Cal trató de disimular hizo que Quinn empezara a sentirse excitada.

—Ay, ¿por qué mejor no te metes otra vez bajo la manta conmigo, que aquí se está tan calentito? Te puedo dar unos besos sobre el golpe para que te sientas mejor.

—Ésa es una sugerencia cruel cuando te he dicho que tengo un desayuno con el alcalde, el tesorero del pueblo y el consejo municipal.

—El sexo y la política combinan tan bien como la mantequilla de cacahuete y la mermelada.

—Puede ser, pero tengo que ir a casa, darle de comer a *Lump*, sacar a Fox de la cama, porque tiene que venir al desayuno conmigo, bañarme, afeitarme y cambiarme de ropa para que no parezca que he estado revolcándome toda la noche.

Mientras Cal alargaba innecesariamente el proceso de ponerse los zapatos, Quinn se levantó de nuevo y le pasó los brazos alrededor del torso.

—Puedes hacer todo eso después.

Los cálidos y generosos senos de Quinn se apretaron contra la espalda de Cal mientras lo besaba en el cuello y bajaba la mano hacia la bragueta, donde encontró que él estaba duro como una roca.

—Tienes una vena malévola, rubita.

—Tal vez debas darme una lección. —Dejó escapar una risa ahogada cuando Cal se dio la vuelta y la tomó entre sus brazos. Y esta vez, cuando cayó sobre ella, fue a propósito.

* * *

Cal había llegado tarde a la reunión, pero se sentía tan increíblemente bien que le importó un comino. Pidió un enorme desayuno con huevos, beicon, croquetas de patata y galletas. Y mientras comía ávidamente, Fox bebía Coca-Cola como si fuera el antídoto de algún extraño y letal veneno que le corría por las venas y los otros charlaban sobre trivialidades. Y de las trivialidades pasaron a las cuestiones del pueblo.

Apenas era febrero, pero había que liquidar los planes para el desfile en honor de los soldados caídos en la guerra que se llevaría a cabo en mayo. Después pasaron al debate sobre si poner o no bancos nuevos en el parque. La mayor parte de la conversación le pasó desapercibida a Cal mientras comía y pensaba en Quinn.

Entonces giró la cabeza, pero más que nada porque Fox le dio un puntapié por debajo de la mesa.

—La casa de los Branson queda a sólo un par de puertas de la bolera —continuó el alcalde Watson—. Misty dijo que fue como si la casa se hubiera oscurecido a ambos lados, pero al otro lado de la calle la luz estaba encendida con normalidad. Los teléfonos dejaron de funcionar también. Se asustó mucho, nos dijo cuando Wendy y yo la recogimos después del baile. Pero sólo duró un par de minutos.

—Tal vez se fundió un fusible —sugirió Jim Hawkins, pero le lanzó una mirada a su hijo.

—Puede ser, pero Misty dijo que la luz había parpadeado unos segundos. Tal vez fue una descarga eléctrica. Creo que le voy a decir a Mike Branson que haga revisar el cableado de su casa. Puede ser que algo esté haciendo un cortocircuito, y no queremos que haya un incendio, por supuesto.

¿Cómo era posible que olvidaran?, se preguntó Cal. ¿Era un mecanismo de defensa, amnesia o sólo parte de la horrible situación?

Sin embargo, no todos olvidaban. Pudo ver la incertidumbre, la preocupación en la expresión de su padre y en un par más de los presentes. Pero el alcalde y la mayoría de los concejales pasaron sin reparo a la discusión sobre si pintar las graderías del estadio antes de que empezara la temporada de la liga menor.

Se habían producido otras descargas eléctricas extrañas y otros apagones sin explicación, pero nunca antes de junio, nunca antes de la cuenta atrás antes de que empezara el Siete.

Cuando se acabó la reunión, Fox caminó con Cal y Jim hasta la bolera. No hablaron hasta que entraron y cerraron la puerta tras de sí.

—Es muy pronto para que esté pasando esto —comentó Jim de inmediato—. Con seguridad es una descarga eléctrica o un problema del cableado.

—No, papá. Han empezado a suceder cosas ya —le dijo Cal—. Y esta vez no sólo somos Fox y yo quienes las hemos visto.

—Bueno. —Jim se sentó pesadamente sobre una de las mesas en la zona de la parrilla—. ¿Qué puedo hacer?

«Cuidarte», pensó Cal. «Cuidar de mamá». Pero nunca sería suficiente.

—Hazme saber cualquier cosa que parezca extraña. O a Fox, o a Gage, cuando llegue. Esta vez somos más. Quinn y Layla son parte de esto también, pero todavía nos hace falta descifrar cómo y por qué. —Su bisabuela había sabido que Quinn estaba conectada, pensó Cal. Había sentido algo—. Tengo que ir a hablar con la abuela.

—Cal, la mujer tiene noventa y siete años. Sin importar lo dinámica que sea, sigue teniendo noventa y siete años.

—Tendré cuidado.

—¿Sabéis? Voy a hablar con la señora H. de nuevo. —Fox sacudió la cabeza—. Ha estado nerviosa y me ha dicho que se marcha en un mes en lugar de en abril. Pensé que se trataba sólo de impaciencia, pero tal vez quiere marcharse antes por alguna otra razón.

—Muy bien —suspiró Jim—. Ambos id a hacer lo que sea que tengáis que hacer, que yo me encargo de las cosas aquí. Ya sé cómo administrar la bolera —le dijo a Cal antes de que éste pudiera protestar—. He trabajado aquí desde hace tiempo.

—Está bien. Si la abuela está con ganas, la voy a llevar a la biblioteca y después regreso aquí y te relevo. Así puedes recogerla tú después y llevarla a casa.

* * *

Cal caminó hasta la pequeña y primorosa casa de Essie, que quedaba a sólo una manzana y que compartía con su prima Ginger. La única concesión que Essie le había hecho al envejecimiento había sido aceptar que Ginger viviera con ella, que se encargara del cuidado de la casa, de hacer las compras, de cocinar casi todo lo que era necesario y de hacer las veces de chófer para cosas como citas con el médico y el dentista.

Cal sabía que su prima Ginger era una mujer recia y práctica que no se metía en las cosas de su abuela a menos que fuera estrictamente necesario. Prefería la tele a los libros y vivía para las tres telenovelas de la tarde. Su desastroso matrimonio, que no había engendrado hijos, la había hecho perder el interés por los hombres, salvo por los galanes de la tele y los que aparecían en la portada de la revista *People.*

A Cal le parecía que su abuela y su prima se llevaban lo suficientemente bien como para vivir en armonía en esa casa de muñecas que tenía un jardín delantero perfectamente cuidado y un alegre porche pintado de azul.

Cuando llegó a la casa de su bisabuela, no vio el coche de Ginger aparcado enfrente, entonces se preguntó si Essie habría tenido una cita médica temprana. Su padre llevaba la agenda de Essie en la cabeza, así como prácticamente todo lo demás, pero tal vez lo había olvidado porque había estado alterado esa mañana. Sin embargo, era más probable que Ginger estuviera comprando alguna cosa en el supermercado.

Atravesó el porche y llamó a la puerta. No le sorprendió que la puerta se abriera. Incluso estando alterado, su padre no olvidaba nada. Pero sí le sorprendió, y mucho, que fuera Quinn quien le abriera.

—¡Hola! Pasa. Tu abuela y yo estamos tomando el té en el salón.

Cal la cogió del brazo.

—¿Por qué estás aquí?

La sonrisa de bienvenida en el rostro de Quinn se esfumó al escuchar el tono cortante de Cal.

—Tengo trabajo que hacer. Además, ella me llamó.

—¿Por qué?

—Tal vez si te decidieras a entrar en lugar de matarme con la mirada, ambos nos enteraríamos.

Al no ver ninguna otra opción, Cal entró al primoroso salón de su bisabuela donde las violetas africanas estaban en flor en una explosión de morado en las ventanas, donde librerías empotradas en la paredes, hechas por el padre de Fox, estaban llenas de libros, fotografías familiares, detalles y recuerdos, donde el servicio de té estaba dispuesto sobre una mesa baja frente al sofá de respaldo alto que su madre había retapizado apenas la primavera anterior. Y donde su adorada bisabuela estaba sentada como una reina en su sillón orejero favorito.

—Cal —Essie levantó la mano al recibir la de Cal y le puso la mejilla para que le diera un beso—, pensé que ibas a estar ocupado toda la mañana entre la reunión con el alcalde y el trabajo de la bolera.

—Ya salimos de la reunión y mi padre está en la bolera. No vi el coche de Ginger.

—Está fuera haciendo varios recados, ya que tengo compañía. Quinn estaba a punto de servir el té. Anda, trae una taza más del aparador.

—Gracias, pero no me apetece té. Acabo de desayunar.

—Te habría llamado a ti también de haber sabido que tenías tiempo esta mañana.

—Siempre tengo tiempo para ti, abuela.

—Éste es mi chico —le dijo Essie a Quinn al tiempo que le daba un apretón en la mano a Cal para después soltársela y recibir la taza de té que ella le ofrecía—. Gracias. Por favor sentaos, los dos. Creo que es mejor ir directos al grano. Necesito preguntaros si hubo un incidente anoche durante el baile. ¿Pasó algo antes de las diez? —Miró con suma atención el rostro de Cal mientras preguntaba y el cambio en su expresión le dio una respuesta, entonces cerró los ojos—. Entonces sí fue así —le tembló la fina voz. Abrió los ojos de nuevo—. No sé si sentirme asustada o aliviada. Aliviada porque pensé que estaba empezando a perder el juicio. Asustada porque no es así. Entonces fue real —dijo en voz baja—. Lo que vi fue real.

—¿Qué viste?

—Fue como si hubiera estado detrás de una cortina, es decir, como si se hubiera bajado una cortina o un telón y yo hubiera tenido que ver a través. Pensé que era sangre lo que escurría de las paredes, pero nadie pareció percatarse de lo que estaba sucediendo. Nadie vio ni la sangre ni las cosas que se dispersaron por doquier y que se arrastraron por las mesas y el suelo. —Se frotó ligeramente la garganta—. Después no vi claramente qué era, pero algo parecido a una sombra, una silueta negra, flotó en el aire sobre todos al otro lado de la cortina. Pensé que era la muerte. —Sonrió al llevarse la taza a los labios con mano firme—. A mi edad uno se prepara para la muerte, o uno debería, al menos. Pero sentí miedo de esa silueta. Y al minuto siguiente ya no hubo nada, el telón se levantó y todo estuvo exactamente como debía estar.

—Abuela...

—¿Por qué no te dije nada anoche mismo? —lo interrumpió—. Puedo leerte el rostro como si fuera un libro, Caleb. Orgullo, miedo. Sencillamente quería salir de allí, irme a casa y tu padre me trajo. Necesitaba dormir, y eso fue lo que hice. Pero esta mañana necesitaba saber si había sido real.

—Señora Abbott...

—Puedes llamarme Essie, querida, y tutéame, está bien —le dijo a Quinn.

—Essie, ¿alguna vez habías tenido una experiencia parecida a ésta?

—Sí. Pero no te lo dije —le dijo a Cal después de que él maldijera—. Ni a ti ni a nadie. Fue en el verano de tu décimo cumpleaños. Ese primer verano vi cosas terribles fuera de la casa, cosas que no parecían ser posibles. Esa silueta negra que a veces parecía ser un hombre, a veces un perro, o a veces una espantosa combinación de ambos. Tu abuelo no vio nada o no quiso. A veces pienso que sencillamente no quiso ver nada. Esa semana pasaron cosas terribles. —Cerró los ojos un momento, después le dio otro sorbo tranquilizador a su té—. Vecinos, amigos. Las cosas que se hicieron a sí mismos y que les hicieron a los demás. Después de la segunda noche, viniste a llamar a mi puerta. ¿Te acuerdas, Cal?

—Sí, señora. Me acuerdo.

—Tan sólo diez años —le sonrió a Quinn—. Cal era sólo un chiquillo, igual que sus dos amiguitos. Estaban tan asustados. Uno podía sentir el miedo que los embargaba, pero también el valor, he de decir, que se desprendía de ellos como una luz. Viniste y me dijiste que tenía que hacer las maletas para tu abuelo y para mí, que teníamos que quedarnos en tu casa, que el pueblo no era un lugar seguro. ¿Nunca te has preguntado por qué no te lo discutí o por qué no te di una palmadita y te devolví a tu casa?

—No. Supongo que estaban pasando demasiadas otras cosas. Yo lo único que quería era que el abuelo y tú estuvierais seguros.

—Hice la maleta para tu abuelo y para mí las dos primeras veces, después la hice para mí sola. Y ahora la haré para Ginger y para mí. Esta vez está empezando más temprano y con mayor fuerza.

—Puedo preparar tus cosas y las de Ginger ahora mismo, abuela, para que os vengáis con nosotros cuanto antes.

—No creo que haga falta. Estamos suficientemente seguras por ahora —le dijo a Cal—. Cuando sea el momento, Ginger y yo podremos preparar lo que necesitemos. Quiero que cojas los libros, Cal. Ya sé que ambos los hemos leído incontables veces, sin embargo, de alguna manera, algo se nos ha pasado. Pero ahora tenemos unos ojos nuevos.

Quinn se giró hacia Cal con los ojos entrecerrados:

—¿Qué libros?

CAPÍTULO 13

Fox caminó hasta el banco, lo que era completamente innecesario, pues los documentos de su maletín podrían haberse entregado en cualquier momento. De hecho, habría sido más eficiente que su cliente hubiera ido a la oficina a firmarlos. Pero había querido salir, respirar aire puro, caminar para quitarse de encima la irritación que lo invadía.

Ya era hora de admitir que había estado aferrándose a la esperanza de que Alice Hawbaker cambiara de opinión o de que iba a ser capaz de convencerla de que no se marchara. Tal vez era egoísta, ¿y qué? Dependía de ella, estaba acostumbrado a ella. Y la quería.

El amor significaba que no tenía otra opción que dejarla ir. El amor significaba que si pudiera borrar los últimos veinte minutos que había pasado con ella, lo haría.

La señora H. casi se había desmoronado, recordó Fox mientras caminaba calle abajo con sus desgastadas botas (aprovechando que no iba al tribunal hoy). Y ella nunca se desmoronaba. Nunca, ni siquiera perdía la compostura, pero la había presionado de tal manera que la había dejado al borde de una crisis. Y siempre lo iba a lamentar.

«Si nos quedamos, vamos a morir», le había dicho ella con la voz rota y lágrimas en los ojos.

Fox sólo quería saber por qué la mujer estaba tan empeñada en marcharse, por qué estaba más nerviosa cada día hasta el punto de querer adelantar el viaje un mes. Entonces la había presionado y finalmente ella había terminado contándoselo.

La señora H. estaba viendo, una y otra vez, cada vez que cerraba los ojos, la muerte de su marido y la de ella misma. Se veía a sí misma sacando la escopeta de caza de su marido del estuche con candado donde él la guardaba, en el sótano de la casa, para después cargarla tranquilamente. Se veía subiendo las escaleras, atravesando la cocina, donde los platos de la cena estaban en el lavavajillas y las encimeras resplandecían de limpias, y llegando al estudio, donde el hombre al que había amado durante treinta y seis años y que era el padre de sus tres hijos estaba viendo en la televisión un partido entre los Orioles y los Red Sox. Los primeros iban ganando dos a cero, pero era el turno de los segundos, que tenían al bateador en la base, otro jugador en la segunda base y otro fuera. El marcador iba uno a dos. Cuando el bateador golpeaba la pelota, la mujer se veía apretando el gatillo para que una bala le atravesara la cabeza desde atrás al hombre recostado en su sillón favorito. Después se veía poniendo el cañón de la escopeta debajo de su propia barbilla y disparando de nuevo.

Así las cosas, Fox tenía que dejarla ir. Así como había tenido que inventarse una excusa cualquiera para salir de la oficina, porque la conocía lo suficientemente bien como para entender que no lo quería cerca hasta que recuperara la compostura.

Saber que le había dado lo que ella quería y necesitaba al momento no le ayudó a aplacar el sentimiento de culpa, de frustración y de ineptitud.

Decidió comprarle flores. Fox sabía que ella las aceptaría como una señal de paz. A la señora H. le gustaba tener flores en la oficina y con frecuencia las compraba ella misma, porque él tendía a olvidarse. Salió de la floristería con un enorme ramo de flores variadas y casi arrolla a Layla en el proceso.

Layla se tambaleó e incluso dio unos cuantos pasos atrás, en retirada. Fox notó la expresión molesta e infeliz en su rostro y se preguntó si era su destino actual poner nerviosas a las mujeres y hacerlas sentir miserables.

—Perdona, no estaba mirando por dónde caminaba.

Layla no le sonrió, sencillamente empezó a juguetear nerviosamente con los botones de su abrigo.

—No te preocupes, yo tampoco.

No necesitaba adentrarse en la mente de Layla para sentir el enredo de nervios e infelicidad que la rodeaba. Pensó que ella nunca estaba relajada cuando estaban juntos, siempre estaba haciendo ese movimiento nervioso con los botones. O tal vez nunca se relajaba, en general. Podía ser un hábito neoyorquino, reflexionó. Al menos él nunca se había podido relajar mientras había estado allí. Fox pensó que sólo debía irse, sin embargo, la tentación de ayudar a la gente era demasiado fuerte en él.

—¿Problemas?

Ahora los ojos que brillaron de lágrimas fueron los de Layla. Fox sólo sintió que quería ponerse en mitad de la calle y dejar que un camión lo arrollara.

—¿Problemas? ¿Cómo podría tener problemas? Estoy viviendo en una casa ajena, en un pueblo ajeno, veo cosas que no existen o, lo que es peor, sí existen y me quieren muerta. Prácticamente todo lo que tengo está en mi apartamento en Nueva York, un apartamento por el cual tengo que pagar. Y mi muy paciente y comprensiva jefa me llamó esta mañana para decirme que lo lamentaba mucho, pero que si no volvía a trabajar la semana entrante, tendría que buscarme una sustituta. ¿Sabes lo que hice?

—No.

—Empecé a hacer el equipaje. Lo siento mucho, realmente, pero resulta que tengo una vida allá. Tengo cuentas que pagar, tengo responsabilidades y una maldita rutina. —Se cruzó de brazos cogiéndose los codos con las manos, como para tratar de mantenerse en su sitio—. Necesito volver a mi vida, pero no pude. Sencillamente no pude. Ni siquiera sé por qué, no a un nivel racional, al menos, pero no pude hacerlo. Así que ahora voy a perder mi empleo, lo que significa que no voy a poder seguir pagando mi apartamento. Y seguramente voy a terminar muerta o recluida en un manicomio, pero sólo después de que mi casero me demande por no pagar el alquiler. Así que, ¿problemas? No, para nada.

Fox escuchó la retahíla de Layla sin interrumpirla, cuando terminó, asintió con la cabeza:

—Qué pregunta más estúpida. Toma. —Le puso el enorme ramo de flores en los brazos.

—¿Qué?

—Parece que te podrían ir bien.

Atónita, Layla lo miró, después miró el colorido ramo entre sus brazos. Y sintió una sensación aguda que seguramente era el paso de la histeria a la perplejidad.

—Pero... debiste de comprarlas para otra persona.

—Puedo comprar más —gesticuló hacia la puerta de la floristería—. Y puedo ayudarte con tu casero si me pasas toda la información. Por lo demás, bueno, estamos trabajando en ello. Tal vez algo te empujó a venir aquí y tal vez algo te está presionando para que te quedes, pero la conclusión, Layla, es que es tu decisión. Si decides que tienes que irte —pensó en

Alice de nuevo y parte de su frustración se diluyó—, nadie te va a culpar o a juzgarte. Pero si te vas a quedar, tienes que comprometerte.

—Me he...

—No, no lo has hecho. —Distraídamente, Fox le levantó las asas del bolso, que se le habían resbalado hasta el codo, y se las volvió a poner sobre el hombro—. Todavía estás buscando la manera de escapar de esto, la grieta en el acuerdo que te permita recoger tus cosas y marcharte sin que haya ninguna consecuencia. Sencillamente volver a como era antes. No te puedo culpar por querer eso, pero tienes que escoger y ser fiel a esa elección. Eso es todo. Tengo que terminar aquí y volver a la oficina. Nos vemos después. —Y tras decir esto, volvió a entrar a la floristería y dejó a Layla sola en la acera sin poder decir ni una palabra.

* * *

Quinn gritó desde el segundo piso cuando Layla entró.

—Soy yo —anunció Layla y todavía sintiéndose en conflicto consigo misma, caminó hacia la cocina con las flores y los jarrones y botellas que había comprado en una tienda de camino a casa.

—Café. —Quinn entró bulliciosamente en la cocina unos momentos después—. Voy a necesitar cantidades industriales de... Oye, qué bonitas —le dijo cuando vio las flores que Layla estaba arreglando en los jarrones y botellas.

—Sí, muy bonitas. Quinn, necesito hablar contigo.

—Yo también tengo que hablar contigo. Tú primero.

—Casi me marcho esta mañana.

Quinn se detuvo a medio camino de ir a llenar la cafetera.

—Oh.

—E iba a hacer mi mejor esfuerzo para irme antes de que llegaras y me convencieras de quedarme. Lo siento.

—No te preocupes, está bien. —Quinn empezó a preparar café—. Yo también me evadiría, si tuviera que hacer algo que no quisiera hacer. Espero que me entiendas.

—Es raro, pero sí.

—¿Por qué no te fuiste?

—Déjame que te cuente desde el principio. —Y le contó la conversación telefónica que había tenido con su jefa mientras seguía armando los floreros.

—Lo siento mucho. Es tan injusto. No estoy diciendo que tu jefa sea injusta, porque tiene que administrar un negocio, pero todo esto es tan injusto. —Quinn vio a Layla poner margaritas en una taza de té enorme—. En un nivel práctico me siento bien, porque esto es trabajo para mí, el trabajo que escogí. Puedo darme el lujo de estar aquí y complementar con algunos artículos. Si quieres, podría...

—No es eso lo que quiero. No quiero que me prestes dinero o que pagues mi parte de los gastos de la casa. Si me quedo, es porque he escogido quedarme. —Layla miró las flores, pensó en lo que Fox le había dicho—. Creo que hasta hoy no lo había aceptado, o no había querido aceptarlo. Era más fácil pensar que me habían arrastrado hasta aquí y que me estaban presionando para quedarme. Deseaba irme porque no quería que nada de esto estuviera pasando. Pero la realidad es que sí está pasando. Así son las cosas, me estoy quedando porque he decidido hacerlo. Ahora sólo me resta solucionar la parte práctica.

—Tengo un par de ideas para ayudarte con eso, pero déjame pensarlas bien. Las flores fueron una buena idea. Alegran el día de malas noticias.

—No fueron idea mía. Fox me las dio cuando nos encontramos fuera de la floristería. Le solté una perorata. —Layla se encogió de hombros y empezó a recoger las puntas de los tallos de las flores que había cortado y el papel celofán—. Básicamente me preguntó: «¿Cómo estás?». Y yo le respondí: «¿Que cómo estoy? Te voy a decir cómo estoy». —Tiró en el cubo de basura los restos, se apoyó en la encimera y se rió—. Por Dios santo, le cayó un chaparrón... Entonces me dio las flores que acababa de comprar, me las abalanzó, más bien, y me dio un sermón corto y conciso. Supongo que me lo merecía.

—Mmm. —Quinn añadió la información al caldero mental de pensamiento que estaba preparando—. ¿Y te sientes mejor?

—¿Mejor? —Layla se dirigió hacia el pequeño comedor y dispuso tres floreros sobre la vieja mesa extensible que habían comprado en el mercadillo—. Me siento más resuelta, pero no sé si eso significa mejor.

—Tengo algo para mantenerte ocupada.

—Gracias a Dios. Estoy acostumbrada a trabajar y todo este tiempo de ocio hace que me ponga de malas pulgas.

—Ven conmigo. Pero no dejes todas las flores aquí, deberías poner algunas en tu habitación.

—Pensé que serían flores para la casa. Fox no las compró para mí o...

—Pero te las dio, así que sube aunque sea un florero. Ayer me hiciste poner los tulipanes en mi habitación. —Para resolver el asunto, Quinn misma escogió uno de los floreros pequeños y una esbelta botella—. Ah, mi café.

—Yo te lo traigo. —Layla sirvió una taza de café para Quinn, le puso leche y edulcorante y cogió una botella de agua para ella—. ¿Qué proyecto me va a mantener ocupada?

—Libros.

—Ya tenemos los libros de la biblioteca.

—Ahora tenemos otros de la biblioteca personal de Estelle Hawkins Abbott. Algunos son diarios, pero a duras penas los he mirado. Llegué sólo un momento antes que tú —explicó Quinn mientras subían las escaleras—. Tres son diarios de Ann Hawkins, escritos después de que nacieran sus hijos. Los hijos que tuvo con Giles Dent.

—Pero seguramente la señora Abbott debió de leerlos ya y debió de mostrárselos a Cal.

—Sí y sí. Ya los han leído, estudiado y considerado, pero no nosotras, Layla. Ojos nuevos, puntos de vista diferentes. —Quinn se desvió hacia la habitación de Layla y dejó las flores allí, después le aceptó la taza de café y se dirigió hacia la oficina, con la otra mujer detrás—. Y ya tengo la primera pregunta en mis notas: ¿dónde están los otros?

—¿Los otros diarios?

—Sí, los otros diarios de Ann, porque apuesto a que hay, o hubo, más. ¿Dónde está el diario que escribió mientras vivía con Dent, mientras estaba embarazada de los trillizos? Ése es uno de los nuevos ángulos que espero que nuestros ojos nuevos puedan encontrar. ¿Dónde podrían estar y por qué no están con los otros?

—Si es cierto que escribió otros diarios, éstos pudieron haberse perdido o tal vez se destruyeron.

—Esperemos que no. —La expresión en los ojos de Quinn se intensificó al sentarse y coger entre las manos un pequeño libro con cubierta de cuero marrón—. Porque creo que ella podría tener algunas de las respuestas que necesitamos.

* * *

A Cal no le gustaba irse de la bolera hasta después de las siete. Pero incluso entonces se sentía culpable de dejar a su padre encargado de todo el resto de la noche. Había llamado a Quinn hacia el final de la tarde para decirle que iría a verla en cuanto pudiera y la respuesta distraída de ella había sido que llevara algo de comer.

Quinn tendría que resignarse a comer pizza, pensó Cal mientras subía los escalones con las cajas calientes en las manos. No había tenido ni el tiempo ni las ganas de descifrar qué opciones le dejaba ese cambio de estilo de vida del que ella hablaba.

Cuando llamó a la puerta, un viento frío silbó detrás de él, lo que le hizo girarse incómodo. «Algo viene», pensó. «El viento trae algo».

Fox abrió la puerta.

—Gracias a Dios. Pizza y testosterona. Estoy en desventaja aquí, hermano.

—¿Dónde está el estrógeno?

—Arriba. Sepultado debajo de libros y notas. Y esquemas. Layla hace esquemas. Cometí el error de decirles que en la oficina tenía una pizarra; pues me hicieron ir a por ella y arrastrarla escaleras arriba. —Tan pronto como Cal hubo puesto las cajas de las pizzas sobre la encimera de la cocina, Fox levantó una de las tapas y sacó una porción—. Han estado hablando de fichas. Fichas de colores. No me vuelvas a dejar solo aquí otra vez, por favor.

Cal gruñó y abrió el frigorífico, donde descubrió que Fox había puesto una buena provisión de cerveza, tal y como había esperado y soñado.

—Tal vez nunca hemos sido lo suficientemente organizados y por eso se nos han pasado detalles. Tal vez...

Se interrumpió cuando Quinn entró como una tromba.

—¡Hola! Ay, no. ¿Pizza? Bueno, pues con el poder de mi mente haré que no me engorde y mañana me dedicaré a una sesión doble en el gimnasio. —Sacó platos y le pasó uno a Fox, que ya iba por la mitad de su porción de pizza. Entonces sonrió ampliamente a Cal—. ¿Y me has traído algo?

Cal se inclinó y le dio un beso en la boca.

—Te he traído eso.

—Qué coincidencia. Era exactamente lo que quería. Entonces qué tal si me das un poco más. —Lo agarró de la camisa y lo atrajo hacia ella para darle un largo beso.

—¿Hola? Chicos, ¿queréis que me vaya? ¿Puedo llevarme la pizza?

—De hecho... —empezó Cal.

—Bueno, bueno. —Quinn le dio un ligero empujón a Cal en el pecho para alejarlo de sí—. Papi y mami sólo estaban saludándose —le dijo a Fox—. ¿Por qué no nos sentamos en la mesa del comedor como gente civilizada? Layla viene enseguida.

—¿Y por qué yo no puedo saludar también a mami? —se quejó Fox a Quinn mientras salía de la cocina con los platos en la mano.

—Porque entonces tendría que darte un puñetazo que te dejaría inconsciente.

—Como si pudieras... —Divertido, Fox cogió las cajas de las pizzas y salió detrás de Quinn—. Las bebidas te tocan a ti, hermano.

Poco después de que estuvieron los tres sentados, bebidas, servilletas, platos y pizzas circulaban de mano en mano. Entonces Layla entró en el comedor con una enorme ensaladera y unos cuencos pequeños en las manos.

—Hace un rato hice esto, pues no estaba segura de qué irías a traer —le dijo a Cal.

—¿Hiciste una ensalada? —le preguntó Quinn.

—Mi especialidad. Picar, desmenuzar, revolver, nada de cocinar.

—Bueno, entonces ahora me veo obligada a portarme bien. —Quinn renunció al sueño de dos porciones de pizza y se resignó a comerse sólo una con un cuenco de la ensalada de Layla—. Hemos hecho algunos progresos —comentó al llevarse el primer trozo de pizza a la boca.

—Sí, ahora puedes preguntarles a estas señoritas cómo hacer velas de sebo o conservas de bayas —sugirió Fox—. Ya tienen las instrucciones.

—Es cierto que alguna de la información contenida en los libros que estamos leyendo no sirve para nuestra situación actual —Quinn le levantó una ceja a Fox—, pero puede ser que un día me llamen en medio de algún apagón para que haga velas de sebo. Sin embargo, a lo que me refiero cuando digo progreso es a que hay un montón de información interesante en los diarios de Ann.

—Nosotros ya los hemos leído —apuntó Cal—. Varias veces.

—Pero vosotros no sois mujeres. —Quinn levantó un dedo—. Y sí, Essie sí lo es, pero es una mujer que es descendiente de los Hawkins y que es parte de este pueblo y de su historia. Por más objetiva que haya tratado de ser, es posible que se le hayan pasado algunas sutilezas. Primera pregunta: ¿dónde están los otros diarios?

—No hay otros.

—No estoy de acuerdo. No hay otros que hayan sido encontrados, lo que es diferente. Essie me dijo que su padre le dio estos diarios porque a ella le gustaban los libros. La llamé para confirmarlo, pero efectivamente él nunca mencionó si había otros.

—Si hubiera habido otros —insistió Cal—, se los habría dado a ella también.

—Si los hubiera tenido. Hay una gran brecha entre 1600 y 1900 —apuntó Quinn—. Las cosas se pierden, se refunden, se confunden. Según los archivos y la historia oral de tu familia, Ann Hawkins vivió la mayor parte de su vida en lo que hoy es el centro comunitario en Main Street, lo que antes era la biblioteca. Libros. Biblioteca. Interesante.

—Una biblioteca que mi abuela se conocía al derecho y al revés —contestó Cal—. No habría podido haber allí un libro de cuya existencia ella no supiera, y menos uno como éstos. —Cal negó con la cabeza—. Ella lo habría tenido, si alguien habría de haberlo tenido.

—A menos que nunca lo hubiera visto. Tal vez está escondido o, tal vez, en aras de la discusión, no era ella la indicada para encontrarlo. No debía ser encontrado ni en ese momento, ni por esa persona.

—Discutible —comentó Fox.

—Y algo que hay que mirar más a fondo. Mientras tanto, Layla y yo estamos tratando de ponerles fecha a los diarios, dado que Ann no lo hizo. Nos estamos guiando por lo que dice sobre sus hijos. En el que creemos que es el primero, sus hijos debían de tener entre dos y tres años. En el siguiente, tienen cinco, porque habla específicamente de su quinto cumpleaños, y termina, creemos, cuando tienen unos siete. En el tercero parecen ser adolescentes, creemos que debían de tener unos dieciséis.

—Una brecha grande entre el segundo y el tercero —comentó Layla.

—Tal vez no tuvo nada que valiera la pena poner por escrito durante esos años.

—Podría ser —le respondió Quinn a Cal—, pero apuesto a que no fue así. Seguro que tenía cosas que contar, aunque fuera sobre mermelada de frutas y tres hijos hiperactivos. Lo más importante ahora, al menos eso creo yo, es ¿dónde está el diario, o los diarios, que cubren su vida con Dent, el nacimiento de sus hijos y sus dos primeros años de vida? Porque uno podría apostar cualquier cosa a que debieron de ser años bastante interesantes.

—Ann habla de él —comentó Layla quedamente—, de Giles Dent, una y otra vez, en todos los diarios. Escribe sobre él, sobre sus sentimientos hacia él y los sueños con él.

—Y siempre escribe en presente —añadió Quinn.

—Es duro perder a alguien que se ama —comentó Fox meneando la botella de cerveza que tenía en la mano.

—Lo es, pero Ann escribe sobre él, constantemente, como si estuviera con vida. —Quinn miró a Cal—. «No es la muerte». Ya hemos hablado de eso, de que posiblemente Dent encontró la manera de existir con esta cosa, de contenerlo, por decirlo de alguna manera. Obviamente no pudo, o no quiso, matarlo o destruirlo, pero el demonio tampoco pudo destruir o matar a Dent, que encontró una manera de mantenerlo debajo de la superficie y continuar existiendo, tal vez con ese único propósito. Ella lo sabía. Ann sabía lo que Dent había hecho y apuesto a que sabía cómo lo hizo.

—No estás teniendo en cuenta el amor y el dolor —le llamó la atención Cal.

—No los estoy descartando, pero cuando leo lo que ha escrito, tengo la sensación de que Ann era una mujer decidida y fuerte y que amaba profundamente a un hombre decidido y fuerte. Por él desafió todas las convenciones de la época y se arriesgó al rechazo y a la censura. Compartía su cama, pero creo que también compartía sus obligaciones. Cualquier cosa que planeara hacer, que intentara hacer, que se sintiera obligado a hacer, lo compartiría con ella, estoy segura. Eran una unidad. ¿No fue eso lo que sentiste, lo que sentimos, cuando estuvimos en el claro?

—Sí. —No podía negarlo, pensó Cal—. Eso fue lo que sentí.

—Entonces dando por sentado eso, Ann lo sabía y aunque puede ser posible que se lo contara a sus hijos cuando fueron lo suficientemente mayores, esa parte de la historia oral de la familia pudo haberse perdido o mezclado con otras cosas. Suele suceder. Yo creo que ella lo dejó por escrito también. Y dejaría el registro en alguna parte que pensara que estaría seguro y protegido hasta que fuera necesario.

—Ha sido necesario durante veintiún años.

—Cal, es tu responsabilidad la que está hablando, no la lógica. Al menos no la lógica que se aplica a esta situación. Ann te dijo que éste era el momento, que éste siempre había sido el momento. Nada que hubieras tenido o que hubieras podido hacer habría detenido al demonio antes de este momento.

—Nosotros lo liberamos —dijo Fox—. Nada se habría necesitado, si no lo hubiéramos dejado salir.

—No creo que eso sea necesariamente cierto —comentó Layla, girándose ligeramente hacia él—. Y, tal vez, si encontramos los otros diarios, seamos capaces de entender. Pero nos dimos cuenta de otra cosa.

—Layla lo pescó a la primera —dijo Quinn.

—Porque lo tuve frente a las narices primero. En todo caso, son los nombres, los de los hijos de Ann: Caleb, Fletcher y Gideon.

—En esa época eran nombres de lo más comunes. —Cal se encogió de hombros mientras ponía su plato a un lado—. Caleb arraigó más que los otros nombres por el lado de los Hawkins, pero tengo un primo que se llama Fletch y un tío Gideon.

—No. Las iniciales —dijo Quinn con impaciencia—. Te dije que se les había pasado —le comentó a Layla—. C, F, G. Caleb, Fox, Gage.

—No creo que tenga mucho que ver, especialmente si se tiene en cuenta que me llamo Fox porque mi madre vio una manada de zorros* corriendo hacia el bosque poco tiempo antes de dar a luz. Por su parte, mi hermana Sage obtuvo su nombre porque mi madre olió salvia** en su huerto de hierbas aromáticas justo después de que ella naciera. Igual pasó con mis otros dos hermanos.

—¿De verdad te bautizaron en honor a un zorro? ¿El mamífero peludo? —quiso saber Layla.

—Sí, pero no por un zorro específico. Era más cuestión de... Mejor dicho, tienes que conocer a mi madre.

—Cualquiera que haya sido la manera en que Fox obtuvo su famoso nombre, no creo que debamos descartar las coincidencias. —Quinn observó con detenimiento el rostro de Cal y pudo adivinar que él estaba considerando la posibilidad—. Y creo que en esta mesa hay más de un descendiente de Ann Hawkins.

—Quinn, la familia de mi padre vino de Irlanda hace cuatro generaciones —le dijo Fox—. La familia O'Dell y sus familiares no estaban aquí en los tiempos de Ann Hawkins porque estaban arando la tierra en Kerry.

—¿Y del lado de tu madre? —le preguntó Layla.

—Una mezcla aún más diversa: ingleses, irlandeses, creo que algunos franceses. Nadie en la familia se ha preocupado por hacer el árbol genealógico, pero nunca he escuchado que haya algún Hawkins por ahí.

—Tal vez deberías investigar. ¿Y qué hay de Gage? —preguntó Quinn.

—Ni idea. —Cal estaba ahora más que simplemente considerándolo—. Pero dudo que estemos emparentados, sin em-

---

* *Fox* significa «zorro» en inglés. *[N. de la T.]*

** *Sage* significa «salvia» en inglés. *[N. de la T.]*

bargo, puedo preguntarle a Bill, el padre de Gage. Si es cierto, si de verdad somos descendientes directos los tres, eso explicaría una de las cosas que nunca hemos podido entender.

—Por qué fuisteis vosotros —dijo Quinn en voz baja—. Por qué la mezcla de vuestra sangre fue la que abrió la puerta.

* * *

—Siempre había pensado que había sido a causa mía.

Era noche cerrada y la casa estaba en silencio. Cal yacía en la cama de Quinn con ella acurrucada cálida a su lado.

—¿Sólo tuya?

—Pensaba que Fox y Gage habían ayudado a causar todo el asunto, pero sí, pensaba que había sido por mí, porque era mi sangre, es decir, no sólo esa noche, sino mi herencia, mi ascendencia. Yo era el Hawkins. Ellos no son de aquí de la misma manera que yo, no desde siempre. Pero si esto es verdad... Todavía no sé cómo sentirme al respecto.

—Podrías darte un respiro. —Quinn le acarició el pecho sobre el corazón—. Desearía que lo hicieras.

—¿Por qué permitiría que sucediera? Dent, me refiero. ¿Por qué permitiría que saliera de nuevo, si ya había encontrado una manera de retenerlo?

—Otra pregunta. —Quinn se levantó sobre un brazo para mirarlo directamente a la cara—. Lo descubriremos, Cal. Se supone que vamos a hacerlo. Lo creo firmemente.

—Estoy próximo a creerlo yo mismo, contigo. —Le acarició una mejilla—. Quinn, no me puedo quedar esta noche también. Puede ser que *Lump* sea perezoso, pero depende de mí.

—¿Tendrás una hora más antes de irte?

—Seguro. —Le sonrió mientras ella acercaba su rostro al suyo—. Creo que *Lump* puede esperar una hora más.

* * *

Más tarde, cuando Cal salió de la casa y se dirigió a su coche, el viento se estremeció de tal manera que los árboles sacudieron sus ramas desnudas. Cal observó con detenimiento la calle desierta, en busca de alguna señal o algo de lo cual tuviera que defenderse, pero no vio nada. «El viento trae algo», pensó de nuevo y se montó en su coche para irse a casa.

* * *

Pasaba de la medianoche cuando la urgencia de fumar asaltó a Gage. Había dejado de fumar hacía dos años, tres meses y una semana, un hecho que todavía podía hacerlo enfadar.

Encendió la radio para pensar en otra cosa, pero la urgencia estaba intensificándose cada vez más hasta convertirse casi en ansias. Podía hacer caso omiso de la sensación, como hacía con frecuencia. Hacer otra cosa era creer que el viejo dicho era cierto: de tal palo tal astilla.

Pero él no se parecía a su padre en nada.

Bebía cuando le apetecía un trago, pero nunca se emborrachaba. O no lo hacía desde que tenía diecisiete y entonces la borrachera había sido absolutamente a propósito. No culpaba a nadie más de sus defectos ni tampoco pegaba a nadie que fuera más pequeño o más débil para él sentirse más fuerte y más grande.

Ni siquiera culpaba a su padre, no especialmente. Gage creía que cada cual jugaba las cartas que le tocaban en suerte de la mejor manera que podía. O sencillamente uno podía retirarse e irse con los bolsillos vacíos.

Era cuestión de suerte.

Así las cosas, estaba completamente preparado para hacer caso omiso de la intensa y repentina necesidad de fumarse un cigarrillo. Pero cuando consideró que estaba a kilómetros de distancia de Hawkins Hollow, un lugar donde muy probablemente iba a sufrir una espantosa y dolorosa muerte, las advertencias en contra del cigarrillo le parecieron una tontería, así como inútiles sus esfuerzos por contenerse.

Cuando vio la señal luminosa de la tienda veinticuatro horas, pensó que qué diablos. En todo caso no quería vivir por siempre. Se desvió hacia la calzada, aparcó el coche y pidió un café solo y una cajetilla de Marlboro.

Caminó de vuelta hacia el coche que acababa de comprar esa misma tarde en Washington, D. C., después de bajarse del avión y antes de pagar una pequeña deuda que tenía. El viento lo despeinó. Tenía el pelo tan oscuro como la noche y lo llevaba un poco más largo y desgreñado de lo que acostumbraba, pues no había confiado en los barberos de Praga. Una incipiente barba de un par de días le ensombrecía la barbilla, porque no se había molestado en afeitarse. Todo le daba una imagen oscura y algo peligrosa, una imagen que había dejado a la joven dependienta que le había servido el café estremeciéndose de deseo.

Había crecido hasta completar un metro ochenta y la complexión delgada de su infancia se había ensanchado. Puesto que su profesión era por lo general sedentaria, mantenía los músculos fuertes y tonificados con ejercicio regular, a veces casi castigador.

No solía buscar peleas, pero muy rara vez se retiraba de alguna. Y le gustaba ganar. Su cuerpo, su cara, su mente, todo eran herramientas de su negocio. Así como sus ojos, su voz y el control que prácticamente nunca soltaba.

Era un jugador, y un jugador listo mantenía todas sus herramientas bien afinadas.

Condujo de nuevo hacia la carretera y permitió que el Ferrari rodara libremente. Tal vez había sido una tontería gastar tanto dinero de sus ganancias en un coche, pero, Jesús, cómo andaba esta máquina. Y, maldita sea, se había marchado del pueblo haciendo autoestop todos esos años atrás. Ahora se sentía bien volviendo con estilo.

Resultaba gracioso que ahora que había comprado los malditos cigarrillos, ya no le apeteciera fumarse ninguno. Ni siquiera el café le apeteció. La velocidad era suficiente descarga de adrenalina.

Voló los últimos kilómetros de la autopista interestatal y tomó la salida que lo llevaría hacia Hollow. La oscura carretera rural estaba desierta, lo que no le sorprendió, teniendo en cuenta la hora. Alcanzaba a ver el contorno de casas, colinas, árboles, campos. Empezó a sentir un retortijón en el estómago al pensar que estaba volviendo en lugar de yéndose, sin embargo, también sintió ese tirón que nunca lo había abandonado del todo, ese tirón hacia su hogar era fuerte.

Extendió el brazo para tomar el café, más por costumbre que por ganas, pero entonces se vio obligado a darle un giro brusco al volante y a pisar el freno en seco cuando vio unas luces que se dirigían hacia él en la carretera. Apretó la bocina con fuerza mientras veía cómo el otro coche se apartaba bruscamente.

Pensó: «Mierda, mierda, *¡mierda!* ¡Acabo de comprar este condenado coche!».

Cuando recuperó el aliento y se vio con el Ferrari atravesado en la mitad de la carretera, pensó que había sido un milagro que el choque no se hubiera producido. Por centímetros, se dio cuenta, menos de centímetros.

Era su maldito día de suerte, sin lugar a dudas.

Dio marcha atrás y aparcó en el arcén, después se apeó para comprobar que el otro conductor estaba bien, aunque sospechó que debía de estar completamente ebrio.

La mujer no estaba ebria. Lo que estaba era completamente loca.

—¿De dónde diablos ha salido? —le preguntó ella a Gage en tono exigente. Se apeó enérgicamente. El coche había girado hasta quedar con el morro en la cuneta poco profunda a lo largo del arcén. Gage vio una mata de salvajes rizos oscuros que enmarcaban un rostro pálido por la conmoción.

«Qué rostro más bello», pensó una parte de su cerebro. Ojos enormes que parecían negros en contraste con una piel muy blanca, nariz recta y boca amplia de labios carnosos que bien podrían deberle su sensualidad a inyecciones de colágeno.

No estaba temblando y Gage no sintió que estuviera asustada, pero sí furiosa, allí de pie, en mitad de una carretera en medio de la nada y frente a un completo desconocido.

—Señorita —se dirigió a ella con lo que pensó que era una calma digna de admiración—, ¿de dónde diablos ha salido *usted*?

—De esa estúpida carretera que es exactamente igual a todas las otras estúpidas carreteras de por aquí. Miré a ambos lados y no había nadie. En ese momento, al menos. ¿Cómo pudiste...? Bueno, pero qué importa. Lo que importa es que no nos matamos.

—De acuerdo.

Con los puños en las caderas, se dio la vuelta para observar su coche.

—Voy a poder sacarlo de ahí, ¿verdad?

—Sí, aunque se te ha pinchado ese neumático.

—¿Qué neumá...? ¡Ay, por Dios santo! Tienes que cambiármelo. —Le dio un puntapié molesto al neumático pinchado—. Es lo menos que puedes hacer.

De hecho, no lo era. Lo menos que Gage podía hacer era caminar hasta su coche y decirle adiós con la mano. Pero apreciaba que la mujer estuviera de mal genio, lo prefería al tembleque.

—Abre el maletero, necesito el neumático de repuesto y el gato.

La mujer hizo exactamente eso. Gage sacó un maletín, lo puso en el suelo y examinó el neumático de repuesto. Sacudió la cabeza.

—No es tu día. Este neumático está frito.

—¿Qué quieres decir? No puede ser. —Lo empujó a un lado y examinó ella misma el neumático a la luz del maletero—. Maldita sea, maldita sea, maldita sea. Mi hermana. —Giró y empezó a caminar de un lado al otro—. Le presté el coche un par de semanas. Esto es tan típico de ella. Echa a perder un neumático, ¿pero lo arregla o se toma la molestia de mencionarlo? Pues claro que no. —Se apartó el pelo de la cara—. No voy a llamar a una grúa a esta hora de la noche para tenerme que sentar a esperar en mitad de la nada. Vas a tener que llevarme.

—¿En serio?

—Es tu culpa. Al menos en parte.

—¿Qué parte?

—No sé, pero estoy demasiado cansada, demasiado furiosa y demasiado perdida en esta tierra de nadie como para que me importe. Necesito que me lleves.

—Estoy a tus órdenes, entonces. ¿Adónde?

—Hawkins Hollow.

Gage sonrió y hubo algo malicioso en esa sonrisa.

—Muy oportuno, porque allí es adonde me dirijo. —Señaló su coche—. Gage Turner —añadió.

Ella hizo un gesto también, un tanto pomposo, hacia su maleta.

—Cybil Kinski. —Levantó una ceja al fijarse por primera vez en el coche de Gage—. Bonitos neumáticos.

—Sí, y los cuatro funcionan.

CAPÍTULO 14

Cal no se sorprendió especialmente al ver la camioneta de Fox aparcada frente a su casa, a pesar de la hora. Ni tampoco se sorprendió especialmente cuando entró y vio a Fox pestañeando soñoliento enfrente de la televisión con *Lump* roncando tumbado a su lado.

En la mesa del centro había una lata de Coca-Cola, el envase del último paquete de patatas fritas con sabor a barbacoa que Cal tenía en casa y una caja de galletas para perro. Cal pensó que parecían los restos de una fiesta perruna-humana.

—¿Qué estás haciendo aquí? —le preguntó Fox adormilado.

—Vivo aquí.

—¿Quinn te ha echado de la casa?

—No, no me ha echado, sencillamente he vuelto a casa. —Ya que la bolsa de patatas estaba allí, Cal metió la mano y sacó las últimas migajas—. ¿Cuántas galletas le diste?

Fox le echó una mirada a la caja de galletas para perro.

—Un par, tal vez. ¿Por qué estás tan irritable?

Cal levantó la lata de Coca-Cola y bebió los dos últimos sorbos tibios y sin gas que quedaban.

—Tengo una sensación... Algo. ¿No has sentido nada extraño esta noche?

—He tenido sensaciones y cosas casi todo el tiempo durante estas últimas dos semanas. —Fox se frotó la cara con las manos y después se las pasó por el pelo—. Pero sí, sentí algo un poco antes de que llegaras. Estaba medio dormido, o tal vez estaba completamente dormido. Sentí como si el viento estuviera aullando por la chimenea.

—Sí. —Cal caminó hacia la ventana, miró afuera—. ¿Has hablado con tus padres últimamente?

—Hoy hablé con mi padre. Están bien. ¿Por qué?

—Si los tres somos descendientes directos, entonces uno de tus padres tiene sangre Hawkins —apuntó Cal.

—Yo solito ya había llegado a esa conclusión.

—Nadie en nuestras familias se ha visto afectado durante el Siete. Siempre nos ha hecho sentir aliviados. —Se giró hacia su amigo—. Tal vez demasiado aliviados como para preguntarnos por qué.

—Porque pensamos que se debía, al menos en parte, a que viven en las afueras del pueblo. Con excepción de Bill Turner, ¿pero quién diablos podía decir en qué andaba ese hombre?

—Tanto mis padres como los tuyos han venido al pueblo durante el Siete. Además, ha habido gente que a pesar de vivir en las afueras se ha visto afectada. ¿Recuerdas lo que pasó en la casa de los Poffenberger la última vez?

—Sí, sí, lo recuerdo. —Fox se frotó los ojos—. Vivir a ocho kilómetros del pueblo no le impidió a Poffenberger estrangular a su mujer mientras ella lo apuñalaba con un cuchillo de carnicero.

—Ahora sabemos que mi abuela ha sentido cosas y que ese primer verano vio cosas también, así como la otra noche. ¿Por qué?

—Tal vez el demonio lo echa a suertes y escoge, Cal. —Fox se puso de pie y metió otro tronco en la chimenea—. Siempre ha habido gente que no se ha visto afectada y siempre ha habido grados de afectación en los que sí.

—Quinn y Layla son las primeras forasteras. Creemos que hay una conexión, pero ¿y si esa conexión es tan simple como un lazo de sangre?

Fox se sentó de nuevo, se apoyó en el respaldo y le acarició la cabeza a *Lump* mientras él se removía en su sueño.

—Es una buena teoría. Aunque no debería preocuparte que estés revolcándote desnudo con tu prima lejana.

—Ajá. —Ya lo había pensado—. Si ellas son descendientes, el siguiente paso sería descubrir si el hecho de tenerlas aquí nos fortalece o nos hace más vulnerables. Porque me parece que está bastante claro que esta vez es la definitiva. Esta vez va a ser el todo o nada. Así... Alguien viene.

Fox se puso de pie y caminó deprisa hacia la ventana, hasta quedar junto a Cal.

—No creo que el gran demonio vaya a venir hasta tu casa conduciendo un... —entrecerró los ojos y miró con detenimiento cuando el coche hizo encender las luces con sensor de movimiento del exterior de la casa de Cal—. Dios mío, ¿eso es un Ferrari?

—¡Gage! —exclamaron los dos al tiempo.

Salieron al porche delantero en mangas de camisa y dejaron la puerta abierta. Gage se apeó del coche con los ojos fijos en sus dos amigos mientras caminaba hacia atrás para sacar su bolsa del maletero. Se pasó la tira sobre el hombro y caminó hacia la casa.

—¿*Vosotras* dos estáis teniendo una fiesta de pijamas?

—Las bailarinas de *striptease* acaban de irse —le dijo Fox—. Qué pena que te las perdieras. —Caminó hacia Gage y le dio un fuerte abrazo—. Hombre, qué bueno verte. ¿Cuándo puedo conducir tu coche?

—Se me ocurre que nunca. Hola, Cal.

—Vaya, te has tomado tu tiempo para llegar. —El amor, el alivio, el puro placer de verlo hicieron que Cal diera unos pasos adelante y lo abrazara igual que había hecho Fox.

—Tenía unos cuantos negocios aquí y allá. Quiero un trago. Necesito una habitación.

—Adelante.

En la cocina, Cal sirvió whisky. Se sobreentendió que estaban brindando para darle la bienvenida a Gage. Y que muy seguramente era un trago antes de la batalla.

—Entonces —empezó Cal—, supongo que vienes con los bolsillos a reventar.

—Por supuesto.

—¿Cuánto hiciste?

—Descontando los gastos y mi nuevo juguete de ahí fuera, unos cincuenta —contestó Gage removiendo el vaso en la mano.

—Ése es el trabajo que yo querría —comentó Fox.

—Y yo lo tengo.

—Se te ve un poco cansado, hermano —le dijo Cal.

Gage se encogió de hombros.

—He tenido un par de días largos que casi terminan conmigo en un feroz choque justo en la sesenta y siete.

—¿Perdiste el control del juguetito? —le preguntó Fox.

—Por favor. —Gage sonrió con aire de suficiencia—. Una hembra atolondrada y muy sexy me salió de frente. No había ningún otro coche en la carretera y se me viene encima ese Karmann Ghia de hace miles de años, aunque en buen estado, de hecho, después se sale de la carretera y me da la lata como si hubiera sido mi culpa.

—Las mujeres —comentó Fox— son la fuente eterna de cada maldita cosa que pasa.

—Y unas más que otras. Se quedó con el morro en la cuneta —continuó Gage, gesticulando con la mano que tenía libre—. Nada grave, sólo que se le pinchó un neumático. Nada grave tampoco, salvo que el de repuesto también estaba pinchado. Resultó que iba al pueblo, así que me las arreglé para meter su maleta de dos toneladas en el coche. Después me dio una dirección y me preguntó, como si yo fuera un maldito mapa parlante, cuánto tardaríamos en llegar allí. —Le dio un sorbo a su whisky—. Por suerte para ella crecí aquí y pude decirle que estaríamos allí en cinco minutos. Entonces sacó su móvil, llamó a alguien a quien llamó Q., como el maldito James Bond, y le dijo que se levantara, que estaría allí en cinco minutos. Cuando llegamos pude echarle un vistazo a la Q. esta y resultó estar muy bien.

Cal le dio una dirección:

—¿Ésa era la dirección?

Gage puso el vaso en la mesa.

—Exactamente.

—El viento trajo algo —murmuró Cal—. Supongo que erais tú y la Cybil de Quinn.

—Cybil Kinski —confirmó Gage—. Parece una gitana de la Quinta Avenida. Pues muy bien —bebió de un trago el whisky que le quedaba en el vaso—, ¿no es esto una patada en trasero?

* * *

—Salió de la nada. —Una copa de vino tinto descansaba sobre la cómoda. Quinn la había puesto allí anticipando la llegada de Cybil.

Y puesto que esta llegada había despertado a Layla, Quinn estaba sentada junto a ella en la que sería la cama de Cybil mientras la mujer en cuestión iba y venía por la habitación, colgaba ropa, la metía en cajones y daba vueltas dándole un ocasional sorbo a la copa de vino.

—Pensé que ése iba a ser mi fin, allí mismo, aunque nunca he visto ninguna muerte por choque en mi futuro. Os juro que no sé cómo no terminamos como pulpa sanguinolenta prensada entre metal quemado. Bueno, soy una buena conductora —concluyó Cybil.

—Es cierto —confirmó Quinn.

—Pero debo de ser mejor de lo que pensaba, igual que él, por fortuna. Sé que soy muy afortunada de que no pasara de un susto y un neumático pinchado, pero maldita sea Rissa por... bueno, por ser Rissa.

—¿Rissa? —preguntó Layla sin entender nada.

—La hermana de Cyb, Marissa —explicó Quinn—. Le prestaste tu coche de nuevo.

—Ya lo sé, ya lo sé, *ya lo sé* —dijo ella, espirando un suspiro que le apartó los rizos de la frente—. No sé cómo hace para convencerme de estas cosas. Mi neumático de repuesto estaba pinchado, gracias a Rissa.

—Lo que explica que te hayan traído en un coche deportivo de lo más sexy.

—No podía sencillamente dejarme allí en medio de la nada, aunque a decir verdad parecía de los que se lo pensarían. Un poco desaliñado, guapísimo y con una pinta un tanto peligrosa.

—La última vez que pinché —recordó Quinn—, el tipo amable que me ayudó tenía una enorme panza por encima del cinturón y se le veía la raja del culo.

—Nada de panzas esta vez y aunque el abrigo no me permitió echarle un buen vistazo, apuesto a que Gage Turner tiene un culo estupendo.

—Gage Turner. —Layla le puso una mano a Quinn sobre la pierna—. Quinn.

—Sí —Quinn suspiró—. Pues bien, parece que la pandilla ya está toda reunida.

* * *

Por la mañana, Quinn dejó a sus compañeras de casa dormir mientras salía a correr hasta el centro comunitario. Ya sabía que lo iba a lamentar, porque trotar hasta allí significaba que iba a tener que correr de vuelta, después de hacer su rutina de ejercicios. Pero sería hacerle trampa al cambio de estilo de vida conducir tres manzanas hasta el gimnasio.

Además, quería tener ese tiempo para pensar.

No había manera de creer que Cybil y Gage Turner se habían conocido de esa manera, en mitad de la noche, en las afueras del pueblo por pura coincidencia. Era algo más para agregar a la lista de cosas curiosas, pensó Quinn mientras exhalaba vapor al trotar.

Otra cosa que podría añadir era el hecho de que Cybil tenía un estupendo sentido de la orientación, sin embargo, al parecer la noche anterior había tomado caminos equivocados una y otra vez hasta terminar en esa vía alterna en el exacto momento en que Gage pasaba por la carretera principal.

Otra más sería que Cybil había dicho que Gage había «salido de la nada», decidió Quinn al acercarse a la entrada posterior del centro comunitario. Estaba dispuesta a tomarse las palabras literalmente: si Cybil no lo había visto era porque tal vez, en su realidad, sólo durante esos instantes vitales, él no había estado allí.

¿Por qué era importante para ellos conocerse por separado, al margen del grupo? ¿No era ya suficientemente extraño que ambos hubieran llegado la misma noche al mismo tiempo?

Sacó su llave de miembro —gracias, Cal— para abrir la puerta de la zona del gimnasio, marcó su número de pase en el teclado. Las luces estaban apagadas todavía, lo que le sorprendió. Por lo general, cuando llegaba las luces ya estaban encendidas y al menos una de las tres televisiones estaba sintonizada en CNN o en ESPN o en alguno de los programas matinales. Con mucha frecuencia, a esa hora ya había alguien en alguna de las cintas o de las bicicletas estáticas o levantando pesas.

Encendió las luces y llamó en voz alta, pero su voz resonó en el recinto vacío. Con curiosidad, avanzó, abrió la puerta y vio que las luces también estaban apagadas en la pequeña oficina del encargado y en la zona de las taquillas.

Tal vez alguien había estado de juerga la noche anterior, supuso. Cogió la llave de una taquilla, se quitó la sudadera, la metió y sacó una toalla. Decidió empezar con ejercicios cardiovasculares mientras encendía la tele y sintonizaba uno de los programas matinales. Después se acomodó en el único elíptico que tenían en el gimnasio y del cual hacían alarde. Lo programó y se resistió a la tentación de quitarse unos cuantos kilos de peso. Como si importara, se recordó Quinn. Aunque sí, por supuesto que importaba.

Empezó el calentamiento sintiéndose complacida por su capacidad de disciplina y la soledad de la que estaba gozando en ese momento. Sin embargo, esperaba que la puerta se abriera en cualquier momento y entraran Matt o Tina, los dos encargados que se turnaban al cuidado del gimnasio. Diez minutos después, había intensificado la resistencia y estaba completamente concentrada en la televisión para ayudarse a avanzar en la rutina de ejercicio.

Cuando llegó a dos kilómetros, le dio un largo trago a la botella de agua que había llevado consigo. Al comenzar el tercer kilómetro, empezó a hacer listas mentales de lo que quería hacer ese día. La investigación era la base de cualquier proyecto, pero primero quería escribir la primera versión de lo que esperaba que fuera el inicio del libro. Ponerse a escribir tal vez haría que se le ocurrieran nuevas ideas. En algún momento quería dar otra vuelta por el pueblo a pie, con Cybil y tal vez con Layla, si esta última se sentía con ánimos de hacerlo. Ahora que su amiga estaba por fin allí, ir al cementerio era obligatorio. Era hora de visitar a Ann Hawkins.

Tal vez Cal tendría tiempo de ir con ellas. Necesitaba hablar con él de todas maneras, para que discutieran cómo se sentía, lo que pensaba de la llegada de Cybil y Gage, además quería echarle un vistazo al famoso ausente. Más que nada, pudo admitirse a sí misma, lo que quería era ver a Cal de nuevo y presumir de él delante de Cybil.

«¡Mira! ¿No te parece guapo?». Sabía que era puro comportamiento de adolescente, pero no le importaba. Quería tocarlo de nuevo, incluso aunque sólo fuera un apretón de manos. Y estaba esperando ansiosamente el beso de saludo y encontrar una manera de borrar esa expresión preocupada de sus ojos y reemplazarla por un brillo de diversión. Le encantaba la manera en que sus ojos se reían antes que el resto de él y la manera en que...

Bueno, bueno, bueno, bueno... Estaba absolutamente loquita por él, se dio cuenta. Seriamente enganchada con el chico de pueblo. Decidió que eso también era dulce, excepto que le hacía sentir mariposas en el estómago. Sin embargo, tener mariposas en el estómago no era una cosa tan mala de todas maneras. Era la combinación de «oh, oh» y «¡caramba!», ¿y acaso no era eso interesante?

«Quinn se está enamorando», pensó al tiempo que completaba cuatro kilómetros con una sonrisa boba en los labios. Podía estar jadeando y el sudor podía estarle corriendo por las sienes, pero Quinn se sentía tan fresca y alegre como una margarita de primavera.

Entonces se fue la luz.

El entrenador se detuvo y la pantalla de la televisión se puso negra y todo quedó en silencio.

—¡Mierda! —Su primera reacción no fue tanto preocupación como algo parecido a «¿y ahora qué?». La oscuridad era absoluta y a pesar de que podía hacerse una imagen mental bastante acertada de dónde estaba en relación con el mundo exterior, y lo que había entre ella y la puerta, no se fiaba de moverse a ciegas.

«¿Y después qué?», se preguntó mientras esperaba a que se le normalizara la respiración. No era posible que pudiera caminar hasta las taquillas para sacar su ropa, así que tendría que salir a la calle en sujetador deportivo y pantalón de licra.

Escuchó el primer golpe sordo y un frío le recorrió la piel. Entonces entendió que tenía problemas mucho más graves que contar sólo con escasa ropa. No estaba sola. Y mientras el pulso se le empezaba a acelerar, deseó fervientemente que quienquiera que estuviera con ella en la oscuridad fuera humano. Pero los sonidos, esos perversos sonidos que sacudían las paredes y el suelo, los horribles sonidos arrastrados que sonaban debajo del suelo, no parecían provenir de ningún humano. Se le puso la piel de gallina, en parte por miedo, en parte por el repentino e intenso frío. Cogió su botella de agua, que era un arma lastimera, pero la única que tenía, y empezó a bajarse de los pedales de la máquina para tratar de salir.

Pero tropezó y salió volando por los aires a ciegas en medio de la oscuridad. Cayó al suelo de medio lado y el hombro y la cadera amortiguaron el golpe. Todo se sacudió y se estremeció mientras Quinn luchaba por ponerse de pie. Estaba completamente desorientada, no sabía en qué dirección debía correr. Una voz sonó debajo de ella, enfrente de ella, dentro de su cabeza, no estaba segura de dónde provenía, y empezó a susurrar alegremente sobre la muerte.

Supo que había gritado mientras gateaba sobre el suelo ondulante en busca de la salida. Los dientes le empezaron a castañetear de terror y de frío. Se golpeó el hombro contra otra máquina. «¡Piensa, piensa, piensa!», se dijo frenéticamente, porque algo se le estaba acercando, en la oscuridad algo se le estaba acercando. Pasó las manos temblorosas sobre la máquina contra la que se había chocado y se dio cuenta de que era una de las bicicletas. Con todas las oraciones que se sabía resonándole en la cabeza, trató de usar la ubicación de la bicicleta para encontrar la salida.

Entonces hubo un estrépito detrás de Quinn y algo le cayó en un pie. Se puso de pie, se tambaleó, dio un traspiés y se tambaleó de nuevo. Ya no le importó lo que pudiera haber entre ella y la puerta, entonces se abalanzó hacia donde esperaba encontrarla. Pasó las manos por la pared, jadeando pesadamente.

—¡Encuéntrala, Quinn! ¡Encuentra la maldita puerta de una buena vez!

Sus dedos rozaron las bisagras y en un suspiro encontró el pomo de la puerta. Lo giró y abrió.

Hubo una explosión de luz frente a ella y el cuerpo de Cal, en pleno movimiento, embistió el suyo. Si le hubiera quedado algo de aliento, lo habría perdido en ese momento. Sus rodillas no tuvieron ocasión de fallarle, porque Cal le pasó los brazos alrededor, la recibió y se dio la vuelta, para usar su cuerpo como escudo entre ella y lo que hubiera en el recinto.

—Agárrate a mí ya. ¿Puedes hacerlo? Aférrate a mí. —A Cal la voz le sonó inquietantemente calmada al caminar hacia fuera y cerrar la puerta—. ¿Estás herida? —Sus manos ya estaban examinándola para confirmar que estuviera bien hasta que subieron hasta la cabeza y la sostuvieron un momento antes de besarla con fuerza—. Estás bien —logró decir mientras la sostenía contra la pared para quitarse el abrigo—. Estás bien, pero ponte mi abrigo, ten, estás congelándote.

—Estabas allí. —Lo miró fijamente a los ojos—. Estabas allí.

—No podía abrir la puerta, la llave no funcionaba. —La agarró de las manos y se las frotó para calentárselas—. Mi camioneta está ahí, mira. Quiero que vayas hasta ella y te metas dentro. He dejado las llaves puestas. Enciende la calefacción. Métete dentro de la camioneta y enciende la calefacción. ¿Puedes hacerlo?

Quinn quería decir que sí, algo dentro de ella quería contestar que sí a cualquier cosa que él le pidiera. Pero entonces vio en los ojos del hombre lo que se proponía hacer.

—Vas a entrar de nuevo.

—Es lo que tengo que hacer. Pero lo que tú tienes que hacer es irte a sentar en la camioneta unos momentos mientras vuelvo.

—Si entras de nuevo, yo también.

—Quinn...

¿Cómo era posible que lograra sonar paciente e impaciente al mismo tiempo?, se preguntó Quinn.

—Lo necesito tanto como tú. Además, me odiaría a mí misma si me quedo en tu camioneta mientras entras allí tú solo. Y no quiero odiarme. Además, es mejor si somos dos. Es mucho mejor. Anda, vamos juntos. Hagamos esto juntos de una vez y discutamos después.

—Bueno, pero mantente detrás de mí. Y si te digo que hay que salir, vas a obedecerme. Ése es el trato.

—Vale. Créeme, no me avergüenza esconderme detrás de ti.

Entonces Quinn lo vio, con ese aire de diversión en la mirada. Verlo le sirvió para calmar los nervios tanto como un trago de brandy.

Cal le dio la vuelta a la llave de nuevo y la pasó por el sensor. Quinn contuvo la respiración. Cuando Cal abrió la puerta, las luces estaban encendidas y la alegre voz del presentador de noticias anunciaba el pronóstico del tiempo. La única evidencia de que algo había sucedido era que su botella de agua estaba tirada debajo del estante de las pesas.

—Cal, te lo juro, se fueron las luces y después todo el cuarto...

—Lo vi. Estaba completamente oscuro cuando saliste y nos encontramos. Las pesas estaban regadas por el suelo, pude verlas rodando con la luz que entraba al abrirse la puerta. El suelo estaba moviéndose. Lo vi, Quinn. Y escuché al demonio desde el otro lado de la puerta.

Había golpeado la puerta dos veces, recordó Cal. Había puesto todo el peso de su cuerpo contra ella, tratando de abrirla, porque la había oído gritar y el techo había temblado como si fuera a venirse abajo.

—Bien. Mis cosas están en el vestuario. De verdad quisiera recuperar mi ropa.

—Dame la llave y yo...

—Juntos. —Lo agarró de la mano—. Huele raro... ¿Percibes un cierto aroma? Por encima del de mi sudor de ejercicio y pánico, claro.

—Sí. Siempre he pensado que es a lo que debe de oler el azufre. Pero se está evaporando. —Cal sonrió ligeramente cuando Quinn se detuvo un momento a recoger una pesa de cinco kilos y la empuñó como si fuera un arma.

Cal abrió la puerta del vestuario mujeres, que estaba tan ordenado y normal como el gimnasio. Sin embargo, le quitó la llave de la taquilla a Quinn y la hizo ponerse detrás de él mientras abría el casillero de Quinn. Al ver que no había nada, Quinn sacó su ropa deprisa y le devolvió a Cal su abrigo.

—Vámonos de aquí.

Cal tenía la mano de Quinn en la suya cuando salieron de los vestuarios y Matt estaba entrando al gimnasio.

Matt era joven, del tipo atlético de la universidad. Trabajaba media jornada como encargado y a veces también hacía de entrenador. Una sonrisa inofensiva le curvó los labios al verlos salir juntos del vestuario de mujeres. Después se aclaró la garganta.

—Hola. Siento llegar tarde. Pasó lo más tonto del mundo: primero no pude apagar mi reloj despertador, y sé cómo suena, pero no es una excusa, y después el coche no quería arrancar. Una de esas mañanas.

—Sí —coincidió Quinn mientras ponía en su lugar la pesa y recogía su botella de agua—. Una de esas mañanas. Yo ya terminé aquí por hoy. —Le lanzó las llaves del vestuario—. Nos vemos después.

—Hasta luego.

Quinn esperó hasta que hubieron salido del edificio:

—¿Pensó que estábamos...?

—Sí, sí.

—¿Alguna vez lo has hecho en un vestuario?

—Como en realidad ésta ha sido la primera vez que he estado en el vestuario de mujeres, he de decir que no.

—Yo tampoco. Cal, ¿tienes tiempo de venir a casa a tomarte un café...? Dios. Incluso puedo preparar algo de desayuno... ¿para que podamos hablar de esto?

—Estoy sacando el tiempo.

* * *

Quinn le contó todo lo que había pasado mientras revolvía los huevos.

—Nunca en mi vida había estado tan asustada, no podía pensar —concluyó mientras llevaba la cafetera a la mesa del pequeño comedor.

—No es cierto. —Cal puso los dos platos con huevos revueltos y tostadas de pan integral uno en cada sitio—. Encontraste la puerta a pesar de la completa oscuridad, y a pesar de todo lo que estaba pasando. Mantuviste la cabeza fría y encontraste la puerta.

—Gracias. —Quinn se sentó. Ya no estaba temblando, pero todavía sentía la parte de atrás de sus rodillas como si fueran de gelatina—. Gracias por decírmelo.

—Es la verdad.

—Estabas allí cuando abrí la puerta. Puedo decir que ése ha sido uno de los mejores momentos de mi vida. ¿Cómo supiste que estaba en el gimnasio?

—Vine temprano al pueblo porque quería pasar por aquí para ver cómo estabas, para que habláramos. Gage...

—Ya sé que llegó, pero cuéntame esto primero.

—Bien. Doblé en Main porque pensé llegar aquí por detrás y entonces vi a Ann Hawkins, estaba de pie frente a la puerta del centro comunitario. A continuación te escuché gritando.

—¿Me oíste desde dentro de tu camioneta, en la calle, desde tan lejos? ¿Me oíste a través de paredes de piedra...?

—Te oí. —Y no había sido uno de los mejores momentos de su vida—. Cuando me apeé y corrí a la puerta, escuché dentro golpes, estruendo, sólo Dios sabe qué más. Pero no pude abrir la maldita puerta.

Quinn pudo percibir la emoción en la voz de Cal, el miedo que no había dejado aflorar cuando estaban haciendo lo que tenían que hacer. Se puso de pie y les hizo un favor a ambos al sentarse sobre el regazo de Cal y abrazarlo.

Y todavía estaba allí, acunada entre los brazos de él, cuando Cybil entró al comedor.

—Buenos días. No, no te levantes. —Se sentó en el sitio de Quinn—. ¿Alguien se está comiendo esto? —Observándolos con detenimiento, se llevó un trozo de huevo a la boca—. Tú debes de ser Cal.

—Cybil Kinski, Caleb Hawkins. Tuvimos una mañana agitada.

Layla entró al comedor con una taza de café en la mano y ojos soñolientos que se nublaron de preocupación en el mismo instante en que vio a Quinn.

—¿Qué ha pasado?

—Siéntate y os lo contamos a las dos a la vez.

—Necesito ver el lugar —dijo Cybil en cuanto Quinn y Cal terminaron de contar la historia—. Y el salón de la bolera y cualquier otro lugar donde se haya producido un incidente.

—Pues eso sería el pueblo entero —respondió Quinn secamente.

—Y necesito ver el claro y esa piedra lo antes posible.

—Es una mandona —le dijo Quinn a Cal.

—Y yo que pensé que tú eras mandona, pero al parecer Cybil te gana. Puedes venir a la bolera en cualquier momento que quieras y Quinn puede llevarte al gimnasio. Si yo no puedo acompañaros, me aseguraré de que Fox o Gage estén allí. O mejor los dos. Con respecto al claro, anoche lo discutimos los tres y creemos que lo mejor es que la próxima vez que vayamos lo hagamos todos juntos, los seis. Ni Fox ni yo podemos hoy, así que tal vez el domingo sea el mejor día.

—Es organizado y ejecutivo —le dijo Cybil a Quinn.

—Sí. —Le dio un beso en la mejilla a Cal—. Lo es. Ay, pero se te han enfriado los huevos, Cal.

—Pero valió la pena. Ya me tengo que ir.

—Todavía tenemos un montón de cosas que discutir. Se me ocurre, ¿qué tal si los tres venís a cenar esta noche?

—¿Alguien va a cocinar? —preguntó Cal.

—Cyb.

—¿Qué?

—Te comiste mi desayuno. Además, tú sí sabes cocinar. Pero mientras tanto, sólo una cosa más. —Se levantó de las piernas de Cal para que él pudiera ponerse de pie—. ¿Crees que Fox podría contratar a Layla?

—¿Qué? ¿Quién? ¿Por qué? —exclamó Layla.

—Porque necesitas un empleo —le recordó Quinn—. Y Fox necesita alguien que le administre la oficina.

—Pero no sé nada de... No puedes simplemente...

—Eras la administradora de una tienda, Layla —le recordó de nuevo Quinn—, ésa es la mitad del trabajo: administrar. Eres de lo más organizada, señorita fichas de colores y esquemas, por tanto yo diría que eres capaz de llevar un archivo, manejar una agenda y cualquier otra cosa de la mejor manera. Lo que no sabes, pues lo vas aprendiendo sobre la marcha. Pregúntale a Fox, ¿vale, Cal?

—Por supuesto. No hay problema.

—Y luego dice que yo soy la mandona —comentó Cybil mientras se terminaba el café de Quinn.

—No soy mandona, llamo a ese rasgo de mi personalidad pensamiento creativo y liderazgo. Ahora, ve a llenar esa taza de nuevo mientras acompaño a Cal a la puerta para poder darle un largo y baboso beso de tú-eres-mi-héroe.

Cybil sonrió cuando Quinn cogió de la mano a Cal y lo sacó a rastras del comedor.

—Quinn está enamorada.

—¿De verdad te lo parece?

Cybil se dio la vuelta y le sonrió a Layla.

—La idea te distrajo de querer estrangularla por presionar las cosas para que te den ese trabajo.

—Ya volveré a ese estado. Pero sobre lo otro, ¿de verdad crees que está enamorada de Cal? ¿Amor con A mayúscula?

—Probablemente con mayúsculas sostenidas y en negrita. —Cogió la taza y se puso de pie—. A Q. le gusta dirigir a la gente, por decirlo de alguna manera. Pero siempre tiene cuidado de que sea para cosas útiles o, al menos, interesantes. No insistiría en la idea de este trabajo si no creyera que va a ser bueno para ti. —Suspiró mientras caminaba hacia la cocina—. ¿Qué diablos se supone que voy a preparar para la cena?

CAPÍTULO 15

Fue difícil para Cal ver a Bill Turner y no decirle que Gage había llegado al pueblo. Pero conocía a su amigo. Si Gage quería que su padre lo supiera, ya se lo haría saber él mismo cuando lo considerara pertinente. Así que Cal decidió que lo mejor era encerrarse en su oficina para evitar a Bill.

Se encargó de pedidos, reservas, cuentas y llamó al tipo de los juegos electrónicos para cambiar uno de los *pinballs* de la sala de juegos por algo más atractivo.

Miró la hora. Concluyó que si Gage no se había levantado todavía, ya era hora de que lo hiciera, así que levantó el auricular y marcó el número.

No se había levantado, pensó Cal al escuchar la irritación en la voz de Gage, por tanto tampoco se había tomado un café. Haciendo caso omiso, Cal le explicó lo que había pasado esa mañana, le informó de los planes para la cena y colgó.

A continuación, entornando los ojos, marcó el número de Fox. Le dio la misma información que a Gage y finalizó diciéndole que Layla necesitaba trabajar y que él debía contratarla para reemplazar a la señora Hawbaker.

—¿Qué? —fue todo lo que Fox atinó a decir.

—Me tengo que ir —dijo Cal y colgó.

Listo. Labor cumplida, pensó. Satisfecho, se volvió hacia el ordenador y reunió la información sobre los sistemas de anotación automática que quería instalar en la bolera después de convencer a su padre.

La bolera necesitaba esa renovación desde hacía tiempo. Tal vez era una tontería pensar en hacer ese tipo de inversión si se consideraba que todo se iba a ir al demonio en unos pocos meses. Pero si de verdad las cosas se iban al demonio en unos pocos meses, la inversión no importaría nada.

Su padre le iba a decir que algunos de los viejos usuarios se iban a oponer, pero Cal no creía que fuera a ser así. Si querían seguir llevando el recuento a mano, se les podía seguir dando hojas de anotaciones y lápices. Pero Cal creía firmemente que si se les enseñaba cómo funcionaba el sistema automático y se les daban algunas partidas gratis para que se acostumbraran, estarían de acuerdo en usarlo.

Bien podían acostumbrar a los usuarios viejos al sistema y ayudarles a cambiar un poco la manera de pensar, y ése era parte del argumento que Cal estaba pensando usar con su padre. Tenían la ventaja de tener a Bill como empleado, que podía arreglar casi cualquier cosa que se dañara.

Una cosa era ser un poco *kitsch* y tradicional y otra muy diferente ser anticuado.

No, no. Ésa no era buena estrategia para usar con Jim, a quien, de hecho, le gustaba lo anticuado. Mejor usar números. La bolera constituía casi el sesenta por ciento de sus ingresos, así que...

Cal interrumpió sus cavilaciones cuando alguien llamó a la puerta. No pudo menos que maldecir internamente al pensar que era Bill. Pero no, fue su madre la que se asomó por la puerta.

—¿Demasiado ocupado para atenderme?

—Nunca estoy demasiado ocupado para ti. ¿Has venido a jugar antes de que empiece la liga de la mañana?

—Por supuesto que no. —Frannie amaba a su marido, pero solía decir que no había hecho votos de amar, honrar y jugar a los bolos. Entró y se sentó, después ladeó la cabeza para ver qué estaba haciendo Cal en el ordenador. Frunció los labios—. Buena suerte con eso.

—No le digas nada a papá, ¿de acuerdo?

—Mis labios están sellados.

—¿Con quién vas a almorzar?

—¿Cómo sabes que voy a almorzar con alguien?

Cal señaló la bonita chaqueta a medida que llevaba puesta, el pantalón elegante, las botas de tacón alto.

—Estás demasiado elegante como para irte a hacer la compra.

—¿Acaso no eres un chico listo? De hecho, sí tengo unas gestiones que hacer, pero después voy a almorzar con Joanne Barry. —Que era la madre de Fox. Cal asintió con la cabeza—. Almorzamos de vez en cuando, pero ayer me llamó sólo para decirme que me quería ver, que si almorzábamos hoy. Está preocupada. Así que vine a preguntarte si hay algo que deba saber, algo que me quieras contar, antes de verme con ella.

—Las cosas están tan controladas como las puedo tener, mamá. No tengo las respuestas todavía, pero tengo más preguntas y creo que eso es un avance. De hecho, tengo una para que le hagas a la madre de Fox por mí.

—Muy bien.

—Por favor, pregúntale si hay alguna manera de averiguar si en su familia hay algún ancestro Hawkins.

—¿Crees que podemos estar relacionados de alguna manera? ¿Ayudaría en algo si lo estuviéramos?

—Por ahora sería bueno saber la respuesta.

—Entonces se lo preguntaré. Ahora contéstame tú a mí: ¿estás bien? Un sí o un no es suficiente.

—Sí.

—Muy bien entonces. —Se puso de pie—. Tengo un montón de cosas que hacer antes de ver a Jo. —Empezó a caminar hacia la puerta, dijo: «¡Maldición!» casi en un susurro y se dio la vuelta—. No iba a preguntarte, pero no tengo voluntad en algo así: ¿vas en serio con Quinn Black?

—¿Serio sobre qué?

—Caleb James Hawkins, no te hagas el difícil.

Cal se habría reído, pero ese tono de voz de su madre le hacía encorvar los hombros, al mejor estilo del condicionamiento pavloviano.

—No sé la respuesta exacta, mamá. Y no estoy seguro de que sea buena idea ponerse serio, en ese sentido, justo en este momento, con tantas cosas que están pasando. Habiendo tanto en juego.

—¿Cuál sería un mejor momento? —le respondió Frannie—, mi sensato Cal. —Puso la mano sobre el pomo de la puerta y le sonrió a su hijo—. Ah. Y con respecto a ese sofisticado sistema de anotaciones: trata de recordarle a tu padre cuánto se resistió tu abuelo, hace treinta y cinco años, a poner marcadores digitales.

—Lo tendré en mente.

A solas, Cal imprimió la información sobre los sistemas automáticos, nuevos y reacondicionados, después apagó el tiempo suficiente para bajar a echar un vistazo por el mostrador principal, la parrilla y la sala de juegos mientras se llevaban a cabo las competiciones de las ligas de la mañana.

El olor de la parrilla le recordó que no había desayunado, entonces sacó una Coca-Cola y una rosquilla antes de subir de nuevo a la oficina.

Dado que todo marchaba bien, decidió que podría tomarse un receso antes de que acabara la mañana. Quería profundizar un poco más en el tema de Ann Hawkins.

Se le había aparecido dos veces en tres días y ambas a modo de advertencia. La había visto antes, pensó Cal, pero sólo en sueños. Entonces admitió que la había deseado, o Giles Dent la había deseado, obrando a través de él.

Estos dos incidentes, sin embargo, habían sido diferentes, y las sensaciones que le habían generado también eran diferentes.

Pero ésa no era la cuestión, se recordó Cal dándole un mordisco a la rosquilla, ni la clave. Estaba confiando en los instintos de Quinn sobre los diarios. En alguna parte, en algún momento, había habido otros. Tal vez estaban en la antigua biblioteca. Ciertamente tenía la intención de ir allí y buscar centímetro a centímetro. Si, Dios no lo quisiera, se los hubieran llevado al nuevo edificio y los hubieran puesto en el lugar equivocado o en el almacén, sería una pesadilla de búsqueda. Por ahora quería saber más sobre Ann, para ayudarse a encontrar las respuestas.

¿Dónde había estado durante esos casi dos años? Toda la información, todas las historias que había escuchado o leído indicaban que había desaparecido la noche del incendio en el claro y que no había regresado al pueblo hasta que sus hijos tuvieron casi dos años.

—¿Dónde estuviste, Ann?

¿Adónde iría una mujer, embarazada de trillizos, a sólo unas semanas del parto? Viajar debía de ser extremadamente difícil para una mujer en esa época, incluso si no estaba embarazada.

Había otros poblados, pero, por lo que recordaba, ninguno que pudiera estar a una distancia lo suficientemente cercana como para que una mujer en su estado pudiera caminar o cabalgar hasta allá. Así que, lógicamente, debía de haber ido a algún sitio cercano y alguien debía de haberla recibido en su casa. ¿Pero quién era la opción más probable para recibir en su casa a una mujer joven, embarazada y soltera? Un familiar, era la primera suposición de Cal. O tal vez una amiga o una vieja y amable viuda, pero no, le parecía más factible que fuera alguien de la familia.

—Allí fue adonde fuiste primero, cuando eran tiempos difíciles, ¿no es cierto?

Mientras que no era fácil encontrar información específica sobre Ann Hawkins, sobre su padre, el fundador del pueblo, había montones.

Había leído todo lo que había pasado por sus manos sobre él, claro. Había estudiado cada texto, pero nunca desde este ángulo. Empezó a abrir en el ordenador los archivos que había bajado de Internet sobre James Hawkins.

Tomó caminos alternos, anotó todas las menciones a familiares de sangre y políticos. Había muy poco a lo que agarrarse, pero por lo menos había algo. Cal estaba inmerso en esto cuando alguien llamó a su puerta. Emergió a la superficie cuando Quinn metió la cabeza por la puerta igual que Frannie lo había hecho esa mañana.

—Estás trabajando. Supongo que odias que te interrumpan, pero...

—No importa. —Le echó un vistazo al reloj y con una punzada de culpabilidad se dio cuenta de que el descanso había durado más de una hora—. He estado en esto más tiempo de lo que había planeado.

—Es competitivo esto del negocio de los bolos —dijo Quinn con una sonrisa al tiempo que entraba en la oficina—. Sólo quería que supieras que estamos aquí. Llevamos a Cyb a que diera una vuelta rápida por el pueblo. ¿Sabías que no hay tiendas de zapatos en Hawkins Hollow? Cyb está un poco triste por eso, que siempre anda a la caza de nuevos modelos. Y ahora está armando jaleo porque quiere jugar a los bolos. Cyb tiene una faceta competitiva implacable, así que me escapé antes de que me obligara a jugar. Esperábamos poder almorzar aquí en la parrilla, tal vez puedas acompañarnos, antes de que Cyb... —se interrumpió. No sólo Cal no había dicho ni una palabra sino que la estaba mirando fijamente. Sólo mirándola—. ¿Qué? —Se pasó una mano sobre la nariz, después por el pelo—. ¿Es el pelo?

—En parte. Probablemente una parte.

Cal se puso de pie y salió de detrás del escritorio sin quitarle los ojos de encima, ni cuando pasó junto a ella, ni cuando cerró la puerta con llave.

—Ah. ¡Ah! ¿En serio? ¿Aquí, ahora?

—En serio. Aquí y ahora. —Quinn se puso nerviosa, lo que era un gusto raro. Se veía, cada centímetro de ella, absolutamente encantadora. Cal no pudo explicarse cómo había pasado de sentirse complacido de verla a excitado en un santiamén, pero no le importó. Lo que sabía, sin lugar a dudas, era que quería tocarla, llenarse de su perfume, sentir su cuerpo ponerse tenso, relajarse, sólo verlo.

—No eres para nada tan predecible como deberías ser. —Mirándolo, se quitó el jersey y empezó a desabotonarse la camisa.

—¿Debería ser predecible? —Sin preocuparse de desabotonar, se quitó la camisa por la cabeza.

—Chico de pueblo de una familia buena y estable, que administra un negocio familiar de tercera generación. Deberías ser predecible, Caleb —le dijo mientras se desabrochaba los vaqueros—. Pero me gusta que no lo seas. Y no me refiero sólo al sexo, aunque la mayor parte de todo apunta a eso—. Se agachó para quitarse las botas y movió la cabeza para apartarse el pelo de la cara y poder mirarlo hacia arriba a la cara—. Deberías estar casado —decidió—. O en camino de casarte con tu novieta de la universidad. Y pensando en un buen plan de jubilación.

—Pienso en planes de jubilación, sólo que no en este preciso momento. En este momento, Quinn, en lo único en que puedo pensar es en ti.

Al escucharlo, a Quinn el corazón le dio un brinco, incluso antes de que él extendiera los brazos, la atrajera hacia sí y le diera un apasionado beso en la boca.

Quinn se habría reído cuando se acostaron en el suelo, pero tenía el pulso descontrolado. Reinaba un tono diferente a cuando habían estado en la cama. Ahora ambos sentían más urgencia, más despreocupación mientras se abrazaban en un vertiginoso enredo de miembros sobre el suelo de la oficina. Cal le bajó el sujetador de un tirón para poder explorarle los senos con los labios, los dientes y la lengua hasta que ella levantó la cadera. Quinn cerró la mano alrededor de su miembro erecto y lo hizo gemir.

Cal no podía esperar, no esta vez. No podía saborear, necesitaba poseer. Giró sobre la espalda sin soltarla hasta que quedó sentada a horcajadas sobre él, pero antes de que él pudiera tomarla de la cadera, ella ya se estaba levantando para tomarlo dentro de sí. Cuando se inclinó sobre él para darle un beso colmado de ansias, el pelo cayó a ambos lados de la cabeza como una cortina. Rodeado de ella, pensó Cal. Su cuerpo, su perfume, su energía. Le acarició la línea de la espalda, la curva de la cadera mientras ella se mecía y se mecía y se mecía, llevándolo del placer a la desesperación.

Cuando Quinn se arqueó hacia atrás, a pesar de que tenía la visión borrosa, Cal se sintió maravillado por la forma de la mujer, por sus matices.

Quinn se dejó ir, sencillamente se dejó sumergir en sensaciones. Pulsos acelerados y velocidad, cuerpos sudorosos y fricción vertiginosa. Lo sintió correrse, esa sacudida repentina y violenta de la cadera, y le encantó. Lo había llevado a perder el control primero, había asumido el poder. Y ahora estaba usando ese poder, esa emoción, para impulsarse sobre ese mismo acantilado. Y entonces cayó y se dejó caer sobre él y yacieron allí, enfebrecidos, un poco sorprendidos, hasta que recuperaron el aliento. Entonces ella empezó a reírse.

—¡Caramba! Si parecemos adolescentes. O conejos.

—Conejos adolescentes.

Divertida, Quinn levantó la cabeza y lo miró a la cara.

—¿Estás acostumbrado a ser multitarea de esta manera en la oficina?

—Eh...

Le enterró un dedo ligeramente en la panza mientras se ponía el sujetador en su lugar.

—¿Ves? Impredecible.

Cal le pasó su camisa.

—La verdad, es la primera vez que soy multitarea de esta manera en horario de oficina.

Quinn sonrió mientras se abotonaba la camisa.

—Qué bien.

—Y no me había vuelto a sentir como un conejo adolescente desde que dejé de serlo.

Quinn se inclinó y le dio un ligero beso en los labios.

—Incluso mejor. —Todavía en el suelo, se puso el pantalón mientras Cal hacía lo propio—. Tengo algo que decirte. —Se estiró para alcanzar las botas, se puso una—. Creo... No. Decir «creo» es una evasión, es la vía del cobarde. —Suspiró profundamente mientras se ponía la otra bota, después lo miró fijamente a los ojos—. Estoy enamorada de ti.

La primera reacción de Cal fue de conmoción, una flecha aguda y rápida que se le clavó directa en las entrañas. Después, sintió preocupación, un puño resbaladizo envuelto en miedo.

—Quinn...

—No desperdicies aliento con el cuento de que «sólo nos conocemos desde hace un par de semanas». Y realmente tampoco quiero escuchar el «estoy halagado, pero». No te lo dije para que pudieras decirme algo. Te lo dije porque pensé que deberías saberlo. Así las cosas, primero, no importa hace cuánto tiempo nos conocemos. Me conozco a mí misma desde hace mucho tiempo y me conozco muy bien. Sé lo que siento cuando lo siento. Segundo, por supuesto que deberías sentirte halagado, no hay dudas al respecto. Y no hay necesidad de que te aterrorices. No estás obligado a sentirte igual que yo y no espero que sea así.

—Quinn, estamos, todos nosotros, bajo una gran presión. Ni siquiera sabemos si vamos a sobrevivir para ver agosto. No podemos...

—Exactamente. Nadie nunca sabe si va a llegar hasta agosto, pero nosotros tenemos más razones para preocuparnos. Así que, Cal —tomó el rostro del hombre entre sus manos—, el momento es importante. El aquí en este mismo instante vale oro, es importantísimo. Dudo mucho de que te lo hubiera dicho si no estuviéramos en esta situación, aunque es cierto que puedo ser impulsiva. Pero creo que en otras circunstancias habría esperado a que te enamoraras de mí. Espero que lo hagas, pero mientras tanto las cosas están bien como están.

—Tienes que saber que yo...

—No. Definitivamente no me digas que me tienes cariño o tonterías de ésas. —Por primera vez, un tono de ira le tiñó la voz—. Tu instinto te dicta decir todos esos clichés que la gente dice en situaciones como éstas. Me saca de mis casillas.

—Muy bien, muy bien. Sólo déjame preguntarte algo, sin que te salgas de tus casillas: ¿Has considerado la posibilidad de que lo que sientes sea algo como lo que nos pasó en el claro? Es decir, un reflejo de lo que Ann sentía por Dent.

—Sí, lo he considerado, y no, no es ningún reflejo. —Se puso de pie y empezó a ponerse el jersey—. Buena pregunta, sin embargo. Las buenas preguntas no me sacan de mis casillas. Lo que Ann sentía, y lo que sentí yo ese día en el claro, era intenso y acuciante. No voy a decirte que parte de lo que siento por ti no es así, pero para Ann era doloroso también y desgarrado. La tristeza subyacía a la alegría. Y no es eso lo que siento, Cal. No me duele quererte, ni me siento triste. Entonces... ¿sí tienes tiempo de almorzar con nosotras en la parrilla antes de que nos vayamos?

—Ah... Por supuesto.

—Bien. Nos vemos abajo, entonces. Voy al baño primero, a acicalarme un poco.

—Quinn. —Cal vaciló. Ella ya estaba abriendo la puerta, pero se dio la vuelta para mirarlo—. Nunca antes había sentido algo así por nadie.

—Eso sí es decir algo aceptable.

Le sonrió y salió. Si Cal le había dicho algo así, era cierto. Y lo sabía porque así era Cal. Pobre tipo, pensó Quinn. Ni siquiera sabía que estaba atrapado.

* * *

Un espeso bosquecillo de árboles flanqueaba el viejo cementerio en el extremo norte. Se extendía en forma de abanico sobre un terreno desigual. Las colinas ondeaban hacia el oeste, al final de un camino sin pavimentar con apenas el ancho suficiente como para que pasaran dos coches. Un placa desteñida por el viento decía que allí se había levantado la primera iglesia de Dios, que el siete de julio de 1652 le había caído un rayo y el fuego la había consumido.

Quinn lo sabía ya, porque lo había leído durante su investigación, pero era diferente estar allí, en medio del frío y el viento, imaginándose cómo debía de haber sido. También había leído, como continuaba la placa, que habían construido después una pequeña capilla en el lugar de la iglesia, pero que durante la Guerra Civil se había deteriorado y venido abajo.

Así que ahora sólo quedaba la placa, las piedras, la maleza resistente al invierno. Más allá de un muro bajo de piedra se encontraban las tumbas más nuevas. Aquí y allá Quinn vio brotes de color de las flores que adornaban algunas tumbas en señal de dolor contra el gris opaco y el marrón del invierno.

—Debimos de haber traído flores —dijo Layla en voz baja mientras observaba la pequeña y sencilla losa de piedra sobre la cual solamente había un nombre tallado.

ANN HAWKINS

—No las necesita —le respondió Cybil—. Las piedras y las flores son sólo para los vivos. Los muertos tienen otras cosas que hacer.

—Qué pensamiento más alegre.

Cybil sólo se encogió de hombros hacia Quinn.

—Lo creo así, de hecho. No tiene sentido estar muerto *y* aburrido. ¿No os parece interesante que no haya fechas? Ni de nacimiento ni de fallecimiento. Sin ningún sentimentalismo. Tuvo tres hijos a los que no se les ocurrió hacer tallar nada más en su lápida que su nombre. Sin embargo, los tres están sepultados aquí, con sus esposas y me imagino que al menos con algunos de sus hijos. Sin importar adónde fueron en vida, de todas maneras volvieron a morir aquí, a que los enterraran en su hogar con Ann.

—Tal vez sabían, o creyeron, que ella iba a volver. Tal vez Ann les dijo que la muerte no es el final. —Quinn frunció el ceño hacia la lápida—. O tal vez sólo querían que todo fuera sencillo. Pero, ahora que lo mencionas, me pregunto si habrá sido deliberado. Sin principio, sin final. Al menos no hasta...

—Este julio —terminó Layla—. Otro pensamiento alegre.

—Pues bien, mientras nos alegramos unas a otras, voy a tomar algunas fotos. —Quinn sacó su cámara—. Tal vez vosotras dos podríais anotar algunos de los nombres de las lápidas, para poder rastrearlos después, si vemos que nos sirven o si encontramos que tienen alguna relación directa con... —Quinn se tropezó cuando estaba dándose la vuelta para tomar una foto y cayó pesadamente sobre el culo—. ¡Ay, ay, ay! ¡Maldición! Mierda, justo en el mismo moretón que me hice esta mañana. Perfecto.

Layla se apresuró a ayudarla a ponerse de pie. Cybil hizo lo mismo, pero aguantándose la risa.

—Sólo cállate —la espetó Quinn—. El suelo está muy desigual y hay unas lápidas que ni se ven a simple vista. —Se frotó la cadera y, frunciendo el ceño, miró hacia la lápida de piedra con la que se había tropezado—. Mmm, qué curioso. Joseph Black, muerto en 1843. —El rubor con que la furia le había teñido el rostro se desvaneció—. Mismo apellido que el mío. Black es un apellido de lo más común, es cierto, pero si se tiene en cuenta que está aquí y que me tropecé con su lápida...

—Apostaría a que es de tu familia —coincidió Cybil.

—¿Y de la familia de Ann?

Quinn negó con la cabeza ante la sugerencia de Layla.

—No sé. Cal ha estado revisando el árbol genealógico de los Hawkins y yo sólo he hecho un sondeo preliminar. Sé que algunos de los registros más viejos se han perdido o están guardados más profundamente de lo que hemos buscado, pero no entiendo cómo podríamos ambos haber pasado por alto alguna rama con mi apellido. Así que habrá que investigar qué podemos encontrar sobre Joe.

* * *

Su padre fue de poca ayuda y la llamada a casa la tuvo en el teléfono cuarenta minutos mientras se ponía al corriente de los chismes de la familia. Después, lo intentó con su abuela, que recordaba vagamente que su suegra había mencionado alguna vez a un tío, tal vez un tío abuelo, tal vez un primo, que había nacido en las colinas de Maryland. ¿O acaso había dicho Virginia? En todo caso, lo más inusual que había hecho en términos familiares había sido abandonar a su esposa y a sus cuatro hijos y huir con una cabaretera llevándose consigo los ahorros de la familia contenidos en una lata de galletas.

—Buen tipo —decidió Quinn—. ¿Serás mi Joe?

Quinn decidió que tenía tiempo de ir al ayuntamiento, ya que la liberaba de prepararse algo de comer, para empezar a profundizar en la historia de Joseph Black. Si había muerto aquí, tal vez también había nacido aquí.

* * *

Cuando Quinn volvió a casa, se alegró de encontrarla llena de gente, sonidos y aromas a comida. Como Cybil era Cybil, había puesto música, había encendido velas y había servido vino. Y tenía a todos reunidos en la cocina, abriéndoles el apetito con aceitunas marinadas.

—¿Me están sangrando los ojos? —preguntó Quinn tras comerse una aceituna y darle un sorbo a la copa de vino de Cal.

—Todavía no.

—He estado leyendo registros durante más de tres horas. Creo que he sufrido daño cerebral.

—Joseph Black —comentó Fox pasándole una copa de vino a ella—. Ya nos han puesto al corriente.

—Qué bien, así me lo ahorro. Sólo pude rastrearlo hasta su abuelo, Quinton Black, nacido en 1667. No hay registros anteriores, o no aquí, al menos. Y nada después de Joe tampoco. Me fui por las ramas, buscando hermanos, hermanas u otros familiares. Tenía tres hermanas, pero no encontré nada de ellas salvo los certificados de nacimiento. También tenía algunos tíos y tías, pero no encontré mucho más. Al parecer estos Black no eran una presencia importante en Hawkins Hollow.

—El apellido me habría sonado —le dijo Cal.

—Sí. Sin embargo, cuento con la curiosidad de mi abuela, que ahora está buscando la antigua Biblia familiar. Hace un rato me llamó al móvil para decirme que cree que fue a parar a su cuñado cuando sus suegros murieron. Tal vez. En todo caso, es una pista.

Entonces Quinn reparó en el hombre apoyado en la encimera de la cocina jugueteando con su copa de vino.

—Tú debes de ser Gage, ¿no es cierto?

—Así es. La atención en carretera es mi especialidad.

Quinn sonrió mientras Cybil sacaba un molde de pan con hierbas del horno y entornaba los ojos.

—Eso escuché. Y parece ser que la cena está lista. Mmm, me muero de hambre. Nada como buscar entre los registros de nacimientos y fallecimientos de Blacks, Robbits y Clarks para abrir el apetito.

—Clark. —Layla puso sobre la encimera la bandeja que había sacado para ofrecérsela a Cybil para poner el pan—. ¿Había Clarks en los registros?

—Sí, dos. Alma y Richard Clark, si mal no recuerdo, tendría que revisar mis notas. ¿Por qué?

—El apellido de soltera de mi abuela es Clark. —Layla logró sonreír débilmente—. Probablemente no es una coincidencia tampoco.

—¿Tu abuela todavía vive? —preguntó Quinn de inmediato—. ¿Puedes llamarla y...?

—Vamos a comer mientras todavía esté caliente —interrumpió Cybil—. Tenemos suficiente tiempo para sacudir los árboles genealógicos más tarde. Porque cuando cocino —le puso la bandeja con el pan caliente en las manos a Gage—, todos comemos.

CAPÍTULO 16

Tenía que ser importante, tenía que importar. Cal le dio vueltas y vueltas y más vueltas, sacando tiempo de sus horas laborales y de su tiempo libre para investigar el linaje Hawkins-Black por sí mismo. Aquí había algo nuevo, pensó, alguna puerta que no sabían que existía y que, por tanto, no habían tratado de abrir.

Se dijo que era de vital importancia y que implicaba demasiado tiempo y por eso él y Quinn no habían podido verse en el último par de días. Él había estado ocupado, ella había estado ocupada. Nada que hacer.

Además, probablemente era un buen momento para ellos para darse un respiro. Sólo dejar que las cosas se asentaran un poco. Como le había dicho a su madre, éste no era el momento de ponerse serio, de pensar en enamorarse. Porque se supone que después de que la gente se enamora pasan muchas cosas que cambian la vida. Pero él ya tenía suficientes cosas de ese estilo por las que preocuparse.

Sirvió a *Lump* en el plato concentrado mientras el perro esperaba el desayuno con su habitual paciencia a toda prueba. Puesto que era jueves, metió una carga de ropa sucia en la lavadora cuando dejó salir a *Lump* para que caminara y orinara.

Continuó su rutina mañanera de entre semana tomándose su primer café y sacó una caja de cereales.

Pero cuando sacó la leche de la nevera, se acordó de Quinn. Su leche semidesnatada le hizo menear la cabeza. Tal vez en ese preciso momento estaba preparándose su versión de un tazón de cereales. Tal vez estaba en la cocina de su casa, con el olor a café envolviéndola mientras pensaba en él. Y dado que encontró ese pensamiento tan atractivo, estiró el brazo para coger el teléfono y llamarla, pero entonces escuchó detrás un sonido que lo sobresaltó y le hizo darse la vuelta.

Gage sacó una taza del aparador que había abierto.

—¿Estás nervioso?

—No, sólo es que no te había oído entrar.

—Estabas pensando en esa mujer.

—Tengo un montón de cosas en la cabeza.

—Especialmente la mujer. Se te nota, Hawkins. Para empezar, tienes esa mirada de cordero degollado.

—Vete a la mierda, Turner.

Gage sólo sonrió mientras se servía el café.

—Además, tienes ese anzuelo que te sobresale de la comisura de los labios. —Hizo el gesto con su propio dedo de engancharse el cachete y dio un tirón—. Inequívoco.

—Estás celoso porque no estás echando un polvo con regularidad.

—No te lo voy a discutir. —Le dio un sorbo a su café solo y acarició a *Lump* con el pie desnudo mientras el perro estaba completamente concentrado en su desayuno—. Ella no es tu tipo habitual.

—¿No? —La irritación reptó por la espalda de Cal como una lagartija—. ¿Y cuál es mi tipo habitual?

—Básicamente igual al mío: inconstante, sin pensarlo mucho, sin ataduras, sin preocupaciones. Quién podría culparnos, considerando las circunstancias. —Acercó la caja de cereales y metió la mano dentro—. Pero Quinn rompe tu molde. Es inteligente, es estable y tiene un enorme ovillo de hilo en su bolsillo trasero. Y ya ha empezado a envolverte con él.

—¿No te resulta pesado a veces ese cinismo que nunca te abandona?

—Realismo —lo corrigió Gage comiendo cereales directamente de la caja—. Que me mantiene ligero de pies. Me gusta Quinn.

—A mí también. —Cal se olvidó de la leche y empezó a comerse los cereales con la mano directamente del tazón donde se había servido—. Me dijo... Me dijo que estaba enamorada de mí.

—Trabajo rápido. Y ahora, qué coincidencia, de repente está ocupadísima y tú estás durmiendo solo, hermano. Te dije que era lista.

—Por Dios, Gage. —Cal se sintió doblemente ofendido, por él y por Quinn—. Ella no es así. No usa a la gente de esa manera.

—Y lo sabes porque la conoces tan bien, ¿no?

—Así es. —Cualquier señal de irritación se desvaneció cuando se dio cuenta de la verdad de sus palabras—. Así son las cosas: la conozco. Puede ser que haya decenas, incluso cientos, de cosas que no sé sobre ella, pero sé qué tipo de persona es, sé quién y cómo es. No sé si parte de ello es debido a esta conexión, debido a lo que nos enlaza a todos, pero sé que es verdad. La primera vez que la vi, las cosas cambiaron. No sé. Algo cambió para mí. Así que puedes burlarte lo que quieras, pero así es.

—Voy a decir que eres un tipo afortunado —comentó Gage después de un momento— y que espero que las cosas salgan como quieres. Nunca pensé que alguno de nosotros pudiera tener algo parecido a una vida normal. —Se encogió de hombros—. No me importa haberme equivocado. Además, se te ve muy tierno con ese anzuelo en la boca.

Cal le hizo un corte de mangas.

—Otro para ti —le dijo Fox entrando en la cocina. Se dirigió directamente al frigorífico y sacó una Coca-Cola—. ¿Qué novedades ha habido?

—Lo que ha habido es que me estás gorroneando las Coca-Colas y no traes más para reemplazar las que te tomas.

—Te traje cerveza la semana pasada. Además, estoy aquí esta mañana porque Gage me llamó para que viniera. Así que espero poder tomarme una maldita Coca-Cola.

—¿Le pediste que viniera?

—Sí. Así pues, O'Dell, Cal está enamorado de la rubia.

—No dije que estuviera...

—Dime algo que no sepa. —Fox abrió la lata de Coca-Cola y le dio un largo sorbo.

—Nunca he dicho que esté enamorado de nadie.

Fox apenas se giró hacia Cal.

—Te conozco de toda la vida y sé lo que significan esos corazoncitos que te brillan en los ojos. Está bien. Ella es como, ¿cómo decirlo?, hecha a tu medida.

—Gage dice que no es mi tipo habitual y tú dices que está hecha a mi medida.

—Ambos tenemos razón. Quinn no es el tipo de mujer que buscas por lo general. —Fox le dio otro largo sorbo a su Coca-Cola, después le quitó la caja de cereales a Gage—. Porque no querías encontrar a la mujer para ti. Ella está hecha a tu medida, pero de todas maneras es sorprendente, prácticamente una emboscada. ¿Me levanté una hora más temprano para venir hasta aquí antes del trabajo sólo para hablar de la vida amorosa de Cal?

—No, sólo es una nota al margen interesante. Obtuve alguna información que puede sernos útil cuando estuve en la República Checa. Rumores, leyendas populares, más que nada, y les seguí la pista cada vez que tuve tiempo. Anoche me llamó un experto, y ésa es la razón por la cual te pedí que vinieras esta mañana. Puede ser que haya logrado identificar a nuestro gran demonio.

Los tres amigos se sentaron a la mesa de la cocina con café y cereales sin leche, Fox vestido con traje y corbata, Cal con vaqueros y camisa de algodón y Gage con camiseta negra y pantalón de pijama. Y hablaron sobre demonios.

—Visité algunas de las poblaciones más pequeñas y remotas —empezó Gage—. Siempre pienso que hacerlo me da la oportunidad de absorber el sabor local, sus costumbres y tal vez levantar alguna que otra falda mientras cuento fichas de póquer y contrincantes.

Cal sabía que Gage había estado haciendo lo mismo durante años, siguiendo cualquier pista de información sobre diablos, demonios y cualquier fenómeno inexplicable. Siempre volvía con historias, pero ninguna que correspondiera al, cómo decirlo, perfil, supuso Cal, de su problema particular.

—Escuché hablar de este demonio antiquísimo que puede cambiar de forma. Por esas tierras se encuentran hombres lobo, así que pensé que el asunto iba por ahí. Pero éste no tiene tendencia a morder gargantas ni le teme a las balas de plata. Lo que escuché es que caza humanos para esclavizarlos y alimentarse de su... la traducción es un poco vaga, y el mejor término que conseguí fue «esencia» o «humanidad».

—¿Cómo se alimenta?

—También me dieron una explicación vaga, o variada, como tienden a ser siempre las leyendas. No se refiere, en todo caso, a carne y hueso, y no tiene garras y colmillos, o ese tipo de cosas. La leyenda dice que este demonio, o criatura, puede apoderarse tanto de la mente como del alma de las personas y hacer que enloquezcan o que maten.

—Podría ser la raíz del nuestro —decidió Fox.

—Pues el asunto me sonó lo suficiente como para seguirle la pista. Tuve que vadear miles de historias, porque es una región en la que abundan. En todo caso, en este pueblo en las colinas, flanqueado por un bosque espeso que me recordó a mi hogar, me encontré con un indicio que nos puede ser de utilidad. Se llama *Tmavy*, que se traduce como «oscuro», El Oscuro. —Los tres no pudieron menos que pensar en lo que había salido esa noche de la Piedra Pagana—. Llegó como un hombre que no era un hombre, cazaba como un lobo que no era un lobo. Y algunas veces tomaba la forma de un niño, un niño que convencía particularmente a mujeres y niños para que lo acompañaran al bosque. La mayoría nunca volvieron y los que lo hicieron estaban locos. Las familias de los que volvieron enloquecieron también. Se mataron unos a otros, mataron a sus vecinos o se suicidaron. —Gage se puso de pie y fue a buscar la cafetera—. La mayor parte de la información la obtuve cuando estuve allí, pero encontré a un sacerdote que me mencionó a un tipo, un profesor, que se ha dedicado a estudiar demonología de la Europa del Este y ha publicado varios libros al respecto. Este profesor fue quien me llamó anoche. Me dijo que este demonio en particular, y no temió usar la palabra, ha deambulado por Europa durante siglos. Él, a su vez, había sido perseguido por un hombre, algunos dicen que era otro demonio, un brujo, o sólo un hombre con una misión. La leyenda dice que libraron una batalla en el bosque en la que el demonio hirió al brujo gravemente y lo dejó allí para que muriera. Y ése, según el profesor Linz, fue su gran error. Alguien pasó por ahí, un niño, y el brujo le pasó su poder antes de morir.

—¿Y después qué pasó? —preguntó Fox interesadísimo.

—Nadie, incluyendo a Linz, está seguro. Las historias van desde que se desvaneció hasta que se marchó o que se murió entre principios y mediados del siglo XVII.

—Cuando se hizo a la mar en un maldito bote con rumbo al Nuevo Mundo —comentó Cal.

—Tal vez. Puede ser posible.

—Y lo mismo hizo el niño —continuó Cal—, o el hombre en el que se había convertido o su descendiente. Pero casi lo tuvo allí, casi en algún momento... Eso es algo que he visto, creo. Él y la mujer, una cabaña. Él sosteniendo una espada ensangrentada y sabiendo que casi todos estaban muertos. No pudo detenerlo allí, entonces le pasó todo lo que tenía a Dent y Dent lo intentó de nuevo. Aquí.

—¿Pero qué nos pasó a nosotros? —preguntó Fox en tono exigente—. ¿Qué poder? ¿No sufrir nunca un maldito resfriado y que se suelde solo un brazo roto? ¿De qué carajo nos sirve?

—Nos mantendrá sanos y enteros cuando tengamos que vencerlo. Y las imágenes que veo, que todos vemos de diferente manera. —Cal se pasó una mano por el pelo—. No sé. Pero tiene que ser algo que importa. Las tres partes de la piedra. Tienen que ser importantes. Lo que pasa es que no hemos sido capaces de descubrir cómo.

—Y casi se nos acaba el tiempo —apuntó Gage.

Cal asintió con la cabeza.

—Tenemos que mostrarles las piedras a las mujeres. Hicimos un juramento, así que los tres tenemos que estar de acuerdo en esto. Si no hubiera sido así, ya le habría mostrado la mía...

—A Quinn, claro —le terminó Fox la oración—. Y sí, tal vez tienes razón. Al menos vale la pena darle una oportunidad. Puede ser que se necesite de nosotros seis juntos para unirla de nuevo.

—O puede ser que cuando sucedió lo que sucedió en la Piedra Pagana, la sanguinaria se partió porque perdió su poder, se dañó.

—Tu vaso siempre está medio vacío, Turner —comentó Fox—. En todo caso, vale la pena probar. ¿Todos de acuerdo?

—De acuerdo. —Cal miró a Gage, que sólo se encogió de hombros.

—Qué diablos.

* * *

Cal se debatió consigo mismo todo el camino hasta el pueblo. No necesitaba una excusa para pasar a ver a Quinn. Por Dios santo, si estaban durmiendo juntos. No era como que necesitara pedirle cita o una razón específica para llamar a su puerta, para ver cómo estaba. Para preguntarle qué diablos estaba pasando.

No cabía duda de que el último par de días había estado distraída cada vez que Cal la había llamado. Y no había pasado por la bolera después del revolcón que se habían dado en el suelo de su oficina. Y de que le había dicho que estaba enamorada de él.

Ése era el problema, el aceite en el agua, la arena en el zapato o cualquier maldita analogía que tuviera más sentido. Quinn le había dicho que lo amaba y él no le había respondido «y yo a ti», que, según ella, no era la respuesta que esperaba. Pero cualquier hombre que creyera que las mujeres siempre quieren decir exactamente lo que dicen estaba viviendo engañado.

Entonces ella lo estaba evitando.

No tenían *tiempo* para juegos, para sentimientos heridos o enfados. Había cosas más importantes en juego. Que eran, se vio forzado a admitir, la razón por la cual no debía haberla tocado en primer lugar. Al añadir el sexo a la mezcla, habían embrollado y complicado las cosas y las cosas ya estaban suficientemente embrolladas y complicadas. Tenían que ser prácticos, tenían que ser listos. Objetivos, añadió Cal al tiempo que aparcaba delante de la casa. Sangre fría, mente clara.

Nadie contaba con esas dos características cuando se estaba follando a alguien. Especialmente si el sexo era realmente bueno.

Se metió las manos en los bolsillos y caminó hacia la puerta. Sacó una y llamó. El hecho de haberse convencido de estar molesto podía no ser práctico u objetivo, pero se sentía completamente bien.

Hasta que ella abrió la puerta.

Quinn tenía el pelo húmedo y se lo había recogido atrás en una brillante cola de caballo. Cal pudo percibir el olor femenino a champú y jabón, y el perfume se abrió paso dentro de su cuerpo hasta que le tensó el músculo de la tripa. Llevaba puestos unos calcetines de color morado eléctrico, pantalón de algodón negro y una sudadera rosa en la que ponía «G.D.S.M.: Gracias a Dios Soy Mujer».

Él mismo podía dar las gracias también.

—¡Hola! —La idea de que Quinn estuviera enfurruñada fue difícil de sostener para Cal después de que ella le dedicara una de sus resplandecientes sonrisas y de que sintiera la energía vibrante de la mujer—. Justo estaba pensando en ti. Pero entra, Jesús, que está helando. Ya estoy harta del invierno. Estaba a punto de prepararme una taza de chocolate caliente bajo en grasa. ¿Te apetece?

—Ah... No, la verdad es que no.

—Bueno, entonces acompáñame a la cocina, porque yo tengo antojo. —Se empinó sobre los dedos de los pies y le dio un largo y firme beso en los labios, después lo cogió de la mano y lo arrastró a la cocina—. Les di la lata a Cyb y a Layla para que me acompañaran al gimnasio esta mañana. Me costó trabajo convencer a Cyb, pero pensé que era más seguro si éramos más. No pasó nada raro, a menos que cuentes ver a Cyb doblándose en posiciones avanzadas de yoga. Para Matt lo fue, sin duda. Las cosas han estado tranquilas por el lado sobrenatural durante estos últimos dos días. —Sacó un sobre de chocolate en polvo, le dio un par de golpes con la mano para asentarlo antes de rasgarlo y echar el contenido en una taza—. ¿Estás seguro de que no quieres?

—Sí, tómatelo tú.

—Hemos estado de lo más ocupadas por aquí —continuó parloteando Quinn mientras llenaba la taza de agua hasta la mitad, para después ponerle su leche semidesnatada—. Estoy esperando a saber algo sobre esa Biblia familiar o cualquier otra cosa que mi abuela descubra. Tal vez hoy, ojalá, a más tardar mañana. Por ahora, tenemos esquemas de los árboles genealógicos como los conocemos y Layla está tratando de descubrir sus ancestros hablando con sus familiares. —Removió el interior de la taza y la puso en el horno microondas—. Tuve que dejar gran parte de la investigación en manos de mis socias para poder terminar un artículo para la revista. Hay que pagar al portero, ¿no es cierto? Entonces —se dio la vuelta cuando el microondas pitó—, ¿qué hay de ti?

—Te he echado de menos. —Cal no había planeado decirlo y ciertamente no esperaba que fuera lo primero que saliera de sus labios. Al momento se dio cuenta de que obviamente era lo primero que había tenido en mente.

A Quinn los ojos se le suavizaron y esa boca sensual se curvó en una sonrisa.

—Qué bien escuchártelo decir. Yo también te he echado de menos, especialmente anoche, cuando me metí en la cama como a la una de la mañana. Mi fría y vacía cama.

—No me refería al sexo, Quinn. —¿Y de dónde había salido eso?

—Yo tampoco. —Giró la cabeza haciendo caso omiso del pitido del microondas—. Eché de menos tenerte cerca al final del día cuando finalmente pude salir del encierro en el que había estado, escribiendo el artículo, cuando quise dejar de pensar en lo que tenía que hacer y en lo que va a suceder. Estás molesto por algo. ¿Por qué no me dices sencillamente qué es?

Quinn se giró hacia el microondas para sacar su taza de chocolate mientras terminaba de hablar. En ese mismo momento, Cal vio que Cybil se disponía a entrar en la cocina. Quinn sólo negó con la cabeza y Cybil se dio la vuelta y salió de nuevo sin decir una palabra.

—No sé exactamente. —Se quitó el abrigo y lo lanzó sobre una de las sillas alrededor de una mesita de café que no había estado allí en su última visita—. Supongo que pensé que, después del otro día, después de... lo que dijiste...

—Dije que estaba enamorada de ti, y eso te hace temblar por dentro —dijo—. Hombres.

—Yo no fui el que empezó a evitarte.

—¿Crees que...? —Inspiró profundamente por la nariz y espiró por la boca en un jadeo—. Pues parece que tienes una opinión muy buena de ti mismo y una muy mala de mí.

—No. Es sólo que...

—Tenía cosas que hacer, Cal, tenía trabajo. No estoy a tu entera disposición todo el tiempo, al igual que tú no lo estás a la mía.

—No es eso lo que quise decir.

—¿Crees que sería capaz de jugar de esa manera? ¿Especialmente ahora?

—Especialmente ahora es la cuestión. Éste no es momento para asuntos personales serios.

—Si no es ahora, ¿entonces cuándo? —le preguntó ella en tono exigente—. En serio, ¿honestamente crees que podemos etiquetar y archivar todos nuestros asuntos personales y después cerrar el cajón hasta que sea conveniente? A mí me gustan las cosas en su lugar también. Quiero saber dónde están, entonces las pongo donde quiero o necesito que estén. Pero los sentimientos y los pensamientos son una cosa diferente a las malditas llaves del coche, Cal.

—No te lo discuto, pero...

—Y tengo la cabeza y el corazón tan abarrotados de cosas, tan absolutamente desordenados como el ático de mi abuela —le espetó, lejos de calmarse—. Y así es como me gusta. Si las cosas fueran normales todos los días, si fluyeran sin contratiempos, probablemente no te lo habría dicho. ¿Crees que éste es mi primer chapuzón en el mar de las relaciones? Por Dios santo, que estuve comprometida. Te lo dije porque... Porque creo que, tal vez *especialmente* ahora, los sentimientos son lo que más importa. Si saberlo te complica la cabeza, pues mal.

—Desearía que te callaras cinco malditos minutos.

—¿Ah, sí? —exclamó Quinn entrecerrando los ojos.

—Sí. El hecho es que no sé cómo reaccionar a todo esto, porque nunca me he permitido considerar cómo sería estar en esta situación. ¿Cómo podría? Con esta espada que cuelga sobre mi cabeza. No puedo arriesgarme a enamorarme de alguien. ¿Cuánto podría decirle? ¿Cuánto es demasiado? Nosotros, Fox, Gage y yo, estamos acostumbrados a contenernos, a guardar la mayor parte de esto para nosotros mismos.

—A guardar secretos.

—Así es —respondió Cal tranquilamente—. Ésa es la verdad. Porque es más seguro de esa manera. ¿Cómo podría haber pensado alguna vez en enamorarme, casarme y tener hijos? Traer un niño a esta pesadilla está fuera de toda consideración.

Esas rendijas de ojos azules se pusieron gélidas como el invierno fuera.

—No creo haber expresado todavía el deseo de parir a tu descendencia.

—Acuérdate de con quién estás hablando, Quinn —le dijo Cal en voz baja—. No puedes sacar esta situación de la ecuación de que soy un tipo normal que viene de una familia normal. Del tipo que se casa, tiene hijos, una hipoteca y un enorme perro baboso. Si me permito enamorarme de alguna mujer, ésa es la única manera en que va a funcionar.

—Supongo que ya me lo dijiste.

—Pero es irresponsable considerar la posibilidad de cualquiera de esas cosas.

—No estoy de acuerdo. Sucede que creo que considerar eso, moverse hacia eso, es dispararle al pájaro en la oscuridad. Al final, cada uno tiene derecho a su propia perspectiva. Pero entiéndeme bien, tenlo claro como el agua, decirte que te amo no significa que esté esperando que me pongas un anillo en el dedo.

—Porque ya has pasado por eso.

Quinn asintió.

—Sí, ya he pasado por eso. Y tú te estás preguntando cómo fue.

—No es de mi incumbencia. —Al carajo—. Sí.

—Muy bien. Es bastante sencillo. Estuve saliendo con Dirk...

—Dirk...

—Cállate y escucha. —Pero sonrió—. Estuve saliendo exclusivamente con Dirk durante unos seis meses. Nos divertíamos juntos, disfrutábamos de nuestra mutua compañía. Pensé que estaba lista para pasar a la siguiente etapa de mi vida, así que dije que sí cuando me pidió que me casara con él. Llevábamos comprometidos dos meses cuando me di cuenta de que había cometido un error. No lo amaba, sólo me gustaba. Él tampoco me amaba. No me entendía, no logró captar la persona que soy, como un todo, y ésa fue la razón por la cual pensó que ponerme un anillo en el dedo significaba que podía empezar a darme consejos sobre mi trabajo, sobre mi ropa, mis costumbres y mis opciones profesionales. Había un montón de cositas que realmente no son importantes. El hecho es que no íbamos a ser capaces de hacer que funcionara, así que terminé. —Suspiró porque no era placentero recordar que había cometido ese gran error. Que había fracasado en algo en lo que sabía que sería buena—. Dirk estuvo más molesto que dolido, lo que me indicó que había hecho lo correcto. Y la verdad es que me dolió saber que había hecho lo correcto porque significaba que me había equivocado en un principio. Cuando le sugerí que les dijera a sus amigos que él había sido el que había roto el compromiso, se sintió mejor al respecto. Le devolví el anillo, cada uno recogió las cosas del otro que estaban en las respectivas casas, las devolvimos y nos dijimos adiós.

—No te hizo daño.

—Ay, Cal. —Dio un paso adelante para poder acariciarle la mejilla—. No, no me hizo daño. La situación me hizo daño, pero no él. Que es una de las razones por las cuales supe que no era el hombre para mí. Si quieres que te asegure que tú no podrías o de hecho no me partirías el corazón, sencillamente no puedo hacerlo. Porque sí puedes y lo harías, y por eso sé que eres el hombre para mí. El único para mí. —Le pasó los brazos alrededor del cuerpo y puso los labios sobre los de él—. Debe de ser aterrador para ti.

—Terrorífico. —La abrazó con fuerza—. Nunca ninguna otra mujer en mi vida me ha dado tantos malos ratos como tú.

—Me encanta escuchar eso.

—Pensé que así sería. —Apoyó la mejilla sobre la cabeza de ella—. Me gustaría quedarme aquí, así, una o dos horas. —Ahora apoyó los labios en la cabeza de Quinn, después devolvió la mejilla—. Pero tengo cosas que hacer, igual que tú. Y ya lo sabía desde antes de entrar aquí y usé esa información como una disculpa para buscar una discusión contigo.

—No me importa discutir, si sirve para que se limpie el aire después.

Cal tomó la cara de Quinn entre sus manos y la besó suavemente.

—Se te está enfriando el chocolate.

—El chocolate siempre está a la temperatura correcta.

—Con respecto a lo que te dije hace un rato, es la pura verdad. Te eché mucho de menos.

—Creo que puedo sacar un hueco de mi apretada agenda.

—Tengo que trabajar esta noche. Tal vez puedas pasarte por la bolera para que te dé otra clase.

—Muy bien.

—Quinn, nosotros, todos nosotros, tenemos que hablar sobre un montón de cosas. Tan pronto como sea posible.

—Sí, es cierto. Una cosa más antes de que te vayas: ¿al final Fox le va a ofrecer el trabajo a Layla?

—Ya se lo mencioné. —Cal maldijo por lo bajo ante la expresión de Quinn—. Voy a recordárselo.

—Gracias.

Sola, Quinn levantó la taza y bebió meditabunda su chocolate tibio. «Los hombres son seres tan interesantes», pensó.

Cybil entró:

—¿Todo bien?

—Sí, gracias.

—No hay problema —abrió la despensa y sacó una lata de té de jazmín—. ¿Lo comentamos o no meto la nariz donde no me corresponde?

—Lo comentamos. Cal estaba exaltado porque le dije que lo amo.

—¿Molesto o aterrorizado?

—Creo que ambas cosas. Más preocupado que cualquier otra cosa porque todos tenemos que enfrentarnos a cosas terroríficas y éste es otro tipo de cosa terrorífica.

—La más terrorífica de todas, si te lo piensas bien. —Cybil llenó la tetera de agua—. ¿Y cómo lo estás manejando tú?

—Me siento... de maravilla —decidió—. Llena de energía, revitalizada y entusiasmada. Y también algo así como brillante y rico. Ya sabes que con Dirk fue... —con la mano hizo una línea horizontal imaginaria—. Esto es... —ahora subió y bajó la mano, y la volvió a subir—. Así es la cosa: cada vez que Cal me dice que esto es una locura, me está diciendo que nunca antes ha estado en una situación, o eso cree, de permitirse pensar en amor, matrimonio, familia.

—Caramba, de la A a la Z en diez palabras o menos.

—Exactamente. —Quinn gesticuló con la taza en la mano—. Y Cal estaba yendo tan deprisa que no se dio cuenta de que la palabra «matrimonio» me da dolor de estómago. Ya salté una vez de ese tren y mírame ahora, otra vez montada en él.

—Por eso te duele el estómago. —Cybil midió el té y lo puso en la tetera—, pero no te veo saltando esta vez.

—Ya me conoces, pero resulta que esta vez me gusta donde voy montada. Me gusta la idea de continuar por este camino con Cal a ver adónde nos lleva. El pobre está hecho un lío ahora —murmuró y le dio un sorbo a su chocolate.

—Igual que tú, Q. Pero, claro, los problemas siempre te sientan bien.

—Mejor que un cambio de imagen en el Mac de Saks.

Quinn contestó el teléfono de la cocina al primer timbrazo.

—¿Sí? Hola, Essie. Ah, ¿en serio? No, es estupendo. Muchas gracias. Por supuesto que sí. Gracias otra vez. Adiós —colgó, sonrió—. Essie Abbott nos consiguió un permiso para ir al centro comunitario. Hoy va a estar desocupado el piso principal, así que podemos ir y husmear lo que nos apetezca.

—¿No te parece que será de lo más divertido? —dijo Cybil secamente mientras echaba el agua caliente sobre el té.

* * *

Armada con la llave, Quinn abrió la puerta principal de la vieja biblioteca.

—Estamos aquí, en la superficie, con fines investigativos. Uno de los edificios más antiguos del pueblo, la casa de la familia Hawkins —encendió las luces—, pero básicamente lo que queremos encontrar son escondites, huecos donde se haya podido guardar algo y que no sean evidentes al ojo.

—Que nadie haya notado en tres siglos y medio —comentó Cybil secamente.

—Si se pasa algo por alto en cinco minutos, puede ser pasado por alto una eternidad. —Quinn frunció los labios al mirar a su alrededor—. Modernizaron el edificio, por decirlo de alguna manera, cuando lo convirtieron en biblioteca, pero cuando construyeron la nueva, desmontaron algunos de los detalles modernos. No es como solía ser, pero se acerca bastante.

Había algunas mesas y sillas dispuestas y alguien había decorado el lugar tratando de que pareciera antiguo usando lámparas y cerámica viejas y tallas de madera sobre los anaqueles. A Quinn le habían dicho que grupos como la Sociedad Histórica o el Club de Jardinería organizaban reuniones o funciones aquí. Y en época de elecciones, era un colegio electoral.

—Chimenea de piedra —continuó Quinn—. He ahí un excelente lugar para esconder cosas. —Cruzó el salón hasta ella y empezó a empujar las piedras a su alrededor—. Además, hay un ático. Essie me dijo que lo usaban de trastero. Todavía, de hecho. Guardan allí las mesas y las sillas plegables y ese tipo de cosas. Los áticos son tesoros escondidos, me parece a mí.

—¿Por qué será que los edificios como éste son tan fríos y aterradores cuando no hay gente en ellos? —se preguntó Layla.

—Pero ahora nosotras estamos aquí, Layla. Qué tal si empezamos por arriba —sugirió Quinn—. Y vamos bajando.

* * *

—Los áticos son tesoros escondidos —dijo Cybil veinte minutos después— de polvo y arañas.

—No está tan mal —respondió Quinn mientras gateaba por el suelo buscando una losa suelta.

—Tampoco tan bien. —Valientemente, Layla se subió a una silla plegable y empezó a revisar las vigas del techo—. Nunca he entendido por qué la gente cree que los trasteros no hay que limpiarlos y organizarlos regularmente como todos los demás espacios de una casa.

—Una vez este ático estuvo limpio. Ella lo mantenía limpio.

—¿Quién...? —empezó Layla, pero Cybil levantó una mano y la hizo callar al tiempo que fruncía el ceño hacia Quinn.

—¿Ann Hawkins?

—Sí, Ann. Y sus hijos. Los trajo a casa y compartió este ático con ellos. Sus tres hijos. Hasta que fueron lo suficientemente mayores como para tener una habitación abajo. Pero ella se quedó aquí. Quería estar en lo alto, para poder ver por la ventana. A pesar de que sabía que él no vendría, quería buscarlo con la mirada hacia el horizonte. Aquí fue feliz. Lo suficientemente feliz. Y cuando murió aquí, ya estaba lista para partir. —Repentinamente, Quinn se irguió y se sentó sobre las pantorrillas—. Mierda, ¿qué fue eso?

Cybil se arrodilló a su lado y examinó el rostro de Quinn.

—Dinos tú.

—Creo que fue... —se llevó las manos a las sienes—. Maldición, tengo un dolor de cabeza taladrador del estilo «Me tomé demasiado rápido muchos margaritas». La vi, a ella y a sus hijos, en mi cabeza. Muy claramente. Todo se movía como si fuera en vivo y en directo. Años en segundos, pero, más que nada, lo sentí. Así es como te pasa a ti, ¿no es cierto? ¿Cuando vas al otro lado?

—Con frecuencia —respondió Cybil.

—La vi escribiendo en su diario y mirando el rostro de sus hijos. La vi riendo y llorando. La vi de pie junto a la ventana mirando hacia la oscuridad. Sentí —Quinn se puso una mano sobre el corazón—, sentí su añoranza. Fue... brutal.

—No tienes buen aspecto. —Layla le puso una mano sobre el hombro—. Deberíamos bajar, para que tomes agua.

—Probablemente. Sí. —Quinn cogió la mano que Layla le ofrecía para ayudarla a ponerse de pie—. Tal vez debería intentarlo de nuevo. Tratar de ver de nuevo y sacar más información.

—Estás horriblemente pálida —le dijo Layla— y, querida, tienes la mano tan fría como el hielo.

—Suficiente por un día —coincidió Cybil—. Es mejor no forzar estas cosas.

—No vi dónde puso los diarios. Si guardó algo por aquí, no vi nada.

CAPÍTULO 17

No era el momento, decidió Cal, de hablar de piedras partidas y búsquedas de diarios cuando Quinn no hacía más que hablar de su viaje al pasado con Ann Hawkins. En todo caso, la bolera no era el lugar propicio para ese tipo de intercambio de información.

Consideró mencionarlo después de cerrar la bolera y Quinn lo arrastró hasta la oficina que tenía en casa para mostrarle el nuevo esquema que Layla había hecho, que incluía la hora, el lugar, la duración aproximada y las partes involucradas en todos los incidentes conocidos desde la llegada de Quinn al pueblo.

Después se le olvidó cuando estuvo en la cama con ella, moviéndose con ella y todo encajó de nuevo.

Después se dijo que era muy tarde para mencionarlo, para darle a cada tema el tiempo de discusión que merecía cada uno, teniendo en cuenta que estaban abrazados calientes debajo de las mantas.

Tal vez estaba tratando de evitar el momento, pero Cal optó por la posibilidad de que se tratara solamente de su tendencia a preferir las cosas en el momento correcto y en el lugar correcto. Había organizado todo para tomarse libre el domingo y que todo el grupo fuera a la Piedra Pagana. Según su criterio, ése era el momento y el lugar correctos.

Entonces la naturaleza rompió sus planes.

Cuando el pronóstico del tiempo empezó a anunciar una tormenta de nieve, Cal estuvo escéptico, pero se mantuvo al tanto de los informes. Según su experiencia, la mitad de las veces eran acertados y la otra, equivocados. Incluso cuando los primeros copos de nieve empezaron a caer a media mañana, seguía sin creérselo. Era el tercer pronóstico de tormenta del año pero hasta ahora la mayor nevada que había caído había cubierto el suelo con unos razonables veinte centímetros de nieve.

No le pareció nada grave cuando las ligas de la tarde cancelaron las partidas. Las cosas habían llegado al punto en que la gente cancelaba todo con el primer centímetro de nieve y después corría al supermercado a pelearse por papel higiénico y pan. Y puesto que habían suspendido la jornada escolar, la zona de juegos y la parrilla estaban movidísimas.

Pero cuando Jim llegó a la bolera como el hombre de las nieves hacia las dos de la tarde, Cal prestó más atención.

—Creo que vamos a tener que cerrar el negocio —dijo Jim con su tranquilidad habitual.

—No está tan mal. La sala de videojuegos ha atraído el número habitual de visitantes, la parrilla ha estado llena y tenemos reservadas algunas pistas. Yo creo que muchos van a querer venir por la tarde, buscando algo que hacer.

—Ahora está suficientemente mal, Cal. —Jim se metió los guantes en los bolsillos de su pelliza—. Para cuando el sol se ponga vamos a tener unos treinta centímetros si sigue nevando así. Tenemos que mandar a estos chicos a su casa o llevarlos, si no viven a una distancia corta. Es mejor cerrar e irnos a casa. Si quieres, puedes traer a tu perro y a Gage y quedaros con nosotros. Tu madre se va a preocupar horriblemente si piensa que andas conduciendo de noche con este tiempo.

Cal empezó a recordarle a su padre que tenía treinta años, que tenía una camioneta y que había estado conduciendo la mitad de su vida. Pero sabiendo que era inútil, sencillamente asintió:

—Estaremos bien. Tengo suficientes provisiones. Yo saco a los clientes y cierro, papá. Vete a casa, que mamá debe de estar preocupada por ti también.

—Tienes suficiente tiempo para sacar a todo el mundo y cerrar. —Jim miró hacia las pistas, donde un grupo de seis adolescentes desprendían energía y hormonas en la misma cantidad—. Hubo una tormenta tremenda cuando era niño. Tu abuelo decidió mantener la bolera abierta. Nos quedamos aquí durante tres días. Me lo pasé en grande.

—Me lo imagino. —Cal sonrió—. ¿Quieres llamar a mamá y decirle que nos hemos quedado atrapados? Tú y yo podríamos sobrevivir aquí, jugar una maratón de bolos.

—Me encantaría. —Las arrugas alrededor de los ojos de Jim se profundizaron cuando sonrió ante la idea—. El problema es que después me daría la lata eternamente y ésa habría sido la última vez que habría podido jugar a los bolos.

—Tienes razón. Mejor cerramos.

A pesar de que hubo protestas y lamentos, Cal y Jim hicieron poner en marcha a los clientes y organizaron coches con el personal de la bolera cuando fue necesario. Jim después fue a buscar a Bill Turner, no sólo para darle instrucciones, pensó Cal, sino para verificar que el hombre tuviera todo lo que necesitaba y darle dinero adicional si no era así. Mientras tanto, en el silencio del local, Cal cerró él mismo la parrilla. Después de hacerlo, sacó su teléfono móvil y llamó a la oficina de Fox.

—Hola. Estaba preguntándome si te iba a encontrar.

—Justo estaba cerrando. Ya mandé a la señora H. a casa. Se está poniendo feo ahí fuera.

—Yo también estoy cerrando. Si el pronóstico del tiempo es acertado esta vez, es probable que las carreteras estén cerradas un par de días, y estaba pensando que no vale la pena perderlos. Tal vez puedas parar en el supermercado y comprar papel higiénico, pan, ya sabes, lo suficiente.

—Papel... ¿Vas a invitar a las mujeres también?

—Sí. —Cal lo había decidido al echar un vistazo afuera—. Lleva... cosas. Decide qué podemos necesitar. Llegaré a casa en cuanto pueda.

Entonces colgó y apagó las luces de las pistas en el momento en que su padre volvía.

—¿Todo arreglado? —le preguntó Cal.

—Sí.

La manera en que su padre miró las pistas a oscuras le dijo a Cal que Jim no sólo estaba pensando en que iban a perder el viernes por la noche sino probablemente todo el fin de semana.

—Ya lo recuperaremos, papá.

—Es cierto, como siempre. —Jim le dio una palmada en el hombro a su hijo—. Vámonos a casa.

* * *

Quinn se estaba riendo cuando abrió la puerta.

—¿No es esto fantástico? ¡Están diciendo que es probable que tengamos un metro de nieve o más! Cyb está preparando un *goulash* y Layla salió a comprar más pilas y velas, por si nos quedamos sin luz.

—Bien, qué bien. —Cal se sacudió la nieve de las botas—. Recoged todo lo que necesitéis, que nos vamos a mi casa.

—No seas tonto, si estamos bien. Puedes quedarte y entonces...

Cal se sacudió la nieve lo mejor que pudo fuera, entonces entró y cerró la puerta detrás de él.

—Tengo un generador a gasolina que puede hacer funcionar cosas pequeñas, como el pozo, lo que significa agua para bajar la llave de la cisterna.

—Ay, el baño. No había pensado en eso. ¿Pero cómo vamos a caber todas en tu camioneta?

—Nos las arreglaremos. Ve a preparar tus cosas.

Les llevó media hora, pero Cal lo tenía previsto. Al final, la zona de carga de la camioneta quedó llena de cosas suficientes como para una semana de excursión por la jungla. Y las mujeres estaban metidas en la cabina de la camioneta con él como sardinas en lata.

Debería haberle dicho a Fox que pasara por ahí y se llevara a alguna de las mujeres, pensó. Así también su amigo le habría ayudado a arrastrar hasta su camioneta la mitad de las cosas que estaban llevando. Pero ya era muy tarde.

—Es hermoso —comentó Layla, que iba sentada sobre las piernas de Quinn con un brazo sobre el salpicadero, mientras los limpiaparabrisas de la camioneta trabajaban a marchas forzadas para quitar la nieve del vidrio—. Ya sé que va a ser un desastre absoluto, pero es tan bonito. Tan diferente de como se ve en la ciudad.

—Recuerda eso cuando estemos compitiendo por el baño con tres hombres —le advirtió Cybil—. Y os digo de una vez: me niego a ser la responsable de las comidas sólo porque sé cómo encender el horno.

—Tomo nota —dijo Cal.

—Es tan bello —coincidió Quinn, moviendo la cabeza de lado a lado para ver alrededor de Layla—. Ah, me olvidé de contaros: me ha llamado mi abuela, que ya encontró la Biblia. La nieta de su cuñada va a escanear las páginas pertinentes y me las va a mandar por correo electrónico. —Movió la cadera tratando de tener más espacio—. Al menos ése es el plan, dado que esta nieta es la única que sabe cómo escanear y adjuntar un archivo. El correo electrónico y el póquer en línea es lo único que mi abuela sabe hacer con Internet. Espero que me manden la información mañana. ¿No es fantástico?

Cybil, que estaba entre Quinn y la puerta, se aferró a su esquina del asiento, protegiendo su poco espacio.

—Estaría mejor si movieras el culo para allá.

—Me toca el lugar de Layla, así que tengo derecho a más espacio. Quisiera palomitas de maíz —decidió Quinn—. ¿Toda esta nieve no os da ganas de comer palomitas de maíz? ¿Hemos cogido? ¿O tienes en tu casa? —le preguntó a Cal—. Tal vez podríamos parar y comprar en el supermercado.

Cal mantuvo la boca cerrada y se concentró en sobrevivir al que le pareció el viaje más largo de su vida. Además, como no le habían dejado opinar en cuanto a la calefacción, la camioneta parecía una sauna.

Se abrió paso a lo largo de los caminos laterales y aunque confiaba tanto en su camioneta como en sus habilidades como conductor, se sintió aliviado cuando llegó al camino de entrada de su casa.

Incluso bajo las circunstancias actuales, Cal tuvo que admitir que su casa y su bosque parecían una postal. Las terrazas estaban cubiertas de nieve y los árboles y arbustos blancos flanqueaban su casa, que tenía las ventanas iluminadas y despedía humo por la chimenea.

Siguió las huellas de los neumáticos de Fox a lo largo del puente sobre su riachuelo semicongelado y cubierto de nieve.

Lump caminaba hacia la casa desde ese bosque de postal dejando profundas huellas detrás de sí. Al ver el coche de Cal, batió la cola y ladró una sola vez.

—Caramba, mira a *Lump* —dijo Quinn dándole un codazo a Cal mientras la camioneta se deslizaba por el camino—. Está de lo más vigoroso.

—La nieve le entusiasma. —Cal aparcó junto a la camioneta de Fox y miró con una sonrisita hacia el Ferrari, que estaba siendo sepultado poco a poco bajo la nieve. Pitó. Por nada del mundo iba a arrastrar él solo todas las cosas de las cuales las mujeres no podían prescindir por una o dos noches. Empezó a descargar las bolsas de la parte trasera.

—Es un lugar precioso, Cal —le dijo Layla cogiéndole una bolsa—. Parece una litografía de Currier & Ives versión siglo XXI. ¿Puedo entrar?

—Por supuesto.

—Tan bonito como una postal —dijo Cybil revisando bolsas y cajas para escoger una para llevarla dentro—. Especialmente si no te importa estar aislado.

—A mí no me importa.

Se dio la vuelta cuando se abrió la puerta de la casa y Fox y Gage se dispusieron a ir a ayudar.

—Espero que tampoco te importen las multitudes.

Metieron todo el equipaje dentro de la casa, dejando huellas de nieve por todas partes. Cal decidió que las mujeres debían de tener algún tipo de comunicación telepática, cuando se dividieron las tareas sin mediar palabra. Layla le pidió trapos o toallas viejas y procedió a secar los suelos. Cybil se encargó de la cocina, con su olla del guisado y la bolsa llena de ingredientes. Y Quinn escarbó en el armario de la ropa de cama y empezó a asignar camas y a ordenar qué maletas iban a qué sitios. Así las cosas, no le quedó mucho por hacer salvo tomarse una cerveza.

Gage entró al salón cuando Cal estaba poniéndole más leña al fuego.

—Hay frascos de cosas de mujeres en los dos baños de arriba —le dijo señalando el techo con el pulgar—. ¿Qué has hecho?

—Lo que se necesitaba hacer. No podía dejarlas en el pueblo. Podían haberse quedado sin luz y atrapadas en la casa por lo menos un par de días.

—¿Entonces decidiste convertir tu casa en una versión de la Partida de Donner? Tu mujer tiene a Fox haciéndome la cama, en el sofá-cama de tu oficina. Que al parecer voy a compartir con él. Tú sabes que ese hijo de puta se apropia de toda la cama.

—No se puede evitar.

—Fácil para ti decirlo, teniendo en cuenta que vas a compartir tu cama con la rubia.

Cal sonrió engreídamente.

—No se puede evitar.

—Y Esmeralda está preparando alguna poción en la cocina.

—*Goulash*... y se llama Cybil.

—Lo que sea. Huele bastante bien, le concedo eso. Aunque ella misma huele incluso mejor. Pero el punto es que me sacó corriendo de la cocina cuando traté de coger un maldito paquete de patatas fritas para acompañar una cerveza.

—¿Quieres cocinar tú para seis personas?

Gage sólo gruñó, se sentó en el sofá y puso los pies sobre la mesa del centro.

—¿Cuál es el pronóstico de nieve?

—Como de un metro. —Cal se sentó junto a su amigo e imitó su postura—. Recuerdo cuando nada nos gustaba más que esto: sin escuela, jugar con los trineos, guerra de bolas de nieve.

—Los mejores años de la vida, amigo mío.

—Ahora estamos pendientes del generador, de tener leña seca, de comprar papel higiénico y pilas adicionales.

—Apesta ser un adulto.

Sin embargo, la casa estaba caliente y mientras fuera caía la nieve pertinazmente, dentro había luz y comida caliente. Era difícil quejarse, pensó Cal, mientras hundía la cuchara en el cuenco de *goulash* hirviente y picante que él no había tenido que preparar. Además, Cybil había preparado bolas de masa guisada, que eran una de sus debilidades.

—Hace poco estuve en Budapest —comentó Gage metiendo la cuchara en su tazón mientras miraba a Cybil—. Y este guisado es tan bueno como cualquiera de los que me comí allí.

—De hecho, éste no es el tipo de *goulash* húngaro, es serbocroata.

—Pues muy bueno —comentó Fox—, sea de donde sea.

—Cybil es un guisado de Europa del Este ella misma. —Quinn probó la mitad de bola de masa que se había permitido comer—. Croata, ucraniana, polaca... con un toque francés, para el sentido de la moda y la arrogancia.

—¿Cuándo llegó tu familia aquí? —preguntó Cal.

—Hace tanto como el siglo XVII y tan poco como justo antes de la Segunda Guerra Mundial, dependiendo de qué línea de la familia prefieras. —Pero Cybil entendió el sentido de la pregunta—. No sé si tengo alguna conexión con Quinn y Layla o con algo de todo esto, de donde se originó todo. Pero estoy en la investigación pertinente.

—Nosotras nos conectamos —comentó Quinn—. Desde el primer momento.

—Así es.

Cal entendió ese tipo de amistad, el que percibió cuando las dos mujeres se miraron la una a la otra. Tenía poco que ver con la sangre y todo que ver con el corazón.

—Nos hicimos amigas el primer día, la primera noche, de hecho, de universidad. —Quinn se llevó a la boca un trocito minúsculo de bola de masa—. Nos conocimos en el pasillo de la residencia. Nuestras puertas estaban una frente a la otra. En dos días ya habíamos cambiado de compañeras de habitación. A las otras dos no les importó. Y dormimos juntas toda la universidad.

—Y aparentemente todavía lo hacemos —comentó Cybil.

—¿Recuerdas que me leíste la palma de la mano esa primera noche?

—¿Lees la mano? —preguntó Fox.

—Cuando tengo ganas. Mi herencia gitana —añadió ella con un gesto dramático de la mano.

Y Cal sintió que se le hacía un nudo en el estómago.

—Una vez hubo gitanos en el pueblo.

—¿En serio? —preguntó Cybil levantando cuidadosamente su copa de vino, le dio un sorbo—. ¿Cuándo?

—Tendría que verificarlo para estar seguro. Por lo que recuerdo de las historias que me ha contado mi abuela, que a su vez le contó su abuela, parece que los gitanos vinieron un verano y levantaron un campamento.

—Interesante. Posible —reflexionó Quinn—. Algún, o alguna, local pudo arrullarse con alguna de esas bellezas, o galanes, de ojos oscuros y nueve meses después, ups, puede haber desembocado justo en ti, Cyb.

—Una familia enorme y feliz —murmuró Cybil.

Después de la cena, las tareas se dividieron de nuevo. Había que buscar leña, dejar salir al perro, recoger la mesa, lavar los platos.

—¿Quién más sabe cocinar? —preguntó Cybil en tono exigente.

—Gage —dijeron Cal y Fox a la vez.

—¡Eh!

—Bien. —Cybil lo sopesó—. Si dentro de los planes hay un desayuno en grupo, tú eres el encargado. Ahora...

—Antes, nosotros... Sea lo que sea —decidió Cal—. Hay algo que tenemos que revisar. Podemos quedarnos en el comedor, en todo caso. Enseguida volvemos, tenemos que traer algo —añadió mirando a Fox y a Gage—. Tal vez queráis abrir otra botella de vino.

—¿Qué es esto? —Quinn frunció el ceño al ver a los hombres saliendo del comedor—. ¿Qué se traen entre manos?

—Yo creo que se trata más bien de algo que no nos han dicho —dijo Layla—. Culpa y reticencia, eso es lo que siento aquí. Aunque no es que los conozca bien.

—Sabes lo que sabes —le dijo Cybil—. Abramos otra botella, Q. —Se estremeció ligeramente—. Tal vez debamos encender un par de velas más mientras estamos en esto, sólo por si acaso. Ya se está empezando a ver... oscuro.

* * *

Se lo dejaron a él. Cal supuso que porque era su casa. Cuando todos estuvieron sentados de nuevo alrededor de la mesa, trató de encontrar la mejor manera de empezar.

—Ya os hemos hablado de lo que pasó esa noche en el claro cuando éramos niños y lo que empezó a suceder después. Tú, Quinn, ya tuviste una experiencia preliminar cuando estuvimos allí hace un par de semanas.

—Sí. Layla y Cyb necesitan verlo tan pronto como deje de nevar y se despeje el camino.

Cal vaciló sólo un segundo.

—De acuerdo.

—No es como un paseo por los Campos Elíseos —comentó Gage, a lo cual Cybil arqueó una ceja mirándolo.

—Nos las arreglaremos.

—Hubo otro elemento esa noche, otro aspecto, que no hemos comentado con vosotras.

—Ni con nadie —añadió Fox.

—Es difícil de explicar por qué. Teníamos diez años, todo se fue al diablo y... bueno. —Cal puso su parte de la piedra sobre la mesa.

—¿Un fragmento de piedra? —preguntó Layla.

—Es sanguinaria. —Cybil frunció los labios, extendió la mano para cogerla, pero se detuvo—. ¿Puedo?

Gage y Fox pusieron sobre la mesa sus fragmentos junto al de Cal.

—Escoge el que quieras —le dijo Gage.

—Tres partes de uno. —Quinn cogió el fragmento que tenía más cerca—. ¿No es cierto? Son tres partes de una sola piedra.

—Una piedra que ha sido tallada, redondeada y pulida —dijo Cybil—. ¿Dónde las encontrásteis?

—Las teníamos en la mano —le dijo Cal—. Después de la explosión, cuando sobrevino la oscuridad y el suelo dejó de sacudirse, cada uno tenía en el puño su parte de la piedra. —Se examinó su propia mano, recordando cómo su puño se había aferrado a su fragmento como si su vida dependiera de ello—. No sabíamos qué eran. Fox buscó en unos libros que su madre tenía sobre rocas y cristales, hasta que la encontró. Sanguinaria —repitió—. Coincidía.

—Hay que volver a unirla —dijo Layla—. ¿No es cierto? Tiene que ser una sola piedra de nuevo.

—Lo hemos intentado, pero, como ves, los bordes están lisos —explicó Fox—. Encajan como piezas de rompecabezas. —Hizo un gesto y Cal cogió los tres fragmentos y los unió en un círculo.

—Pero no hace nada.

—¿Será porque los estás sosteniendo? —Quinn extendió la mano con curiosidad y Cal le puso las tres piezas sobre la palma—. No están... fusionadas, supongo que sería la palabra.

—Intentamos eso también. Aquí mi amigo MacGyver trató de pegarlas con cola de contacto.

—Habría funcionado, al menos para mantener las piezas juntas —dijo Cal lanzándole una mirada sosa a Gage—. Pero podía haber usado agua también. No se pegan. Hemos intentado amarrarlas, calentarlas, congelarlas. No sirve de nada. De hecho, ni siquiera cambian de temperatura.

—Excepto —interrumpió Fox, sus amigos asintieron con la cabeza indicándole que continuara— durante el Siete. Se ponen calientes durante esos días. No tan calientes que no se puedan tocar, pero calientes en los bordes.

—¿Habéis tratado de unirlas durante esos días? —preguntó Quinn en tono urgente.

—Sí. Inútil. Lo único que sabemos es que Giles Dent llevaba al cuello la piedra completa como amuleto, la noche en que Lazarus Twisse llevó a esa turba al claro. Lo he visto. Y ahora tenemos su amuleto.

—¿Habéis tratado de unirla usando magia? —preguntó Cybil.

Cal se retorció ligeramente, se aclaró la garganta.

—Por Dios, Cal, relájate. —Fox sacudió la cabeza—. Por supuesto. Tengo algunos libros sobre hechizos y lo intentamos. En algún momento, Gage habló con algunos brujos y hemos probado otros ritos, pero todo ha sido en vano.

—Pero nunca le han mostrado las piedras a nadie. —Quinn puso cuidadosamente las tres piedras sobre la mesa y levantó su copa—. Alguien que hubiera sido capaz de trabajar con ellas o de entender su propósito. Tal vez su historia.

—Se suponía que no debíamos hacerlo. —Fox se encogió de hombros—. Sé cómo suena eso, pero supe que se suponía que no debíamos llevarlas ni a un geólogo ni a un sumo sacerdote de nada, ni al maldito Pentágono. Yo sólo... Cal votó por el lado científico desde el primer momento.

—MacGyver —repitió Gage.

—Fox estaba seguro de que estaba por fuera de los límites aceptables, y eso fue suficiente. Suficiente para los tres. —Cal miró a sus amigos—. Ésa ha sido la manera en que lo hemos manejado hasta ahora. Si Fox hubiera dicho que no debíamos mostrároslas, no lo habríamos hecho.

—¿Por qué eres el que lo siente con más fuerza? —le preguntó Layla a Fox.

—No sé. Tal vez. Sé que creí, creo, que sobrevivimos esa noche, que salimos de esa experiencia de la manera en que lo hicimos porque cada uno tenía un fragmento de esa piedra. Y mientras las tengamos, tenemos una oportunidad. Es algo que sé, así como Cal lo vio y reconoció el amuleto que Dent tenía al cuello.

—¿Qué hay de ti? —le preguntó Cybil a Gage—. ¿Qué sabes tú? ¿Qué ves?

Gage la miró a los ojos.

—La veo completa, sobre la Piedra Pagana. La piedra sobre la piedra. Y las llamas parpadeando sobre ella, vivas sobre las manchas de sangre. Entonces las llamas la consumen y se extienden sobre el altar, descienden por el pedestal como una vaina de fuego. Veo el fuego correr por todo el claro hasta llegar a los árboles y consumirlos hasta las cenizas. Y el claro se convierte en un holocausto tal que ni siquiera el mismo demonio podría sobrevivir. —Le dio un sorbo a su copa de vino—. Eso es lo que veo que va a pasar cuando el amuleto sea uno de nuevo. Así que no tengo mucha prisa por llegar ahí, como te imaginarás.

—Tal vez así fue como se formó —comentó Layla.

—No veo el pasado. Ésa es la habilidad de Cal. Yo veo lo que podría pasar.

—Lo que debe de ser muy útil en tu profesión —dijo Cybil.

Gage se giró para mirarla y sonrió lentamente.

—No hace daño. —Cogió su fragmento y lo meneó con la mano—. ¿Alguien está interesado en jugar una mano de cartas?

Y en cuanto terminó de hablar, se apagaron las luces.

En lugar de un aura de romance o calidez, el parpadeo de las velas que habían encendido antes le dio a la cocina un aire inquietante.

—Voy a encender el generador. —Cal se puso de pie—. Para mantener funcionando al menos el pozo de agua, el frigorífico y la cocina.

—No salgas solo. —Layla pestañeó sorprendida a causa de las palabras que acababan de salir de su boca—. Quiero decir...

—Yo voy contigo. —Y cuando Fox se puso de pie, algo aulló en la oscuridad.

—*Lump.* —Como una bala, Cal atravesó la cocina y salió por la puerta trasera. Apenas se detuvo unos segundos a coger la linterna de un estante, y la encendió. Desde la terraza, iluminó hacia donde se escuchaba el aullido. El rayo de luz luchó contra la densa y móvil cortina de nieve pero no la pudo atravesar, sólo se volvió hacia Cal.

Cal bajó los escalones. El manto de nieve se había convertido en un muro que se alzaba más arriba de sus rodillas. Caminó con esfuerzo a través de ella, tratando de identificar el lugar exacto de donde provenía el aullido, pero parecía salir de todas partes, de ninguna parte.

Cuando escuchó sonidos detrás de sí, se dio la vuelta empuñando la linterna como un arma.

—No vayas a noquear a los refuerzos —le gritó Fox—. Dios mío, esto es una locura aquí afuera. —Sujetó a Cal de un brazo mientras Gage se apuraba a avanzar hacia su otro lado—. *¡Lump! ¡Lump*, ven aquí! Nunca lo había escuchado aullar de esa manera.

—¿Cómo sabes que es tu perro? —preguntó Gage quedamente.

—Volved adentro —les dijo Cal seriamente—. No podemos dejar solas a las mujeres. Volved a la casa, mientras voy a buscar a mi perro.

—Sí, por supuesto que te vamos a dejar aquí fuera, solo, dando traspiés en medio de una puta tormenta de nieve. —Gage se metió las manos congeladas en los bolsillos, miró atrás—. Además...

Las mujeres venían detrás, con los brazos entrelazados y empuñando linternas, lo que demostraba buen juicio, tuvo que admitir Cal. Además de que se habían entretenido en ponerse el abrigo y probablemente botas también, lo que era bastante más de lo que él y sus amigos habían hecho.

—¡Volved a la casa! —Cal tuvo que gritar esta vez, para que su voz se escuchara con el creciente viento—. ¡Sólo vamos a por *Lump* y ya volvemos!

—¡Vamos todos o no va ninguno! —gritó Quinn desenganchando el brazo del de Layla y enganchándolo al de Cal—. Eso incluye a *Lump*. No desperdicies tiempo —le dijo antes de que él pudiera rebatirla—. Deberíamos separarnos, ¿no os parece?

—Vamos en parejas. Fox, tú y Layla id por ese lado. Quinn y yo vamos por aquí. Gage y Cybil id por la parte de atrás. *Lump* tiene que estar cerca, nunca se va muy lejos.

Lump sonaba asustado, eso era lo que Cal no quería decir en voz alta. Su perro estúpido y perezoso sonaba asustado.

—Agárrate a mi pantalón, de la cintura. No te sueltes —le dijo Cal a Quinn.

Bufó contra el frío cuando los guantes de Quinn le rozaron la piel, entonces empezó a avanzar dificultosamente entre la nieve. A duras penas había caminado poco más de medio metro cuando escuchó algo bajo los aullidos de *Lump.*

—¿Has escuchado eso?

—Sí, carcajadas. Como las del niño malvado.

—Vamos...

—No voy a dejar a ese perro aquí afuera.

Una gélida ventada se levantó como una ola y arrojó enormes copos de nieve que se sintieron como perdigones de hielo. Se escucharon ramas rompiéndose, como disparos en la oscuridad. Detrás de Cal, Quinn perdió el equilibrio a causa de la fuerza del viento y casi lo hizo caer a él también.

Cal decidió que llevaría a Quinn de vuelta a la casa, la llevaría allí y la encerraría en un armario de ser necesario. Después volvería a buscar a su perro. Cuando se dio la vuelta para ayudar a Quinn a ponerse de pie, los vio.

Lump estaba sentado sobre las patas traseras, sepultado en nieve hasta la mitad del cuerpo y con el morro levantado hacia el cielo mientras esos largos y desesperados aullidos se abrían paso por su garganta.

El niño flotaba a escasos tres centímetros sobre la nieve junto a *Lump.* Estaba riéndose malévolamente, notó Cal, y el sonido era extremadamente desagradable.

Sonrió cuando un nuevo golpe de viento se levantó. Ahora *Lump* estaba sepultado hasta los hombros.

—¡Aléjate de mi perro! —exclamó Cal luchando por avanzar hacia ellos, pero el viento lo empujó junto con Quinn y ambos se cayeron de culo.

—¡Llámalo! —gritó Quinn—. ¡Haz que venga! —Se quitó los guantes, se llevó los dedos a la boca y silbó estridentemente al tiempo que Cal llamaba a *Lump* a gritos.

Lump se estremeció, el niño se rió.

Cal continuó llamándolo a gritos, maldiciendo, tratando de gatear hasta donde estaba su perro, mientras la nieve se le metía en los ojos y le adormecía las manos. Escuchó gritos detrás de él, pero concentró todos sus esfuerzos en avanzar, en llegar a su perro antes de que la próxima ventisca lo sepultara completamente.

Lump se iba a ahogar, pensó Cal mientras luchaba por avanzar, deslizándose, gateando, como bien pudiera. Si no llegaba donde él, su perro se iba a ahogar en ese océano de nieve. Sintió una mano que lo agarraba del tobillo, pero continuó arrastrándose hacia delante.

Con los dientes castañeteándole, extendió el brazo con esfuerzos frenéticos y se aferró al collar de *Lump* escurriéndose. Luchando por no soltarlo, levantó la cabeza y vio los ojos que resplandecían perversamente verdes con un borde rojo.

—No puedes tenerlo.

Cal tiró de la correa y, haciendo caso omiso del gruñido de *Lump,* volvió a tirar, frenéticamente, desesperadamente, con todas sus fuerzas. *Lump* aulló, chilló, pero su cuerpo no se movió, era como si estuviera hundido en cemento endurecido.

Entonces vio que Quinn estaba a su lado, boca abajo, cavando con las manos desnudas alrededor del perro.

Fox se resbaló y levantó copos de nieve como balas de metralla. Cal reunió todas las fuerzas de su cuerpo, volvió a mirar esos ojos monstruosos en el rostro de un niño y tiró de nuevo.

—Te he dicho que no puedes tenerlo.

Y con ese último tirón, los brazos se le llenaron de *Lump,* que no cesaba de temblar y gemir. Entonces el niño se desvaneció en el aire.

—Está bien, está bien. —Cal presionó la cara contra el pelaje húmedo y frío de su perro—. Vámonos de aquí, vamos a casa.

—Hay que ponerlo junto al fuego —dijo Layla esforzándose por ayudar a Quinn a ponerse de pie mientras Cybil se ponía de rodillas. Gage se metió la linterna en el bolsillo trasero del pantalón y ayudó a Cybil a ponerse de pie, después ayudó a Quinn a desenterrarse de la nieve.

—¿Puedes caminar? —le preguntó.

—Sí, sí, gracias. Vamos adentro, vamos a la casa, antes de que alguno de nosotros se congele.

Toallas y mantas, ropa seca, café caliente, brandy, incluso para *Lump,* calentaron los huesos helados y la piel entumecida. Troncos nuevos avivaron el fuego de la chimenea.

—Lo estaba reteniendo. *Lump* no podía moverse. —Cal estaba sentado en el suelo con la cabeza del perro sobre su regazo—, no podía escapar. Lo iba a sepultar bajo la nieve. A un estúpido e inofensivo perro.

—¿Había sucedido algo así antes? —le preguntó Quinn—. ¿Había poseído antes otros animales de esta manera?

—Unas semanas antes del Siete se ahogan animales y hay más animales muertos en la carretera porque los arrollan los coches. A veces las mascotas se vuelven salvajes. Pero no así, esto fue...

—Una demostración. —Cybil acomodó mejor la cobija alrededor de los pies de Quinn—. Quería que viéramos lo que puede hacer.

—Tal vez quería ver lo que nosotros podemos hacer —comentó Gage, lo que le ganó una mirada inquisidora de parte de Cybil.

—Esa segunda opción puede ser más acertada, más pertinente. ¿Podíamos romper la ligadura? Un perro debe de ser más fácil de controlar que una persona. No quiero ofenderte, Cal, pero tu perro tiene el cerebro de un chorlito.

Cal le acarició una de las suaves orejas a su perro, con afecto, con ternura.

—Es tan duro como un muro.

—Entonces estaba alardeando. Iba a herir a este pobre perro por deporte. —Layla se puso de rodillas junto a *Lump* y lo acarició—. Creo que se merece una represalia.

Intrigada, Quinn ladeó la cabeza.

—¿Qué tienes en mente?

—Todavía no lo sé, pero creo que vale la pena pensar al respecto.

CAPÍTULO 18

Cal no sabía qué hora era cuando se metieron en la cama, pero cuando abrió los ojos, la débil luz invernal ya estaba entrando por la ventana. Al otro lado del vidrio pudo ver que seguía cayendo nieve en blancos y gordos copos al mejor estilo de película navideña de Hollywood.

En el silencio que sólo una nevada puede crear, se escucharon ronquidos constantes y un tanto satisfechos. Por supuesto eran de *Lump*, que estaba tumbado a los pies de la cama como una manta canina. Eso era algo que Cal por lo general no permitía, pero en ese momento, ese sonido, ese peso y ese calor del animal eran exactamente lo que quería sentir a sus pies. Perfecto.

«De ahora en adelante», decidió firmemente, «este maldito perro va a todas partes conmigo».

Puesto que tenía el pie metido debajo de *Lump* hasta el tobillo, se giró para liberarlo. El movimiento hizo que Quinn se moviera. Se le acurrucó más cerca y le metió una pierna entre las piernas a Cal, dejando ver un fragmento de piel. Llevaba puesto un pantalón de algodón, que no era ni remotamente sexy y había dormido sobre el brazo de Cal, que ahora estaba hormigueándole horriblemente. Algo que debía haber sido, al menos, ligeramente molesto. Sin embargo, a Cal también le pareció perfecto.

Y puesto que le pareció perfecto, puesto que estaban acurrucados juntos en la cama cálida con la nieve cayendo fuera, Cal no pudo pensar en ninguna razón para no aprovechar el momento.

Sonriendo, le metió una mano por debajo de la camiseta y se encontró con una piel suave y calida. Cuando la puso sobre un seno, sintió el corazón latiendo debajo de su palma, tan constante y establemente como los ronquidos de *Lump*. Lo acarició, un lento juego de dedos mientras le miraba la cara. Con suavidad y ligereza le frotó el pezón y se excitó al imaginarse metiéndoselo en la boca y deslizando la lengua sobre ella.

Quinn suspiró de nuevo.

Empezó a bajar la mano, dibujando un camino sobre el vientre, debajo del pantalón hasta llegar al muslo, acarició arriba y abajo, otra vez arriba, una caricia suave como un susurro que lo acercaba peligrosamente al centro de la mujer.

El gemido que Quinn dejó escapar en sueños fue suave e impotente.

Cuando la tocó, la encontró mojada; caliente, cuando hundió el dedo dentro de ella. Y cuando presionó, le cubrió la boca con la suya para acallar el jadeo.

Quinn se corrió a la vez que se despertaba, su cuerpo sencillamente hizo erupción al tiempo que la mente saltaba del sueño a la conmoción y el placer.

—Ay, Dios.

—Shh —la calló Cal y se rió contra sus labios—. Vas a despertar al perro.

Le quitó el pantalón y se puso sobre ella. Y antes de que Quinn pudiera despejar la mente, Cal la penetró y la llenó de él.

—Ay, Dios santísimo. —Las palabras sonaron temblorosas y sorprendidas—. Buenos días.

Cal se rió de nuevo y, preparándose, siguió un ritmo lento y tortuoso. Quinn luchó por mantenerle el ritmo, por contenerse y llegar lentamente a la cima con él, pero el clímax se propagó por su cuerpo como un rayo y la hizo estremecerse.

—Dios, Dios, Dios... No creo que pueda...

—Shh, shh —la calló de nuevo y empezó a darle besos ligeros en la boca—. Voy a ir lento —le dijo en un susurro—. Tú sólo déjate ir.

Quinn no pudo hacer nada más. Su sistema estaba irremediablemente reducido, su cuerpo era de él. Inexorablemente del hombre. Y cuando la hizo correrse otra vez, Quinn estaba demasiado falta de aliento como para gemir.

* * *

Sintiéndose completamente complacida, completamente usada, Quinn yacía bajo el peso de Cal, que tenía la cabeza recostada entre los senos de ella, para que pudiera acariciarle el pelo. Quinn se imaginó que era una mañana de domingo de otra época en la que no tenían nada más de qué preocuparse aparte de si harían el amor otra vez antes o después del desayuno.

—¿Tomas algún tipo de vitamina especial? —le preguntó Quinn.

—¿Mmm?

—Me refiero a que tienes una resistencia muy impresionante.

Quinn sintió en la piel que a Cal se le había dibujado una sonrisa en los labios.

—Sólo una vida saludable, rubita.

—Tal vez son los bolos. Tal vez jugar a los bolos... ¿Dónde está *Lump*?

—Se sintió avergonzado a la mitad del espectáculo, entonces se bajó de la cama. —Cal levantó la cabeza y señaló hacia una esquina—. Míralo allí.

Quinn levantó la cabeza y vio al perro en el suelo, con la cabeza en la esquina. Se rió hasta que le dolieron las costillas.

—Avergonzamos al perro. Ésa sí que es buena. ¡Dios! Cómo me siento de bien. ¿Pero cómo es posible, después de la semejante noche que hemos tenido? —Sacudió la cabeza, estiró los brazos y después volvió a cruzarlos sobre Cal—. Supongo que ése es el motivo, ¿no es cierto? Incluso en un mundo que se va al carajo, sigue habiendo esto.

—Sí. —Cal se sentó y le pasó la mano por el pelo desordenado mientras la miraba detenidamente—. Quinn. —La cogió de la mano y empezó a jugar con sus dedos.

—Cal —dijo ella imitando el tono serio de él.

—Te arrastraste por la nieve en medio de una tormenta para ayudarme a salvar a mi perro.

—Es un buen perro. Cualquiera habría hecho lo mismo.

—No. No eres tan ingenua como para pensar eso. Fox y Gage, por supuesto, por el perro y por mí. Layla y Cybil, tal vez. Tal vez fue cosa del momento o tal vez estáis hechas de esa manera.

Quinn le acarició la cara, pasó los dedos debajo de esos pacientes ojos grises.

—Nadie iba a dejar a ese perro tonto ahí fuera, Cal.

—Entonces he de decir que es un perro con suerte por tener gente como vosotros alrededor. Igual que yo. Gateaste por la nieve, en medio de una borrasca, hacia esa cosa y cavaste con las manos desnudas en la nieve para sacar a *Lump*.

—Si estás tratando de hacerme parecer una heroína... Adelante —decidió—. Creo que me gusta la sensación.

—Y silbaste con los dedos.

Quinn sonrió.

—Es sólo algo que aprendí sobre la marcha. De hecho, puedo silbar mucho más fuerte, cuando no me falta el aliento, helándome y petrificada del miedo.

—Te amo.

—Te puedo enseñar alguna vez, cuando... ¡¿Qué?!

—Nunca pensé que le iba a decir esas palabras a ninguna mujer que no fuera de mi familia. Sencillamente había decidido que nunca iba a estar en esta situación.

El corazón no le habría dado un vuelco más fuerte ni aunque un cable pelado le hubiera dado corriente.

—¿Te importaría repetirlas, mientras te presto más atención?

—Te amo.

Entonces Quinn lo sintió de nuevo: el corazón le dio un brinco.

—¿Porque puedo silbar?

—Ése tal vez fue el tiro de gracia.

—Dios. —Cerró los ojos, los abrió de nuevo—. Quiero que me ames, y en verdad me gusta obtener lo que quiero, pero... —inspiró profundamente—. Cal, si esto es por anoche, porque te ayudé a sacar a *Lump,* entonces...

—Esto es porque crees que si te comes la mitad de mi porción de pizza, no cuenta.

—Pues es que no cuenta, técnicamente.

—Porque siempre sabes dónde están las llaves de tu coche y porque puedes pensar en diez cosas a la vez. Porque no te echas para atrás y porque tu pelo es como los rayos del sol. Porque dices la verdad y porque sabes cómo ser buena amiga. Y por miles de otras razones que todavía no he descubierto. Y por otros cientos que puede ser que nunca descubra. Pero sé que te puedo decir lo que nunca pensé que podría decirle a nadie.

Quinn le pasó los brazos alrededor del cuello y recostó la frente contra la frente de él. Por un momento necesitó sólo respirar para poder absorber la belleza de las palabras de Cal, así como con frecuencia le pasaba cuando estaba frente a una obra de arte o cuando escuchaba una canción que la conmovía hasta las lágrimas.

—Éste sí que es un día espléndido. —Le besó en los labios—. Sí, un día magnífico de verdad.

Y se quedaron allí por un momento, sólo abrazándose mientras el perro roncaba en la esquina de la habitación y fuera de la ventana caía nieve pertinazmente.

Cuando Cal bajó, siguió el aroma a café hasta la cocina. Allí encontró a Gage enfurruñado poniendo de un golpe una sartén sobre la cocina. Se gruñeron el uno al otro, entonces Cal sacó una taza limpia del lavavajillas.

—Parece que ya ha nevado un metro, pero nada parece indicar que vaya a parar.

—Tengo ojos. —Gage abrió un paquete de beicon—. Suenas como si te alegrara.

—Es un buen día.

—Probablemente yo pensaría lo mismo, si lo hubiera empezado con un polvo.

—Dios, los hombres sí que son bastos —comentó Cybil entrando en la cocina con sus ojos oscuros todavía un poco adormilados.

—Entonces deberías ponerte tapones en los oídos cuando estés a nuestro alrededor. Voy a freír beicon y a hacer huevos revueltos —les dijo Gage—. Al que no le guste el menú, que se vaya a buscar otro restaurante.

Cybil se sirvió café y se quedó de pie observando con detenimiento a Gage mientras le daba el primer sorbo a su taza. No se había afeitado ni se había pasado un peine por esa mata de pelo oscuro. Obviamente era de los que se levantan de malas pulgas. Pero nada de eso le hacía menos atractivo. Qué mal.

—¿Sabes qué he notado sobre ti, Gage?

—¿Qué?

—Tienes un culo estupendo y una mala actitud. Avisadme cuando el desayuno esté servido —añadió y salió de la cocina.

—Tiene razón. Con frecuencia he dicho lo mismo sobre tu culo y tu actitud.

—El teléfono está fuera de servicio —les dijo Fox entrando a la cocina. Abrió el frigorífico y sacó una lata de Coca-Cola—. Mi madre me llamó al móvil. Que todos están bien por allí.

—Conociendo a tus padres, es muy probable que sencillamente acaben de echar un polvo.

—¡Oye! Cierto —dijo Fox después de un momento—. Pero ¡oye!

—Tiene la cabeza llena de sexo.

—¿Pero por qué no habría de ser así? No está enfermo ni está viendo deportes en la tele, que son las dos únicas circunstancias en que un hombre no piensa necesariamente en sexo.

Gage puso beicon sobre la sartén.

—Que alguien haga tostadas o algo. Y vamos a necesitar otra jarra de café.

—Yo voy a sacar a *Lump,* no quiero dejarlo solo fuera.

—Yo lo saco. —Fox se agachó y le acarició la cabeza a *Lump*—. Quiero caminar un poco, de todas maneras —se dio la vuelta y casi arrolla a Layla, que estaba entrando en la cocina—. Perdón... Hola. Ah... Voy a sacar a *Lump,* ¿quieres acompañarme?

—Ah. Supongo. Por supuesto. Sólo dame un minuto, voy a por mi abrigo.

—Qué blando, Fox —comentó Gage cuando Layla salió—. Eres un blandengue.

—¿Qué?

—Buenos días, mujer realmente atractiva. ¿Quieres ir a dar traspiés por un metro de nieve mientras vemos al perro orinar en unos cuantos árboles? ¿Antes de que siquiera te hayas tomado tu café?

—Era una sugerencia. Habría podido decir que no.

—Estoy seguro de que habría dicho que no, si se hubiera tomado el café necesario para poner en marcha el cerebro.

—Ésa debe de ser la razón por la cual sólo puedes ligar con mujeres sin cerebro.

—Vaya, hoy sí que desprendes simpatía —comentó Cal cuando Fox salió.

—Haz otra maldita jarra de café.

—Tengo que traer más leña, ponerle gasolina al generador y empezar a palear un metro de nieve de las terrazas. Avísame cuando el desayuno esté servido.

A solas, Gage gruñó y concentró su atención en el beicon. Todavía estaba enfurruñado cuando Quinn entró a la cocina.

—Pensaba que me iba a encontrar con todos metidos aquí en la cocina, pero cada uno anda por su lado. —Sacó una taza—. Parece que vamos a necesitar otra jarra de café. —Y puesto que sacó el café de la despensa, Gage no tuvo tiempo de morderla—. Yo puedo encargarme de ello. ¿En qué más te puedo ayudar?

Gage giró la cabeza y la miró:

—¿Por qué quieres ayudarme?

—Porque supongo que si te ayudo a preparar el desayuno, los dos estamos fuera de los turnos de cocinar por lo menos en las dos próximas comidas.

Gage asintió, apreciando la lógica de la mujer.

—Eres lista. Prepara el café y pon a hacer tostadas.

—Hecho.

Gage batió una docena de huevos mientras Quinn se ponía a lo suyo. Gage notó que ella era rápida y eficiente en sus maneras. A Cal no le afectaba mucho la rapidez, pero la eficiencia era una característica que su amigo apreciaba enormemente. Quinn tenía buen cuerpo, era lista y había apoyado a Cal la noche anterior, lo que había demostrado que era muy valiente también.

—Le estás haciendo feliz.

Quinn hizo una pausa en lo que estaba haciendo y se giró hacia Gage.

—Qué bien, porque él me está haciendo feliz a mí.

—Sólo una cosa, por si no lo has notado hasta ahora: Cal tiene raíces profundas aquí. Éste es su lugar en el mundo. Sin importar lo que suceda, Hawkins Hollow siempre va a ser el hogar de Cal.

—Ya me he dado cuenta. —Sacó de la tostadora las tostadas que saltaron, las puso en una bandeja y metió más rebanadas de pan, encendió de nuevo la tostadora—. Considerando las circunstancias, es un pueblo agradable.

—Considerando las circunstancias —coincidió Gage, después puso en una segunda sartén caliente la mezcla de los huevos.

* * *

Fuera, tal y como Gage había predicho, Fox vio a *Lump* levantar la pata en varios árboles. Supuso que era más entretenido verlo vadear un metro de nieve, dar traspiés y saltar ocasionalmente sobre la montaña blanca. Justamente ese metro de nieve fue lo que hizo que Fox y Layla decidieran quedarse en la terraza del frente mientras Fox se disponía a palear nieve con la pala que Cal le había dado a la salida de la casa.

A pesar de todo, era muy agradable estar fuera en la mañana blanca, paleando nieve mientras caían más copos del cielo.

—Tal vez debería bajar y sacudir la nieve de algunos de los arbustos de Cal.

Fox levantó la cara para mirarla. Tenía un gorro de esquí cubriéndole la cabeza y una bufanda enrollada alrededor del cuello. Y ambas cosas ya estaban cubiertas por una ligera capa de nieve.

—Te hundirías y tendríamos que lanzarte una cuerda para sacarte. Al final cavaremos un camino.

—No parece asustado. —Layla no le había quitado los ojos de encima a *Lump*—. Pensé que después de anoche iba a ser aprensivo con las salidas.

—Memoria perruna de corto plazo. Probablemente para mejor.

—Yo no lo voy a olvidar nunca.

—No. —Fox pensó que no debía haberla invitado a acompañarlo. Especialmente teniendo en cuenta que no sabía cómo poner el tema del trabajo, que era parte de la razón por la cual la había invitado afuera.

Por lo general era mejor en estas cosas, en tratar con las personas. Con las mujeres. Ahora, sólo pudo dibujar un camino entre la nieve del ancho de la pala hasta llegar a los escalones. Entonces sencillamente abordó el tema.

—Bueno, Cal me dijo que estás buscando trabajo.

—No exactamente. Es decir, voy a tener que encontrar uno, pero no he estado buscando todavía.

—Mi secretaria, más bien administradora de la oficina o asistente —tiró una palada de nieve a un lado, volvió a hundir la pala en la gruesa capa blanca—, nunca acordamos un nombre para el cargo, ahora que lo pienso. Bueno, el asunto es que se va a mudar a Minneapolis y necesito a alguien que haga las cosas que hace ella.

«Maldita Quinn», pensó Layla.

—¿Las cosas?

Fox pensó que sus colegas consideraban que tenía bastante facilidad de palabra y se expresaba muy bien en el tribunal.

—Archivar, hacer las cuentas, contestar el teléfono, llevar la agenda, cambiar citas, si es necesario, tratar con clientes, escribir cartas y documentos en el ordenador. La señora H. es notaria también, pero no importaría que no lo seas.

—¿Qué programa usa?

—No sé, tendría que preguntarle. —¿Usaba algún programa? ¿Cómo se suponía que podía saberlo?

—No sé nada de trabajo administrativo o sobre cómo administrar un despacho. Tampoco sé nada de abogacía.

Fox sabía reconocer los tonos, y el de Layla en ese momento estaba a la defensiva. Continuó paleando.

—¿Te sabes el alfabeto?

—Por supuesto que me sé el alfabeto, pero la cuestión...

—Es que —la interrumpió— si te sabes el alfabeto, probablemente eres capaz de archivar. Y sabes cómo usar el teléfono, supongo, lo que significa que puedes contestar uno y puedes hacer llamadas desde uno. Ésas dos serían las competencias esenciales para este trabajo. ¿Sabes usar el teclado del ordenador?

—Sí, pero depende de cuál...

—La señora H. te puede enseñar qué diablos hace con él.

—No parece que estés muy enterado de lo que ella hace.

Fox también sabía reconocer la desaprobación cuando la escuchaba.

—Muy bien. —Se enderezó, se apoyó sobre la pala y la miró fijamente a los ojos—. La señora H. ha estado conmigo desde que empecé a ejercer. La voy a echar de menos como echaría de menos a mi brazo derecho. Pero la gente sigue con su vida y el resto de nosotros tenemos que aceptarlo y adaptarnos. Yo necesito a alguien que ponga los papeles en su lugar y que los encuentre cuando yo los necesite; que mande las facturas a tiempo, para que yo pueda pagar las mías; que me diga cuándo tengo que ir al tribunal; que conteste el teléfono, que esperamos que suene para que tengamos a alguien a quien cobrarle; y que básicamente mantenga la oficina en orden para que yo pueda ejercer la abogacía. Y tú necesitas un empleo y un sueldo. Creo que nos podemos ayudar el uno al otro.

—Cal te pidió que me ofrecieras trabajo porque Quinn a su vez se lo pidió a él.

—Eso es cierto. Pero no cambia la situación.

No, seguramente no, pensó Layla, pero, aun así, le parecía fatal.

—No sería permanente. Sólo necesito algo hasta...

—Que te vayas —Fox asintió—. Sirve para mí. De esa manera ninguno de los dos está obligado a nada. Sólo nos estaríamos ayudando el uno al otro por un tiempo. —Paleó un par de veces más antes de detenerse de nuevo, apoyarse sobre la pala y mirarla detenidamente—. Además, ya sabías que te iba a ofrecer el empleo porque intuyes ese tipo de cosas.

—Quinn le pidió a Cal que te dijera que me ofrecieras el empleo frente a mí, no fue ningún secreto.

—Intuyes ese tipo de cosas —repitió Fox—. Ésa es tu parte en esto, o parte de tu parte. Eres sensible a las personas, a las situaciones.

—No soy una vidente, si es eso lo que quieres decir. —Otra vez se había puesto a la defensiva.

—Condujiste hasta el pueblo, a pesar de que nunca antes habías estado aquí. Supiste adónde ir, qué carreteras tomar.

—No sé qué fue eso. —Layla se cruzó de brazos y el gesto fue, pensó Fox, no sólo defensivo, sino testarudo.

—Por supuesto que lo sabes, es sólo que te aterroriza. Esa primera noche te fuiste con Quinn, una mujer que no conocías.

—Ella era la opción razonable frente a una enorme babosa maligna —respondió Layla secamente.

—No corriste, ni te fuiste a encerrar en tu habitación, como habrías podido hacer. Te metiste en su coche con ella y viniste hasta aquí, a un lugar donde tampoco habías estado nunca, y entraste en la casa donde había dos extraños, dos hombres que nunca habías visto en tu vida.

—«Extraño» sería la palabra clave aquí. Estaba asustada, confundida y con el nivel de adrenalina por las nubes. —Desvió la mirada de los ojos de Fox y miró hacia donde *Lump* se revolcaba como si la nieve fuera una cama de margaritas—. Confié en mi instinto.

—«Instinto» es un nombre para esto. Apuesto a que cuando estabas trabajando en esa tienda de ropa, tenías buen instinto para saber lo que tus clientas querían, lo que comprarían. Apuesto a que eres muy buena en ello. —Continuó paleando cuando ella no comentó nada—. Apuesto a que siempre has sido buena para ese tipo de cosas. Quinn ve imágenes del pasado, como Cal. Aparentemente, Cybil puede ver sucesos futuros posibles, como Gage. Así las cosas, yo diría, Layla, que estás atascada conmigo en el ahora.

—No sé leer la mente y no quiero que nadie me lea la mía.

—No funciona exactamente así. —Tendría que trabajar con ella, decidió. Ayudarla a descubrir lo que tenía y a que aprendiera a usarlo. Pero antes tenía que darle tiempo y espacio para que se hiciera a la idea—. En todo caso, todo parece indicar que vamos a estar atrapados aquí durante todo el fin de semana. Tengo un montón de cosas que hacer la semana entrante, pero cuando podamos volver al pueblo, podrías pasarte por la oficina en algún momento que te venga bien para que la señora H. te muestre cómo funcionan las cosas. Entonces veremos cómo te sientes con respecto al trabajo.

—Mira, te agradezco el ofrecimiento...

—No, no es cierto. —Fox sonrió y echó a un lado otra palada de nieve—. O no me lo agradeces tanto, en todo caso. Yo también tengo instinto, Layla.

No era tanto una tomadura de pelo como una demostración de comprensión. La rigidez abandonó a Layla, entonces le dio una patada a la nieve.

—Sí hay agradecimiento en mí, sólo que sepultado debajo del enfado.

Fox ladeó la cabeza y le ofreció la pala.

—¿Quieres desenterrarlo?

—Te propongo lo siguiente —le respondió ella riéndose—: si decido ir a tu oficina y si después decido aceptar el trabajo, los dos nos comprometemos a que si alguno de los dos ve que el asunto no está funcionando, lo vamos a decir enseguida. Y nada de resentimientos.

—Trato hecho. —Le ofreció la mano derecha y aceptó la de ella para cerrar el trato, después la retuvo un momento más, mientras la nieve caía a su alrededor.

Layla tenía que estar sintiéndolo, pensó Fox. Tenía que sentir ese vínculo inmediato y tangible entre ellos. Ese reconocimiento.

Cybil entreabrió la puerta un centímetro.

—El desayuno está servido.

Fox le soltó la mano a Layla y se dio la vuelta. Dejó escapar un suspiro suave antes de llamar a *Lump*.

* * *

Había que encargarse de las cosas prácticas. Había que palear la nieve, había que arrastrar leña hasta la casa y apilarla, había que preparar las comidas y lavar los platos. Cal habría podido sentir que su casa, que hasta entonces siempre le había parecido amplia, se les estaba quedando pequeña a las seis personas y un perro que ahora estaban conviviendo en ella. Pero sabía que estaban más seguros juntos.

—No solamente más seguros. —Quinn tomó su turno de palear. Consideró que cavar un camino hasta el cobertizo que servía de bodega podía hacer las veces del ejercicio que solía hacer en el gimnasio—. Yo creo que todo esto estaba destinado a suceder. Esta comunidad obligada, quiero decir. Yo creo que la finalidad es que nos acostumbremos los unos a los otros, para que aprendamos a funcionar como un equipo.

—Déjame continuar ahora. —Cal puso a un lado el contenedor de gasolina que había usado para recargar el generador.

—No, no, eso no es trabajar en equipo. Vosotros los hombres tenéis que aprender a confiar en nosotras las mujeres, en que somos capaces de llevar nuestra parte de la carga. Que Gage haya preparado el desayuno esta mañana es un ejemplo de los fundamentos del trabajo en equipo sin género específico.

«Trabajo en equipo sin género específico», pensó Cal. «¿Cómo no amar a una mujer a la que se le ocurre semejante término?».

—Todos podemos cocinar —continuó Quinn—, todos podemos palear nieve, arrastrar leña, hacer las camas. Todos podemos hacer lo que tengamos que hacer, teniendo en cuenta nuestras fortalezas, claro, pero me parece a mí que hasta ahora hemos estado como en un baile de la secundaria.

—¿Es decir...?

—Los chicos a un lado del salón y las chicas al otro, sin que nadie sepa muy bien cómo mezclarlos a todos. Pero ahora la suerte nos ha mezclado —se detuvo, empezó a girar los hombros—, pero tenemos que conocernos, descubrirnos. Incluso nosotros, Cal, incluso teniendo en cuenta lo que sentimos uno por el otro, todavía tenemos que conocernos, todavía estamos aprendiendo a confiar en el otro.

—Si lo dices por las piedras del amuleto, entiendo que estés molesta porque no te lo mencionara antes.

—No, no estoy molesta. —Paleó un par de veces más, pero más por el ejercicio que cualquier otra cosa. Los brazos la estaban *matando*—. Al principio me iba a molestar, incluso quería enfadarme, pero no pude. Porque entiendo que vosotros tres habéis sido una sola unidad toda la vida. No creo que puedas recordar una época de tu vida en que no hubiera sido así. Y a eso hay que añadirle que juntos tuvisteis que enfrentaros a una experiencia que os cambió la vida completamente, y no creo que sea una exageración. Vosotros tres sois como... un cuerpo con tres cabezas, ¿no es cierto? —le preguntó pasándole la pala.

—Lo haces sonar como si fuéramos *borgs.* Y no es así como funcionamos.

—No, no, pero casi. Vosotros sois como un puño, se podría decir que cerrado fuertemente hasta cierto punto, pero individuales, de todas formas. —Levantó una de sus manos enguantadas y movió los dedos—. Trabajáis juntos, es instintivo. Y ahora —levantó la otra mano— esta otra parte viene a vosotros. Así las cosas, estamos descubriendo cómo hacer que esas dos partes se unan. —Unió las dos palmas de la mano y entrelazó los dedos.

—De hecho, creo que eso tiene sentido. —Lo que le hizo sentir una ligerísima punzada de culpa—. He estado investigando un poco por mi cuenta.

—Y probablemente se lo dijiste a tus padres, a Fox y a Gage.

—Tal vez lo mencioné, sí. No sabemos dónde estuvo Ann Hawkins durante un par de años, dónde dio a luz a sus hijos, dónde estuvo antes de volver al pueblo, a la casa de sus padres. Así que se me ocurrió pensar en la familia extensa. Primos, tíos, tías. Y supuse que una mujer en esa etapa del embarazo no podría viajar muy lejos, no en esos tiempos. Así que concluí que debió de quedarse en la región. En el siglo XVII, quince o treinta kilómetros era una distancia enorme, mucho más de lo que se considera hoy.

—Ésa es una buena idea. Debí pensar en ello.

—Y yo debí haberlo mencionado antes.

—Sí, pero ahora que finalmente lo hiciste, deberías darle la información que tengas a Cyb, toda, sin omitir detalles. Ella es la reina de la investigación. Si yo soy buena, ella es mejor.

—Y yo soy un vil principiante.

—Tú no tienes nada de vil. —Sonriendo, dio un salto y se lanzó a los brazos de Cal, lo que lo hizo tambalearse. Quinn gritó, tanto de risa como de sobresalto cuando él cayó de espalda, ella cayó de cara. Sin aliento, metió las manos entre la nieve y sacó dos puñados que le plantó en la cara a Cal. Pero antes de que pudiera rodar sobre la espalda, Cal la cogió de la cintura y volvió a acostarla sobre él mientras ella se carcajeaba impotentemente.

—Soy campeón de lucha en nieve —le advirtió Cal—. No tienes nada que hacer, rubita. Así...

Quinn se las arregló para meterle la mano entre las piernas para darle un buen apretón a la bragueta. Después, aprovechando el repentino y drástico parón cerebral de Cal, le metió un puñado de nieve por la nuca.

—¡Esos movimientos están prohibidos por la Liga de Lucha en Nieve!

—Revisa el manual, amigo. Éste es un combate intergénero.

Quinn trató de ponerse de pie, pero se cayó de nuevo, entonces gritó cuando Cal se dejó caer sobre ella.

—Y sigo siendo el campeón. —Estaba a punto de darle un beso en la boca cuando la puerta se abrió.

—Chicos —les dijo Cybil—, arriba os espera una cama calentita, si queréis jugar. Ah, y si os interesa saberlo, ya ha vuelto la electricidad. —Se giró para mirar por encima del hombro—. Y parece que el teléfono funciona otra vez también.

—Teléfono, electricidad, ordenador. —Quinn logró escabullirse de debajo de Cal—. Tengo que revisar mi correo electrónico.

* * *

Cybil se apoyó en la secadora mientras Layla llenaba de toallas la lavadora en la zona de lavandería.

—Parecían un par de muñecos de nieve cachondos. Envueltos en sus abrigos, con las mejillas sonrosadas y metiéndose mano.

—El amor joven es inmune a las condiciones climáticas.

Cybil se rió.

—No tienes que encargarte de lavar, Layla.

—Ya lo sé, pero en este punto las toallas limpias no son más que un recuerdo y puede ser que haya otro corte de luz. Además, prefiero estar aquí, caliente y seca, lavando toallas y no fuera, húmeda y fría, paleando nieve. —Movió la cabeza para apartarse el pelo de la cara—. Sobre todo teniendo en cuenta que nadie me está metiendo mano.

—Bien dicho. Pero te lo estaba mencionando porque, según mis cálculos, Fox y tú tenéis el turno de esta noche para encargaros de la cena.

—Quinn no ha cocinado todavía, ni Cal tampoco.

—Quinn ayudó con el desayuno. Y ésta es la casa de Cal.

Vencida, Layla encendió la lavadora.

—Muy bien, pues. Me pido el turno de la cena.

—Podrías dejárselo a Fox y decir que encargarte de la lavandería compensa.

—No, no sabemos si él sabe cocinar. Y yo sí.

Cybil entrecerró los ojos.

—¿Sabes cocinar? No lo habías mencionado antes.

—Si lo hubiera mencionado, me habría tocado cocinar.

Cybil frunció los labios y asintió lentamente.

—Lógica diabólica y utilitarista. Me gusta.

—Ahora reviso las provisiones, a ver qué puedo hacer. Algo... —se interrumpió, dio un paso adelante—. ¿Quinn? ¿Qué pasa?

—Tenemos que hablar, todos. —Tan pálida que parecía tener ojeras, Quinn apareció en el umbral de la puerta.

—¿Q.? Cariño, ¿qué sucede? —Cybil se le acercó para darle apoyo. Recordó que su amiga había corrido a revisar su correo electrónico—. ¿Todos están bien? ¿Tus padres?

—Sí, sí. Pero quiero contároslo a todos juntos, una sola vez. Necesitamos reunir a todos.

Quinn se sentó en una silla del salón con Cybil acomodada a su lado en el brazo, para reconfortarla. Quería acurrucarse en el regazo de Cal, como lo había hecho antes, pero ahora no le parecía bien.

Nada parecía estar bien ahora.

Deseó que la energía no hubiera vuelto nunca. Deseó no haber contactado con su abuela ni haberla puesto a rebuscar en la historia de la familia.

Deseó no haberse enterado de lo que acababa de saber.

Pero no había vuelta atrás, se recordó a sí misma. Y lo que estaba a punto de contar podía cambiar todo lo que estaba por venir.

Le echó una mirada a Cal. Sabía que lo tenía preocupado. No era justo seguir dándole largas al asunto. Pero no pudo menos que preguntarse con qué ojos la miraría Cal después de escuchar lo que estaba a punto de contarles.

«Salta de una vez», se dijo Quinn. «Y salgamos de esto».

—Mi abuela consiguió la información que le pedí que buscara, encontró las páginas de la Biblia familiar. Incluso hay algunos registros reunidos por un historiador de la familia a finales del siglo XIX. Ah, y tengo alguna información también sobre la familia Clark, Layla, que puede serte de ayuda. Nadie siguió ese linaje muy atrás, pero puede ser que partiendo de lo que tengo puedas consultar con tu propia familia, a ver adónde te lleva.

—Muy bien.

—Lo cierto es que parece que mi familia es bastante ferviente, por decirlo de alguna manera, en cuanto a su árbol genealógico. Mi abuelo no tanto, pero su hermana y un par de primos estaban muy interesados en ello. Al parecer les resultaba maravilloso el hecho de que sus ancestros se encontraran entre los primeros colonizadores que se establecieron en el Nuevo Mundo. Así que contamos no sólo con la información de la Biblia y las páginas que le anexaron con los años. También tenemos genealogías completas que se remontan muy atrás en el tiempo, hasta el siglo XVI, y cuyas raíces están en Inglaterra e Irlanda. Pero el linaje que nos interesa, que se aplica a este caso, es el que vino aquí... a Hawkins Hollow —dijo mirando a Cal. Reunió fuerzas—. Sebastián Deale trajo a su esposa y a sus tres hijas al poblado de Hawkins Hollow en 1651. El nombre de su hija mayor era Hester. Hester Deale.

—El estanque de Hester —murmuró Fox—. Es tu antepasada.

—Así es. Hester Deale, la joven que según la leyenda fue quien denunció a Giles Dent por brujería la noche del 7 de julio de 1652. Quien ocho meses después dio a luz a una hija; y quien, cuando esa hija tenía dos semanas, se llenó los bolsillos de piedras y se ahogó en la laguna que está en el bosque. No hay ningún registro del padre, ninguna información. Pero sabemos quién es el padre de esa hija. Qué es el padre de esa hija.

—No estamos seguros.

—Sí estamos seguros, Caleb. —Por más que la desgarrara por dentro, Quinn sabía que era así—. Lo hemos visto, tú y yo. Y Layla lo experimentó en carne propia. La violó. Ella tenía apenas dieciséis años. La sedujo con engaños, la dominó, cuerpo y mente, y la dejó embarazada. Y esa hija llevaba su sangre en las venas. —Para evitar que le temblaran las manos, entrelazó los dedos—. Una hija que era medio demonio. Hester no podía vivir con eso, con lo que le habían hecho, con lo que había traído al mundo. Entonces se llenó los bolsillos de piedras y se echó al agua de la laguna.

—¿Qué pasó con la hija? —preguntó Layla.

—Murió a los veinte, después de haber tenido dos hijas ella misma. Una de ellas murió antes de su tercer cumpleaños. La otra se casó con un tipo llamado Duncan Clark. Tuvieron tres hijos y una hija. Él, ella y su hijo menor murieron cuando se les incendió la casa. Los otros dos hijos y la hija lograron escapar.

—Probablemente de Duncan Clark es de donde provengo yo —comentó Layla.

—Y en algún punto del camino, alguien de la familia se enredó con un gitano, o una gitana, del Viejo Mundo —concluyó Cybil—. No me parece justo para nada. Ellos descienden de un heroico brujo blanco y a nosotras nos toca la semilla del diablo.

—No es una broma —le espetó Quinn.

—No. Pero tampoco es una tragedia. Sencillamente así son las cosas.

—Maldición, Cybil, ¿acaso no te das cuenta de lo que esto significa? Esa cosa de ahí fuera es mi, probablemente nuestro, ancestro. Significa que llevamos dentro parte de él.

—Y si en las próximas semanas me empiezan a salir cuernos y cola, me voy a enfurecer terriblemente.

—¡Vete a la mierda! —Quinn se puso de pie y se enfrentó a su amiga—. A la mierda tus comentarios sarcásticos. Violó a esa chica para llegar a nosotras, hace tres siglos y medio, pero lo que plantó ha desembocado en esto. ¿Y si no estamos aquí para ayudar a detenerlo, a que todo esto tenga un final? ¿Y si estamos aquí para asegurarnos de que no acabe? ¿Para desempeñar un papel en el proceso de hacerles daño a ellos?

—Si no tuvieras el cerebro atrofiado a causa del amor, te darías cuenta de que esa teoría es una soberana estupidez. Es una reacción de pánico con una alta dosis de autocompasión para condimentarla. —La voz de Cybil sonó brutalmente fría—. No estamos bajo el influjo de ningún demonio. De repente no vamos a cambiarnos de bando y a ponernos el uniforme de alguna *entidad oscura* que trata de matar a un perro sólo para excitarse. Somos exactamente las mismas personas que éramos hace cinco minutos, así que deja de ser estúpida y recobra la compostura.

—Cybil tiene razón. No sobre que seas estúpida —comentó Layla—, sino sobre que somos las mismas personas. Si todo esto es parte de él, entonces tenemos que encontrar la manera de usarlo.

—Bien. Voy a practicar a girar la cabeza trescientos sesenta grados.

—Qué gilipollez —le dijo Cybil—. Te iría mejor con el sarcasmo, Q., si no estuvieras tan preocupada por que Cal te quiera echar por la gran D de demonio que tienes pintada en la frente.

—Basta ya —intervino Layla, Cybil sólo se encogió de hombros.

—Si Cal te echa por esto —continuó Cybil tranquilamente—, de todas maneras no se merecía tu tiempo.

Se hizo un silencio repentino y pesado. Un leño cayó sobre la rejilla de la chimenea y echó chispas.

—¿Imprimiste el archivo adjunto?

—No. Yo... —Quinn se interrumpió, negó con la cabeza.

—Vamos a imprimirlo, para que todos podamos echarle un vistazo. —Cal se puso de pie, cogió a Quinn del brazo y la arrastró fuera del salón.

—Buen trabajo —le dijo Gage a Cybil, y antes de que ella pudiera morderlo, Gage ladeó la cabeza y añadió—: No es un sarcasmo. Fue como darle un bofetón, no literalmente, pero verbalmente. Lo que es bastante más complicado, pero menos sucio.

—Las dos cosas son dolorosas. —Cybil se puso de pie—. Si Cal le hace daño, le voy a arrancar eso que tiene entre las piernas y se lo voy a dar de cena al perro. —Y tras decir esto, salió del salón apresuradamente.

—Cybil me da un poquito de miedo —decidió Fox.

—Y no es la única. Yo le arrancaría los huevos a Cal y los serviría al horno de postre —dijo Layla y se dispuso a seguir a Cybil—. Voy a ver qué preparo para la cena.

—Sorprendentemente, creo que he perdido el apetito de golpe. —Fox se giró hacia Gage—. ¿Y tú?

Arriba, Cal esperó a estar dentro del despacho que en ese momento estaba haciendo las veces de habitación de los hombres. Cerró la puerta al entrar y aprisionó a Quinn contra ésta. El primer beso fue duro, con ribetes de ira; el segundo, frustrado; y el tercero, suave.

—Cualquier cosa que se te haya metido en la cabeza con respecto a ti y a mí por esto, sácatelo de una vez. ¿Entendido?

—Cal...

—Me ha llevado toda la vida decir lo que te dije esta mañana. Te amo. Esto que descubriste no cambia en nada esa realidad. Así que sácate de la cabeza cualquier idea tonta, Quinn, o me vas a hacer enfurecer.

—No era... No es... —cerró los ojos al sentir una tormenta de sentimientos desatándose en su interior. Los abrió de nuevo—. Muy bien. Eso estaba allí, era un elemento, pero ahora es todo. Cuando leí el archivo que me mandaron, sentí...

—Un terremoto, lo entiendo. ¿Pero sabes qué? Estoy aquí, a tu lado, para ayudarte a ponerte en pie firme otra vez. —Levantó una mano, la cerró, después la abrió de nuevo.

Entendiendo, Quinn luchó por no derramar ninguna lágrima. Entendiendo lo que quería decirle, puso la palma de su mano contra la de él y entrelazó los dedos con los suyos.

—¿Bien? —le preguntó él.

—No, bien no. Gracias a Dios es más acertado.

—Imprimamos el archivo, a ver qué tenemos.

—Sí. —Sintiéndose más calmada, le echó un vistazo a la habitación, al sofá-cama desordenado y deshecho, a la pila de ropa—. Tus amigos son un desastre.

—Sí, sí, es cierto.

Juntos se abrieron paso entre el desorden hasta llegar al ordenador.

CAPÍTULO 19

En el comedor, Quinn les dio a todos una copia del archivo impreso. Sobre la mesa había tazones con palomitas de maíz, una botella de vino, copas y servilletas de papel dobladas en triángulos. Quinn sabía que todo había sido obra de Cybil. Así como sabía que su amiga había hecho las palomitas de maíz para ella. No como ofrenda de paz, porque no las necesitaban entre ellas. Las había hecho sólo porque sí.

Le puso la mano sobre el hombro a Cybil antes de tomar asiento.

—Perdón por el gran drama —le dijo Quinn.

—Si crees que ése fue un gran drama, tendrías que ir a casa de mis padres durante una de sus reuniones familiares.

Fox le sonrió mientras tomaba un puñado de palomitas de maíz.

—Los Barry-O'Dell no necesitamos tener sangre demoniaca para crear un infierno.

—Todos estamos de acuerdo en que esto de la sangre demoniaca va a ser nuestro chiste doméstico de ahora en adelante. —Quinn se sirvió una copa de vino—. No sé cuánto de todo esto os va a decir algo, pero es más de lo que teníamos antes. Muestra una línea directa del otro lado.

—¿Estás segura de que Twisse fue quien violó a Hester Deale? —le preguntó Gage—. ¿Estás segura de que fue él quien la preñó?

Quinn asintió con la cabeza.

—Créeme.

—Yo lo experimenté en carne propia. —Layla retorció la servilleta de papel que tenía en la mano mientras hablaba—. No fue como las imágenes que Cal y Quinn ven, sino... Tal vez el lazo de sangre lo explica, no lo sé. Pero sé lo que le hizo. Y sé que ella era virgen antes de que la violara.

Con delicadeza, Fox le quitó de las manos la servilleta retorcida y le dio la suya.

—Muy bien —continuó Gage—. ¿Estamos seguros de que Twisse es lo que estamos llamando demonio por falta de un término mejor?

—Nunca le gustó ese término —comentó Cal—. Creo que la respuesta es afirmativa.

—Entonces, Twisse usó a Hester para tener un hijo, para extender su linaje. Si ha andado por el mundo tanto tiempo como creemos, teniendo en cuenta las imágenes que ha visto Cal y que hemos podido relacionar, es probable que haya hecho lo mismo otras veces.

—Es cierto —coincidió Cybil—. Tal vez de ahí es de donde salen personas como Osama bin Laden, Jack el Destripador, los violadores de niños, los asesinos en serie...

—Si observáis con atención el linaje, notaréis que después de la muerte de Hester, especialmente durante los primeros cien, ciento veinte años, en la familia hubo montones de suicidios y muertes violentas. Yo creo que si logramos profundizar un poco más en las personas —continuó Quinn lentamente—, es probable que encontremos un promedio elevado de asesinatos y locura en la familia.

—¿Hay algo que destaque en la memoria reciente? —preguntó Fox—. ¿Algún incidente grave?

—No que yo sepa. Tengo el número normal de familiares molestos y chalados, pero no han encarcelado ni metido en el manicomio a nadie.

—Se va diluyendo. —Fox entrecerró los ojos al hojear las páginas del impreso—. Éste no era su plan, no era su estrategia. Yo sé de estrategias. Pensad: Twisse no sabe lo que Dent está preparando para esa noche. Tiene a Hester, tiene su mente bajo control y al bebé-demonio en el horno, pero no sabe lo que va a suceder.

—No sabe que Dent está preparado para recibirlo y que tiene sus propios planes —continuó Layla—. Veo hacia dónde vas. Pensó... Planeó destruir a Dent o, al menos, perjudicarlo, alejarlo.

—Para después apropiarse del pueblo —continuó Fox—. Lo usa, sigue en otro. Deja progenie aquí, busca y encuentra otro poblado que se acomode para hacer lo mismo de nuevo.

—En cambio, Dent lo entierra, lo mantiene bajo tierra hasta que —Cal giró la mano para dejar al descubierto la delgada cicatriz sobre la muñeca— su propia progenie lo libera. ¿Por qué querría eso? ¿Por qué permitir que sucediera?

—Pudo ser que Dent decidiera que mantenerlo tres siglos y medio bajo una piedra era tiempo suficiente. —Gage tomó un puñado de palomitas de maíz—. O pudo ser que ése fuera el tiempo máximo que pudo retenerlo, entonces pidió refuerzos.

—Tres niños de diez años —comentó Cal con desagrado.

—Los niños son más propensos a creer, a aceptar lo que los adultos no pueden. O no quieren —intervino Cybil—. Y, diablos, nadie dijo que esto fuera justo. Os dio lo que pudo: la capacidad de curaros rápidamente, la capacidad de ver lo que fue, es, será. Y os dio el amuleto, en tres trozos.

—Y tiempo para crecer —añadió Layla—. Veintiún años. Y tal vez encontró la manera de hacernos venir hasta aquí, a Quinn, a Cybil y a mí. Porque no veo la lógica, el propósito de forzarme a venir para después espantarme para hacerme salir corriendo.

—Bien dicho. —Quinn sintió que se le aflojaba el nudo que tenía en el estómago—. Está muy bien, de hecho. ¿Por qué espantar si puede seducir?

—Puedo buscar más profundamente en tu árbol genealógico, Q. Y veré qué puedo encontrar en el de Layla y en el mío. Pero en este punto no sería más que trabajo inútil. Ya conocemos la raíz. —Cybil giró una de las páginas de la hoja y trazó en la parte inferior de la página en blanco dos líneas horizontales—. Ann Hawkins y Giles Dent aquí, Lazarus Twisse y la pobre Hester aquí. Cada raíz echó un árbol y cada árbol, unas ramas. —Dibujó rápidamente y con sencillez—. Y en el punto correcto, las ramas de cada árbol se cruzan. En quiromancia, las líneas que se cruzan son símbolo de poder. —Completó el boceto cruzando tres ramas de un árbol con tres ramas del otro—. Así las cosas, tenemos que encontrar el poder, y usarlo.

* * *

Esa noche Layla preparó una cena bastante sabrosa que consistió en pechugas de pollo, tomates guisados y frijoles blancos. Por mutuo acuerdo, cambiaron de tema de conversación a otras cosas. Por fin normalidad, pensó Quinn mientras analizaban películas recientes, contaban chistes malos y hablaban sobre viajes. Todos necesitaban una buena dosis de normalidad.

—Gage es el inquieto del grupo —comentó Cal—. Ha estado paseando las largas y solitarias autopistas desde que cumplió dieciocho.

—No siempre son solitarias.

—Cal me contó que estuviste en Praga —dijo Quinn—. Creo que me gustaría ir allí.

—Pensé que habías estado en Budapest.

Gage se inclinó hacia Cybil.

—Estuve en ambas ciudades. Praga fue la parada final antes de volver a casa.

—¿Es cierto que es fabulosa? —le preguntó Layla—. ¿El arte, la arquitectura, la comida?

—Es eso y más: el palacio, el río, la ópera. Pude hacerme una idea de la ciudad, pero sobre todo estuve trabajando. Volé desde Budapest para asistir a un torneo de póquer.

—¿Estuviste en... cómo la llaman, ah, la París de la Europa del Este y pasaste el tiempo jugando al póquer? —le preguntó Quinn en tono exigente.

—No todo el tiempo, sólo la mayor parte. El torneo sólo duró setenta y tres horas.

—¿Tres días jugando al póquer? —Cybil levantó una ceja—. ¿No es un poquito obsesivo?

—Depende del punto de vista, ¿no es cierto?

—¿No necesitas comer, ir al baño, dormir? —preguntó Layla.

—Los descansos están estipulados. Las setenta y tres horas fueron tiempo de juego, sin contar los descansos. Ése fue un juego privado, en una casa privada. Mucho dinero, mucha seguridad.

—¿Ganaste o perdiste? —le preguntó Quinn con una sonrisa.

—Estuvo aceptable.

—¿Usas tus habilidades clarividentes para que te vaya aceptablemente? —le preguntó Cybil.

—Eso sería hacer trampa.

—Sí, lo sería, pero no has contestado a la pregunta.

Gage levantó su copa, la miró directamente a los ojos.

—Si tuviera que hacer trampa para ganar al póquer, estaría vendiendo seguros. No necesito hacer trampa.

—Hicimos un juramento. —Fox levantó una mano cuando Gage le frunció el ceño—. Ahora estamos en esto juntos, por tanto ellas deben entender cómo funciona esto para nosotros. Cuando nos dimos cuenta de que teníamos una habilidad adicional, hicimos un juramento. Juramos no usarlo contra nadie, ni para herir a nadie, ni para perjudicar a nadie. Y nunca rompemos los juramentos que hacemos.

—En ese caso —Cybil le dijo a Gage—, deberías dedicarte a apostar en las carreras de caballos, más bien, en lugar de jugar a las cartas.

Gage sonrió.

—Ya lo sé, pero me gustan las cartas. ¿Quieres jugar una mano?

—Tal vez más tarde.

Cuando Cybil le lanzó a Quinn una mirada de disculpa, la mujer supo lo que se le venía encima.

—Supongo que es hora de volver a lo nuestro —dijo Cybil—. Tengo una pregunta, un punto donde quisiera empezar.

—Tomémonos quince minutos —dijo Quinn poniéndose de pie—. Para limpiar la mesa, sacar a *Lump,* movernos un poquito. En quince minutos.

Cal le acarició el brazo y se puso de pie.

—Tengo que comprobar si hay suficiente leña, en todo caso, para traer más, si es necesario. Hagamos esto en el salón, una vez hayamos terminado.

* * *

Cal pensó que parecían gente común y corriente. Sólo un grupo de amigos divirtiéndose juntos en una noche de invierno. Gage se había pasado al café, lo que era habitual. Cal sabía que su amigo no se tomaba más que un par de tragos seguidos desde el verano en que habían cumplido diecisiete. Fox había vuelto a su Coca-Cola y él había optado por agua.

Mente clara, reflexionó. Querían tener la mente clara, si se presentaban preguntas que había que responder.

Habían vuelto a los grupos por género. ¿Había sido automático, incluso intrínseco?, se preguntó Cal. Las tres mujeres se habían sentado en el sofá, Fox estaba en el suelo con *Lump,* él había escogido una silla y Gage estaba de pie junto a la chimenea, como si estuviera dispuesto a irse en cuanto el tema no estuviera de acuerdo con su estado de ánimo.

—Entonces. —Cybil se sentó en posición de loto y dejó que sus ojos oscuros vagaran por la habitación—. Me estoy preguntando qué fue lo primero, el primer evento, suceso, indicio, que os indicó que algo iba mal en el pueblo, después de haber pasado la noche en el claro y volver a casa.

—El señor Guthrie y el tenedor —respondió Fox mientras se tumbaba en el suelo y apoyaba la cabeza sobre la panza de *Lump*—. Ése fue un gran indicio.

—Suena como el título de un libro para niños. —Quinn hizo una anotación en su cuaderno—. ¿Por qué no nos contáis qué pasó?

—Empieza tú, Cal —sugirió Fox.

—Era el día de nuestro cumpleaños, la noche más bien. Los tres estábamos bastante asustados, y fue peor porque nos separaron, cada uno se fue a su casa. Convencí a mi madre para que me permitiera ir a la bolera con mi padre, para tener algo que hacer, además sabía que Gage iba a estar allí. Mi madre todavía no sabía si castigarme o no —dijo Cal con una ligera sonrisa—. Es la primera y última vez que recuerdo en la que ella no podía decidir cómo manejar el asunto. Pero finalmente me dejó ir con mi padre. ¿Gage?

—Yo estaba trabajando. Jim me permitía ganarme un dinero en la bolera haciendo las veces de camarero o limpiando el suelo y cosas así. Sé que me sentí increíblemente mejor cuando Cal llegó. Y después Fox.

—Les di la lata a mis padres hasta la saciedad para que me dejaran ir a la bolera. Finalmente mi padre cedió y me llevó. Creo que quería hablar con el padre de Cal y con el de Gage, si se podía.

—Así que Brian, el padre de Fox, y mi padre se sentaron al final de la barra mientras se tomaban un café. Hasta ese momento no habían llamado a Bill, el padre de Gage.

—Porque mi padre no sabía que me había ido —añadió Gage—. Supongo que pensaron que no tenía sentido meterme en problemas hasta que hubieran decidido qué hacer.

—¿Dónde estaba tu padre? —le preguntó Cybil.

—Por ahí. Estaba sobrio, como novedad, entonces Jim lo tenía haciendo algún trabajo.

—La bola regresó en la pista dos, lo recuerdo —comentó Cal—. Parecía una noche de verano cualquiera. Había adolescentes, algunos con pinta de universitarios, en la sala de juegos. Se percibía el olor a humo de la parrilla, se escuchaba el sonido de los bolos al caer. En la pista cuatro había una familia con un niño de tres o cuatro años, creo, que tenía un berrinche monumental. La madre lo arrastró fuera justo antes de que empezara. —Tomó un sorbo de agua. Lo recordaba con absoluta claridad—. El señor Guthrie estaba sentado en la barra tomándose una cerveza y comiéndose un perrito caliente con patatas fritas.

Era un buen tipo. Vendía pisos y tenía dos hijos en secundaria. Venía a la bolera una vez por semana, religiosamente. Cada martes, cuando su esposa se iba al cine con las amigas, él venía, pedía un perrito caliente con patatas y bebía cerveza hasta emborracharse. Como un reloj. Mi padre solía decir que bebía en la bolera porque de esa manera podía decirse que no era beber realmente, porque no estaba en un bar.

—¿Era un liante? —preguntó Quinn mientras hacía alguna otra anotación.

—No, para nada. Era lo que mi padre llama un borracho afable. Nunca se ponía pesado ni baboso. Los martes por la noche, el señor Guthrie venía a la bolera, pedía su perrito caliente con patatas, se tomaba cuatro o cinco cervezas, veía alguna de las partidas y charlaba con cualquier persona que anduviera por ahí. Alrededor de las once de la noche, dejaba una propina de cinco dólares sobre la barra y se iba caminando a casa. Hasta donde sé, durante el resto de la semana no bebía mucho más, una Bud ocasional. Era sólo el plan del martes por la noche.

—Solía comprarnos huevos —recordó Fox—. Todos los sábados por la mañana nos compraba una docena de huevos morenos. En fin.

—Eran casi las diez y el señor Guthrie estaba tomándose otra cerveza, caminando entre las mesas con la botella en la mano —continuó Cal—. Probablemente quería sentarse junto a las pistas para ver la acción. Unos tipos estaban comiendo unas hamburguesas en una mesa, Frank Dibbs entre ellos, que tenía el récord de su liga por buen juego y era el entrenador de la liga infantil. Nosotros tres estábamos sentados en la mesa de al lado. Mi padre nos dijo que nos tomáramos un descanso, entonces decidimos compartir una pizza. Dibbs le dijo a Guthrie: «Oye, Guth, mi mujer quiere poner vinilo en la cocina.

¿Qué me ofreces?». El hombre sólo sonrió, una de esas sonrisas tensas que no muestran los dientes, cogió uno de los tenedores que estaban sobre la mesa y se lo clavó a Dibbs en la mejilla. Así, sin miramientos, le clavó el tenedor y siguió caminando como si nada. La gente empezó a correr y a gritar y, Dios, Dibbs con el tenedor clavado en la cara mientras borbotones de sangre le manaban sin control. Mientras, Guthrie caminaba como si nada, bebiendo su cerveza, detrás de la pista dos.

Para parar un momento, Cal le dio un trago largo a su vaso de agua.

—Mi padre nos quería sacar. Todo empezó a enloquecer, con excepción de Guthrie, que al parecer sí estaba loco. Tu padre se hizo cargo de Dibbs —Cal le dijo a Fox—. Recuerdo cómo mantuvo la cabeza fría. Dibbs ya se había sacado el tenedor de la mejilla y Brian cogió una pila de servilletas y se la presionó contra la herida para detener la hemorragia. Todavía tenía las manos manchadas de sangre cuando nos llevó a casa. —Cal sacudió la cabeza—. Pero ésa no es la cuestión. Brian nos llevó a casa, Gage vino conmigo, mi padre habló con Bill. Y él no llegó a casa hasta después de que hubiera oscurecido. Lo escuché llegar, mi madre lo estaba esperando. Escuché que le decía que habían encerrado a Guthrie y que se había quedado sentado en la celda sólo riéndose, como si todo hubiera sido una broma buenísima. Después, cuando todo pasó, ni siquiera se acordaba de lo que había hecho. Nadie recordaba mucho lo que había sucedido esa semana o, si alguien lo recordaba, sencillamente lo dejaba atrás. Guthrie nunca volvió a la bolera y él y su familia se fueron del pueblo el invierno siguiente.

—¿Ese incidente fue el único de esa noche? —preguntó Cybil después de un momento.

—Violaron a una chica. —Gage puso su taza vacía sobre el escalón de la chimenea—. Estaba besándose con su novio en

Dog Street. El chico no se detuvo cuando ella dijo basta ni se detuvo cuando ella empezó a gritar y a llorar. La violó en el asiento trasero de su Buick de segunda mano y después la echó fuera del coche. La dejó tirada en el pavimento y se fue. Un par de horas más tarde fue a estamparse contra un árbol. Terminó en el mismo hospital que la novia, sólo que él no logró sobrevivir.

—A un niño de ocho años lo atacó el perro de la familia —añadió Fox—. En mitad de la noche. El perro había dormido con el niño todas las noches durante tres años. Los padres se despertaron cuando escucharon los gritos de su hijo y, al llegar a la habitación, el perro quiso atacarlos también. El padre tuvo que golpearlo con el bate de béisbol del niño.

—Y se puso peor de ahí en adelante, las dos noches siguientes. —Cal inspiró profundamente—. Después no siempre esperó a que fuera de noche. No siempre.

—Hay un patrón, yo creo. —Quinn habló suavemente, después levantó la cabeza cuando la voz de Cal interrumpió sus cavilaciones.

—¿Cuál? ¿Además de que gente normal de pronto se vuelve violenta o psicótica?

—Ya vimos lo que le pasó a *Lump*. Nos has dicho que ha habido otros incidentes con animales, además del que Fox nos acaba de contar. Por otra parte, el incidente que nos contaste, el primer incidente del que fuisteis testigos, fue protagonizado por un hombre que se había tomado varias cervezas. Probablemente el nivel de alcohol en la sangre del hombre estaba por encima del legal, lo que significa que no estaba en sus cabales. La mente no está aguda cuando se bebe así. Se es más susceptible.

—¿Entonces quieres decir que Guthrie era más fácil de influenciar, o infectar, porque estaba ebrio, o en vías de estarlo? —Fox se sentó—. Buena conclusión. Tiene sentido.

—El chico que violó a su novia de tres meses y después fue a darse contra un árbol no había estado bebiendo. —Gage sacudió la cabeza—. ¿Cómo encaja en el patrón?

—La excitación sexual y la frustración tienden a nublar el pensamiento. —Quinn golpeó con el lápiz sobre su cuaderno—. Pon esas dos sensaciones en el cuerpo de un adolescente y a mí, por lo menos, me suena a influenciable.

—Es un punto válido. —Cal se pasó la mano por el pelo. ¿Por qué no lo habían visto ellos antes?—. Los cuervos muertos. Ese año, en la mañana de nuestro cumpleaños amanecieron muertos a lo largo de Main Street unos veinticinco cuervos. Y rotas las ventanas de varias casas, contra las que los pájaros se estrellaron una y otra vez. Siempre hemos supuesto que estaba relacionado con lo que estaba sucediendo, pero nadie resultó herido.

—¿Siempre empieza de la misma manera? —preguntó Layla—. ¿Siempre podéis señalar algún suceso que da inicio a todo?

—El primero que puedo recordar de la siguiente vez fue que los Myers encontraron al perro de los vecinos flotando en la piscina de su jardín. Después, una mujer dejó a su bebé encerrado en el coche mientras fue al salón de belleza a que le hicieran una manicura y otras cosas. Estábamos en los noventa —añadió Fox—. Alguien escuchó al bebé llorando y llamó a la policía. Sacaron al bebé y cuando fueron a hablar con la mujer, ella dijo que no tenía ningún hijo, que no sabía de qué le estaban hablando. Resultó que había estado despierta dos noches seguidas, porque el bebé tenía cólicos.

—Falta de sueño. —Quinn lo puso por escrito.

—Pero supimos que estaba pasando de nuevo —dijo Cal lentamente—, lo supimos a ciencia cierta, la noche de nuestro decimoséptimo cumpleaños, cuando Lisa Hodges salió del bar que queda en Main con Battlefield, se quitó toda la ropa y empezó a disparar a los coches que pasaban con una pistola del calibre veintidós que tenía en el bolso.

—Nosotros éramos uno de los coches que pasaban —añadió Gage—. Fue una suerte para todos los implicados que su puntería fuera bastante mala.

—Pero te dio en el hombro —le recordó Fox.

—¿Te hirió? —preguntó Cybil. Gage sólo sonrió.

—No fue más que un rasguño. Además, sanamos rápidamente. Finalmente nos las arreglamos para quitarle la pistola antes de que matara a alguien o de que la arrollaran, porque estaba de pie en la mitad de la calle, completamente desnuda. Después nos ofreció una mamada. Las malas lenguas decían que era una experta, pero, la verdad, no estábamos con ganas de confirmarlo.

—Muy bien. Ahora pasemos del patrón a la teoría. —Quinn se puso de pie—. La cosa que llamaremos Twisse, porque es bueno darle un nombre, necesita energía. Todos estamos hechos de energía y Twisse la necesita para manifestarse, para trabajar. Cuando está fuera, durante esos siete días en que Dent no puede controlarlo, busca primero las fuentes de energía más fáciles. Animales, personas que son vulnerables. A medida que se va haciendo más fuerte, es capaz de ir subiendo en la cadena alimenticia.

—No creo que la manera de detenerlo sea encerrar a todos los animales —empezó Gage—, prohibir el alcohol, las drogas y el sexo y asegurarnos de que todos duerman bien.

—Qué mal —lo espetó Cybil—, porque hacerlo nos concedería algo de tiempo. Continúa, Q.

—La siguiente pregunta sería: ¿cómo genera la energía que necesita?

—Miedo, odio, violencia —respondió Cal, asintiendo—. Ya nos hemos dado cuenta de ello. Pero no podemos cortarle el suministro, porque sencillamente no se les pueden bloquear esas emociones a todas las personas. Son parte natural de la existencia.

—Al igual que sus contrapartes, así que podemos lanzar la hipótesis de que esas otras emociones son armas contra él. Vosotros tres os habéis hecho más fuertes a lo largo de estos años, al igual que él. Tal vez es capaz de guardar algo de la energía que acumula durante el periodo en que está latente.

—Para poder empezar más pronto y con más fuerza la siguiente vez. Bien —decidió Cal—. Tiene sentido.

—Ahora está usando parte de esa energía guardada —intervino Layla—, porque no quiere que nosotros seis persistamos. Quiere desunir al grupo antes de julio.

—Debe de estar decepcionado. —Cybil levantó la copa de vino que había estado bebiendo a sorbos pequeños durante toda la discusión—. El conocimiento es poder y todo eso, y es bueno tener teorías lógicas y más áreas de investigación. Pero me parece que necesitamos ponernos en movimiento, necesitamos una estrategia. ¿Alguna sugerencia, señor estrategia?

Desde su posición en el suelo, Fox sonrió.

—Sí. Yo digo que en cuanto se derrita la nieve lo suficiente como para dejarnos caminar a través de ella, nos vamos al claro, vamos a la Piedra Pagana, todos nosotros, juntos. Y retamos al hijo de la gran puta a un desafío que no pueda rechazar.

* * *

En teoría sonaba bien, pero era algo diferente cuando se añadía el factor humano, pensó Cal. Si se añadía el factor Quinn. La había llevado al claro una vez antes y la había dejado sola y vulnerable mientras se había ido a dar un paseíllo por el pasado. Y eso que no estaba enamorado en ese momento.

Sabía que no había opción, que estaban en juego cosas más importantes, pero la idea de ponerla en una situación de riesgo, de ponerla deliberadamente en el vórtice de todo junto a él, no lo dejaba dormir y lo intranquilizaba.

Se levantó y empezó a caminar por la casa, revisó que puertas y ventanas estuvieran bien cerradas y miró por las ventanas hacia la oscuridad de la noche a ver si lograba vislumbrar algo de la cosa que los acechaba. La luna estaba en lo alto del cielo y la nieve se veía teñida de azul bajo su luz. Pensó que al día siguiente iban a poder palear un camino para salir e iban a poder desenterrar los coches. En uno o dos días iban a poder volver a la vida que parecía normal.

Sabía que si le pedía que se quedara, ella le iba a responder que no podía dejar a Layla y a Cybil solas. Ya sabía que tenía que dejarla ir.

No podía protegerla cada hora del día y si lo intentaba, iban a terminar ahogándose uno al otro.

Al pasar por el salón vio las luces de la cocina encendidas. Se dirigió allí a apagarlas y a revisar que las puertas estuvieran cerradas. Entonces vio a Gage sentado frente a la mesa, jugando un solitario y con una taza humeante de café al lado de la pila de cartas descartadas.

—Un tipo que se toma una taza de café solo a la una de la mañana va a estar levantado toda la noche.

—Nunca me quita el sueño. —Gage sacó una carta, la colocó—. Cuando quiero dormir, duermo. Tú lo sabes bien. ¿Cuál es tu excusa?

—Estaba pensando que va a ser una caminata larga, embarrada y difícil para llegar al claro. Incluso si esperamos un mes. Que creo que es lo que deberíamos hacer.

—No. El seis rojo va sobre el siete negro. Estás tratando de encontrar una manera de no llevar a Quinn. A ninguna, de hecho, pero especialmente a la rubia.

—Ya te conté qué sucedió cuando fuimos juntos.

—Sí, y ella fue capaz de salir de allí por su cuenta, caminando sobre sus dos sensuales piernas. La jota de tréboles sobre la reina de diamantes. La verdad, ella no me preocupa. Me preocupas tú.

Cal se enderezó.

—¿Ha habido alguna vez en que no haya sido capaz de cuidarme a mí mismo?

—No hasta ahora. Pero estás grave, Hawkins. Estás colgado de la rubia. Y conociéndote como te conozco, sé que tu primer instinto, y el último, va a ser tratar de protegerle el culo a ella si algo sale mal.

—¿Y no debería ser así? —No quería un maldito café, pero ya que estaba preparado y además dudaba de que pudiera volverse a dormir, se sirvió una taza—. ¿Por qué no habría de ser así?

—Yo estaría dispuesto a apostar dinero a que tu rubia es capaz de cuidarse a sí misma. No significa que estés equivocado, Cal. Me imagino que si tuviera a una mujer tan metida dentro como la tienes tú a ella, tampoco querría poner a prueba su capacidad de cuidarse sola. El problema es que te va a tocar hacerlo.

—Nunca había querido sentirme de esta manera —le dijo Cal a su amigo después de un momento—. Ésta es una buena parte de la razón. Somos buenos juntos, Gage.

—Puedo ver eso yo mismo. No sé qué es lo que ve en un perdedor como tú, pero al parecer le funciona.

—Podríamos ser incluso mejores. Puedo sentir que podríamos construir algo sólido y real. Si tenemos la oportunidad, si tenemos el tiempo, podríamos hacer algo juntos.

Con un movimiento casual, Gage reunió todas las cartas y las barajó con pericia.

—Entonces crees que esta vez es en serio.

—Sí. —Cal miró por la ventana hacia la fría luz de luna azulada—. Creo que vamos en serio. ¿No lo crees tú?

—Muy probablemente. —Gage repartió una mano de veintiuna cartas para ambos—. Pero diablos, ¿quién quiere vivir para siempre?

—Ése es el problema. Ahora que he encontrado a Quinn, la eternidad suena bastante bien. —Cal le echó un vistazo a su carta tapada, vio el rey que iba con su tres—. Dame.

Con una sonrisa, Gage le lanzó un nueve.

—Inocentón.

CAPÍTULO 20

Cal deseó una semana, dos si era posible. Pero obtuvo tres días. La naturaleza mandó sus planes al carajo de nuevo, esta vez subiendo la temperatura por encima de los diez grados. Montañas de nieve se derritieron hasta convertirse en colinas mientras el deshielo de febrero trajo la diversión en forma de inundaciones, riachuelos desbordados y hielo negro cuando el termómetro se bajaba al punto de congelación cada noche.

Pero tres días después de poder despejar su camino de entrada y de que las mujeres estuvieran en su casa de High Street, el clima se estabilizó. Los riachuelos estaban crecidos, pero el suelo había absorbido casi toda la humedad. Y a Cal se le estaban acabando las excusas para aplazar la caminata hasta la Piedra Pagana.

En su escritorio, con *Lump* tumbado alegremente en el umbral de la puerta de la oficina con las patas al aire, Cal trató de concentrarse de nuevo en el trabajo. Las ligas de invierno estaban a punto de concluir y pronto empezarían las de primavera. Sabía que estaba a un paso de convencer a su padre de que la bolera se beneficiaría de los sistemas de anotación automática, pero quería darle un empujón definitivo. Si los instalaban pronto, los tendrían funcionando para las ligas de primavera.

Seguramente tendrían que hacer publicidad, organizar algunos especiales y tendrían que formar al personal, lo que significaba formarse ellos mismos.

Abrió el archivo de contabilidad de febrero y notó que de momento el mes iba bien, incluso un poco mejor que el del año anterior. Podría usar esa información como otro argumento para su padre. Aunque sabía que él le iba a responder que si las cosas iban bien así, ¿para qué cambiar?

Mientras estaba sosteniendo esa conversación con su padre mentalmente, Cal escuchó el clic del ordenador que le anunciaba que tenía un nuevo mensaje de correo electrónico. Revisó la pantalla y vio que era de Quinn.

Hola, amor de mi vida:

No quise llamarte por si estabas hasta el cuello con cualquier cosa que requiera que estés hasta el cuello con ella. Avísame cuando tengas un momento libre.

Mientras tanto, aquí está el Servicio Local Black de Pronóstico del Tiempo: hoy, las temperaturas alcanzarán un máximo de nueve grados centígrados con cielo parcialmente despejado. Para mañana se puede esperar cielo soleado con temperaturas máximas de entre nueve y diez grados centígrados.

Añadiendo la parte visual, puedo decirte que veo parches de césped que se han ido ampliando tanto en el jardín delantero como en el trasero. Siendo realista, supongo que hay más nieve y más barro en el bosque, pero, pequeño, es tiempo de ensillar las monturas y ponernos en marcha.

Mi equipo puede estar listo y lúcido mañana temprano y llevará las provisiones adecuadas.

También, Cybil confirmó la conexión con el linaje Clark y ahora mismo está trepando por algunas de las ramas Kinski para confirmar. Por otra parte, cree que tiene dos opciones para el sitio en el que Ann pudo quedarse o, al menos, para el lugar donde pudo ir a dar a luz. Cuando nos veamos, te cuento los detalles.

Avísame en cuanto puedas si mañana te viene bien.

Besos y abrazos,

Quinn

P. D.: Ya sé que eso de «besos y abrazos» es una ñoñería, pero me pareció más refinado que concluir con «Desearía que vinieras a follarme», aunque eso es realmente lo que quisiera.

La última parte hizo sonreír a Cal, aunque el resto del mensaje más bien le provocó un dolor de cabeza en la parte de atrás que amenazaba con extendérsele a todo el cráneo.

Podía posponer a Quinn uno o dos días, honestamente. No se podía esperar que Fox cancelara los clientes con los que ya tenía cita o sus presentaciones en el tribunal así como así. Quinn entendería eso. Pero si iba a usar la agenda de Fox y la suya propia como disculpa, tenía que hacerlo bien.

Un tanto molesto, le escribió un sucinto mensaje a Fox preguntándole cuándo podría sacar tiempo para ir al claro. La molestia se le intensificó cuando Fox le respondió de inmediato:

El viernes me viene bien. Puedo disponer de todo el día, si es necesario.

—¡Mierda! —Cal trató de mantener a raya el dolor de cabeza. Y puesto que el correo electrónico no le estaba trayendo suerte, decidió ir a ver a Quinn a la hora del almuerzo.

* * *

Mientras Cal se preparaba para terminar las labores de esa mañana, Bill Turner subió las escaleras y se quedó de pie en el umbral de su oficina.

—Eh, ya arreglé la cisterna de los aseos de mujeres y la fuga del frigorífico no era más que una manguera que había que reemplazar.

—Gracias, Bill. —Cal se puso el abrigo mientras hablaba—. Tengo un par de cosas que hacer en el pueblo, pero no creo que me lleve más de una hora.

—Muy bien. Cal, me estaba preguntando si... mmm... —Bill se frotó la barbilla con el dorso de la mano, la dejó caer—. Me estaba preguntando si crees que Gage va a venir en los próximos días. O ¿puedo pasar por tu casa para hablar con él?

Entre la espada y la pared, pensó Cal. Hizo un poco de tiempo mientras se abotonaba el abrigo.

—No sé si Gage está pensando en venir, Bill; no lo ha mencionado. Creo... Mira, yo que tú le daría un poco de tiempo, esperaría un poco antes de ir a buscarlo. Ya sé que quieres...

—Está bien, está bien. Te lo agradezco.

—¡Mierda! —exclamó Cal por lo bajo mientras Bill bajaba las escaleras—. ¡Mierda, mierda, mierda! —repitió mientras las bajaba él mismo.

Tenía que tomar partido por Gage, ¿cómo podría ser de otra manera? Había sido testigo de primera mano de lo que la correa de Bill le había hecho a su amigo cuando eran unos niños.

Sin embargo, también había presenciado de primera mano las muchas formas en que Bill había cambiado en los últimos años. ¿Y no acababa de ver el dolor, la culpa, incluso la tristeza en el rostro de Bill? Cal supo que tomara la decisión que tomara, de todas maneras se iba a sentir culpable y molesto.

Caminó directamente a casa de Quinn.

Abrió la puerta y entró. Y antes de que pudiera decir ni una palabra, Quinn ya tenía los brazos alrededor de su cuello y lo estaba besando apasionadamente.

—Tenía la esperanza de que fueras tú.

—Menos mal que sí era yo, porque Greg, el de UPS, podría hacerse una idea equivocada si lo saludas de esa manera.

—Parece guapo. Ven a la cocina, acababa de bajar para hacer una jarra de café. Arriba, las tres estamos trabajando en varios proyectos. ¿Recibiste mi correo electrónico?

—Sí.

—¿Entonces estamos listos para mañana? —Miró a Cal mientras bajaba la taza de café.

—No, mañana no es un buen día. Fox no puede sacar tiempo hasta el viernes.

—Oh. —Hizo un ligero puchero, pero desapareció rápidamente—. Muy bien, entonces, el viernes. Mientras tanto podemos seguir leyendo, investigando, trabajando. Cybil cree que tiene dos buenas opciones para... ¿Qué? —le preguntó al notar la expresión en el rostro de Cal—. ¿Qué sucede?

—Muy bien. —Cal dio un par de pasos hacia atrás, después regresó—. Muy bien, sólo voy a decirlo: no quiero que vuelvas al claro. Sólo quédate callada un momento, ¿vale? —le dijo cuando vio que ella estaba preparándose para replicar—. Desearía que hubiera una manera de evitar que fueras, desearía poder hacer caso omiso al hecho de que tenemos que ir todos juntos. Sé que eres parte de esto y que tienes que volver a la

Piedra Pagana. Sé que hay muchas otras cosas de las que vas a tener que ser parte, aunque yo quisiera que fuera diferente. Pero puedo desear que no fueras parte de esto, Quinn, y que estuvieras en otra parte, segura, hasta que esto acabara. Puedo desear eso, así como sé que no puedo tener lo que deseo.

—Si quieres estar enfadado por eso, pues vas a tener que estar enfadado. —Esperó un segundo—. ¿Has almorzado ya?

—No. ¿Y qué tiene que ver eso con nada?

—Te voy a preparar un sándwich, un ofrecimiento que no hago a la ligera.

—¿Entonces por qué me lo estás haciendo ahora?

—Porque te quiero. Quítate el abrigo. Me gusta que me hayas dicho todo esto —empezó mientras sacaba del frigorífico los ingredientes—, que hayas tenido que decirme cómo te sientes al respecto. Ahora, si hubieras tratado de ordenarme que me mantuviera al margen de todo, si me hubieras mentido o si hubieras tratado de usar alguna artimaña conmigo para evitar que fuera al claro, me sentiría diferente. Te seguiría amando, porque no dejo de querer tan fácilmente, pero estaría furiosa, más que furiosa. Y muy, muy decepcionada contigo. Pero tal y como van las cosas, Cal, me estoy sintiendo bastante complacida, e increíblemente orgullosa, de que mi corazón y mi cabeza funcionaran tan bien esta vez y hayan escogido al tipo perfecto. El tipo perfecto para mí. —Cortó el sándwich que acababa de preparar en dos triángulos idénticos y se los ofreció—. ¿Quieres café o leche?

—Tú no tienes leche, sólo agua blanquecina. Café está bien, gracias. —Le dio un mordisco al sándwich de pavo, queso suizo y alfalfa en pan integral—. Qué delicia de sándwich.

—No te acostumbres al servicio. —Le lanzó una mirada mientras le servía el café—. Tendríamos que salir temprano el viernes, ¿no te parece? ¿Antes de que amanezca?

—Sí. —Le tocó la mejilla con la mano que tenía libre—. Podemos emprender el camino con las primeras luces de la mañana.

* * *

Puesto que había tenido buena suerte con Quinn, y encima le habían dado de comer, Cal decidió decirle a Gage lo que pensaba a continuación. En cuanto él y *Lump* pusieron un pie en la casa, Cal percibió el olor a comida. Rodeó la casa por la terraza hasta la parte trasera, donde encontró a Gage en la cocina tomándose una cerveza mientras revolvía algo en una olla en el fuego.

—Has cocinado.

—Chili. Tenía hambre. Fox llamó. Me dijo que vamos a llevar a las señoritas a una caminata por el bosque el viernes.

—Sí, al alba.

—Será interesante.

—Tenemos que hacerlo. —Cal le llenó de comida el plato a *Lump* antes de sacar del frigorífico una cerveza. Y, pensó, esto también hay que hacerlo—. Tengo que hablarte sobre tu padre.

Cal vio cómo Gage se cerraba. Como apagar un interruptor o chasquear los dedos, el rostro de Gage perdió toda expresión.

—Él trabaja para ti, eso es asunto tuyo. No tengo nada que decir al respecto.

—Tienes todo el derecho a sacarlo de tu vida, no estoy diciendo lo contrario. Sólo te estoy haciendo saber que pregunta por ti y quiere verte. Gage, ha estado sobrio durante los últimos cinco años y si lo estuviera cincuenta años más, no cambia nada la manera en que te trató. Pero éste es un pueblo pequeño y no vas a poder evitarlo siempre. Me parece que tiene cosas que decirte y puede ser que tú quieras escucharlas, para pasar página. Eso es todo.

Había una razón por la cual Gage se ganaba la vida jugando al póquer y en este momento fue evidente en su rostro y en su voz, que carecían completamente de expresión.

—Y me parece a mí que deberías salir de en medio. Nunca te he pedido que te pongas ahí.

Cal levantó una mano en señal de paz.

—Muy bien.

—Suena como si el viejo se hubiera quedado atascado entre los pasos ocho y nueve por mi culpa. No puede reparar el daño esta vez, Cal. Me importan un cuerno sus intenciones de reconciliación.

—Muy bien. No estoy tratando de convencerte de lo contrario. Sólo te lo estaba haciendo saber.

—Bien, pues ya lo sé.

* * *

Se le ocurrió a Cal, mientras miraba por la ventana, el viernes por la mañana, los primeros reflejos del amanecer abriéndose paso entre la penumbra, que ya casi se iba a cumplir un mes desde que Quinn había llegado a su casa por primera vez.

¿Cómo habían podido suceder tantas cosas? ¿Cómo habían podido producirse tantos cambios en tan poco tiempo?

Había pasado poco menos de un mes desde que la había llevado al bosque, a que viera la Piedra Pagana.

Durante esas cortas semanas de ese corto mes, Cal se había enterado de que él y sus dos hermanos de sangre no eran los únicos destinados a enfrentarse a la terrible amenaza que se cernía sobre el pueblo. Ahora tres mujeres estaban involucradas de la misma manera que ellos.

Y él estaba completamente enamorado de una de ellas.

Desde su posición en la ventana vio a Quinn apearse de la camioneta de Fox. El pelo resplandeciente se le derramaba sobre los hombros desde un gorro oscuro. Llevaba puesta la misma cazadora de color rojo intenso y las mismas botas gruesas a las que se les notaba el uso que se había puesto la primera vez que habían ido al bosque. Pudo ver la sonrisa en su rostro cuando le dijo algo a Cybil y cuando se rió, el aliento formó nubes delante de su rostro en esa helada mañana de invierno.

Sabía lo suficiente como para estar asustada, Cal entendía eso, pero ella se negaba a permitir que el miedo dictara sus movimientos. Cal deseó poder decir lo mismo de él, ahora que tenía más que arriesgar. Ahora la tenía a ella.

Se quedó en el mismo punto de la ventana hasta que Fox abrió la puerta de la casa con su propia llave, entonces bajó a saludarlos y a coger las cosas que iba a llevar a la caminata.

La niebla cubría el suelo que el frío de la noche había congelado como piedra. Pero Cal sabía que hacia el mediodía el camino estaría empantanado de nuevo. Por ahora, la caminata podía hacerse rápida y fácilmente.

Todavía se veían parches y colinas de nieve y, para deleite de Layla, Cal identificó huellas de venados que vagaban por el bosque. Si alguno de ellos estaba nervioso, lo disimuló bien, al menos en esta primera parte del camino.

Esta vez estaba siendo tan diferente de aquel lejano día de julio en que él, Fox y Gage habían hecho este viaje. Ahora ningún radiocasete escupía compases de rap o de *heavy metal* y nadie llevaba galletitas. Tampoco reinaba esa emoción inocente y juvenil por un día secreto y la noche por venir.

Ninguno de ellos había vuelto a ser tan inocente nunca más.

Cal se sorprendió a sí mismo llevándose una mano a la nariz, donde sus gafas solían resbalársele a la altura del puente.

—¿Cómo vas, capitán? —Quinn se apuró a su lado y empezó a caminar a su mismo ritmo. Le dio un codazo amistoso.

—Bien. Estaba pensando en ese día. Todo estaba tan cálido y tan verde. Gage llevaba el estúpido radiocasete y los tres íbamos tan cargados con todo lo que mi madre nos había preparado y lo que Fox había comprado.

—Íbamos sudando —comentó Fox desde atrás.

—Estamos a punto de llegar al estanque de Hester —dijo Gage, interrumpiendo el recuerdo.

El agua hizo que Cal pensara en tierras movedizas en lugar del lago prohibido en el que él y sus amigos se habían zambullido hacía tanto tiempo. Pudo imaginarse cómo sería hundirse en esas aguas ahora, que las profundidades lo succionaran profundamente, tanto, que no podría volver a ver la luz del sol de nuevo.

Se detuvieron allí, como lo habían hecho antes, pero ahora tomaron café en lugar de limonada.

—Por aquí han pasado venados también —dijo Layla señalando las huellas en la tierra—. Ésas son huellas de venado, ¿no es cierto?

—Algunas son de venado, otras son de mapache. —Fox la agarró del brazo y le dio la vuelta para mostrarle las otras huellas.

—¿Mapaches? —Sonriendo, Layla se puso en cuclillas para ver más de cerca—. ¿Qué otros animales hay aquí en el bosque?

—Algunos de mis tocayos los zorros, pavos salvajes y, de vez en cuando, aunque sobre todo más hacia el norte, uno puede ver algún que otro oso.

Layla se puso de pie deprisa.

—¿Osos?

—Pero más al norte —repitió Fox, aunque le pareció tan buena excusa como cualquier otra para cogerla de la mano.

Cybil se puso en cuclillas en el borde del estanque y miró fijamente hacia el agua.

—Debe de estar un poquito fría, si estás pensando en darte una zambullida —le dijo Gage.

—Hester se ahogó aquí. —Levantó la cara y miró a Gage, después a Cal—. Y cuando vinisteis ese día, la viste.

—Sí, así es, la vi.

—Y tanto tú como Quinn la habéis visto mentalmente y Layla soñó con ella vívidamente. Entonces... tal vez yo pueda obtener algo también.

—Pensé que tu habilidad era la clarividencia, no el pasado —le dijo Cal.

—Así es, pero también percibo vibraciones de la gente o de lugares que son lo suficientemente fuertes como para irradiarse. ¿Y tú? —le preguntó a Gage—. Tal vez seamos capaces de obtener algo más si lo hacemos juntos. ¿Te ves capaz?

Sin decir nada, Gage le ofreció una mano. Cybil la tomó y se puso de pie. Juntos, miraron hacia esa inmóvil superficie marrón.

El agua empezó a estremecerse y a echar espuma, empezó a girar, a levantar olas de punta blanca y se escuchó un estruendo como si un mar estuviera copulando con una violenta y fiera tormenta.

Entonces una mano salió del agua y se clavó en la tierra.

Hester salió arrastrándose de esas aguas revueltas, blanca como el hueso, con el pelo hecho una maraña húmeda y los ojos oscuros y vidriosos. El esfuerzo, o la locura, hizo que los labios dejaran al descubierto sus dientes en una semisonrisa.

Cybil se escuchó gritar cuando Hester abrió los brazos y la envolvió en un abrazo para arrastrarla hacia las oscuras aguas arremolinadas.

—¡Cyb! ¡Cyb! ¡Cybil!

Cybil volvió luchando y se encontró presa no de los brazos de Hester, sino de los de Gage.

—¿Qué diantres fue eso?

—Te ibas a tirar al agua.

Cybil se quedó donde estaba, sintiendo el corazón galopar contra el de él, entonces Quinn le puso una mano sobre el hombro. Cybil volvió a mirar la tranquila superficie del agua.

—Creo que habría sido realmente desagradable. —Cybil estaba temblando, un estremecimiento violento tras otro, pero Gage tuvo que reconocerle que logró mantener la voz tranquila—. ¿Has visto algo? —le preguntó.

—El agua se encabritó, ella salió del estanque, tú empezaste a inclinarte sobre él.

—Hester se aferró a mí, me... abrazó. Eso creo, pero no estaba suficientemente concentrada como para sentir lo que ella sintió. Tal vez si lo intentamos de nuevo...

—Yo creo que debemos continuar —interrumpió Cal.

—Sólo fue un minuto.

—Qué tal casi quince —la corrigió Fox.

—Pero... —Cybil se apartó de Gage cuando se dio cuenta de que seguía entre sus brazos—. ¿A ti te pareció tan largo?

—No, fue sólo un instante.

—Pero no fue así. —Layla sacó otro termo de café—. Estábamos discutiendo si debíamos sacaros del trance y cómo hacerlo, si al final lo hacíamos. Quinn sugirió daros unos pocos minutos más, porque a veces Cybil tarda un momento en entrar en calor.

—Pues no pareció más que un minuto todo el asunto. Y no pareció como algo del pasado. —Cybil miró de nuevo a Gage.

—No, es cierto. Así las cosas, si yo fuera tú, no consideraría darme un chapuzón en el futuro cercano.

—Prefiero las piscinas azules con un bar flotante.

—Margaritas en biquini —dijo Quinn mientras le frotaba el brazo a Cybil de arriba a abajo.

—Descanso de primavera del año 2000. —Cybil cogió la mano de Quinn y le dio un apretón—. Estoy bien, Q.

—Yo invito a la primera ronda de margaritas cuando acabemos con esto. ¿Listos para proseguir? —les preguntó Cal. Volvió a ponerse la mochila al hombro. Sacudió la cabeza—. Esto no está bien.

—Estamos saliendo del estanque embrujado para adentrarnos en el bosque demoniaco. —Quinn sonrió—. ¿Qué podría estar mal?

—Ése no es el camino. —Cal señaló hacia el sendero embarrado—. Ésa no es la dirección. —Levantó la cabeza para mirar el sol mientras sacaba su vieja brújula de explorador del bolsillo.

—¿No has considerado actualizarte a un GPS? —le preguntó Gage.

—La brújula cumple su cometido. Tenemos que ir hacia el oeste, ese camino se dirige al norte. Ese camino ni siquiera debería estar ahí.

—No está ahí. —Fox entrecerró los ojos, que se le oscurecieron—. Allí no hay camino ni nada, sólo maleza y una zarza de bayas. No es real. —Se dio la vuelta y avanzó—. Ésa es la dirección que debemos tomar. —Señaló hacia el oeste—. Es difícil de ver, es como ver a través de fango, pero...

Layla lo alcanzó y lo tomó de la mano.

—Muy bien, sí, así está mejor.

—Pero estás apuntando hacia un enorme árbol —le dijo Cybil.

—Allí no hay ningún árbol. —Todavía con la mano de Layla en la suya, Fox caminó hacia adelante. La imagen del enorme roble se esfumó cuando los dos la atravesaron.

—Buen truco —dijo Quinn con un suspiro—. Al parecer Twisse no quiere que vayamos al claro. Creo que ya lo hemos entendido.

—Sí, ya lo hemos entendido. —Cal la sujetó del brazo y la puso detrás de él—. Yo tengo la brújula. —Sólo tuvo que echarles un vistazo a sus amigos para que se formaran en fila detrás de él, Fox en la mitad, Gage el último y las mujeres en medio.

En cuanto el sendero se amplió lo suficiente para permitirlo, Quinn se pasó a un lado de Cal para caminar junto a él.

—Ésta es la manera en que tiene que funcionar. —Miró sobre el hombro y vio que las otras dos mujeres la habían imitado y ahora caminaban junto a sus compañeros—. Estamos unidos de esta manera, Cal. En parejas, un trío, el grupo de seis. Cualquiera que sean las razones, así son las cosas.

—Estamos caminando hacia algo. No puedo ver qué es, pero te estoy guiando, a ti y a los demás, directamente hacia ello.

—Todos estamos bien de pie, Cal. —Le pasó la botella de agua que tenía en el bolsillo de la cazadora—. No sé si te amo porque eres el señor responsabilidad o a pesar de ello.

—Mientras me ames, no importa la razón. Y puesto que me amas, tal vez deberíamos pensar en la posibilidad de casarnos.

—Me gusta la idea —respondió ella después de un momento—, si te interesa mi opinión.

—Sí, me interesa. —Qué estupidez, pensó Cal. Qué manera tan estúpida de proponerle matrimonio. Por no mencionar el lugar tan ridículo donde se le había ocurrido hacerlo. Pero, una vez más, cuando no se sabía lo que vendría al doblar la esquina, tenía sentido agarrar lo que se tuviera en el momento presente con firmeza—. Pues resulta que estoy de acuerdo contigo. Y en cuanto a otras opiniones, mi madre, especialmente, va a querer tirar la casa por la ventana: fiesta grande, campanas, silbidos, todo.

—Pues resulta que también estoy de acuerdo con ella. ¿Qué tal es tu madre con la comunicación por teléfono y correo electrónico?

—Perfectamente eficiente.

—Fantástico. La voy a poner en contacto con mi madre para que se pongan de acuerdo, entonces. ¿Cómo tienes la agenda en septiembre?

—¿Septiembre?

Quinn observó el bosque invernal, vio a una ardilla trepar por un árbol y caminar por una de sus gruesas ramas.

—Apuesto a que Hollow es bellísimo en septiembre. Todavía verde, pero con una pizca del color que llegará.

—Yo estaba pensando más pronto, como abril o mayo. —Antes, pensó Cal. Antes de julio, que bien podría ser el final de todo lo que conocía y amaba.

—Organizar una boda con campanas y silbidos lleva tiempo. —Cuando Quinn lo miró, Cal entendió que ella lo leía a la perfección—. Después, Cal. Después de que hayamos ganado, así tendremos una cosa más que celebrar. Cuando estemos... —se interrumpió cuando él le puso un dedo sobre los labios.

El sonido se escuchó claramente en el momento en que cesó todo movimiento y se interrumpió toda conversación. El gruñido húmedo y ronco invadió el aire y les bajó como un corrientazo frío por la columna. *Lump* se sentó sobre las patas traseras y empezó a aullar.

—Esta vez *Lump* también lo oye. —Cal cambió de posición y aunque el movimiento fue leve, puso a Quinn entre él y Fox.

—Supongo que no puede ser que estemos de suerte y ese gruñido sea el de un oso. —Layla se aclaró la garganta—. En cualquier caso, creo que deberíamos reanudar la marcha. Lo que sea no quiere que avancemos, así que...

—Vamos a hacerle un corte de mangas al bastardo —finalizó Fox.

—Vamos, *Lump.* Ven conmigo.

Lump se estremeció ante la orden de Cal, pero se puso de pie, caminó hacia su amo y se le pegó a la pierna mientras reanudaban todos juntos la marcha hacia la Piedra Pagana.

El lobo —Cal jamás se referiría a la cosa como un perro— estaba de pie frente a la boca del claro, esperándolos. Era enorme y negro y tenía ojos que parecían un tanto humanos. *Lump* trató de gruñir con poco entusiasmo como respuesta al grave y sostenido gruñido de advertencia del lobo, pero después se encogió detrás de Cal.

—¿También vamos a caminar a través de esa cosa? —preguntó Gage desde la retaguardia.

—No es como el árbol falso. —Fox negó con la cabeza—. No es real, pero sí está allí.

—Muy bien. —Gage empezó a descolgarse la mochila de la espalda.

Entonces el lobo les saltó encima.

Pareció volar, pensó Cal. Una masa de músculos y dientes. Empuñó las manos como reflejo de defensa, pero no había nada contra qué pelear.

—Sentí... —lentamente Quinn bajó los brazos, que había levantado para protegerse la cara.

—Sí, no fue sólo frío esta vez. —Cal la agarró del brazo para mantenerla cerca de sí—. También se sintió peso, sólo por un segundo, pero fue como si fuera concreto, como si tuviera materia.

—Nunca nos había tocado así, ni siquiera durante el Siete. —Fox observó los árboles a ambos lado—. Cualquiera que fuera la forma que Twisse tomara, cualquiera que fuera la cosa que veíamos, sabíamos que realmente no estaba ahí. Siempre han sido puros juegos mentales.

—Si puede tomar forma sólida, puede hacernos daño —apuntó Layla.

—Pero también puede hacérsele daño. —Detrás, donde estaba, Gage sacó de su mochila una pistola Glock de nueve milímetros.

—Buena idea —fue la opinión fría de Cybil.

—Dios santo, Gage, ¿de dónde diablos sacaste esa pistola?

Gage levantó las cejas.

—De un tipo que conozco en Washington, D. C. ¿Nos vamos a quedar aquí en corrillo o vamos a entrar en el claro?

—No apuntes a nadie —le dijo Fox.

—El seguro está puesto.

—Eso es lo que siempre dicen antes de abrirle un hueco accidentalmente al mejor amigo.

Entraron juntos al claro, junto a la Piedra.

—Dios mío, es bellísima. —Cybil dejó escapar las palabras en tono reverencial mientras se acercaba a la Piedra—. No puede ser posible que sea una formación natural, es demasiado perfecta. Fue diseñada con el fin de ser usada para rendir culto, yo creo. Está caliente. Tocadla. La piedra está caliente. —La rodeó—. Cualquier persona, aunque tenga poca sensibilidad, tiene que sentirlo, sentir que ésta es tierra sagrada.

—¿Sagrada para quién? —preguntó Gage—. Porque lo que salió de aquí hace veintiún años no era para nada hermoso y amigable.

—Pero no era todo oscuro tampoco. Tuvimos ambas sensaciones. —Cal miró a Fox—. Vimos ambas cosas.

—Sí. Es sólo que la masa negra y aterradora captó la mayor parte de nuestra atención cuando nos hizo volar.

—Pero la otra parte nos dio todo lo que pudo, o eso creo. Salí de aquí no sólo sin ningún rasguño, sino con una visión perfecta y un sistema inmunológico increíble.

—Los arañazos que tenía en los brazos habían sanado y desaparecieron los moretones que tenía de mi última pelea con Napper. —Fox se encogió de hombros—. Desde entonces, igual que Cal y Gage, no he estado enfermo ni un sólo día.

—¿Qué hay de ti? —le preguntó Cybil a Gage—. ¿Experimentaste alguna sanación milagrosa?

—Después de la explosión, ninguno de nosotros tenía ninguna marca en el cuerpo —empezó Cal.

—Ése no es el trato, Cal. No podemos tener secretos entre nosotros. Mi padre me había dado una paliza con el cinturón la noche anterior a que viniéramos al bosque, lo que era habitual cuando estaba ebrio. Cuando llegué al bosque, tenía la espalda llena de heridas. Cuando salí, no tenía ninguna.

—Ya veo. —Cybil le sostuvo la mirada a Gage varios segundos—. El hecho de que os dieran este tipo de protección, además de la habilidad específica que tiene cada uno, os ha permitido defender vuestro territorio, por decirlo de alguna manera. De lo contrario, habríais sido sólo tres niñitos indefensos.

—Está limpia. —Las palabras de Layla hicieron que todos se dieran la vuelta para encontrarla de pie junto a la Piedra—. Ésa es la idea que se me viene a la mente. No creo que hayan usado nunca la piedra para ofrecer sacrificios. No tiene rastros de sangre ni muerte. No para el lado oscuro. Está limpia.

—Yo he visto sangre sobre ella —dijo Gage—. La he visto arder. He escuchado los gritos.

—Pero ése no es su propósito. Tal vez es lo que Twisse quiere. —Quinn puso la mano sobre la Piedra—. Para profanarla, para alterar su poder. Si puede, va a apoderarse de ella, ¿no es cierto? ¿Cal?

—Muy bien —Suspendió la mano por encima de la de ella—. ¿Lista? —Cuando Quinn asintió, Cal bajó la mano y la puso sobre la de ella encima de la Piedra.

Al principio era sólo ella, sólo Quinn. Sólo la valentía en sus ojos. Entonces el mundo empezó a retroceder. Cinco años, veinte años, Cal pudo ver al niño que había sido junto con sus amigos, cuando había pasado el cuchillo sobre sus muñecas para unirlas. Después más atrás, décadas, siglos, hasta llegar al incendio y los gritos mientras la Piedra se alzaba fría y blanca en medio del infierno. Después más atrás, al final de otro invierno en que Giles Dent estaba junto a Ann Hawkins de la misma manera que él estaba con Quinn en ese momento. Las palabras de Dent salieron de su propia boca.

—Tenemos sólo hasta el verano. Ni siquiera por ti puedo cambiar las cosas. El deber sobrepasa incluso el amor que te tengo, a ti y a esas vidas que juntos hemos creado. —Le acarició el protuberante vientre—. Desearía, sobre todas las cosas, estar contigo cuando estos hijos nuestros vean la luz del mundo por primera vez.

—Permíteme quedarme, amado mío.

—Soy el custodio. Tú eres la esperanza. No puedo destruir a la bestia, sólo encadenarla por un tiempo. Sin embargo, no te voy a abandonar. No es la muerte, pero es una lucha eterna, una batalla que sólo yo puedo librar. Hasta que lo que proviene de nosotros le ponga un fin. Van a contar con todo lo que yo pueda darles, eso te lo puedo jurar. Si salen victoriosos en su tiempo, yo me reuniré contigo de nuevo.

—¿Qué les he de decir sobre su padre?

—Que amó a su madre y los amó a ellos con todo su corazón.

—Giles, tiene forma de hombre. Un hombre puede sangrar y puede morir.

—No es un hombre y mi poder no es suficiente para destruirlo. Ésa es la misión de los que vendrán después de nosotros. El demonio va a engendrar descendencia también, aunque no por medio del amor. Pero no va a ser lo que él quería, no la va a poder poseer, si está más allá de su alcance, incluso de su entendimiento. Esto es lo que tengo que hacer. No soy el primero, Ann, sólo el último. Lo que proviene de nosotros es el futuro.

Ann se puso una mano en el costado.

—Los siento —susurró—. ¿Cuándo, Giles, cuándo va a terminar? ¿Todas las vidas que hemos vivido antes, todo el dolor y las alegrías que hemos tenido? ¿Cuándo habrá paz para nosotros?

—Sé mi corazón —Giles le acarició los labios con sus dedos— y yo seré tu valentía. Y nos encontraremos el uno con el otro una vez más.

Las lágrimas resbalaron por las mejillas de Quinn al tiempo que las imágenes se fueron desvaneciendo.

—Somos todo lo que tienen. Si no encontramos la manera, se van a perder para siempre. Sentí dentro de mí cómo se le partía el corazón a Ann.

—Giles creía firmemente en lo que estaba haciendo, en lo que tenía que hacer. Y confiaba en nosotros, a pesar de que no podía ver claramente. No creo que pudiera vernos, a ninguno de nosotros —dijo Cal mirando alrededor—. No claramente. Hizo un acto de fe.

—Bien por él —comentó Gage cambiando de posición—, pero yo pongo un poco más de mi confianza en esta Glock.

Esta vez no fue el lobo sino el niño el que apareció de pie en el borde del claro. Sólo sonriendo. Levantó las manos y mostró unas uñas que estaban tan afiladas como unas garras.

La luz se empezó a oscurecer, como si fuera el atardecer y no el mediodía. El aire pasó de frío a gélido. Y se escucharon truenos en ese cielo del invierno tardío.

En un movimiento tan rápido y tan inesperado que Cal no pudo evitar, *Lump* saltó hacia el niño, que sólo se carcajeó y trepó a un árbol como si fuera un mono. Pero Cal alcanzó a verlo, en una milésima de segundo, Cal vio la conmoción en los ojos de la cosa con forma de niño. Conmoción que podría ser miedo.

—¡Dispárale! —le gritó Cal a Gage al tiempo que corría hacia *Lump* para cogerlo de la correa—. ¡Dispárale al hijo de puta!

—Jesús. No creerás que de verdad una bala va a...

Haciendo caso omiso a la objeción de Fox, Gage disparó. Sin vacilación, apuntó al corazón del niño.

La bala atravesó el aire y fue a enterrarse en el árbol. Esta vez, todos vieron claramente la conmoción en la cara del niño. Su intenso aullido de dolor y furia se esparció por todo el claro e hizo estremecer el suelo.

Implacablemente, Gage disparó apuntando al demonio hasta vaciar el cargador. Entonces cambió de forma. Creció. Se retorció en algo enorme y negro y sinuoso que se alzó sobre Cal mientras el hombre luchaba por contener a su perro, que tiraba de la correa y ladraba como una fiera.

La fetidez y el frío le cayeron encima a Cal como una lluvia de rocas.

—¡Todavía estamos aquí! —gritó Cal—. ¡Éste es nuestro lugar y tú te puedes ir al infierno! —Se tambaleó en medio de una explosión de sonido y viento revuelto.

—Más vale que la cargues de nuevo, señor buena puntería —le sugirió Cybil a Gage.

—Sabía que debía traer un cañón. —Pero Gage sacó un cargador nuevo.

—¡Éste no es tu lugar! —gritó Cal de nuevo. El viento amenazó con tumbarlo al suelo y lo sintió como si cien espadas estuvieran rasgándole la ropa y la piel. A través del estruendo, Cal escuchó los disparos y la ira que el demonio irradió y se aferró a su garganta como si fueran unas garras.

Entonces Quinn corrió a su lado y Fox se puso a su otro lado. Y todos formaron una línea, los seis juntos, hombro contra hombro.

—¡Esto somos nosotros! —gritó Cal—. Es nuestro lugar y es nuestro tiempo. ¡No pudiste tener a mi perro y no vas a poder tener mi pueblo!

—¡Así que jódete! —gritó Fox. Se agachó, recogió una piedra y se la lanzó como una bola rápida.

—A ver, Fox, si esto es una pistola.

La sonrisa que Fox le dirigió a Gage fue salvaje y amplia en medio del fiero vendaval que arreciaba.

—Tirar piedras es un insulto. Debilita su confianza.

«¡Morid aquí!».

No fue una voz lo que sonó, sino más bien una ráfaga de sonido y viento que los tumbó en el suelo y los dispersó como si fueran bolos.

—Qué debilitar ni qué leches —dijo Gage al tiempo que se ponía de rodillas y empezaba a disparar de nuevo.

—Tú vas a morir aquí —dijo Cal fríamente mientras los otros seguían el ejemplo de Fox y le empezaban a tirar piedras y palos.

Se hizo un fuego a través del claro con llamas como esquirlas de hielo que escupían nubes de humo fétidas mientras el demonio rugía su feroz indignación.

—Tú vas a morir aquí —repitió Cal. Sacó su cuchillo de la vaina y corrió a clavarlo en la hirviente masa oscura.

El demonio gritó. O Cal pensó que había gritado, y pensó que el grito era de dolor y de furia. El poder del impacto le subió por el brazo, lo atravesó como una puñalada aguda con bordes tanto de un calor insoportable como de un frío imposible. Lo lanzó lejos, lo mandó volando a través del humo como un guijarro lanzado con una honda. Sin aliento, con los huesos doloridos por la caída, Cal se levantó tambaleándose.

—¡Tú vas a morir aquí! —Esta vez Cal gritó con todas sus fuerzas al tiempo que corría de nuevo hacia el demonio empuñando el cuchillo en lo alto.

La cosa que era un lobo, un niño, un hombre, un demonio lo miró con ojos de odio. Y se desvaneció.

—Pero no hoy. —El fuego se extinguió, el humo se dispersó. Cal se inclinó hacia delante y respiró profundamente—. ¿Alguien está herido? ¿Todos estáis bien? ¿Quinn, *Lump*, qué tal? —Casi se cae de espaldas cuando *Lump* se le echó encima, con las patas sobre los hombros y le lamió la cara.

—Te está sangrando la nariz. —Gateando hasta Cal, Quinn lo agarró del brazo para ayudarse a ponerse de pie—. Cal —le pasó las manos por la cara y el cuerpo—, ay, Cal, Dios mío, Cal. Nunca en mi vida había visto algo tan valiente, o tan estúpido.

—Sí, bueno. —Con un gesto desafiante se limpió la sangre—. Me enfureció. Si ése era su mejor golpe, se quedó bastante corto.

—No nos pasó nada que un buen baño caliente y un gran trago no puedan curar —decidió Cybil—. ¿Layla? ¿Estás bien?

—Estoy bien. —Con expresión fiera, Layla se frotó las mejillas ardientes—. Estoy bien. —Se aferró a la mano que Fox le ofrecía y se puso de pie—. Lo asustamos. ¿Habéis visto? Lo asustamos y entonces huyó.

—Pero incluso mejor: lo herimos. —Quinn inspiró temblorosamente un par de veces, después, igual que *Lump,* saltó sobre Cal—. Estamos bien. Todos estamos bien. Tú estuviste increíble, Cal, más que asombroso. Ay, Dios, Dios mío. Dame un gran beso.

Y mientras Quinn se reía y sollozaba, Cal posó sus labios sobre los de ella. La abrazó con fuerza, entendiendo que de todas las respuestas que necesitaban, para él, ella era la primera.

Se dio cuenta de que esta vez no iban mal.

—Vamos a ganar esta vez. —La separó de sí lo suficiente para mirarla a los ojos. Los de él estaban calmados, seguros y claros—. Nunca antes lo había creído posible. No de verdad. Pero ahora sí lo creo. Ahora lo sé, Quinn. —Le dio un beso en la frente—. Vamos a ganar esta vez y nos vamos a casar en septiembre.

—Muy cierto.

Cuando Quinn se abrazó a él de nuevo, fue suficiente victoria por el momento. Era suficiente perseverar hasta la próxima vez. Y la próxima vez, decidió, estarían mejor armados.

—Vamos a casa. Es una caminata larga y tenemos un montón de cosas que hacer.

Quinn se apretó a él un momento más mientras Cal miraba por encima de la cabeza de ella a los ojos de sus hermanos. Gage asintió, después volvió a meter la pistola en su mochila, se la colgó a la espalda y cruzó el claro para ponerse en marcha por el sendero.

El sol reapareció sobre sus cabezas y el viento dejó de soplar. Caminaron fuera del claro, a través del bosque invernal, tres hombres, tres mujeres y un perro.

En su lugar, la Piedra Pagana se alzó silenciosa, esperando su regreso.

Trilogía «Las hermanas Concannon»

Nacida del hielo

Nacida del fuego

Nacida de la vergüenza